国内外首部描写挹娄时期的满族风情小说

挹娄玉蝉

谢全真 ◎ 著

黑龙江人民出版社

图书在版编目(CIP)数据

挹娄玉蝉／谢全真著． — 哈尔滨：黑龙江人民出版社，2018.4
ISBN 978-7-207-11328-3

Ⅰ．①挹… Ⅱ．①谢… Ⅲ．①长篇小说—中国—当代 Ⅳ．①I247.5

中国版本图书馆 CIP 数据核字(2018)第 073598 号

责任编辑：朱佳新
封面设计：鲲　鹏

挹娄玉蝉
Yilou Yuchan
谢全真　著

出版发行	黑龙江人民出版社
地　　址	哈尔滨市南岗区宣庆小区 1 号楼
邮　　编	150008
网　　址	www.longpress.com
电子邮箱	hljrmcbs@yeah.net
印　　刷	北京万博诚印刷有限公司
开　　本	787×1092　1/16
印　　张	20
字　　数	310 千字
版　　次	2018 年 4 月第 1 版　2021 年 1 月第 2 次印刷
书　　号	ISBN 978-7-207-11328-3
定　　价	58.00 元

版权所有　侵权必究
法律顾问：北京市大成律师事务所哈尔滨分所律师赵学利、赵景波

本书顾问简介：

富育光，男，1933 年出生于黑龙江省爱辉县，满族，富察氏，1958 年毕业于东北人民大学。一生从事满族民俗文化的收集、整理、研究工作，并致力于满、蒙、鄂伦春、达斡尔等民族地区萨满文化的社会调查与研究，论著在美、德、匈、意、日、韩等国家发表。2012 年入选第四批国家级非物质文化遗产项目代表性传承人。富育光为吉林省民族研究所研究员，世界萨满学会唯一中国会员。

朱立春，男，1963 年出生，现任吉林省社会科学院民族所所长、研究员。兼任吉林省非物质文化遗产工作评审专家组副组长、吉林艺术学院东北民间文化研究中心硕士生导师、吉林省满族说部学会常务副会长、吉林省民俗学会常务理事、吉林省萨满学会执行会长等社会职务。

李桂华，女，吉林省吉林市《江城日报》高级记者、主任编辑，吉林省民俗学会理事、吉林市政协文史研究员。主要研究东北历史文化，代表项目为西团山文化。主编了中央电视台录制的电视纪录片《发现龙潭山》。

王学良，男，黑龙江省友谊县凤林古城遗址的发现者，致力于东北历史遗址的勘测，并发明了古城址勘探航拍技术，被称为中国考古界奇人。退休前为黑龙江省双鸭山市文物管理局局长。

孙绍阳，男，黑龙江省友谊县原县委书记，挹娄文化的推广者。

于长青，男，退休前为黑龙江省友谊县文广新局局长、挹娄文化研究会会长。

阿吉格，女，正黄旗佛满洲，毕业于中国人民大学，中国满族企业家联盟黑龙江分会秘书长、哈尔滨市满族联谊会副秘书长、哈尔滨舞蹈家协会满族舞蹈导师、哈尔滨香坊文体中心"阿吉格舞蹈团"编导、黑龙江省"古挹娄艺术团"执行总导演。

孟祥海，男，现任黑龙江省富锦市博物馆馆长，研究肃慎、挹娄文化。

挹娄玉蝉
Yilou Yuchan

题　字：李琦（汉文），中国书法艺术研究院理事。
　　　　宋熙东（满文），中国满语歌曲创作演唱第一人。
译　文：关云蛟，吉林省吉林市文史研究员。
　　　　伊里布，黑龙江省五常市拉林满族镇中心学校满语教师。
　　　　完颜亚平，中国民族古文字研究会会员。

序

博大精深灿烂辉煌的满族文化在中华民族历史发展进程中，像一颗璀璨的明珠发出过耀眼的光芒。肃慎、挹娄、勿吉、靺鞨、女真、满洲、满族——这一东北亚大地养育的最古老族系，在长达八千多年的历史演进中多次光耀中华史册。这个远在黄帝时代就因向中原进贡"楛矢石砮"而闻名于世的民族，在中原史册不断留下踪迹，成为东北史中重要的篇章，但是它可能有的丰富的历史、特别是远古历史，史书记载寥寥，至今充满谜题。

20世纪80年代初，黑龙江省友谊县历史教员王学良在被人们视为"亘古荒原"的三江平原腹地上，发现了远古时期的城池与部落遗址，省、市考古工作者立即组成了专家团队，亲临现场考察，竟在友谊县及周边地区发现了成百上千处古遗址，引起了省和国家考古界的关注。经考古专家学者认定和对出土文物进行的年代检测，确定这些古遗址为汉魏时期挹娄人的文化遗存。

挹娄是满族族系一个重要的历史时期，但中华历史文献对这一时期的记载却少之又少。后来的历史虽然不乏有人对之眺望或怀想，但以其为题材试图展现这个时期的生活与风情的文学创作尚前所未有。谢全真的小说《挹娄玉蝉》填补了这一空白，作者利用黑龙江省友谊县"凤林古城"发掘出的文物和历史文献为线索，满怀对历史的敬意和生活在这块土地上的责任感，以丰富的想象力、超凡的激情构思创作了这一文学作品。该作可谓国内外关于挹娄时期首部长篇巨制，作者因此堪称挹娄文学作品创作第一人。

满族自古就有口耳相传的"乌勒本"——满族说部传统，作者巧妙地运用了满族说部的神话手法，借助现代考古发现的成果，借鉴东北各少数民族文学特色与风格，在深入研究满族及东北许多少数民族

挹娄玉蝉
Yilou Yuchan

生活、习俗及风情的基础上，创造了一个她心中的挹娄世界。里面不仅有东北古代渔猎民族独特的风情，还有更能打动现代人的构思巧妙、引人入胜的情节、丰富的感情和细腻的描写及优美的语言，构成了一部题材独特的挹娄风情小说。

希望该作在填补我国描写挹娄时期的文学创作空白的同时，为这一时期的文学创作开个好头。

富育光

朱立春

前　言

　　满族先民挹娄人留下的遗址——"凤林古城"位于友谊县成富乡凤林村西南300米处的平原岗地上，为七星河左岸。古城总体呈不规则形，外围周长6330米，总面积约113万平方米，全城共分9个城区。七城区为中央方城，位于全城中心，近正方形，各边长112～124米，面积2.8万平方米，回面单垣单壕，城墙顶宽3米，基宽15米，高近4米。城墙四角各有向外突出的"角楼"，四面墙的中央各有向外突出的"马面"。在《后汉书·东夷传·挹娄》中有这样的记载："在夫余（夫余国是位于长白山一带的汉朝的一个附属王国）北千余里，挹娄，古肃慎之国也，东濒大海，南与北沃沮接，不知其北所极。"文字描述当时挹娄人地域非常广阔，东至日本海、南到珲春图们江。

　　为了揭开古城的神秘面纱，国内考古专家先后对"凤林古城"进行了四次发掘，发掘面积达4600平方米。共发现半地穴房址40座，灰坑50多座，出土文物近2000多件，文物中有陶器、骨器、石器、玉器、铁器、铜器等，这些发掘出的房址和文物进一步印证了这个城址所处的年代就是距今约1800年左右的汉魏时期。

　　当时的挹娄人已具备了采集、耕作等生存手段。出土的骨镞、石镞、铁镞、铁鱼钩、石刀、铁刀等遗物都印证了当时的渔猎文化，还有当时的牛马遗骨、陶网坠以及陶罐内已经炭化的谷物等，体现了当时人们的智力水平和生产能力。七星河流域野果、动物、鱼类资源丰富，为当时的挹娄人提供了优越的生存条件，从出土的陶纺轮和多块麻布残片证明，当时的纺织业也进入了初期阶段。据《乌丸鲜卑·东夷传》卷三十中记载："挹娄，有五谷、牛、马、麻布；处山林之间，常穴居，大家深九梯，以多为好。其俗好养猪，其人不洁，厕其作中，

挹娄玉蝉
Yilou Yuchan

人围其表居。出赤玉，好貂。"这些文字对挹娄人从事耕作、纺织、渔猎等生产有了详细的介绍，从挹娄人遗存遍及双鸭山地区全境推测，在友谊县境内的"凤林古城"和宝清县境内的炮台山（七星祭坛），为当时挹娄人活动的中心。如此规模巨大的建筑，表明当时七星河流域的挹娄人已进入早期国家社会，"凤林古城"址应为首府所在地，"七星祭坛"则为祭祀天坛，正应了古代"南祭祀、北主政"的封建礼制。

"凤林古城"的中心方城为深壕高墙，四周封闭，没有城门，却有外凸高耸的角楼和马面，显然已具有很强的防御功能。在已发掘的两座房址的烟口、炕洞内分别发现了珠宝和铜铃，这显然是一种藏匿行为；而且几乎每座房址内都遗留了一些不便携带的陶质生活用具，而少见便于携带的铜、铁、石、骨质的武器和生产工具。专家推测，揭露的数十处房址中没有找到烧死的古人遗骸，可推测为挹娄人是有组织的大规模整体迁徙。

根据国家文物局批准，并于1998年至2000年实施的"七星河流域汉魏遗址群聚落考古计划"研究成果表明：双鸭山地区方圆几万平方公里的古遗址群地都具有难攻易守、易于进退的特点，瞭望台、烽火台、防御建筑密布，因此，双鸭山地区作为当时挹娄人的生存核心地应当没有疑问。经多年的考古研究，双鸭山这座东方第一城的挹娄文化历史遗存达千余处，这在我国考古史特别是在边疆少数民族考古史上是罕见的。距今1800年前的挹娄古城是现今满族祖先的发祥地，也是当时的政治、军事中心，它有王都、有宫殿、有文明、有国家，这在国内及世界上都是罕见的。

蜿蜒的七星河承载着历史的厚重向东北方流去与挠力河汇合后，经乌苏里江奔向大海，融入了大海的怀抱。正像挹娄人经过几百年的繁衍拼搏后融入了中华大家庭的怀抱一样，为漂泊的民族画上了一个完美的句号，但那段精彩的历史却留在了友谊县这块神奇的土地上，向后人诉说着它曾经的辉煌。

王学良

目 录

引 子 …………………………………………（1）
一、挹娄罕妃 ……………………………………（4）
二、神坛祭祀 ……………………………………（10）
三、红蓝侧妃 ……………………………………（28）
四、挥戈西征 ……………………………………（45）
五、险中结缘 ……………………………………（56）
六、挹娄玉蝉 ……………………………………（71）
七、坛城城主 ……………………………………（88）
八、解救奴工 …………………………………（106）
九、扶余新王 …………………………………（130）
十、七星窝集 …………………………………（138）
十一、小巴图鲁 ………………………………（140）
十二、身陷牢狱 ………………………………（152）
十三、神坛火祭 ………………………………（168）
十四、因祸得福 ………………………………（205）
十五、梦幻天缘 ………………………………（211）
十六、灭族瘟疫 ………………………………（216）
十七、挹娄新王 ………………………………（236）
十八、父子相认 ………………………………（243）
十九、征战扶余 ………………………………（247）

挹娄玉蝉
Yilou Yuchan

二十、千古奇观 …………………………………………（255）

二十一、生死相牵 ………………………………………（260）

二十二、仙山天池 ………………………………………（276）

二十三、亲人团聚 ………………………………………（288）

二十四、龙腾圣地 ………………………………………（294）

二十五、再回挹娄 ………………………………………（302）

引 子

　　春秋战国时期，我国古代伟大的思想家、教育家孔子带着弟子周游列国来到陈国（现河南省淮阳县一带）并居住下来。一天，一只外貌凶猛的大鸟从空中掉落在陈惠公的院子里，鸟的身上有一支奇特的箭，箭长一尺左右。陈惠公感觉这只鸟很奇特，像是从很远的地方飞来的，就派他的侍从把中箭的鸟送到孔子的住处。孔子正在堂内授学，陈惠公的侍从求见并说明了来意，熟知历史掌故的孔子看了看这只鸟和箭后，肯定地说："这只鸟是从北方肃慎部族飞来的，身上中的箭是肃慎部族特制的楛矢石砮。先前周武王打败商朝一统天下之后，通告边远的夷蛮各部落以当地名优特产作为贡品朝献，以示永世臣服。肃慎部族将楛矢石砮作为贡品献给周武王。周武王命人在楛矢石砮上刻字为'肃慎氏之贡矢'，分赐给下属异姓诸侯。那时有一种礼规，分赐珍玉给同姓自家人表示亲近，分赐夷蛮的贡品给异姓下属是用来告诫他们不要忘了臣属地位。"

　　孔子看见陈惠公的侍从面露惊异之色，就又说："如果不信，请陈惠公派人去祖庙查找，也许能找到当时肃慎部族贡献的写着'肃慎氏之贡矢'的楛矢石砮。"

　　侍从急忙回去向陈惠公禀报孔子所言。陈惠公派那位侍从去祖庙查询，侍从果然在祖庙里找到了用金盒子装着的周武王所赐的刻有"肃慎氏之贡矢"的楛矢石砮。

　　侍从在夜间悄悄地敲开了孔子的门，向孔子行了大礼哭诉道："我就是肃慎人，自小被中原商贩从肃慎部族拐了出来卖到了陈国，后来又被陈惠公买下做侍从。我知道夫子懂得多，请夫子告诉我怎样才能回到故乡？"

　　孔子说："我只能告诉你肃慎部族的方位，余下的事就顺应天命吧。"

挹娄玉蝉
Yilou Yuchan

侍从心领神会地点点头。两年后，侍从经过了千难万险回到了他日思夜想的肃慎部族。他就是挹娄国伟大的木尔哈勒罕王的祖先——穆都里，因为有了穆都里在中原的诸多见闻和经历，才有了肃慎部族的迅猛发展和进步以及本文精彩的故事。

在祖国辽阔的东北大地上，连绵起伏的完达山余脉缓缓地走入了三江平原腹地。一条流经黑龙江省友谊县自西向东迂回辗转的七星河，吟唱着怀古的歌轻柔地汇入了乌苏里江，迎着东方升起的太阳涌向大海的怀抱……

自古以来，依山傍水一直是人类繁衍生息的首选宝地。20世纪80年代，中国社会科学院考古研究所的一项科学检测结果证实：1800年前的挹娄王国在黑龙江省友谊县的七星河畔创建了统辖达10余万之众的具有国家性质的部落。其规模宏大的古王都就坐落于七星河的北岸，隔七星河与北斗七星坛城相对应，形成了"王宫居北，祀天位南"的地理方位，完全符合古代"北主政，南祭祀"的封建传统礼制，呈现出"君临白山黑水之势"。据考证：挹娄王都出现于汉魏时期，比渤海国的建立早500余年，比阿城金上京的建立早900余年。全国各大媒体相继报道了这一重大的考古发现。与此同时，国内外专家学者纷至沓来观光考察。

在前来考察的诸多学者中，有一位特殊的人物——国家满族研究所的完颜李姬女士。完颜李姬不仅精通满族文化，而且是宗室相传的满族先祖挹娄人的后裔。她在新闻媒体上看到了关于黑龙江省友谊县"凤林古城"发掘出的玉器——"玉蝉"的图片时大为震惊，因为这枚出土的"玉蝉"与自己祖辈相传的"玉蝉"完全相似。完颜李姬立即带上了祖传的"玉蝉"来到了友谊县文物管理所，向王子丰所长说明了来意。王所长见到这枚玉蝉惊讶得张大了嘴巴，立即邀请市、省、国家考古研究专家来到友谊县对完颜李姬的玉蝉做了权威鉴定，结果证实：完颜李姬的玉蝉和"凤林古城"出土的玉蝉在玉质、工艺、塑形还有年代上完全一致。这一论证惊动了国家考古界权威人士，更让在场的满族文化学者及考古专家惊诧不已，大家怀着对这两枚玉蝉的主人的敬重和对玉蝉来历的好奇，急切地向完颜李姬询问这枚玉蝉的来历以及背后的故事。完颜李姬平静地对大家说："这是一个远古的故事，是完颜家的家族史，也是满族的民族史，也是中华大家庭融合发展过程中的一段精美的故事，一定要在神圣的挹娄古城上讲述，才不辱这段美好的往事。"

大家一致赞成完颜李姬的建议，于是，县领导立即组织了摄制组，同满族文化、考古专家学者一同赶赴"凤林古城"。完颜李姬身穿绿色的长筒纱裙，高挺的领口显出了完颜李姬与生俱来气质的高贵，白净的脖颈上挂着那枚晶莹别透的承载着远古之谜的玉蝉。完颜李姬和大家一起走上了挹娄人建造的挹娄王城第七城区遗址的古城墙，在古树下席地而坐，面对隔着七星河的挹娄人建造的祭祀圣山——"北斗七星祭坛"深吸了一口气，美丽明亮的眼睛里闪动着激动的泪花，嘴角上挂着祥和的微笑，一个久远而又美丽的故事穿越了时空的隧道，从她的口中娓娓道来……

挹娄玉蝉
Yilou Yuchan

一、挹娄罕妃

古时候，有个叫挹娄的王国，它位居中原的东北方，西邻扶余，东傍乌苏里江，南接高句丽，北域辽阔绵长，中原人不知其所及。挹娄国山丰泽阔、土地肥沃，白山黑水养育得挹娄人耿直彪悍，承袭了肃慎人勤劳勇敢擅战的习性。盛世挹娄时期的木尔哈勤罕王勤政慧民爱民如子，国富民强的挹娄国又增添了热情好客的民风。木尔哈勤罕王去世后，脾气暴躁的长子爱达甘继位执政，国家风气日渐败落。

一天，爱达甘的侍卫禀报说："城外来了几个外族人，他们的装束像天鹅一样尊贵，气力像耕牛一样疲惫，年长者要我禀告罕王，说是要借住一些时日，请大罕恩准。"

爱达甘正在与罕妃觉罗蝉儿在王宫大殿的观景楼台上饮酒，听此禀告不耐烦地对侍卫说："挹娄国不收留劣种的外族人，让他们远远地离开我们的疆域，否则，就让他们站在王城跟下尝尝我们闻名中原的楛矢石砮的厉害！"

侍卫急忙应了一声，退下。

觉罗蝉儿仰起美丽的面孔，柔声问道："美丽富饶的挹娄国地大物博，喝着北斗七星河水长大的挹娄人心胸像北斗七星河一样宽阔，热情接待行旅是我们挹娄民族的祖训，为什么罕王主政后就容不下外族人踏进挹娄国了呢？"

爱达甘端起陶杯把杯中酒一饮而尽，狂傲地说："挹娄是强悍的民族，绝不许劣等的外族人混乱我们尊贵的血统和独特的风俗，更不许外族人白白地享受我们祖先开拓的疆土。"

觉罗蝉儿若有所思，静静地凝望着一河之隔的北斗七星坛城。爱达甘看着觉罗蝉儿美丽的脸庞瞬间转怒为喜，万般宠爱地说："本罕就爱看蝉妃这羔羊一样柔顺的样子，不像别的妃子动不动就像争食的公鸡一样叨架！本罕这么个风风火火的性子，怎么就喜欢上蝉妃这么个乖巧的小美人了呢？"

"多谢罕王宠爱蝉儿，阿布卡恩都里①早已拟定了人世间的规律，阴阳互补消长，水火相依而生，罕王和蝉儿的性格糅合在一起才和谐美满。"觉罗蝉儿坐直了身子看着爱达甘认真地说："因此证明，无上尊威的阿布卡恩都里是智慧的。"

"住口！本罕跟你说过多少遍了！哪有什么阿布卡恩都里？本罕才是阿布卡恩都里！本罕是主宰挹娄人命运的阿布卡恩都里！"爱达甘望着远处雄伟高大壮观的北斗七星坛城，歇斯底里地叫喊着，那神情像是在对高天之上的阿布卡恩都里宣战。"本罕不仅要做挹娄国的罕王，还要统霸天下，让天下每一块疆土都为本罕所用！让人人敬拜的阿布卡恩都里见鬼去吧！本罕才是统治万国的阿布卡恩都里！"

觉罗蝉儿平静地说："挹娄先人世世代代在北斗七星坛城祭拜阿布卡恩都里，如果没有神灵，聪明智慧的祖辈们怎么会延续这种习俗呢？对于奥秘莫测的灵界之神，罕王怎可妄加亵渎！"

爱达甘操起陶杯摔在了地上，狂暴地说："闭嘴！若是再提讨厌的阿布卡恩都里，本罕就像对待幼鹿一样扭断你的脖子，喝干你的鲜血！"

觉罗蝉儿纹丝未动，用凝重的眼神眺望着河对面的北斗七星坛城，仿佛那是一座令世人仰慕的玉宇琼楼。

第二天，觉罗蝉儿请求出宫去北斗七星坛城祭祀。爱达甘不耐烦地摆摆手说："去吧，去吧！去向那个可恶的阿布卡恩都里跪拜去吧！"

觉罗蝉儿在贴身侍卫洛滨和侍女东莎娜的陪护下坐上了铺着虎皮、支着凉篷的彩装马车，出了王宫一路笑语欢歌，奔北斗七星坛城而去。

挹娄国的春天美丽迷人，蓝得透明的天空飘浮着白棉团似的云朵，洁白蓬松的白云在低空中慢慢地飘动仿佛伸手可及，仰面向天，依稀可闻云的气息。路边茁壮成长的庄稼、起伏的稻菽预示着丰收的景象，山峦上盛开着各色鲜艳的野花，阵阵花香随风飘来，让行人心旷神怡。天空中各类鸟儿在行人的头上飞旋，叽叽喳喳地欢叫着落在马车上或行人的肩头嬉戏，路旁草丛中，时常有野兔、山狸子、紫貂等小动物

---

① 阿布卡恩都里：满语，意为天上神。（罗马转写 Abka enduri）

挹娄玉蝉
Yilou Yuchan

窜到大路上，相互追逐……

觉罗蝉儿深深地吸了一口气，空气中的野草和鲜花弥散的清香让觉罗蝉儿陶醉。觉罗蝉儿酷爱鲜花与动物，自小与花鸟为伴。进宫以后，常常出来到山野中采集那些奇香无比、美丽鲜艳的野花，然后将鲜花装满整个马车，自己和洛滨、东莎娜跟在马车的后面，安步当车走回城去，招惹得其他罕妃好一顿讥笑。爱达甘却无论如何也不相信此事，在爱达甘的眼里觉罗蝉儿永远都是稳重矜持的。爱达甘只当是那些罕妃嫉妒蝉妃而编排的故事。而罕妃们也确实编排了好多故事诋毁觉罗蝉儿，反倒让爱达甘失去了对她们的信任。

觉罗蝉儿把头探出窗外，眺望北斗七星坛城的方向。北斗七星坛城并不远，但因曲折绵长而又宽阔的北斗七星河相隔，所以需绕到水浅处的那丹山下的小木桥，才能过桥而至。

车子转到一个向阳的小山坡，隔着灌木丛隐约看到几座半地穴式的地窨子①。靠近路旁，一群孩童在一棵大树下玩"老鹞子②叼小鸡"的游戏。"老鹞子叼小鸡"是挹娄的孩子们最喜欢玩的游戏。游戏中，一个人扮演老鹞子，一个人扮演老鸹子③，俩人相对而站。余下的人扮演小鸡，站在"老鸹子"的身后，一个接一个地扯着前面人的后衣带。当"老鹞子"开始攻击最后面的"小鸡"时，"老鸹子"就大张双臂摆动身躯，拦截"老鹞子"的进攻，而"小鸡"们则像长龙摆尾一样来回摆动躲藏。

孩子们狂欢的尖叫声此起彼伏，引起了觉罗蝉儿极大的兴趣，觉罗蝉儿让洛滨停下马车观看。扮演"老鹞子"的是一个头上戴着紫貂头带、颈上戴着三颗野猪獠牙、身穿鱼皮衣、脚蹬野猪皮乌拉鞋的小男孩，此时，他大声问做磨刀状的"老鸹子"："老鸹子！老鸹子！你做啥呀？"

"老鸹子"答说："磨刀呀！"

"老鹞子"问道："磨刀做啥呀？"

"老鸹子"答："磨刀宰杀野猪啊。"

---

① 地窨子：满族祖先挹娄人从穴居到地上的过渡建筑。
② 老鹞子：鹰科鸟类。体细瘦，腿长，尾长，低飞于草甸和沼泽上，觅食鼠、蛇、蛙、小鸟和昆虫。
③ 老鸹子：大鸨，属于鹤形目鸨科。东北地区把孵化期的母鸡称为"老鸹子"，"老鸹子"看护雏鸡时极其用心、勇敢，连凶猛的老鹞子袭击雏鸡，"老鸹子"也会奋不顾身地反击。

"老鹞子"问:"宰杀野猪给我留块肉没?"

答:"留啦。"

问:"在哪儿呢?"

答:"在锅台后呢。"

问:"锅台后咋没有呢!"

答:"让野猫叼去啦。"

问:"野猫呢?"

答:"野猫让野狗吃了。"

问:"野狗呢?"

答:"野狗让狼吃了。"

问:"狼呢?"

答:"让老虎吃了。"

问:"老虎呢?"

答:"老虎让猎人打死了。"

问:"猎人呢?"

答:"猎人在家烀老虎肉呢。"

问:"老虎肉呢?"

答:"老虎肉让我喂小鸡了。"

问:"小鸡呢?"

答:"在我身后呢!"

"老鹞子"一下子扑向"鸡群"抓"小鸡","老鸹子"做张开翅膀状护卫"小鸡","老鹞子"则左右快速飞旋追赶着排在最后面的"小鸡"。最后面的"小鸡"是一个四五岁的小女孩,她的头带是彩色麻布做的,衣服也和小男孩一样是鱼皮的,脚上穿着长筒乌拉靴。小女孩被"长龙"甩得忽左忽右地摆动,真像是一只惊恐无助的"小鸡"在惊慌失措中逃命。觉罗蝉儿正在饶有兴趣地观看着孩子们欢快的嬉戏场面,忽然,最后面的"小鸡"在躲闪中没有抓牢前面人的后腰带,一下子被"长龙"甩出很远,重重地跌在地上,带起一片尘土。小女孩躺倒在地上,半晌才翻身坐起,随后"哇哇"地哭起来。觉罗蝉儿立即下了车奔过去扶起那个小女孩,为她擦去眼泪并拍落身上的尘土,然后蹲下来亲切地与小女孩说话。小女孩边哭边抹掉眼泪,当她睁开眼睛看见微笑着注视她的觉罗蝉儿时,立即止住了哭声,惊

挹娄玉蝉
Yilou Yuchan

讶得张大了嘴巴。小女孩伸出沾满灰尘的小手抚摸着觉罗蝉儿的脸,惊喜地说:"阿布卡赫赫①!"

觉罗蝉儿忍不住笑了,温和地说:"可爱的哈哈珠②,怎么把我这个凡胎俗子看成是阿布卡赫赫了呢?"

小女孩又抹了一下眼泪,天真地说:"额尼③说的,阿布卡赫赫是最美丽的女人,你就是最美丽的女人,你一定是阿布卡赫赫啰。"说完,"咯咯咯"地笑出声来。

觉罗蝉儿搂着小女孩柔声说:"阿布卡赫赫不单是长得美丽,也是最有智慧、最谦和、最善良的人,记住了吗哈哈珠?"

"记住了,阿布卡赫赫!"小女孩用力点了点头,认真地回答。

"我不是阿布卡赫赫,是和你一样吃着北斗七星河里肥美的鲟鳇鱼长大的挹娄人。我们虽然不是阿布卡赫赫,可都要像阿布卡赫赫一样,做一个美丽、智慧、善良的人,好不好?"

"好,如果我也美丽、智慧、善良,是不是也可以成为阿布卡赫赫呢?"小女孩闪动着长长的睫毛认真地问。

觉罗蝉儿抚摸着小女孩的头部,亲切地说:"这个插着美丽羽翎的小脑袋瓜里是不是装满了很多有趣的问题呀?"

"是的,有很多很多我想不明白的问题。"

觉罗蝉儿想了一下,认真地说:"我相信,美丽、智慧、善良的人在离开这个世界的时候就会成为神仙和神女的,因为我们敬拜的天上神阿布卡恩都里最喜欢这样的人,会把我们带到他掌管的天界里的。"

"我要和额云④一样将来变成神女,永远和额云在一起!"

觉罗蝉儿开心地笑了,问道:"你叫什么名字?"

"我叫草儿,姓巴雅尔齐氏。"

"噢,草儿,生命力极强的名字。我叫蝉儿,姓阿颜觉罗氏。你就叫我蝉儿额云吧。"

"蝉儿额云!"草儿甜甜地叫了一声。

"呵呵,草儿真是可爱。"

---

① 阿布卡赫赫:满语,意为天女。(罗马转写 Abuka hehe)
② 哈哈珠:满语,意为儿童。(罗马转写 Hahajui)
③ 额尼:满语,意为母亲。(罗马转写 eme　eniye　aja)
④ 额云:满语,意为姐姐。(罗马转写 eyun　gege)

那个扮演"老鹞子"的男孩早已站在觉罗蝉儿的身边,拉着觉罗蝉儿的手说:"我也要叫您蝉儿额云!"

觉罗蝉儿问:"你叫什么名字?"

小男孩回答:"我叫草根儿,姓完颜氏。"

"草根儿,生命力旺盛的草儿、草根儿,你们本是同根生啊。"

孩子们哈哈大笑起来。

觉罗蝉儿站起来,吩咐东莎娜为孩子们发"宫廷萨其马",孩子们手舞足蹈地欢呼起来。觉罗蝉儿开心地看着这群可爱的孩子们,恋恋不舍地在孩子们"蝉儿额云再见"的呼喊声中远去。

挹娄玉蝉
Yilou Yuchan

二、神坛祭祀

　　觉罗蝉儿一行继续赶路，马儿欢快地在山村小路上奔跑，节奏分明的马蹄声配着"叮叮咚咚"的马铃声，像优美的乐曲在山谷间小溪旁回荡。

　　觉罗蝉儿在漂亮的马车上静静地观赏着大自然的风光，她那美丽而又充满智慧的面孔，此时此刻露出了孩童般纯真的微笑。

　　这时，从前面停在路边的一辆马车旁传来了夹杂着哭泣的呼救声。觉罗蝉儿倚窗探望，只见一个外族打扮的女人跑过来拦在了觉罗蝉儿的马车前。洛滨立即跳下车去询问，外族女人说，他们连续奔波了几个月，由于缺吃少喝，车上的年迈的夫人昏迷了。

　　觉罗蝉儿听得真切，立即让东莎娜送去了水和食物，片刻，那辆车上传来了夫人醒来后的呻吟声。

　　觉罗蝉儿松了口气，又让洛滨拿些铜币送过去，以备路上所用。然后，吩咐洛滨启程，继续赶路。这时，从那辆马车上下来一位长者，慈眉善目气宇轩昂，一副汉室官宦人家的风范。他健步来到觉罗蝉儿的车驾旁，抱拳行礼道："车上恩人，请受老夫一拜，救命之恩没齿难忘，请恩人留下芳名，老夫今生今世不敢相忘。"

　　觉罗蝉儿急忙下车屈身还礼，安抚那位长者说："尊贵的老人家不必言谢，天上神阿布卡恩都里所赐的万物为天下人共享，哪里有你我之分，老人家请安心受用。"

　　那位老者笑道："说得好！想不到一位纤纤女子竟有如此心胸，且容颜如玉、气骨如凤，想必恩人一定不是生活于平民之家。敢问尊姓大名，老夫好日后相报相谢。"

　　"为图回报的施舍就不是出于善心，不配称为木尔哈勤罕王教导过的子民。况且，挹娄的小女子，怎敢接受尊贵的老人家的致谢。老人家请宽心上路，小女子祝老人家和家人吉祥！"说完转身上了马车。

小鸟叽叽喳喳地欢叫着追逐着马车，觉罗蝉儿欢喜地伏在窗口伸出手来，脸上露出了只有在大自然中才肯袒露的天真可爱的神情，噘起了红红的嘴唇，口里发出鸟鸣般婉转动听的声音。欢叫的鸟儿听到了觉罗蝉儿的口哨声，像老朋友一样争先恐后地落在觉罗蝉儿的手背和臂膀上。

　　马车继续前行，走到了山坡下，远远地听见有流水拍击木桥的声音。觉罗蝉儿扭头望去，只见马车已经行到了北斗七星河边了。

　　北斗七星河是一条美丽的河流，为乌苏里江左岸支流，发源于岚棒山南侧。关于"北斗七星河"名字的来历，挹娄民族口耳相传着一个美丽的传说。

　　相传，肃慎人刚从乌苏里江畔迁徙到杳无人烟的北斗七星河边的时候，不知道怎样称呼这条河，穆昆达①为此事犯了愁。一天晚上，族人成群结队地在河边的参天古树下乘凉，看到树梢上方的北斗七星像七颗夜明珠挂在天上闪闪发亮。穆昆达指着北斗七星对族人说："你们看，这北斗七星明亮不炽眼，灵动不飘移，深远而清晰，多么像似我们肃慎人坚忍、勇敢、内敛的民族精神啊！"

　　话音刚落，天上的北斗七星骤然滑落，降落在北斗七星河内。硕大明亮的七颗星星漂浮在水面，把天空和大地映照得通亮。肃慎人吓坏了，穆昆达率领族人急忙俯伏在地呼求天上神阿布卡恩都里庇护。片刻，北斗七星慢慢地回升到天空归回原位。待到一切都恢复了平静，穆昆达冲着夜空高喊道："尊威的阿布卡恩都里！你派遣了北斗七星降落在这条无名河上启迪愚钝的肃慎人，我要按照你至高无上的旨意把这条河命名为'北斗七星河'，愿阿布卡恩都里降福北斗七星河水源充盈、鱼类旺盛，使漂泊的肃慎民族在这里定居扎根，永续昌盛……"

　　从此，穆昆达带领族人安居在北斗七星河畔，并在北斗七星河的北面建了七个城堡，统称北斗七星城堡。在北斗七星河南面的山上建了一座坛城，祭拜天上神阿布卡恩都里，纪念北斗七星降落河面。肃慎人把这座坛城称为北斗七星坛城。北斗七星城堡和北斗七星坛城隔北斗七星河相望，被称为北斗七星对面城。穆昆达把肃慎人住树屋的习俗，改为穴居，把肃慎民族改为挹娄民族，挹娄意为穴居人。穆昆

---

① 穆昆达：满语，意为族长。

挹娄玉蝉
Yilou Yuchan

达在石斧上刻上了北斗七星的图形，成为挹娄人的标志。挹娄人就安心地居住在北斗七星河两岸，繁衍生息……

马车上了木桥，觉罗蝉儿将头探出车窗，只见北斗七星河北岸的老柞树倒映水中，夹杂着水草相映，一派水乡泽国风情。岸边浅水处，长满了小叶章草、乌拉草、芦苇、塔头墩子……这些岁岁年年枯老复生的野草尽情展现着原始野性张扬的生命。水鸟成群结队地窜出草丛，由远及近地拍击水面乒乓作响。各色鱼群缓缓游来，冷不防有鱼跳出水面，发出欢愉畅快之声。美丽的天鹅、丹顶鹤、鹭鸶、呱呱叫的水鸭子在水中尽情嬉戏，呈现出大自然和谐美丽的景色。

觉罗蝉儿向南岸望去，只见岸边的水葱在波光粼粼的浅水里起伏着，蒲草举着红褐色的绒棒在微风中摆动。成千上万的蜻蜓在水面上上下翻飞，大山雀、苏雀、百灵鸟、绿豆鸟、白眼儿等小身型的鸟儿叽叽喳喳地相互追逐，呈现出大自然令人心旷神怡的交响曲。这时，一群燕子急匆匆地从远处飞来，贴着水面飞来飞去。觉罗蝉儿下意识地向天空望去，只见空中原本是白棉团似的云朵，不知什么时候已经变成了又黑又厚的乌云，那乌云迅速壮大，在低空中张牙舞爪地翻滚躁动着。

觉罗蝉儿见此情景对东莎娜说："大雨就要来了，我们改变行程，去石屋避雨。"

东莎娜应了一声，催促洛滨过桥后向东拐入北斗七星河下游的石屋。

觉罗蝉儿说的石屋，是她家世袭居住的祖屋。她在那里出生长大，在她进宫后这间石屋就闲了下来。这间石屋是半穴式结构，冬暖夏凉，设计别致宽敞。觉罗蝉儿喜欢这里，不舍得放弃这个石屋，不单是从小在这里长大，对石屋有感情，更重要的是她与阿玛①、额尼，还有阿诨②在逃难时走散了，她期望阿玛、额尼、阿诨有一天会回到石屋来找她，所以她就一直找人守候着这个能给她亲人团聚希望的石屋。

风，裹挟着落叶在地上翻滚着，乌云越来越低越来越厚，像黑色的大网一样铺天盖地地把大地笼罩住，让人惊恐不安。

---

① 阿玛：满语，意为父亲。（罗马转写 ama　jeje）
② 阿诨：满语，意为哥哥。（罗马转写 ahun　age）

觉罗蝉儿的马车迅速赶到了山林石屋。他们下了马车，院中的一位老人见到了他们立即小跑着过来打开了院门。他们刚刚进到院子里，随后又有一辆马车也向这里赶来，车子还没有停稳，就跳下一个侍从模样的外族人，急切地喊道："讨扰各位，请问附近有没有可以避雨的地方？"

那位侍从话音刚落，随即认出了东莎娜和洛滨，立刻施礼道："原来是恩人！这真是太巧了。还要麻烦恩人再为我们指点一个可避雨的地方。您看这大雨就要来了！"

东莎娜忙对觉罗蝉儿说："蝉妃主人，我们遇见的那些外族人又转到了我们的面前，等待着我们帮助呢。"

觉罗蝉儿看了一眼路旁的马车，又看了一眼已有雨点零星飘落的黑压压挤满了乌云的天空，对东莎娜说："请尊贵的外族人一同进屋避雨，贵宾相待。"

东莎娜立即对那位侍从说："我家主人请您和您的同伴一同进屋避雨。"

那位侍从抱拳道："不敢再讨扰恩人，只求恩人指给我们一个可以避雨的山洞或木棚就感激不尽了。"

觉罗蝉儿转过身来，对着那位侍从神态坚定地说："看在体弱的夫人分儿上请不要推迟，把马车赶进来，请尊贵的客人赶快进屋避雨！"

"叩谢恩人！"侍从连忙施礼。

洛滨和那位侍从跑到外族人的马车前，牵着马头把车转过来，这边东莎娜照顾着觉罗蝉儿先行一步进了屋。

外族人的马车进了院儿，那位侍从连忙打开了车门。先下车的是一位青年男子，英俊的脸上透着谦和，明亮的双眼透着睿智，华贵的服装上布满了灰尘。青年男子跳下车后，转身和侍女一起搀扶着一位老夫人下了车。随即，那位向觉罗蝉儿致谢的老者也下了车。

因为石屋是半地穴式建筑，所以进屋要先下台阶。东莎娜在门边举着油灯，照顾老夫人下了台阶，然后，把他们领进了一间很大的房间。房间里南北两侧各有一铺大炕，门对面的墙边有一道和火炕一样高的火墙把南北两铺炕连在了一起，炕的边沿是用柞木方子做成的炕沿。由于年久，这炕沿的木方子已磨得十分光滑圆润。在炕沿下方的一角，有一个方方正正的洞，洞里已燃起了火焰，让人感觉很温暖。

挹娄玉蝉
Yilou Yuchan

挹娄国地处完达山北，冬季异常寒冷，子民人家都要有大火炕才能抵御严寒。因为火炕是石板砌的，所以只要有人睡在炕上，夏季也要烧热的。那火炕烧热后久热不凉，人们吃饭聊天都盘腿坐在火炕上，非常舒服。这些外族人没有见过这样的火炕很是稀奇，加上天空下雨天气很凉，更因为他们多日缺吃少喝奔波劳累，所以一见有这么温暖的火炕都兴奋地坐卧到火炕上。

屋外，闪电一个接着一个，把被乌云捂得严实漆黑的大地瞬间照得通亮。随即，有雷声滚滚而来，在房顶上"咔嚓""咔嚓"地炸响，震得穴居仿佛都在颤动。不一会儿，黄豆大的雨点密密麻麻地从天空中急冲而下，天色一下子暗淡下来。

东莎娜很快为外族人弄了一大陶盆热气腾腾的煮肉和果蔬送过去，并说主人告诉他们不必拘谨多礼，放心地在这儿好好休息。

大雨过后，已是夕阳西下。觉罗蝉儿听东莎娜说疲惫的外族人都在酣睡，就悄悄地独自走出石屋，踏着石板路向半山腰处踱步而去。

她站在山坡上极目远眺，山脚下的部落雨后风景艳丽如画。半地穴式的穴居土坯烟筒正冒着缕缕的炊烟，那炊烟在夕阳的透射下变成了粉红色，像飘逸的阿布卡赫赫一样扭动着婀娜的身躯直奔云天而去。穴居的四周，是为抵御野兽垒砌的高大石墙，石墙的周围是用移植的达子香花树修剪成的树丛，前后院内种有各种果树，红、黄、绿、紫鲜艳的果实缀满枝头随风摇摆，犹如仙林一般浪漫。部落里的孩子们雨后总是迫不及待地冲出家门，欢叫着追逐雀跃。天空中，一条七色的彩桥横卧天边，与红光四射的夕阳遥相呼应，形成了一幅壮丽的景色。五颜六色的花草树木经过大雨的洗礼显得格外的鲜艳夺目，被暴雨冲洗的世界如童话世界般的新鲜，空气中充满了电击雷鸣后的臭氧气味，让人呼吸顺畅气息通达直入心肺。觉罗蝉儿热爱大自然，沉醉在这童话般的美景中。她仰头望着天空，感悟苍穹之美妙，那神圣的感觉使她的神情完全融入大自然的灵性之中。觉罗蝉儿贪婪地观赏着雨后美景，完全陶醉其中，仿佛神魂超拔般地专注。微风吹拂着觉罗蝉儿的长发，使发梢在她的身后曼妙摆动。觉罗蝉儿头戴一个由彩色羽毛缝制的羽环，羽环下一排晶莹的流苏抵在额头，把一双水汪汪的大眼睛衬托得更加灵动。

觉罗蝉儿内穿中原商贩送给爱达甘的纱料绣服，外穿自己缝制的镶着貂皮领口的鱼皮大氅,腰间束着一条镶着金银饰物的鱼皮带。这种文明与野性大胆搭配的装扮使得觉罗蝉儿的身上充满了超脱的神秘感。

"呜哇……"一群天鹅从天空飞过,觉罗蝉儿望着天鹅成群结队地飞翔,一种思念亲人的情愫油然而生。觉罗蝉儿小时候在雨后经常跟着哥哥到这儿来狩猎,因为暴雨过后动物会迫不及待地出来觅食。哥哥每次猎到小动物,都会炫耀般地在觉罗蝉儿的眼前晃动,觉罗蝉儿都会用崇拜的口吻说:"太棒了阿珲!阿珲是挹娄国真正的巴图鲁①!"

想到这里,觉罗蝉儿的泪水涌了上来,忽然,透过泪水她看到了哥哥站在了他的面前,也是像往日一样手中拿着弓箭,眼睛瞄着猎物。她情不自禁地喊道:"阿珲!阿珲!是我日夜思念的阿珲吗?"

对面的人放下了弓箭,定睛看着觉罗蝉儿。觉罗蝉儿奔到那人面前,抬起挂满了泪水的脸庞惊喜地看着对面的男子。只见那位男子正用凝重的眼神看着她,看得那样专注那样着迷,那充满了智慧的眼睛里透着坦诚和刚毅,那专注的样子像是在欣赏一幅绝美画卷般的坦白、爱恋、痴迷。

觉罗蝉儿定了定神,用布巾擦去了眼泪仔细地看了看对方,才发现那人不是自己的阿珲。她吃了一惊,慌忙地用双手捂住了嘴巴。觉罗蝉儿见那人一副外族人的装束且神色坦然毫无恶意,心渐渐平静下来,本想向外族人问候致歉,可当碰到那毫不顾忌的直视的目光时怦然心动,仿佛有一扇心门瞬间打开了,不需语言就建立了心与心的交流渠道,往日充满自信落落大方的觉罗蝉儿此时竟有些无所适从的感觉。

女人的美丽是经过综合素质的淬炼后再用羞涩的柔美来修饰完成的。

美丽和自信使女人变得端庄和神秘,它是吸引男人折服男人的首要条件。智慧和尊严使女人获得男人的尊重,使女人有能力长久地把男人的心系在身边,不至于让男人把自己当作生儿育女的工具。坚强和优雅使女人变得成熟和独立,使女人拥有自己独特的人格魅力。而

---

① 巴图鲁:满语,意为勇士。(罗马转写 Baturu)

挹娄玉蝉
Yilou Yuchan

羞涩则使女人柔情四射。羞涩是女人示弱的工具，是不能言表的心理状况的自然流露，是风情万种的妩媚火种。觉罗蝉儿在如梦如画的雨后美景中完整地演绎了女性超脱的美与柔情魅力相融合的过程。觉罗蝉儿片刻的羞涩后，立即调整了自己的思绪，使自己尽快恢复了平静与自信，毅然转过身，向石屋的方向走去。

觉罗蝉儿漫步在回家的小路上，忽然身后有人大喊一声："快躲开！"

觉罗蝉儿急忙回头，只见一只中箭的野鹿盲目地奔跑着，一下子跪倒在觉罗蝉儿的身边。觉罗蝉儿先是吓了一跳，随后觅声望去，只见刚才那位外族人手持一张弓，向这边跑过来，到了野鹿的跟前迅速拔出了野鹿身上的箭杆，用布巾擦去了箭头上的血迹，把箭放到箭袋中。觉罗蝉儿怜惜地看了一眼挣扎了几下就断了气的野鹿，说道："可怜的鹿就要断气了，鹿是族祭萨满的守护神，它的灵魂是尊贵的。你射死了一只鹿，挹娄民族的族祭萨满就少了一份护佑的屏障。"

那人蹲下身来头也不抬地把野鹿拎起来扛在肩上，然后，郑重地看着觉罗蝉儿，一字一句地操着扶余口音说："只有人才有灵魂，何况上天所造的万物都是为人所用的，鹿也不另外。如果人们因不忍伤害动物的生命而被饿死，那才是罪过。"说完，扛着野鹿大踏步地走了。

觉罗蝉儿愣在那里若有所思，半晌才回过神来，慢慢地往石屋方向走去。

当觉罗蝉儿回到石屋的时候，院里放着那个外族人射死的那只野鹿。东莎娜见觉罗蝉儿进了院，就急匆匆地跑过来说："哦，我的主人，下过雨的天气湿冷，小心着凉伤了身体。"

觉罗蝉儿指着野鹿问道："难道这是刚才的那个扶余人射杀的吗？"

东莎娜回答："是的主人，那位模样英俊的扶余公子为了感谢主人，雨一停就进山林为主人捕猎。"

觉罗蝉儿说："我要去看望我们尊贵的客人。"

东莎娜答道："他们已经走了。"

"哦？走了多久？"

"大约走出'两箭地'。"

"天马上就黑了，可怜的扶余人要去哪里呢？"觉罗蝉儿担心地自言自语。

二、神坛祭祀

　　第二天，扶余人一行沿路而下，路经北斗七星坛城的时候，扶余老者下了车细观这座平顶大山后，吩咐车夫向北斗七星坛城的方向驶去。

　　北斗七星坛城是挹娄民族敬拜天上神灵的庞大祭祀神坛。每年春祭的时候，方圆几百里的挹娄人从各部落扶老携幼地赶来，在这里举行民族大祭。祭祀结束之后，未婚青年男女会怀着兴奋的心情留下来，开始举行只有未婚男女才有资格参加的柳祭活动。柳祭是挹娄人世代相传的习俗，因为柳树枝繁叶茂、插枝成荫，极具生命力，所以挹娄人奉柳树为柳母神。柳祭是挹娄祖先专为青年男女搭桥结姻缘、祈求苍天降福男丁强壮、女人生育旺盛的活动。活动中，有射柳、摔跤、拔草绳、珍珠球、欻嘎拉哈等比赛，头奖可优先在未婚女子中选一位自己中意的人领走，到密林处野合。回来后的双方若手牵手，就是向众人示意恩爱，男子可把女子领回家中，待女子生子后，男方的父母就带着儿子、儿媳、孙子去女方家下聘礼，双方父母才坐在一起商议婚嫁大事。如果柳祭中获胜的男子相中的女子没有看中对方会拼命反抗，男子就在众目睽睽之下把女子打晕，把女子扛在肩上到北斗七星坛城的山腰城的洞穴内强行交合。所以，挹娄人把北斗七星坛城的洞穴称之为"洞房"。

　　北斗七星坛城整体建制独特，城坛结合、结构复杂，是挹娄人最高品位的建筑，是挹娄人勤劳智慧的结晶，是挹娄国高度文明的体现。

　　北斗七星坛城有四道别致壮观的城门，分别为东天门、南天门、西天门、北天门，四道天门连着石板台阶直达坛顶。坛城分上、中、下三层，下层是沿山围绕的地穴居，由城主及亲贵居住。在木尔哈勤罕王执政时，北斗七星坛城的城主木竹林勤政爱民，把这里治理得繁荣昌盛，子民安居乐业。山脚的周围是一片开阔的城池，城外有高大的护城墙，墙下是很深很宽的护城壕，壕内由北斗七星河引来的河水围绕着北斗七星坛城缓缓流淌。中层为山腰城，沿山修出数十米平整的空地，是坛城祭祀的人们聚会、议事、歇息之地。贴着山壁，是被挹娄人称之为"洞房"的洞穴。

　　北斗七星坛城的上层为山顶城，山顶地面平整，有七根粗大的木质神柱，每根神柱都刻了一个硕大的星浮雕，七根神柱再现了北斗七

挹娄玉蝉
Yilou Yuchan

星的方位。在七颗神柱的旁边有根高于其他神柱的刻有挹娄各时期穆昆达雕像的柱子，它的方位是帝星的位置。

山顶靠北处有一个长方形的祭台，石筑泥铺，是祭祀者献祭的祭台。扶余老者观察了一阵后，大为惊喜，立即率领全家在这里跪拜老天爷。

觉罗蝉儿吃过了早饭就和洛滨、东莎娜上了马车往北斗七星坛城方向驶去。到了祭坛脚下的萨满会所，请了族祭萨满领祭，买了一头黑猪作为祭品，族祭萨满的助手栽力把黑猪扛在肩上向祭坛走去。他们一行上了北斗七星坛城顶端后，看见扶余人一行正跪在祭台前合掌祈祷，山顶上一派庄严肃穆的气氛。

栽力把黑猪宰杀了，放在了祭台上。族祭萨满身披祭衣，头戴萨满神帽，虔敬地走到祭台前，高举双手举目向天，口诵祷词："无上尊威的阿布卡恩都里，挹娄人仰仗的天上神啊，请接受你庇护的子民的献祭，愿草原奔跑的动物属于你，愿大地生产的谷物献给你，你是掌管风雨雷电的神，你是尊威的阿布卡恩都里……"

族祭萨满高声颂祷着，觉罗蝉儿一行和扶余人一行虔诚跪拜，坛城上庄重的气氛更加浓厚。

祭祀结束时，扶余老者站了起来，带着真诚的微笑走到觉罗蝉儿的面前，拱手致谢道："感谢恩人又一次相助，昨晚因恩人不在石屋，没能当面致谢，老夫失礼了。"

觉罗蝉儿连忙还礼道："热情好客的挹娄人历来以招待行旅为荣，能为老人家做些力所能及的事是蝉儿的荣幸。"

扶余老者脱口而出："恩人有如此胸怀，让老夫一家深感敬佩。在下李文博叩谢恩人。"

觉罗蝉儿急忙扶起李文博，说："苍穹之下，本是一家，老伯千万不要多礼。"

李文博回身喊道："夫人，穹儿！快来拜见恩人。"

觉罗蝉儿顺着李文博的视线望去，只见一位面容和善的夫人微笑着往这边走来，后边搀扶着夫人的是昨天那位射鹿的年轻人。

李文博对夫人说："这就是我们的恩人。"

夫人刚要施礼，被觉罗蝉儿慌忙拦住："尊敬的夫人，您的身体是高贵的，请夫人千万不要对晚辈施礼，天上神阿布卡恩都里有好生之德，蝉儿只是遵行天理相帮急难而已，真的不必言谢。"

夫人惊喜地看着觉罗蝉儿，说："救助我们一家的原来是如此美丽的女子啊，你叫蝉儿？多好听的名字啊，蝉儿多大了？"

觉罗蝉儿听了夫人赞美的语言面露羞涩，朱唇轻启刚要回答夫人，被李文博给岔了过去："夫人，初次见面怎好询问恩人芳龄。"

李文博又指着那位年轻人说："这是犬子，李穹。"

李穹和觉罗蝉儿对视了片刻，都有些羞涩。李穹率先打破尴尬："我们见过面的，但不知是恩人，失礼之处还请恩人海涵，原谅李穹的不敬之过。"

觉罗蝉儿说："公子无罪，是蝉儿唐突，蝉儿还要感谢公子送给我的那只没有灵魂的野鹿呢。"

李文博惊喜道："原来你们见过面了？"

觉罗蝉儿答说："昨天晚上公子捕猎的时候，我们刚巧遇到，我还错把公子看作了我失散的阿浑。"随后，又问："老人家，你们的民族也祭拜阿布卡恩都里吗？"

李文博答道："阿布卡恩都里是至高无上的神，凡是有血肉的都该敬拜上苍之神。只是好多部族对于天上神的叫法不一，有叫老天爷的、有叫长生天的，有叫阿布卡恩都里的，有叫玉皇大帝的，道有道的叫法、佛有佛的称呼，虽然方言译音不同，但敬拜的都是一位，那就是造化万物的天上神。"

觉罗蝉儿眼睛一亮，说："百思不得其解的困惑，经老人家只言片语的点化，竟使我恍然顿悟，老人家真是博学通道之人。"

"哪里敢受如此夸赞，老夫的学识属实浅薄，只是喜欢钻研神道，孔子曰：朝闻道，夕死可矣。与孔夫子相比，老夫实在是汗颜啊。"

"老人家的崇道之心，阿布卡恩都里定会明晓眷顾。"

"老夫还要请教恩人，这座山很奇特，所唤何名？"

觉罗蝉儿自豪地说："北斗七星坛城。"

"哦！"李文博吃了一惊："这就是传说中的'北斗七星坛城'？！"说完，仔细地观察着八个刻着星辰浮雕的通天神柱。一会儿，他兴奋地走到祭台东面的神柱旁说，"这个是'天枢。'"又走到南面的那个神柱旁，说："这个是'天璇'。"又往前走，依次说："这个是'天玑'，这个是'天权'，这个是'玉衡'，这个是'开阳'，这个是

挹娄玉蝉

'摇光'。"

最后，李文博走到祭台旁边刻有挹娄各时期穆昆达雕像的神柱旁说："这个是帝星，从这个星座上能看出这个国家的命运。"

"哦?!"觉罗蝉儿发出了惊叹。

李文博又仔细地观察了这八个神柱的位置，肯定地说："就如此布局来看，这个'北斗七星坛城'从修建到现在，至少有2000年以上的历史，因为这几个神柱的布局是2000年以前的星座位置。"

觉罗蝉儿惊喜地感叹："老人家还懂得天象？真让蝉儿佩服。"

李文博说："老夫不才，略知一二。我本是扶余国的天象史臣，只因看出扶余国有灭国之灾的星相预象，而如实禀报了扶余国王。朝中奸人就借此向国王进谗言说我妖言惑众、扰乱民心，要杀我全家。幸亏有朝班忠卿连夜密告，才使我深夜遣散家奴，携带妻儿和忠仆逃出扶余。"

觉罗蝉儿感叹道："老人家一家平安无恙，要感谢阿布卡恩都里的护佑。"

李文博感慨着："老天爷有眼，老天爷有眼啊！"

觉罗蝉儿问道："老人家以后怎么打算？"

"还没顾得上去想。"李文博答道。"不过，目前需要先找一个落脚之地，不知恩人可否知道哪有山洞及废弃穴居等能容身之处？"

觉罗蝉儿长长的睫毛跳动了一下，语气明快地说："昨日老人家避雨的石屋是我多年不住的房子，常年闲置只有一老仆在那看守，老人家可到那里暂作安歇，然后再求生计。"

李文博为难地说："恩人已经两次相帮，怎好再次讨扰。"

觉罗蝉儿坚定地说："老人家不要再称我恩人，唤我蝉儿就好。看守房子的老仆我本要打发他回家养老，老人家只当是为蝉儿看屋守房了。"

李文博被觉罗蝉儿轻松愉快的语气感染了，兴奋地说："蝉儿盛情慷慨，老夫只好蒙恩拜谢了！"此时，李文博一行人都长出了一口气。

洛滨在山顶一角烤制祭品处支起了火架，开始烤制献祭的黑猪肉。觉罗蝉儿把老夫人扶到了棚架下安坐乘凉。然后，陪同李文博、李穹来到坛城的北侧观看挹娄国的盛景。

站在北斗七星坛城向北眺望，挹娄王城和七座城堡的轮廓清晰可见。北斗七星河像一条美丽宽大的天女撒落的飘带，在挹娄王城和北斗七星坛城的中间反射出点点灵动的粼光。

站在北斗七星坛城往西面望去，是一座绿荫覆盖的大山，那座山的名字叫那丹山，木尔哈勤罕王的妻子那丹，就是在那里出生、在那里长大的，那座山也是因为那丹做了王后而得名。

觉罗蝉儿向李文博和李穹介绍着挹娄国的疆域分布情况。一会儿，浓郁的烤肉香味儿飘过来，李文博不解地问觉罗蝉儿："这是个祭祀的地方，在这里烤制俗物是否对老天爷不敬？"

觉罗蝉儿答说："挹娄人延续了远祖的这个习俗，传说是天上神阿布卡恩都里亲定的。奉献的祭品当场烤制，由献祭的人们就着无酵饼当天吃完，剩余的不许带下山，连肉带骨敲碎撒给神鹰。阿布卡恩都里享受上扬的美味儿，挹娄人和神鹰享受饱腹的美食，如此才是天人合一、万物和谐的景象。"

李穹风趣地说："这个民俗比较符合天理民意。"

李文博望了望天空，感叹道："其实天理就是民意，民意就是天理，在世为官的都应该顺应天理，维护民意，才能使人类繁衍生息，江山才能昌盛永续。"

觉罗蝉儿若有所悟地点点头，说："暴虐武断的罕王不讲伦理纲常，浅世低俗的子民如春天的野草漫地疯长，罕王无君长之尊威，民众无礼让之风气，这样的国家难道是阿布卡恩都里所喜悦的吗？"

李文博正色地说："当然不是，这样的国家会遭天谴，招来大灾难。"

一片云朵遮住了太阳，带来些许凉意，凉风儿吹过让人初觉秋寒，禁不住打了个寒战。李穹抱拳冲天道："但愿阿布卡恩都里能听见我们的谈话，看到人类还有我们这些善良正直的人在敬拜他，因为我们的存在而不至于降罚灾难于世。"

云朵飘走了，阳光直射下来让人倍感温暖。空气中充满了烤肉的焦香味道。觉罗蝉儿举目向天，自言自语地说："洞察人心的阿布卡恩都里一定知道我们对他的敬畏，谨以我们对他的敬畏他就不会降下天灾。"然后，又转向李文博说："奉献的祭品已经飘出了馨香，老人家让我们坐在烤猪的周围，分享人间美味吧！"

大家围坐在火架旁，东莎娜逐一给大家斟满了酒。觉罗蝉儿双手

挹娄玉蝉
Yilou Yuchan

端起了陶杯，对大家说："当今罕王拒纳尊贵的外族人入境，可善良的挹娄子民却好施喜客，我们的石屋远离王都，罕王不会发现你们，请各位安心居住。这头杯酒敬天上神阿布卡恩都里，求阿布卡恩都里赐福挹娄国五谷丰登万年昌盛。也请阿布卡恩都里赐福各位逢凶化吉，平安吉祥！"说完，双手举杯过顶，停留片刻后放下来，左手端着陶杯，伸出右手把中指伸入酒中，点沾一下后把手指上沾着的酒弹向天空，反复三次后把陶杯中的酒慢慢地倾洒在地，李文博等人也效仿而做。东莎娜又为大家斟满了酒，大家这才开心地一饮而尽。浓香的烤肉"嗞嗞"地冒着油泡，人们用刀把烤熟的肉割下美美地吃起来。

觉罗蝉儿向大家介绍了侍女东莎娜、侍从洛滨。李穹也向觉罗蝉儿介绍了侍从兼车夫赵宝子，又介绍了夫人的侍女春梅。大家彼此相互敬酒，场面其乐融融。

"父亲快看！"李穹喊道。

李文博回头一看，只见一只强健的雄鹰在北斗七星坛城上空盘旋着。洛滨开心地大喊一声："神鹰来了！"

随后，洛滨冲神鹰摆着手"啊哦！啊哦！"地呼唤着。神鹰仿佛听懂了洛滨的召唤，扇动着翅膀朝着飞来的方向高声鸣叫。

神鹰是倍受挹娄人宠爱的动物，它是寿命最长的鸟类。神鹰和狗一样，视听敏锐、对人友好、有深刻的记忆。神鹰的年龄可达70余岁，它在40岁时，爪子开始老化，无法有效地抓取猎物，它的喙变得又长又弯，几乎碰到胸膛，严重地阻碍它的进食，它的翅膀也变得十分沉重，因为它的羽毛已经长得又浓又厚，飞翔十分吃力。这时，它只有两种选择，等死或经过一个十分痛苦而漫长的更新过程。要想获得重生，它必须努力飞到一处陡峭的悬崖，任何鸟兽都上不去的地方，在那里要待上150天左右。首先它要把弯如镰刀的喙向岩石上猛烈摔去，把老化的嘴巴从头上摔掉下来，然后忍着剧痛静静地等候新的喙长出来。新的喙慢慢地长出来后，它再以新喙当钳子，一个一个把坚固趾甲从脚趾上拔下来。等新的趾甲长出来后，它再把又长又厚的羽毛一枚一枚地从身上薅下来，成为一个肉团状的怪物。这个没有防御能力的怪物在经历了漫长的五个月后，新的羽毛就长成了轻便的羽翼了，老鹰脱胎换骨重新飞翔，才能保证再过30年的岁月。它冒着疼死、冻死、饿死以及被别的猎物吃掉的危险，自己改造自己、重塑自己与自己的旧体诀别。挹娄人就是敬重鹰这死而复生的壮烈蜕变过程，将它称之为神鹰。

随着神鹰的鸣叫，远处飞来了一个浩大的鹰群，它们在北斗七星坛城的上空盘旋鸣叫，形成了美丽壮观的鹰群大旋涡。

洛滨把人们吃剩的烤肉和骨架放在了坛城边墙的石板上，用铁锤把它砸得粉碎，然后，冲着鹰群喊道："啊哦，来吧！啊哦，快来吃吧可爱的神鹰们！"

鹰群一下子散开，形成了一个人字队形，井然有序地俯冲下来落在石板上，坦然地分食碎肉和猪骨。

觉罗蝉儿一只手搭在额前遮挡炽眼的阳光，向四面的天边瞭望。李穹好奇地问道："你在寻找什么？"

"另一个鹰群——海东青。不知它们在哪里玩耍呢？飘香的烤肉它们没有嗅到吗？"觉罗蝉儿自言自语地说。话音刚落，远方箭一般地飞来一只精巧的小鹰，它在七星坛城的上空迅速地翻了一个身，又箭一般地飞回了原处。

觉罗蝉儿兴奋地指着飞去的海东青说："它来了！海东青来了！"

人们顺着觉罗蝉儿手指的方向望去，只见刚刚飞走的海东青已经带回一大群海东青，密密麻麻的海东青交织在一起像龙卷风一样刹那间旋到了祭坛的上空。人们情不自禁地举起了双手，冲着海东青挥手致意。海东青齐刷刷地打开翅膀，在空中停留了三秒钟，而后像听到了号令一样同时收拢了翅膀，雨点般地落在了神鹰群中，同神鹰一同啄食烤肉。

李文博等人被这一幕神奇的景观惊呆了，张开了嘴巴不知该说些什么好，只是呆呆地看着庞大的鹰群队伍井然有序的啄食。

半晌，李文博才自言自语地说："老夫总算是见到了传说中'人鹰共舞，祭品同享'的壮观场面了。"

觉罗蝉儿问道："到了挹娄国没有听到'乌勒本'就等于白来一趟挹娄国，这个说法不知老伯是否听过？"

李文博说："初来乍到，还没有这个机会，但挹娄'乌勒本'早已享誉中原，不知何时才有这个福分亲耳聆听。"

觉罗蝉儿说："我们每次献祭时都要聆听族祭萨满为我们说唱'乌勒本'，那么，现在就请族祭萨满为我们说唱一段。"

挹娄玉蝉
Yilou Yuchan

族祭萨满立即站起来面对大家鞠了个躬,说:"今天为诸位说一段神鹰抓石扑火的故事。"大家立即鼓起了掌声。

族祭萨满手拿抓鼓,"砰、砰、砰、砰砰、砰、砰、砰"地击了一阵子鼓后,说:"挹娄祖先口耳相传了很多神鹰海东青的故事,神鹰海东青是飞得最高和最快的鹰,它象征着挹娄人勇敢、坚忍、以小博大、永不言弃的民族精神。关于人鹰同食祭品的习俗,源于一段美好的传说。"说完,又敲了一通鼓,拉开了说书讲部的姿势,带着音乐韵律的口吻,道:"话说造神之神阿布卡恩都里,天庭之上设宴席,宴请天上各路神,分封事务管辖区。"说完,舞动身姿,击鼓伴奏。

"先封了天神弥额尔,掌管天神雷电雨,又封了加贝额尔观天地,不许日月有偏离。天神路济弗尔不服气,怎容别神高于己,要与阿布卡恩都里比高低,他要统管天与地,诸神都要他管。骄傲之气变魔力,举兵挥戈向着弥额尔杀去。弥额尔率兵迎战路济弗尔,天宫大战三月余,日月失光雾满天,云彩劈碎落满地。惹怒仁慈的阿布卡恩都里,睁开天目观战地,只见路济弗尔下死手,一刀劈向弥额尔,全然不顾手足情,一心只想霸权力。阿布卡恩都里掌击地,地壳崩裂百余里,弥额尔率领众天神,击得反叛天神无处去,仓皇之中钻地缝,躲到地心烈火里,瞬间烧成黑木炭,往日美丽无踪迹。阿布卡恩都里一挥手,地裂合并成一体,反叛天神成囚徒,关闭的地心成地狱。"砰、砰、砰、砰砰、砰、砰、砰。

"阿布卡恩都里为补天庭空缺席,造了一男和一女,繁衍人类续后代,世界都由人管理,为了人类有食衣,万物生灵全备齐,日月星辰有秩序,花鸟鱼虫都美丽,飞禽走兽不相争,父慈弟恭有情义,只等满全人间事,荣登天庭赴宴席。"砰、砰、砰、砰砰、砰、砰、砰。

"路济弗尔不服气,怎让卑贱人类白白升天赚便宜:'天庭本是我位置,不让人类把我替。'路济弗尔越想越觉该出气,一跃冲出地狱里,拱得山崩喷熔浆,焦黑躯体带烈火,不顾丑陋现形迹,怒目寻觅人居处,嘶吼如雷扑人去,惊恐人们忙逃命,树屋地穴大火起,妇孺老弱相呼唤,慌不择路乱纷纷。"砰、砰、砰、砰砰、砰、砰、砰。

"神鹰与人是邻居,树屋、树巢紧相依,眼看人们受伤害,神鹰奋不顾身冲过去,仰天长啸群鹰到,把路济弗尔团团围住大张尖喙作利器。弥额尔天神及时到,把作恶的路济弗尔打回地狱里!"砰、砰、

二、神坛祭祀

砰、砰砰、砰、砰、砰。

"神鹰抓石扑救火,鹰爪磨破血淋淋,长长尾毛皆烧断,五彩羽毛黑漆漆,大火烤得红冠焦,烟熏神鹰喉成疾,靓丽歌喉变嘶哑,火灭神鹰失彩衣。祖先含泪同盟誓,不忘神鹰舍身救人真情意,世世代代口相传,不与神鹰相为敌,善待神鹰海东青,人鹰同处共生息。善待神鹰海东青,人鹰同处共—生—息!"族祭萨满说完,向大家做了一个谢场的动作,人们报以热烈的掌声。

李文博感叹道:"族祭萨满说唱的'乌勒本'真是美妙动听,内容通俗易懂、合仄押韵,不愧是享誉中原的挹娄说部。"

李穹问:"'乌勒本'有文字记载吗?"

觉罗蝉儿回答说:"挹娄王国还没有文字,只有符号记载事物。所以,'乌勒本'只是萨满口耳相传。"

李穹说:"这真是了不起的文化。"

挹娄国是一个能歌善舞的民族,每当人们祭祀完毕,就要载歌载舞,表答对阿布卡恩都里的敬拜与亲和之情。此时,觉罗蝉儿飞旋般地跑到了跳舞场中间,双手自胯旁两侧徐徐伸展向上举起,随着一声嘶吼般的唱腔,跳起了铿锵有力的挹娄风情舞。东莎娜狂击神鼓伴奏,洛滨在旁舞动手臂伴舞,野性粗犷的舞蹈和节奏分明的鼓声令鹰群飞起,旋在上空翩翩起舞。觉罗蝉儿忘情地跳着舞着,忽然停下来跑到了李穹的面前,拉起李穹跑回了跳舞场,带动李穹一起跳舞。洛滨和东莎娜分别拉来了赵宝子和春梅,一群年轻人快乐地狂舞起来。

李穹和春梅不习惯地随着节奏笨拙地挪动着脚步。而赵宝子的舞蹈简直是滑稽至极,他不懂韵律,听不懂节拍,随意伸胳膊踢腿地胡乱跳着,引逗得大家一阵阵地"哈哈"大笑。他见大家在笑他,索性做起了鬼脸伸胳膊撅腿地抖动,把大家笑得前仰后合。

神鹰群扇动着翅膀鸣叫着、飞旋着,像是一群欢呼的痴迷的观众,久久地不愿离去。北斗七星坛城上充满了一派祥和、喜庆、欢乐的气氛。傍晚时分,他们才尽兴而归。

第二天清晨,林中勤奋的鸟儿"叽叽喳喳"地叫着,吵醒了熟睡的人们。石屋的人们都早早起来,东莎娜和春梅纺纱织布,洛滨和赵宝子砍柴割草,以备冬天之用。李穹套上了皮靴穿上蓑衣去狩猎,因

挹娄玉蝉
Yilou Yuchan

为太阳没出来的时候露水大，会把衣服弄湿的。

李穹对这片山林并不熟悉，不敢贸然走进深处，只是在道路附近寻觅猎物。挹娄国最初以渔猎为主，后来开始了耕田种地、圈养牲畜。挹娄的土地肥沃、地产丰富，居民慢慢疏于狩猎，所以食草动物繁衍很快。李穹没用多久就打了几只山兔、野鸡和紫貂，他高兴地满载而归。

李穹身背肩扛地把猎物弄回了石屋，放在了院中。大家纷纷跑出来，兴奋地观赏这些猎物。东莎娜高声喊道："大妃快来看哪，李公子打了这么多的猎物，还有一只紫貂呢。"

这只紫貂四肢短健，身体丰盈颀长，尾毛蓬松油亮，体色黑褐，毛绒丰厚色泽光润，稍掺有白色针毛并闪放着一种诱人的亮泽。

紫貂多在树洞中或石堆上筑巢，除交配期间以外，多独居。它视听敏锐行动快捷，一受到惊扰瞬间就消失在树林中。李穹能猎到紫貂可见他狩猎技能高强。紫貂素有"皮毛之王"之称，它的皮毛以能御寒、保暖性强、不沾水等特点而成为皮毛中的上品。东莎娜蹲下来，对觉罗蝉儿说："这只紫貂正好和我们的那些貂皮是一样颜色，我把它弄好再给大妃做件新款的衣服。"

觉罗蝉儿回头看了看夫人，真诚地说："紫貂的毛皮轻若无物，极其保暖，夫人穿最合适，还是为夫人做件衣服御寒吧。"

李穹听到方才东莎娜称呼觉罗蝉儿为"大妃"，先是一惊，随后，走到觉罗蝉儿的面前施礼道："李穹不知尊驾是大妃娘娘，请大妃娘娘宽恕李穹不敬之罪。"

觉罗蝉儿忙扶起了李穹，又看了一眼东莎娜。东莎娜连忙把右手放在了嘴上，懊悔道："主人恕罪，仆女忘了主人的吩咐，把主人的身份给说穿了。"

觉罗蝉儿没再对东莎娜说什么，而是转过身来微笑着对夫人说："大妃的身份不能给我增加荣耀，反要隔开了我们的距离，为了我们能坦然相处，才隐瞒了身份。"

夫人感慨道："如此处处为他人着想的贤淑女子我还第一次见到，何况您还是荣耀至极的大妃，实在让我敬佩。"

李穹也忙说："大妃胸怀博爱，且充满智慧，不能不让人肃然起敬。"

觉罗蝉儿说:"蝉儿本是寻常女子,只是心中常存对阿布卡恩都里的敬畏之心,言谈举止都按阿布卡恩都里的旨意去做,才有了这善言善语。我做得还很不够,还需夫人和李公子勉励。"

夫人说:"大妃谦虚,我们共同勉励。"而后,又说:"这儿山清水秀,鸟语花香,真是人间仙境,我们可是到了一个好地方啊。"

"夫人喜欢,就在这里安心定居吧。"

"能和大妃在一起生活真是我们李氏一家的福分啊。"

"夫人,今天我们就要回宫里了,你们安心在这里居住,我会常回来看你们的。"

夫人连声说:"好,好,回去吧。盼望你能早点回来。"

觉罗蝉儿拉着夫人的手,说:"我也很喜欢和你们在一起生活,我会时常来看你们的。"说完,收拾了行装回宫去了。

三、红蓝侧妃

爱达甘在宫里抱着新宠娇妃寻欢饮酒，娇妃贴在爱达甘的怀里说："我亲爱的大罕，你说我和蝉妃相比，谁的脸蛋更漂亮一些呢？是蝉妃还是我呢？蝉妃的身材可没有我高挑，蝉妃的……"

爱达甘立刻打断娇妃的话，问道："刚才我就觉出少点什么，哦，原来这两天没见着蝉妃，是不是去了石屋没有回来？"

随后，冲着屋外喊道："来人，看看蝉妃回来没有。"

门边侍从立即应了一声出去了。

娇妃懊悔地吸了一口气，又长长地叹出，嘀咕着："哎哟，看我这张破嘴，不提蝉妃就好了，酒喝得好好的提她干什么呀？一提她大罕就想起她来了。只要蝉妃在宫中，大罕就常常临幸她，别的侧妃都因此而不高兴了！"

"女人在本罕的眼里就是款式不同的衣裳而已，本罕高兴穿哪件就穿哪件，本罕穿哪件衣裳是本罕的事，还需要衣裳高兴不高兴吗？你要是不适应本罕的习性，本罕可以贬你为民，你可以随意找个猎户嫁了，猎户会把你当作祖宗匣子供在西墙上！哈哈哈……"

娇妃听了爱达甘真假参半的话，生怕激怒了他，就拿腔作调嗲嗲地说："大罕，别生气嘛，以后娇妃再不敢说让大罕生气的话了。来，娇妃给大罕斟酒赔罪。大罕，咱俩人共同饮一杯。"爱达甘收敛了笑声，端起陶杯一饮而尽。

娇妃的眼睛诡异地转了转，说："大罕，蝉妃经常出宫，你为什么这样纵容她呢？你就不怕她的心飞出宫去，招惹野男人吗？"

爱达甘又哈哈大笑着说："蝉妃的心可不是容易轻许的，你以为蝉妃像你一样见了野男人就像发了情的母狐狸一样吗？蝉妃进宫的时候提出了一个要求，就是要定时去北斗七星坛城祭祀，不定时地回石屋居住。当时本罕立马回绝了她，本罕想，还没有人敢跟本罕提条件，我怎能让一个弱不禁风的小女子跟堂堂的挹娄罕王提条件呢？不答应！坚决不答应！可她还来了拗劲了，她就宁死不进宫。本罕对这个敢于反抗的美丽的萨尔甘追①产生了好奇，就亲自去石屋见她，想不到她国色天香、气质高雅、超凡脱俗，更让本罕想不到的是，她竟然是多年前在本罕面前跑掉的那个让本罕做梦都想要的萨尔甘追。本罕就依了她的这个条件，别说一个条件，十个也依！"娇妃狠狠地撇撇嘴。爱达甘接着说："所以，宫中的女人只有蝉妃可以随意出入宫门。"娇妃翻动了一下嫉恨的大眼睛，又撇了撇嘴。

这时，内侍走进来报告说："报告大罕，蝉妃在蝉妃宫里。"

爱达甘喜悦地说："宣蝉妃即刻进罕王宫，陪本罕饮酒。"

"嗻！"侍从退下。

片刻，觉罗蝉儿走进了内宫，来到爱达甘的面前施礼道："蝉儿拜见大罕！"

爱达甘推开了贴在胸前卖弄风情的娇妃，对觉罗蝉儿说："蝉妃平身，近前来与本罕饮酒。"

"谢大罕。"觉罗蝉儿起身走上饮酒台。

娇妃不情愿地站起来，懒懒地施礼说："娇妃拜见大妃！"

"娇妃平身！"觉罗蝉儿平静地说。

"谢大妃！"娇妃极不情愿地坐在了觉罗蝉儿的下位。

爱达甘吩咐一旁站立的宫女，大声大气地说："快给蝉妃备餐具，再去为蝉妃传几道她平时爱吃的菜。"

一位宫女应声而下，出去传菜去了，另一位宫女为觉罗蝉儿端来餐具。这个宫女把餐具放在觉罗蝉儿的面前后，带着敬仰的眼神注视了一眼觉罗蝉儿，觉罗蝉儿见她眉清目秀面善可人，就不由自主地冲她笑了笑，那个宫女也欣喜地冲觉罗蝉儿回了一笑。

爱达甘扭过头来要正与觉罗蝉儿叙话，见此情景就冲那位宫女大怒道："大胆贱奴！怎敢与我爱妃对视，如此不懂规矩怎能在宫中使用。来人！把这个贱奴扔到七星河里，让肥壮的鲟鳇鱼品尝一下挹娄少女的嫩肉！"

宫女立即跪在地上，祈求道："罕王恕罪，卑贱的仆女知道宫中的

---

① 萨尔甘追：满语，意为少女。（罗马转写 Sargan）

挹娄玉蝉
Yilou Yuchan

规矩，只是仆女仰慕美丽优雅的蝉妃已久，今日得此机会才敢冒死仰望，仆女知错了，恳请大罕饶恕仆女死罪。"

觉罗蝉儿忙对爱达甘说："罕王把可怜的宫女吓着了，你看她像是带着露珠的鲜花一样招人喜爱。大罕你再看，此女眼睛明亮、面带喜兴，是旺主的命，就留她在宫中为罕王带喜添福吧。"

"大妃就是胸怀仁爱，既然蝉妃为这个贱奴说情，就暂且饶她一回，倘若再有服侍不周或失礼之处，本罕一并处罚。"爱达甘最后的话加重了语气。

宫女忙叩拜爱达甘："谢大罕开恩！祝福大罕万岁吉祥！"又转向觉罗蝉儿："谢大妃大恩！祝福大妃吉祥如意！"

觉罗蝉儿问道："美丽的萨尔甘追，你叫什么名字？"

"回大妃，仆女名叫瓜尔雅丹。"

"祖姓呢？"

"回大妃，"瓜尔雅丹犹豫一下，说："仆女自幼流浪，不知祖姓。"

觉罗蝉儿带着怜爱的口吻说："可怜的瓜尔雅丹，愿阿布卡恩都里降福与你。"

"谢大妃祝福！"瓜尔雅丹再一次叩谢。

爱达甘故作生气的样子，大声对觉罗蝉儿说："怎么？蝉妃多日不见本罕，不对本罕加以关怀，反倒对一个宫女感兴趣了？！"

觉罗蝉儿笑了笑站了起来，为爱达甘斟了酒，举起陶杯道："蝉儿哪敢慢待大罕。只是大罕群妃如云，身心溢满脂粉浓香，蝉儿不敢在百花园中争艳，只能静候大罕召唤。既然大罕青睐蝉儿，蝉儿就敬大罕一杯酒，祝大罕身体安康，如意吉祥！"说完，陪爱达甘一饮而尽。

爱达甘喝罢那杯酒，哈哈大笑着说："蝉妃就是有品位，说出的话语就像北斗七星河里的流水声，让人听了舒畅！"

娇妃急忙为觉罗蝉儿斟酒，献媚地说："大罕宠幸大妃是挹娄人众所周知的，小娇要向大妃讨教，好好学学怎样侍奉大罕才能讨得大罕的欢心。"

爱达甘说："哎！是猫儿就猫样，是狗儿就狗样，都学得猫不猫狗不狗的，那还有什么味道了。本罕有蝉妃的雍容颖慧，有娇妃的千娇百媚，知足了！来，你们俩人一同陪着本罕饮酒，本罕要喝个痛快！"

娇妃立即活跃起来，天真萌动地问："大罕真的知足了，不再娶新

三、红蓝侧妃

纳小了？"

"有你们俩在本罕左右，本罕还娶什么新？纳什么小啊？你们说说，咱挹娄国还有比蝉妃和娇妃更有味道的女人吗？哈哈哈哈……"

娇妃得意地端起了陶杯，嗲声嗲气地对爱达甘说："小娇和大妃一心一意侍奉大罕，大罕可不能光顾了自己开心，还要多多心疼我们姐妹才是呀！"

"当然、当然，来，咱们痛痛快快地饮它几杯，今天就喝他个一醉方休！"

"酒美当醉，花美当折，莫让大好时光白白流进北斗七星河。"娇妃娇笑着举起陶杯吟诵着。

爱达甘喷出口中刚要咽下的酒，用手背抹了一下嘴巴，哈哈大笑着说："一张像打漏了的抓鼓一样的破嘴，还能吟出美妙的诗文？真是笑死本罕了。蝉妃，给娇妃临场作诗，让她知道什么叫吟诗，什么叫学问！"

觉罗蝉儿注视了一眼侍立在一旁的瓜尔雅丹，道："兰草有馨香，栖身古树旁，邻蒿同日月，秋镰束薪炀。"

"好！蝉妃吟得好！"爱达甘得意地说。

娇妃听了爱达甘称赞觉罗蝉儿的话，心存不服故意问："蝉妃真是博学多才啊，可是小娇听不懂，不知这首诗说的是什么？讲的是什么？劳烦大妃为小娇解释一下，可否？"

爱达甘笑道："本罕也听不懂，但听着好听，里面的寓意也不甚明白，就请蝉妃解释解释吧。"

觉罗蝉儿看了一眼瓜尔雅丹，又看了一眼娇妃，说道："兰花和蒿草的品种是不同的，兰花天性高贵、雅致端庄，虽有馨香而不张扬。蒿草见风狂长、随风招摇，气味低俗不知内敛。它们相邻而生，同在日月下成长，结局都是一样。到了秋天，都会被当成柴草捆在一起，用来烧火。"

娇妃撅起了嘴巴，撒娇般地说："那么，谁是兰花儿，谁是蒿草儿啊？"

"当然你是蒿草了！一棵味道十足的野蒿子……"爱达甘嘲弄般地说完，哈哈大笑起来。

"大罕……"娇妃嗲声嗲气地扭动着身躯。随后，偷偷地瞪了一

挹娄玉蝉
Yilou Yuchan

眼觉罗蝉儿。

觉罗蝉儿只当是没看见，对着瓜尔雅丹继续吟诵着："年年岁岁花相似，岁岁年年人不同。谁都有日暮衰竭的时候，面对无法逃避的死亡，谁还计较尊贵与贫贱呢？"

"我计较！"娇妃扬起头颅傲慢地说。"只有侍候好大罕，才能保住尊贵的身份，只有尊贵的身份才能活得开心，死得显贵。哼，贫贱，过贫贱的生活还不如让我去死！"

"混账的贱人！本罕喝得正开心，怎么说起了生啊死啊的！"

娇妃连忙赔罪，嗲声不绝。

一位内侍进来报告："禀报大罕，左翼相国求见。"

爱达甘大怒道："每到酒兴正浓之时，左翼相国这个老东西必来捣乱。不见！"

内侍说："大罕息怒，左翼相国有话，说是有国事相报，恳请大罕一定召见。"

爱达甘不耐烦地说："右翼相国从来没有在议事大殿之外向本罕禀报国事，只有左翼相国总是拿国事来寝宫烦我。去！告诉左翼相国，明日大殿之上再议国事。"

内侍又说："左翼相国还说，这件事既是国事又是让他难以判断是好事还是坏事的事，左翼相国说，他一刻都等不及了，求大罕一定召见他。"

爱达甘"哦"了一声，懒洋洋地说："好吧，就让那个连好事和坏事都分不清的糊涂相国进见吧。"

左翼相国走进来向爱达甘和蝉妃施了礼，而后禀告说："大罕，扶余国的使臣来访。"

爱达甘傲慢地说："扶余国那个老东西沉不住气了？本罕即位以来就断了扶余的供奉，老东西是不是派人来吓唬我了？来得好！来得好啊！本罕要砍下来使的人头，快马送回扶余，当作本罕给扶余老东西的贡品吧！"说完，哈哈大笑起来。

"使不得，使不得啊！"左翼相国急忙说。"扶余国献来了黄金万两和两个绝色美女啊！"

爱达甘问："嗯？扶余国历来以大欺小，怎么肯为本罕献贡？"

左翼相国说："是啊，我也觉得这事蹊跷，也许这里有诈。"

三、红蓝侧妃

爱达甘一擂桌子:"管他呢,召见!"

片刻,扶余国大使和两名美女走进了内宫,并行拜见礼。爱达甘傲慢地对扶余大使说:"挹娄国年年进贡贵国,养肥了你们啊,现在挹娄国是本罕的天下,本罕可没有进贡他国的习惯,今天,你们却来给本罕送厚礼,说!你们扶余的那个老东西到底打的是什么主意?"

扶余国使臣连忙说:"大罕,我君主对大罕敬仰有加,我君主说,大罕胸怀大业,是千年不遇的霸主,我君主想要和大罕结为联邦,共同分享天下。我君主本想亲自来拜访,只是染了风寒不敢远行,就差下官代君主拜见大罕,希望大罕能接受我君主的诚意。"

"本罕没有闲心听你讲那些糊弄人的鬼话,直说吧,有什么事想求本罕啊?"

"大罕真是圣明,睿智的头脑明察秋毫,锐利的双目能洞察人心。"扶余使者满脸堆笑地说。

"扶余国的人是不是都喜欢绕着弯子拍马屁啊?有什么事,直说吧!"

"不瞒大罕,我扶余国君想建立太平国都,发展经济促使百业兴隆,不想与邻国结怨而连年征战,遣下官日夜兼程走访邻国,与各国建交修好。万望大罕笑纳我国君主敬奉的一片心意。"

爱达甘哈哈大笑:"你们君主很识时务啊,建不建交、修不修好的要看看你们君主给我送来的货色,让两个美人过来,本罕看看是几等成色。"

两个女人拖着长纱裙,迈着碎步款款走到爱达甘的面前。从走路的姿势上看,女人风韵充盈、娇艳四射。爱达甘禁不住仔细地审视这两个女人,只见这两个女人一样的身材、一样的身高、一样的纱裙只是颜色不同。纱裙中,肥瘦均匀、曲线分明的身材若隐若现,坚挺的双乳随着呼吸微微起伏着。爱达甘看后得意地哈哈大笑,随即站起来走到她们的面前,撩起了红纱美人的面纱,只见那女人细眉大眼,粉腮朱唇,微微上扬的下颌烘托出女人的娇媚。爱达甘惊叹道:"好一个漂亮的小美人!"

只见红纱美人屈膝施礼,道:"红玉儿拜见大罕!红玉儿愿侍候大罕左右。祝大罕身体康泰、国运吉祥!"

爱达甘见此美女早已是酥骨三分,又听见如此美妙娇嫩的声音,

挹娄玉蝉
Yilou Yuchan

顿时眉开眼笑:"好一个能说会道的小美人,本罕留下受用。"

随即对左翼相国说:"封!封红玉儿为红妃,即日享受后廷最高待遇。"

"喏!"左翼相国立即答道。

红玉儿喜滋滋地施礼道:"红玉儿叩谢大罕王恩浩荡!"

爱达甘急忙扶起红玉儿,当目光和红玉儿那美丽的双眸对视的时候,爱达甘的眉梢一动,脸上露出挑逗的神情,红玉儿立即回应了一个甜甜的媚笑。娇妃见此情景怒目圆瞪,觉罗蝉儿则淡然一笑。

爱达甘又转向蓝纱美人,说:"把面纱撩起来,让本罕看看。"

蓝纱美人轻轻撩起面纱,行礼道:"蓝玉儿拜见大罕,祝愿大罕洪福齐天!"

爱达甘愣在那里,左看一眼红玉儿,右看一眼蓝玉儿,禁不住大声喊道:"你们俩人怎么一模一样啊?!"

红玉儿和蓝玉儿同声回答:"回大罕,我们是孪生姐妹!"爱达甘大喜:"封!蓝玉儿为蓝妃!即日享受后廷最高待遇。"

红玉儿和蓝玉儿深施一礼,同声道:"谢大罕恩赐!"。

娇妃猛地站了起来,用仇恨的目光来回审视了红玉儿和蓝玉儿后,狠命地踩了一下脚,正巧被红玉儿看见。红玉儿仰起了头,得意地冲娇妃笑了笑。娇妃气愤地跑到爱达甘面前,抓住了爱达甘的衣袖,哀求着:"大罕,你刚刚说过不再添新纳小了,怎么转身就忘了!不能让这对妖孽进殿,看她们嚣张的样子,一定会把后宫搅乱的。再说,扶余国是什么用心……"

爱达甘没等娇妃说完就一巴掌打在娇妃的脸上,娇妃一下子摔倒在地。红玉儿和蓝玉儿立即扑在爱达甘的怀中,一边一个万般柔情、柔若无骨地贴在了爱达甘的身上,娇声嫩气地安抚着爱达甘。红玉儿娇滴滴地说:"大罕息怒,大罕尊贵之躯怎能和不懂规矩的女人动气呢。"

蓝玉儿也故作关切地说:"大罕,不要伤了您尊贵的体魄啊。"

爱达甘哈哈大笑,一边搂着红玉儿,一边搂着蓝玉儿嬉笑着:"让本罕开心的就是两件事,一是征服天下,二是拥有美人。扶余国那个老东西用你们两个狐狸精来孝敬本罕,本罕可就要好好地享用了。"随即,冲内侍说:"传令下去,大摆筵席,款待一路劳顿的扶余使臣!"

"嗻!"内侍下。左翼相国冲扶余使臣递了个眼神,扶余使臣向爱达甘跪谢后退下。

觉罗蝉儿看了一眼倒在地上捂着被打的脸哀号的娇妃,起身向爱达甘施礼:"蝉儿恭贺大罕喜添新人。"

爱达甘松开了怀中的红玉儿和蓝玉儿,得意地说:"还是大妃懂事理,来、来、来,红玉儿、蓝玉儿拜见挹娄国最尊贵的大妃觉罗蝉儿。"

红玉儿和蓝玉儿走近觉罗蝉儿的面前,齐身下拜,同声说:"拜见大妃,祝福大妃万福金安!"

觉罗蝉儿说:"免礼,平身。"

"谢大妃!"红玉儿和蓝玉儿扭动纤细的腰身慢慢直起身来。

爱达甘迫不及待地一把抓住红玉儿的左手腕,要把她揽入怀中,觉罗蝉儿见状急忙对爱达甘施礼道:"大罕,蝉儿告退了!"

爱达甘挥挥手,说:"去吧去吧。"

觉罗蝉儿走到门口,侍立在门边的瓜尔雅丹再一次冒着被处死的危险用关切的目光注视着觉罗蝉儿,眼中饱含同情与慰藉,觉罗蝉儿冲她感激地一笑。

觉罗蝉儿清楚爱达甘的习性,纳了新人是不会在近日内召见她的,就和洛滨、东莎娜一同回石屋去了。

红玉儿和蓝玉儿进宫后,爱达甘更加懒于政务,日夜在"红蓝妃宫"中取乐。红玉儿和蓝玉儿本是一对妓女,被扶余国王选中送与爱达甘,并且命令专人调教,使她们极尽妩媚,让男人见后情欲难耐,一旦与之交合更是如醉如痴欲罢不能。加之,红玉儿和蓝玉儿同时与爱达甘调情做爱,更使爱达甘完全沉迷于她们疯狂的性爱游戏中。

爱达甘已有近一个月没有上议政大殿处理政务,大臣们在王宫中议论纷纷。但议论归议论,罕王不上殿,对于大臣来说都认为是件好事。在爱达甘这个反复无常的暴君面前,每位大臣都是抱着明哲保身但求无过的态度处理政务。罕王久不上殿,大臣们都暗暗叫好,免得殿上哪句话说得不对,就要人头不保。大臣们提心吊胆地过着朝不保夕的日子,都不敢多嘴多事。这一天,大臣们例行公事地在大殿上碰个头后,就都一路扬鞭回深至九级的穴居宝地享受天伦之乐去了。大

挹娄玉蝉
Yilou Yuchan

臣们可以走，但左翼相国不行，凡爱达甘不上朝的时候，宫中的大小事务须由左翼相国和右翼相国及时通报给爱达甘，而右翼相国狡猾奸诈、擅于逢迎，从不在爱达甘玩得兴头上讨没趣，就凡事推在左翼相国身上。左翼相国推脱不过，就硬着头皮禀报爱达甘，否则延误大事，爱达甘追究起责任，左翼相国和右翼相国都老命难保。

这一天，爱达甘正乐此不疲地在"红蓝妃宫"作乐。左翼相国求见："禀报大罕，有好多子民在街上闹事，抗议新颁布的货物交换税。"

爱达甘问："他们为什么抗议啊？"

左翼相国回答："子民说，他们的日子不好过才彼此交换物品，如果纳了物品交换税就剩不下钱财，没有钱财就没法生儿育女养家糊口了。"

爱达甘凶狠地说："我要割下那些抗议本罕法令的贱民的舌头，让他们永远不能再对本罕说不！"

红玉儿搂着爱达甘的脖子，淫荡的神情中透着坏笑："大罕，为什么割掉他们的舌头呢？应该割掉他们的生殖器，这样他们就不用生儿育女养家糊口了，子民也就不敢再抗税了。嘻嘻……"

爱达甘听后"哈哈"大笑，扭了一把红玉儿的脸蛋，对左翼相国说："去！把那些抗税的人抓起来，割掉他们的生殖器，看谁还敢闹事！"

左翼相国吃了一惊，呆立在那里没有回应。爱达甘一拍大腿接着说："割掉生殖器的人都押到宫里来服侍年轻盛欲的侧妃们，断了侧妃们见到男仆就怀春的念头。"

左翼相国用衣袖抹了一把额头上的汗珠，答道："嗻！"说完急忙退下。

蓝玉儿搂着爱达甘的脖子，把嘴贴在他的耳边浪笑着耳语了一阵。

爱达甘听后，连忙说："不行了宝贝儿，让本罕歇歇吧，本罕要累死了。"

蓝玉儿故作生气地说："轮到蓝玉儿了大罕就不勇猛了，是不是大罕厌倦蓝玉儿了呀？"

爱达甘说："哎，哪能啊？只是本罕'日夜奋战'身体有些亏空，力不从心了。"

红玉儿眼珠一转，伏在爱达甘的耳边诡异地说："大罕，红玉儿知道有一神奇偏方，可使大罕迅速恢复体力奇猛无比。"

"说，什么偏方？本罕一定要用！"爱达甘兴奋地说。

红玉儿坐直了身子，慢声慢语地说："这可不是一般的秘方，是有胆量的帝王霸主才用得起的，不知大罕敢不敢用？"

爱达甘哈哈大笑几声，捏着红玉儿小巧的下巴，一字一句地说："活人的肉，本罕都敢生吃了，本罕还有什么不敢用的？！"

"既然大罕敢用，红玉儿就告诉大罕秘方，是童子的睾丸，每天一副，一副一对，吃七七四十九天后，就会日夜纵欲而不知疲倦，大罕就可尽情享用天下美女了。"

爱达甘大喜，喊道："招太医！"

太医到。

爱达甘说："本罕要每天服一对童子睾丸壮阳，连服四十九天，快去准备吧！"

太医吓得额头上冒了汗，胆怯地问："大罕，这童子睾丸从何而来呀？"

爱达甘大怒："本罕只管服用，不管从何而来。侍卫官！"

"在！"

"跟着太医去采药，采不来的话，就提着太医的头来见本罕。"

"嗻！"俩人急忙应了一声下去了。

太医耷拉着脑袋和侍卫官来到了乡下，只见大路旁的一棵老树下坐着一个五六岁的男孩，正在认真地搓着弹弓用的泥球。太医和侍卫官对视了一眼，太医一扬下颌，侍卫官迅速走过去抓起了那个男孩，绑住了他的手脚，脱去了他的裤子，拿出匕首准备割取小男孩的睾丸。那男孩早已吓得哇哇大哭连呼救命，当他意识到来人是为了割取他的睾丸，就用双手死死地护在裆部。李穹和赵宝子、洛滨正在附近的草地上切磋剑法，觉罗蝉儿和东莎娜在一旁观赏，听到了呼救声迅速跑了过来见到了这一情景，李穹大声喊道："住手！光天化日之下，竟然对一个小孩子行凶！真是目无王法！"

侍卫官放下了男孩，冷冷地说："你是谁，胆大包天竟敢管我王家之事，我看你是不想活了。"说完，拔剑刺向李穹，李穹侧身一闪躲过了这一剑，同时迅速抽出腰中佩戴的长剑进行还击。

挹娄玉蝉
Yilou Yuchan

这时，觉罗蝉儿大喊一声："住手！"

侍卫官和太医同时回头看到了觉罗蝉儿，立即下拜同声道："叩见大妃！"

太医说："不知大妃在此，惊扰了大妃，请大妃恕罪。"

觉罗蝉儿厉声说："难道你们的血管里，流的不是这个哈哈珠的祖先的血吗？挹娄人最不能容忍的就是残害我们赖以传宗接代的哈哈珠，难道你们不是喝着北斗七星河水长大的挹娄人吗？！"

侍卫官和太医赶紧松开了绳子，那男孩惊喜地喊了一声："蝉儿额云！"随后"哇"的一声哭叫着奔到了觉罗蝉儿的跟前。李穹急忙把长剑入鞘，上前两步把那孩子抱起来搂在了怀里。那孩子伏在李穹的肩上，紧紧地搂着李穹的脖子。李穹用手轻拍着孩子的后背安慰孩子说："别怕哈哈珠，没事了，没有人再敢害你了。"

侍卫官战战兢兢地说："回大妃，下官……下官是奉了罕王的命令寻童子的睾丸作药方。"

觉罗蝉儿面向太医厉声问道："太医！你怎能为罕王出这样断绝挹娄子孙的方子？"

太医连忙回答："大妃呀，下官冤枉啊，这可不是下官出的方子，是红玉儿出的坏主意，要罕王吃四十九副童子睾丸壮阳，下官……下官要是采不回药去，罕王……罕王就要了下官的老命啊！"

觉罗蝉儿叹了口气，说："来自扶余国的妖女终于现原形了，这是成心祸害挹娄子民啊！扶余国王绝不会白白地给挹娄国献贡，黄鼠狼向小鸡问安，一定是藏着杀机，我们要随时留意红蓝妃子的动向，免得大祸临国。"

太医说："可不是嘛，大臣们都在议论此事，只是罕王自己被红蓝妃子用色情所迷惑，认不清她们的真面目啊。大妃啊，今天我拿不回童子的睾丸，罕王就要砍下老夫的头啊，你快想想办法救救我这条老命吧！"

觉罗蝉儿想了想，镇静地说："红玉儿用毒计制造挹娄国混乱，我们就有妙方为挹娄族人解难。不要怕，这件事我来安排，你们听命就是。"

太医和内侍同时答道："下官一定遵命！"

觉罗蝉儿对洛滨说："去临近的猎户家，买几只圈养的野公猪来，速速送到石屋。"洛滨答应一声飞奔而去。

觉罗蝉儿又对太医说："你们每天可到我的石屋来取一副野猪睾丸，为罕王作药方。"

太医高兴地说："这下可好了，其实对一个本宗族的哈哈珠，下官也是下不了手啊。"

觉罗蝉儿又对内侍说："这件事一定要严守秘密，不能让罕王知道真相。"

"大妃请放心，下官至死不会透露出去的。"

李穹扳过小男孩的肩膀，为他擦干了眼泪，问道："孩子，吓坏了吧？不要怕，有叔叔在，谁也不能伤害你。你叫什么名字？"

小男孩胆怯地答道："我、我叫……"

话还没说完，就看见远处有一老人朝这边走过来，小男孩急忙从李穹身上溜下来，边哭着喊着边奔了过去。到了老人的跟前，孩子哭着把事情的经过说了一遍，吓得老人紧紧抱住孩子。觉罗蝉儿欣慰地看了他们一眼，对大家说："都跟我到石屋去。"说完，转身往石屋方向走去。

刚刚走出几步，老人就从后面呼喊着追了上来，到了李穹的跟前跪地叩头道："叩谢恩人！叩谢恩人哪！"

李穹连忙扶起了老人，对他说："老人家，该谢的是大妃娘娘，是大妃娘娘救了老人家的孙子。"

老人急忙跪在觉罗蝉儿的面前，正欲叩头被觉罗蝉儿扶了起来。觉罗蝉儿亲切地说："一切都过去了，只是您的哈哈珠受了惊吓。"随后，又问老人姓氏。老人连忙答说："回大妃，我叫完颜松甘，完颜氏。"

觉罗蝉儿说："完颜老伯，这件事不要声张，免得传到罕王那里再生事端。"

完颜松甘连声答应，又拉过他的孙子给觉罗蝉儿叩头。觉罗蝉儿扶起孩子，孩子扬起小脸说："蝉儿额云，我是草根儿啊。"

觉罗蝉儿恍然大悟地说："啊？原来是草根儿啊，那个勇猛的'老鹞子'！"

草根儿"呵呵"地笑了。

完颜松甘连忙解释说："家里就这么一个男孩，觉得金贵，就叫他草根儿，希望他像草根一样生命旺盛，一直就这样叫着，恳求大妃给

挹娄玉蝉
Yilou Yuchan

赐个名字吧。"

觉罗蝉儿说:"哈哈珠化险为夷,我就为哈哈珠再取个名字庆祝新生吧。看完颜老伯也是个良善之人,祝愿完颜老伯子孙后代旺盛吉祥,就给孩子取名为完颜留根吧。"

完颜松甘急忙下跪谢恩:"谢大妃,完颜家能留住这条根多亏了大妃了。"

觉罗蝉儿说:"是仁慈的阿布卡恩都里助佑你们完颜一家,才使得留根逢凶化吉啊。"

"是啊,是啊!"完颜松甘连忙点头说。"感谢阿布卡恩都里!明天我一定去北斗七星坛城献祭!一定献大祭!请亲戚邻里都去分食祭品,你们也去啊,老话说:分食祭品的人越多,祈的福越灵验、献的祭越诚心。"

觉罗蝉儿和大家欢欢喜喜地答应了。

李穹对完颜松甘说:"老人家,留根刚才吓着了,等会儿我回去取只野兔来,老人家把野兔煮了给留根吃,为留根压压惊。"

完颜松甘转向李穹刚要道谢,表情一下子僵住了,神情专注地看着李穹,半晌才激动地说:"贝儿,是贝儿吗?"

李穹惊奇地问:"老人家,我叫李穹,您怎么了?您认错人了!"

完颜松甘回过神来,慌忙说:"没事,没事,我想起了我的贝儿。我的贝儿啊,四岁的时候让人给拐走了,现在还没音讯呢。"而后,又急忙问道:"公子的阿玛、额尼还健在吗?"

"健在,都还健在。完颜老伯,我的父母就在那边居住。"

"对不起,冒失了,冒失了。"完颜松甘满脸的歉意。

太医凑到完颜松甘的跟前,拿出一粒药丸,讨好般地说:"老阿浑,这是最好的镇静药,是为军王专门配制的。今天这件事把留根吓着了,晚上睡前把这粒药丸给留根吃了,就不会做噩梦了。"

东莎娜一下子拦在了太医的面前,说:"不要你的东西,谁知道你的药里有没有毒啊?依我看,留根吃了李公子的野兔就什么都好了,用不着你的什么镇静药,谁知道你又安了什么心?!"

太医眨了眨眼睛,结结巴巴地说:"你看,你看,这是……我这是,我这也是好心啊,我也想做回好人哪,我还没那么坏透顶吧?再说,我和留根能有什么仇啊?没完没了地要害他?!"

赵宝子阴阳怪气地说:"没有仇,没有仇你可是要冲留根下毒手了。你怕丢了脑袋,就不怕留根丢了命根子?!依我看哪,你的那个脑袋瓜还没留根的命根子金贵呢!"

大家哄然大笑。太医恼羞成怒:"你……你……"

赵宝子抢过话来说:"我怎么了?要不是我们来得及时,留根的命根子就没了,你知道留根将来的后代会有多少吗?啊?!留根的后代会像天上的星星一样多,多得数都数不清,今天险些让你给砍掉一个完颜大家族啊!"

"就是嘛!留根可是完颜氏的重要传承人呢。"东莎娜和赵宝子一唱一和地说。

太医张着嘴巴,"这、这"地半天说不出别的话来。

觉罗蝉儿看见太医的窘态,忍不住笑了,对赵宝子和东莎娜说:"好了好了,别闹了,太医知错了,就让太医为留根献点爱心吧。"

太医感动地说:"是啊,我也想献点爱心嘛!我也是有爱心的挹娄人嘛!"说完把药丸交到了完颜松甘的手里。

李穹兴奋地说:"善良和仁爱是会影响别人的。我们大家都相亲相爱,世间就不会有杀戮了。"说完,抱起了留根举过了头顶,又原地抡了两圈扛在肩上,留根兴奋地大声笑起来。

觉罗蝉儿和太医等人来到石屋的时候,洛滨已经买回三只小野公猪。这三只小野公猪是猎户刚从山里捉回来圈养的,还未退化野性。在太医的指导下,赵宝子和洛滨把一只小野公猪四蹄朝上地按在地上,分别把住了四只蹄子,使小野公猪动弹不得。小野公猪感觉性命受到了侵害,拼命地号叫并张开嘴巴要咬赵宝子的手臂。赵宝子边躲避边骂道:"该死的野公猪,还敢咬我啊!"

太医忙说:"可不能这样叫骂,容易杀头的!"

赵宝子说:"嗯?我骂野公猪还犯法了吗?你们挹娄人这是什么风俗?怎么不许骂猪啊?"

太医故弄玄虚地说:"骂猪可以,骂公猪也可以,骂野公猪就要杀头了!"

"嗯?这就怪了,什么原因?"

"因为当今罕王的名字爱达甘是挹娄方言,翻译成汉语就是野公猪的意思。"

挹娄玉蝉
Yilou Yuchan

赵宝子"扑哧"一声笑了，说道："挹娄罕王怎么取这样的名字啊？野公猪？哈哈，有意思，挹娄罕王叫作'野公猪'，怪不得他纵欲无度，原来是野公猪的化身，哈哈……"

太医小声说："别这么大声嚷嚷嘛！让人听见真的会杀头的！挹娄祖先都是喜欢用凶猛的动物来为子孙取名的，这是强悍的象征。少见多怪的扶余傻子！"

"你们挹娄人才傻呢！傻得跟野公猪似的！"

太医刚要还嘴，小野公猪歇斯底里地号叫起来，人们的注意力一下子集中到小野公猪的身上。只见侍卫官已经把小野公猪左侧的睾丸处用尖刀割开了一道口子，鲜血立即流出来，侍卫官手指捏住小野公猪的左侧的睾丸用力一挤，睾丸就被挤出一个来，又捏住右侧睾丸用力一挤，另一只睾丸也被挤了出来。赵宝子和洛滨放开了小野公猪的四蹄，小野公猪一个翻身后站了起来，慌慌张张地跑到院子旮旯处卧伏在那里，胆怯地窥视着人们低声呻吟着。另外两只小野公猪不知什么时候，已经钻到了劈好的用作烧火的木桦子垛的夹空里一声不响地躲避着人们的视线。而留根这时候紧紧地抱住李穹的大腿，生怕这件事再发生在自己的身上。

侍卫官洗去了手上的血迹，又洗净了小公猪的睾丸，用麻布包好交到太医的手中。赵宝子看着躲在院子旮旯呻吟的小野公猪，啧啧有声地说："可怜的小野公猪噢，除了给人杀肉吃，再没有用处了。"

洛滨说："猪就是给人杀肉吃的，有什么可怜的。"

赵宝子说："你说这小野公猪失去了公猪的本性，这公不公、母不母的，整天在母猪面前晃来晃去的得多自卑啊。"

"此话差矣！"太医用权威的口吻说："猪不同于人，它没有思维，没有自尊。只要有吃的它就猛吃，吃完就猛睡，睡完就猛长。公猪长到一定年龄开始性成熟，发情期会使公猪烦躁不安，影响食欲，延误生长。为此，如果在公猪还没发育的时候就切除它的睾丸，那么，它就会没有性的骚扰，一心一意地长成大肥猪。"

"这么说，我们切掉了猪睾丸，反倒是件好事了？"赵宝子笑嘻嘻地问。

"那是当然。"太医非常得意的样子。

李穹笑了："说不定啊，以后子民都这样做来圈养家猪呢。"

赵宝子笑着说："是个好办法，我们以后就这样圈养家猪。不过这样做狠了点，简直就是灭绝人性，不！是灭绝猪性！"大家哄然大笑。

太医拿着猪睾丸，对觉罗蝉儿说："大妃，下官告辞了。"

"去吧。快去给罕王煎药吧。"觉罗蝉儿说。

赵宝子自言自语地小声嘟囔着："但愿罕王别吃出猪腥味来。"

太医一听这话，刚才自信的盛气一下子就没了，低眉顺眼可怜巴巴地说："阿布卡恩都里保佑我吧，千万别让罕王吃出这是野公猪的睾丸，否则，我就没命了。大妃冰雪聪明，快帮我出个好主意吧。"

觉罗蝉儿想了想，说："太医可在这猪睾丸里，加上些香料和春药，只要好吃又见效果，罕王就不会问是什么配制的了。"

太医大喜："大妃真是聪明绝顶，下官这就回宫配药去。"

太医走后，李穹从铁笼里抓出一只野兔，对觉罗蝉儿说："我去给完颜老伯送去，我刚才看到完颜老伯家的那边有个小窑，不知是不是烧陶制品的。蝉妃昨日说要买些器皿，我们一起去看看好吗？"

"好啊，我正想出去走走呢。"觉罗蝉儿爽快地说。

到了完颜松甘的家门口，李穹冲穴居内喊了两声，完颜松甘出来后看见了他们，赶紧冲着觉罗蝉儿下拜，被觉罗蝉儿制止。留根一眼看到了李穹，一下子扑到李穹的身前。李穹伸手把他抱起来转了两圈，留根开心地大声地笑着。

完颜松甘对他们说："大妃、李公子快进屋坐，进屋坐！"

觉罗蝉儿说："完颜老伯，那个小窑是不是烧陶罐的？"

"是的，我的吉儿在那儿烧陶罐。"完颜松甘见觉罗蝉儿对小窑感兴趣，就爽快地说："走，我带你们去看看。"

完颜松甘在前面引路，觉罗蝉儿和李穹在后面跟着，留根扯着李穹的手一蹦一跳地来到了小窑。完颜松甘冲着木棚子喊道："吉儿，烈吉！有贵客来了！"

话音刚落，就见一个三十多岁的壮汉两手是泥，急急忙忙地从木棚子里走出来。当完颜烈吉和李穹四目相对的时候，俩人都愣住了，觉罗蝉儿也愣住了。因为，完颜烈吉和李穹的相貌太相似了，只是完颜烈吉的身材比李穹高大粗壮一些。

完颜松甘对完颜烈吉说："就是他们救了咱们留根的命啊！"

挹娄玉蝉
Yilou Yuchan

　　完颜烈吉愣愣地盯着李穹看了半天忘记了道谢，自言自语地说："我的阿布卡恩都里啊，我这是在哪儿见过这张嘎嘎熟悉的脸儿啊？"

　　李穹也自语道："我也有似曾相识的感觉，可我不可能见过你。难道是在梦里？"

　　完颜松甘哀叹着："我的贝儿活着的话，也该这样大了。"

　　完颜烈吉顾不得满手是泥，一下子拉住李穹的手，急切地说："兄弟，别怪阿诨冒失，跟阿诨说，你阿玛和额尼在哪嘎达呢？他们都健在吗？"

　　李穹说："我的父母一直和我在一起，都健在，健在！"

　　完颜烈吉犹豫了一下，又仿佛是下了决心似地继续问道："你小时候是不是……是不是你阿玛、额尼在哪嘎达捡来的？"

　　李穹肯定地说："我、我是我母亲亲生的，我母亲现在就在挹娄国呢。"

　　完颜烈吉失望地叹了口气，自我安慰般地说："没关系，既然兄弟长得这么像我亲弟弟，我就认了你这个弟弟。走，跟阿诨回家，哥俩痛痛快快地喝几杯！"说完，看了看觉罗蝉儿，爽快地对她说："弟媳妇，跟阿诨回家去，让留根的额尼给你们煮肉吃！"

　　觉罗蝉儿一下子羞红了脸，李穹连忙拉着完颜烈吉小声说："阿诨，搞错了，不是我媳妇。"

　　"哦？不是你媳妇啊，那是……谁媳妇啊？"

　　"是、是罕王……"

　　"罕王媳妇？"完颜烈吉想都没想就问了一句。

　　"是罕王的大妃！"

　　完颜烈吉"啊"了一声，急忙下拜道："草民冒犯了罕妃，请罕妃恕罪。"

　　觉罗蝉儿忙说："阿诨请起，阿诨的豪爽直率让人心情愉悦，怎会生气呢？"

　　"草民……草民给罕妃请安！"完颜烈吉又施礼道。

　　"阿诨免礼，在宫外我们就免去这些礼节。"

　　完颜烈吉站了起来，忙对留根说："留根，快麻溜儿蹽回家，让你额尼备最好的酒、煮最好的肉！"

　　留根爽快地答应一声，一溜烟儿地往家跑去。

四、挥戈西征

　　这一天，李穹在北斗七星坛城周围狩猎，在密林里发现有几个把娄猎人装扮的人，交头接耳鬼鬼祟祟地向这边靠近。李穹感觉到他们不像是把娄猎人，就警惕地隐藏在山石边密密麻麻的爬山虎叶子的后面观察那几个人的行动。那几个人来到了山石旁，边走边嘀咕着，其中一个黑脸大汉操着扶余口音压低声音道："……别磨磨蹭蹭嘀嘀咕咕的！天黑前必须打探好地形，误了大事命都难保！"

　　一个士兵嘟囔着："这消息能准吗？不准的话，我们的小命就扔在把娄了。"

　　黑脸大汉道："是红玉儿捎出来的消息还会有错吗？！明天上午红玉儿和蓝玉儿把爱达甘带到北斗七星坛城，咱们今晚必须事先埋伏……"边说着边渐渐地走远了。

　　李穹急速赶回石屋，把这事原原本本地告诉了李文博和觉罗蝉儿，三人立即悟出了扶余国的阴谋。觉罗蝉儿火速赶回了王宫，面见爱达甘。此时，爱达甘正沉醉在红玉儿和蓝玉儿蜜糖般的怀抱里，听内侍说觉罗蝉儿求见，便不耐烦地说："告诉蝉妃，本罕忙着呢，有空自会召见她。"

　　觉罗蝉儿心急如焚，直接闯进了"红蓝妃宫"。只见红玉儿和蓝玉儿半裸着身体，一边一个地依偎在爱达甘的身边，观看着宫女扭动双跨狂舞的"把娄风情舞"。觉罗蝉儿三步两步就冲到了宫女们的面前，冲着她们挥挥手，宫女们急忙退下。爱达甘见一脸庄重的觉罗蝉儿不仅私闯侧妃寝宫，还自作主张屏退宫女，拍案大怒道："好一个大胆的蝉妃，竟敢打扰本罕的雅兴！"

　　觉罗蝉儿镇静自若地说："大罕，蝉儿有事禀报，请大罕宽恕蝉儿无礼。"

　　红玉儿娇滴滴地伏在爱达甘的肩头，轻声说："红玉儿以为大妃与

挹娄玉蝉
Yilou Yuchan

众不同，不会与人争风吃醋呢，没想到迫不及待地打上门来了。"

爱达甘不屑地看了看觉罗蝉儿，眼睛盯着手中的陶杯说："蝉妃若是聪明的话就该乖乖地退去，不要像娇妃一样死乞白赖地与争宠，落得个疯婆子的臭名。本罕念你是大妃，不会让你难堪，只要你与侧妃们的关系处理得体，我会让你今生丰衣足食。"说完，把杯中酒一饮而尽。

觉罗蝉儿像是没有听到他们说的话，严厉地对爱达甘说："大罕，请让红妃、蓝妃回避，蝉儿的禀报十万火急！"

爱达甘故意懒散地说："当着红妃和蓝妃的面就如同与本罕单独谈一样，她们俩一个是本罕的心儿、一个是本罕的肝儿。"说完，转过头问红玉儿和蓝玉儿："是不是啊，我的小心肝？"

红玉儿和蓝玉儿先是用惊恐的眼神对视了一下，而后，故作嗲声嗲气地说："是啊，大罕可要心疼你的小心肝啊！"

三人嘻嘻哈哈地淫笑，似乎忘记了觉罗蝉儿的存在。

觉罗蝉儿冷冷地说："狐狸穿上了兔子的外衣，却遮不住长长的尾巴，狐狸的尾巴露了出来，大罕也要视而不见吗？"

爱达甘从来没有见过觉罗蝉儿用这样的态度和这样的口吻跟他说话，于是，立即停止了笑声，问道："你，什么意思？"

觉罗蝉儿说："大罕先要回答我的问题，红妃和蓝妃是不是要求大罕明天上午去北斗七星坛城祭祀？"

爱达甘满不在乎地说："蝉妃的消息够灵通的！"随即，转过身来问红玉儿："本罕还没下旨呢，你俩怎么就把这消息给传了出去？"

红玉儿慌张地说："没有……没有啊……"

爱达甘似乎并不在意消息的走漏，又转向了觉罗蝉儿，傲慢地说："红妃和蓝妃要去北斗七星坛城祭祀，本罕愿意奉陪。这件事还需蝉妃过问吗？"

觉罗蝉儿没有回答爱达甘的问话，而是目视着红玉儿，一步步地逼近她，说："红玉儿，你很美丽，也很机灵，可是完美的女人你只具备了两点，还有两点是勤劳和善良，这两点你可是半点不沾！你是一个恶毒的女人，你想用毒计杀害宠爱着你的罕王，杀害无辜的挹娄人！但是，你的阴谋不会得逞，因为头上三尺有神灵，阿布卡恩都里总是站在正义的一边！"

红玉儿哆嗦着堆成了一团，蓝玉儿急忙爬过来和红玉儿搂在了一起。觉罗蝉儿坦然地笑道："现在的情景让我想起了完美女人应该具备的第五点：勇敢！"

爱达甘警觉地说："快告诉本罕，究竟发生了什么事?!"

觉罗蝉儿答道："蝉儿的内侍在北斗七星坛城附近狩猎，发现了扶余国的几个探子，听到他们说红玉儿要在明天上午把大罕骗到北斗七星坛城，扶余国的探子正在北斗七星坛城周围侦察地形，准备今夜进驻大批扶余士兵并设下埋伏，预谋明天将大罕一行一网打尽！"

爱达甘回头怒视红玉儿和蓝玉儿，只见她俩已惶恐得不知所措："大罕，她……她血口喷人！她……她无凭无据……"

爱达甘又茫然地凝视着觉罗蝉儿。觉罗蝉儿对爱达甘说："大罕，贪婪的扶余国早已对挹娄疆土垂涎三尺，况且，从大罕登基后挹娄王国就没有给扶余国进贡，扶余国怎肯甘心。扶余国先是送来了黄金、美女迷惑大罕，然后，大军进驻挹娄边疆，只等把大罕调出城去，围攻大罕一举歼灭，挹娄国就彻底归扶余国所有了。"

爱达甘一只手抓住了红玉儿的肩膀，另一只手掌打在红玉儿的脸上，厉声问道："说！这是怎么回事？"

红玉儿尖叫了一声，哆哆嗦嗦地回答："不！不是……不是的！大罕，她陷害红玉儿、嫉妒红玉儿，她、她、她怕红玉儿取代她大妃的位置！"

爱达甘将信将疑地看了看觉罗蝉儿，觉罗蝉儿冷静地说："蝉儿与大罕相守多年，大罕该了解蝉儿，蝉儿自小敬拜阿布卡恩都里，从不撒谎，从不做欺诈之事。可红玉儿和蓝玉儿进宫以来，所作所为没有一点敬天礼地之德，怎么会突然去北斗七星坛城祭拜阿布卡恩都里呢？一定是伪善的外表下隐藏着恶毒的计划。"

爱达甘若有所悟地点了点头。蓝玉儿急忙辩解道："我们……我们是对北斗七星坛城好奇嘛！再说，大罕这么多侧妃也没有给大罕生下一男半女的，我和姐姐就是想去祭拜你们信奉的阿布卡恩都里，让阿布卡恩都里给我们姐妹开了胎，好为大罕传宗接代呀！"

红玉儿捂着脸，做出委屈状："就是嘛，大罕不但不领情，反而信从别人挑拨是非，离间我们姐妹和大罕的恩情。真是让我们姐妹伤心啊！呜呜……"

挹娄玉蝉
Yilou Yuchan

爱达甘左看看右看看，低下了头，背起了手，焦灼地在地上走来走去。

觉罗蝉儿看了看爱达甘，果断地说："大罕新宠的侧妃是否要谋害大罕，作为大妃的我也实在不便多加揣测，但大罕是至尊之体，身系江山社稷，有不得半点闪失。我和大罕打个赌，从现在开始，软禁红妃和蓝妃，不让她们和任何人接触，她们带来的鸟儿和鸽子也一齐软禁，明天早晨找人装扮成大罕和红、蓝侧妃去北斗七星坛城祭祀，如果他们能安然无恙地回来，蝉儿就输给大罕，任由大罕处置。如果有埋伏，大罕可就躲过了一场劫难啊。"

爱达甘听了觉罗蝉儿的话后点了点头，说："好！就按蝉妃说的办！"

觉罗蝉儿又说："大罕，马上召集将士，今夜把守城池，加固城防，调集大军准备围击扶余兵士。"

爱达甘又点头道："好！"随即转向内侍喊道："召护国军师和松儿甘将军即刻进殿！"内侍应声而下。

第二天，爱达甘的马车仪仗队彩旗飘舞，浩浩荡荡地向北斗七星坛城款款而行。护国军威风凛凛地在前面开路，全副武装的护卫队尾随其后威严壮观。几十辆马车红红绿绿十分鲜艳抢眼。到了北斗七星坛城，爱达甘的替身头顶华盖，两名侍女穿着红玉儿和蓝玉儿的纱裙一边一个挽着假扮的爱达甘款款地走上了坛城城顶，内侍们懒散地立在一边，仿佛一点都没有防范的意识。

突然，山林中一声号角响起，从北斗七星坛城的后门突现一支扶余国队伍，呼喊着冲上了坛城。坛城上的士兵立即拔出刀剑迎战，尽管坛城上的挹娄士兵都是精兵强将，但是和不断涌上来的扶余大军相比，简直是杯水车薪。不到一个时辰，北斗七星坛城上的挹娄护国军就被扶余兵全部歼灭。

扶余国兵士站在北斗七星坛城上正沉浸在胜利的喜悦中，只见挹娄国大军仿佛从天而降，把北斗七星坛城的四道城门团团围住，挹娄兵士盔甲整齐举弓搭箭，随时准备射击。挹娄子民击鼓呐喊助威，转瞬之间，扶余官兵已形同累卵，人人胆战心惊。

潜伏在挹娄边境待命的另一支扶余队伍，还没有接到出击的命令，就遭到了挹娄将士围攻，经过浴血厮杀，扶余国官兵无一幸免，全部被勇猛善战的挹娄将士消灭。

爱达甘站在北斗七星坛城脚下的战车上，得意地哈哈大笑道："多亏蝉妃禀报及时，否则，我的灵魂已漂浮在七星祭坛之上了！"说完，喊道："松儿甘将军听令！"

"嗻！"松儿甘将军抱拳道。

"领兵杀向七星祭坛，一个不留！"爱达甘狠狠地说。

"大罕不可！"觉罗蝉儿急忙阻止说。

爱达甘回过头来疑惑地看着觉罗蝉儿，觉罗蝉儿急忙说："北斗七星坛城上的扶余官兵站在上风，又穷凶极恶，现在拼杀恐伤我挹娄将士。目前扶余兵已是瓮中之鳖，插翅难飞，我们何不以守代攻，以逸待劳，围困坛城，不过三天扶余兵就会饥渴难耐，我们不费一兵一卒就可轻易地把扶余兵消灭掉。"

爱达甘听后，点了点头说："好！就按蝉妃的主意，围困坛城。"

"嗻！"松儿甘将军领命而下。

松儿甘将军加强了四道大门的把守，扶余军见四路把守森严，不敢轻举妄动。晚上，挹娄将士在北斗七星坛城周围点起了篝火，架上了楛矢石砮，使扶余官兵无法突围。第二天深夜，扶余官兵从四个方位同时强行突围，被挹娄国将士乱箭射死无数，扶余兵被迫停止突围。

挹娄先王木尔哈勤在世的时候，北斗七星坛城指派给次子木竹林管理。那时，子民围山穴居，果蔬齐备。木尔哈勤罕王去世后，长子爱达甘杀进了坛城，大肆屠杀，死的死，伤的伤，幸存逃走的再也没有回来，坛城从此冷清没有人居住了。

因为城坛没有子民居住，所以就没有粮食和饮用水。两天后，扶余国官兵饥渴难忍，又从后门拼死突围，被挹娄国弓箭手猛烈射击，扶余国官兵只好再一次退回去。又过了两天，山顶上没有了声息，爱达甘还是按兵不动。直到第八天，爱达甘命令士兵上山查看，只见扶余国官兵大多都饥渴而死，少数存活的也无缚鸡之力，被挹娄士兵轻松处死。

爱达甘坐在大殿上，下面跪着哭哭啼啼哆哆嗦嗦的红玉儿和蓝玉儿。爱达甘暴躁地说："快说，再哭就宰了你们！"

挹娄玉蝉
Yilou Yuchan

红玉儿抹着眼泪，有气无力地说："大罕，我们姐妹是奉了扶余国王的旨意才这样做的，如果不听他的话，只有死路一条。大罕，饶了我们姐妹吧，我们姐妹会更加卖力地为大罕服务的！"

"闭嘴！残害本罕的贱人还敢说为本罕服务。来人！"爱达甘的话音刚落，红玉儿和蓝玉儿就大哭起来："大罕饶命，大罕别杀我们啊！"

爱达甘冷笑着："我的小心肝，我怎么舍得杀了你们呢？你们像狐仙一样的妖媚，让本罕心醉。"随即恶毒地说："我倒要看看，妖媚的外表下长着怎样恶毒的心！内侍传令，把她俩打入死牢听候处理。"

红玉儿撕心裂肺地哀求着："大罕，别把我们打入死牢，我们会生不如死的！"

"好！既然生不如死，本罕就成全你们！你们说，你们要怎么个死法？"

两人大哭起来。爱达甘震怒："你们俩再哭的话，就用剐刑，360刀的剐刑！剥光了你们薄薄的肉皮儿都不会死，一定会让你们痛痛快快地哭个够！"

蓝玉儿立即停止了哭泣："既然我们难逃一死，就求大罕看在我们姐妹俩侍候过大罕，曾让大罕开心快活的份儿上，赐我们死在北斗七星坛城上吧，那是个圣洁的地方，我们姐妹罪恶太多，死在那里或许我们的罪会得到赦免，灵魂会得到安息。"

爱达甘哈哈大笑道："你们这样猫狗不如的恶毒贱人，也会相信人有灵魂吗？对于你们这样的贱人，就该千刀万剐后，扔到后山喂野狼。"

红玉儿瞪着一双喷火的双眼，跪爬到爱达甘的脚边，扭曲的脸像巫婆般的丑陋，面目狰狞地说："大罕杀了我们之后，我们的灵魂还会回来寻找大罕的，嘻嘻……白天我们在宫殿里盯着大罕，夜晚我们就附在大罕的床幔上看着大罕，哼哼……你永远也别想摆脱我们姐妹野魂的纠缠……哈哈哈……"

爱达甘也哈哈大笑："你这个贱人，竟敢威胁本罕！本罕要把你们放在船上，把你们和船一起烧掉，让你们变成漂流在水上的野鬼，永远也别想回来！哈哈哈……"

四、挥戈西征

第二天，北斗七星坛城上搭起了一个高高的木架子，架子上托着一个彩色的游船，游船的上面有一个带檐的篷子，篷子是用朱漆漆刷过的，很鲜艳。红玉儿和蓝玉儿哭哭啼啼地抱在一起，被士兵押上了游船，捆绑在了柱子上。游船的下面堆放了一些柴草和木桦子，足够把游船烧掉。北斗七星坛城上，站满了围观的子民，子民们冲着红玉儿和蓝玉儿指指点点地叫骂着发泄着心中的愤恨。觉罗蝉儿望着游船上哭成一团的孪生姐妹，恳求爱达甘说："大罕，红玉儿和蓝玉儿虽然心如蛇蝎，但也是父母所生，是阿布卡恩都里赐予的生命，虽然她们罪该万死，可看到她们现在可怜的样子，蝉儿又心生怜悯，她们的行为死不足惜，可眼睁睁地看着她们被火烧死，蝉儿还是不忍心。蝉儿恳请大罕，不如放她们一条生路，让她们流浪荒野自生自灭吧。"

爱达甘狂暴地说："本罕的国家险些毁灭她们之手，本罕的性命险些被她们残害，本罕怎么能放了她们呢？"然后，又狠狠地说："本罕要看她们像小鸡一样焚毁在那条断魂船上！凡是违背本罕意愿的，本罕就让他死！"

觉罗蝉儿无奈地叹了口气，而后又问："大罕近日要西征扶余是真的吗？"

爱达甘说："焚烧了这一对妖孽就择日起程，举兵进攻扶余国。本罕要亲自砍下扶余国王的头，把扶余的子民掠了来，让他们世世代代做我挹娄国的奴工！"

觉罗蝉儿极力劝阻："大罕连年征战腥风血雨，子民生灵涂炭，家不像家，国不像国，大罕该让子民安居乐业了。大罕如能安心治理国家，扩疆土兴农牧，挹娄国必会安定昌盛，扶余国也就不敢侵犯我挹娄国了。"

"扶余那个老东西到本罕大院挑衅，若不是爱妃发现及时，本罕的国都就成了扶余的天下了！本罕一定要出征讨伐扶余，本罕心意已定，爱妃不必再多言。"

觉罗蝉儿沉思片刻，又抬头看了看彩船上的红玉儿和蓝玉儿，对爱达甘说："既然大罕征讨扶余，就更不能烧死红玉儿和蓝玉儿了。"

"嗯？"

"她们还有用处啊。"

"什么用处？"

挹娄玉蝉
Yilou Yuchan

"为罕王攻打扶余国效力。"

"嗯？蝉妃又有什么妙计？"

"先收红玉儿、蓝玉儿入监，让红玉儿亲笔写信给扶余国王传捷报，禀报战事顺利，然后，再告之扶余兵士伤亡太多，请求增援士兵入驻挹娄各城区，镇压挹娄子民，收掠财宝转运回国。红玉儿飞鸽传信后，大罕在途中设下埋伏歼灭援兵，消耗扶余国的兵力，然后，大罕再去攻打扶余国都，使他们毫无准备、措手不及。"

"好！爱妃真是将帅之才，就依了爱妃的计谋！"随后，对传令官说："立即回宫，召集军机大臣议事。红玉儿和蓝玉儿带回宫中严加看管！"

爱达甘回到宫中，端坐王椅环视了一下群臣，道："中原的兵家有一句话：知己知彼百战百胜，本罕大战之前想知道扶余国的详细情况，谁能给我说明白？"

右翼相国上前一步说道："回大罕，扶余国地域两千里，南临高句丽、东临我挹娄、西临鲜卑、北临弱水。山岭广泽甚多。有8万多户，共计40多万人口。"

爱达甘又问："他们兵力如何？"

松儿甘将军上前一步答说："回大罕，扶余国原有8万兵士，前来进犯我挹娄国的3万兵士已被我挹娄歼灭。目前，扶余国剩有5万兵士。"

爱达甘沉思片刻，说："让红玉儿调出3万人马，在路上予以歼灭，那么扶余国只剩2万兵士，攻打扶余国可就如囊中探物可轻易取胜了。"

群臣高呼："大罕英明！"

爱达甘又问道："要想进鸡窝偷鸡，就要看看狗窝里养着什么样的狗。现在，我们要看看高句丽和扶余的邻里关系如何？"

右翼相国答说："回大罕，他们两国常有战争，但是据说，他们两国的君主同出一祖。"

"哦？详情讲来。"

"传说古时候，扶余国王征战回来，发现他宠爱的王妃有了身孕，扶余王就要杀了她，王妃急忙对国王说，她怀的孩子并不是与人偷情得来的，而是从天上射下一道鸡蛋那么粗的光，照在了她的身上，她就一下子怀了身孕。扶余国王半信半疑，就把她给关押起来。几个月后，王妃生下了一个男孩，扶余国王不想让一个不是自己亲生的孩子生活在自己的身边，就派人把孩子扔进了野猪圈，可那一群刚刚猎来的野猪不但不吃他、不咬他，反而围住他为他嘘气取暖。国王又派人把他扔进马槽里，可那些难以驯服的野马也都围住他给他嘘气。扶余国王害怕了，相信了王妃说的话，猜想这个男孩一定是老天爷的儿子，就收养了他，给他取名叫东明。东明长大后，喜欢骑马射箭，又勇猛善战，扶余国的子民都喜欢他，扶余国王怕将来有一天子民们拥护他，篡了自己的位就想杀掉他，王妃知道后，急忙让东明逃走，东明逃到了施掩水边无路可走，他看见后面追兵已到，就急忙拿出弓箭射向水中。这时，奇迹出现了，水里的鱼和乌龟立即浮出水面，自动搭成一座长长的桥，东明踩着这座桥跑到了对岸。等到东明过了河，鱼和乌龟立即就散了，追兵们眼睁睁地看着东明逃到了对岸。东明到了高句丽，就在那里建立了一个王国，东明就成了高句丽的始祖。"

"这是什么狗屁传说？天上的一道光还能使女人受孕？！纯粹是骗人的谎话！"爱达甘说。

右翼相国连忙说："大罕英明，这只是一个民间传说而已，无据可证，无据可证。"

爱达甘继续问道："现在高句丽和扶余国相处得如何？"

一位大臣回答："扶余国时常进犯高句丽边境，对鲜卑也大肆侵扰。"

爱达甘果断地说："即刻派使臣出使高句丽和鲜卑，重金相送与之结盟，让他们不要干预我们和扶余的事，然后，出兵攻打扶余国！只要高句丽、鲜卑不与扶余国联手，扶余国就不是我们的对手！"

群臣欢呼："大罕英明、大罕威武！"

左翼相国上前一步说："启禀大罕，近日子民中有人传言一个叫作摩洛洛的野祭女萨满占卜非常灵验，我已把她和她的助手摩西西栽力召至殿外等候，在大军出征之前可否让摩洛洛萨满为大罕占上一卦？"

爱达甘不屑一顾地说："本罕向来不相信鬼神巫术，但本罕今日心情好，就让那位野祭萨满进殿，本罕要看看她到底有多野！"说完，坏笑了一声，大臣们也跟着笑了起来。

挹娄玉蝉
Yilou Yuchan

左翼相国一招手,从门外进来两个女人,只见前面的那位叫作摩洛洛的萨满身体粗壮,身上穿着一件长袍,长袍的外面披挂一些彩带,头上戴着铁环帽,帽子的上方有一个展翅飞翔的铁质神鹰像,神鹰的尾部挂满了彩色布条,眼睛的上方有流苏遮挡了眼睛,一手拿着抓鼓,一手拿着鼓鞭,腰上系着一圈兽骨,兽骨上系着铜铃,走起路来铜铃"叮叮咚咚"作响。后面的那位叫作摩西西的栽力身材纤细,披散着长发,穿着挂着彩条的长裙,手里也拿着抓鼓和鼓鞭。她们俩走到爱达甘的面前,摩洛洛萨满向爱达甘跪拜后,说:"萨满摩洛洛拜见大罕!"

摩西西栽力也跪拜了爱达甘,说:"栽力摩西西拜见大罕!"

爱达甘大笑起来,说:"你们这是哪里来的怪物,怎么这般装扮?"

摩洛洛说:"回大罕,摩洛洛是大罕忠实的子民,愿辅佐大罕成就称霸天下大业,随军预测凶吉。"

"哈哈哈哈……"爱达甘狂笑着说:"本罕天不怕地不怕,没有凶只有吉!辅佐本罕称霸天下本罕爱听,预测凶吉嘛……"

左翼相国急忙说:"大罕,不如让摩洛洛在此为大罕卜上一卦,验证一下摩洛洛的道行。"

"好吧。"

"嚓!"摩洛洛应了一声,举起抓鼓和鼓鞭低吼一声,然后原地旋转起来,边转边用人们听不懂的语言说着唱着,飞旋的衣裙和彩带漂浮起来,像一团旋转的彩球在转动。摩西西也疯狂击打旋舞,正当两人舞得最兴时,戛然而止。摩洛洛站在那里浑身抖动,忽然,身子一挺僵住了,摩西西急忙在她的身后托住了她。

摩洛洛瞪圆了眼睛用呆滞的表情和颤抖的声音说:"恭喜罕王此去吉祥,征战定会大获全胜!"

"哈哈哈哈!"爱达甘得意地大笑着。"不管你说的是否灵验,这话本罕爱听!左翼相国,赏给摩洛洛萨满一坛好酒,若是喝了酒再旋舞起来,这舞蹈可就更加野性了!哈哈哈哈!"

文武官员听了爱达甘调侃的话语,都哈哈大笑起来。摩洛洛和摩西西见此情景急忙谢了恩向殿门退去。

门边的一位武将拦住她们说:"哎,别急着走啊!等会下了殿,爷陪你们好好喝几杯!"文武官员又是一阵大笑。摩洛洛和摩西西不敢反驳慌忙逃走,大殿里响起了一阵肆无忌惮的笑声。

  爱达甘按照觉罗蝉儿的主意,命红玉儿写了一封亲笔信,拴在信鸽的腿上放飞了鸽子。随即,率领5万人马向扶余国的方向进发。

挹娄玉蝉
Yilou Yuchan

五、险中结缘

爱达甘走后，觉罗蝉儿不愿留在宫中与侧妃们朝夕相对，而且心里也惦念着李穹一家人，就立即动身赶往石屋。李文博一家在石屋居住下来后，一家人快乐有序地生活着。觉罗蝉儿回到石屋，一下子让这一家人热闹起来。大家在一起非常融洽，各负其责，各尽所能，每个人都竭尽全力为这个大家庭做着力所能及的事情，爱心体现在每个人的行动上。

山中的早晨是热闹的。天蒙蒙亮的时候，鸟儿们就亮开了嗓子大声地歌唱，开始是一只鸟儿独唱，随即就有另一只鸟儿相和。后来，竟唤醒了林中所有的鸟儿，它们兴奋地大声欢歌高唱。鸟儿们有攀在枝头上卖力高唱的，有趴在窝门柔声低吟的，有两鸟相对一高一低聊天的，有一群群聚在一起叽叽喳喳欢叫的。总之，鸟儿们在这自己的天地里每天早晨都要举行一次热闹的聚会，用人类听不懂的语言交流着自己思想，表达着自己的情感。

觉罗蝉儿是一个不爱热闹的人，可是，她喜欢和鸟儿们凑热闹，只要她一来到林中，她就会像鸟儿一样嘴里发出明亮悦耳的鸟鸣声。那些鸟儿争先恐后地落在她的手上、肩上，像老朋友一样的亲切。

半山腰上，晨雾像一条白色的飘带依偎在山的旁边，远处看去就是白色的云彩，走近了就成了雾。在这晨雾中，觉罗蝉儿欢快地穿行，一会儿在浓雾中，一会儿窜出雾外，像一只美丽的精灵，舞动在云雾间。东莎娜和洛滨在早晨的时候是不敢让觉罗蝉儿独行的，洛滨手持弓箭不离左右，东莎娜则和觉罗蝉儿一起愉快地玩耍。

天慢慢地放晴，雾渐渐地散去，站在山顶极目远眺，整个大地蒙上了神秘的色彩。远处的山峦镶上了金边，林中树叶上的露珠被红灯笼般的太阳照射后发出了金珠般的光。通红明亮的太阳开始缓缓地往上移，最后竟然使劲一拱，跳出了山峦的怀抱，耀眼的阳光瞬间把天地照亮，仿佛把人的心也照亮了。

彩霞是太阳的嫔妃，舞动着修长美丽的手臂触摸着太阳的脸颊。阳光是太阳的儿子，为了这个儿子的出世，太阳努力升高把阳光放射出来。那光芒照得大地灿烂，照得普天通亮，此时的万物都被这大爱的光芒熔铸得金黄……

觉罗蝉儿沉浸在这大自然的美景中，听不到鸟儿的叫声，忘却了东莎娜在身边玩耍，飘逸的神态使她像阿布卡赫赫一样圣洁美丽。

金色的阳光照在了觉罗蝉儿的脸上，若水双瞳透射出对自由生活的企盼和向往。这时，鸟儿停止了喧闹，风儿也告别了林梢，一切都在静美之中。

忽然，东莎娜大叫一声。原来，一只黑熊从密林中慢慢地走出来。洛滨听到了东莎娜的叫喊，急忙护在了觉罗蝉儿的身前并大声地呼唤东莎娜："保护大妃，把大妃带走！"

黑熊听到了叫喊，伸出头来向这边张望，又抬起前掌仰天吼叫一声后放下前掌就朝着觉罗蝉儿三人的方向走来。东莎娜拽着觉罗蝉儿往回家的方向跑去，洛滨则掩护着觉罗蝉儿和东莎娜，边后退边观察黑熊的动向。黑熊不紧不慢的脚步加快了许多，而后竟然小跑着追过来。觉罗蝉儿和东莎娜在崎岖的山路上跑得很慢，而黑熊的脚步却越来越快。洛滨见黑熊马上就要追上他们了，就立即命令东莎娜说："把蝉妃带入密林中躲起来！"

洛滨看着东莎娜和觉罗蝉儿钻进了密林深处，就依然顺着这条小路往后倒退，引着黑熊往前走。黑熊走到觉罗蝉儿和东莎娜拐弯的地方站下来，扭头往密林深处张望。洛滨急忙低头捡起一块石头往黑熊头部扔过去。石头不偏不倚，正打在黑熊的头上，黑熊被激怒了，抬起前掌长啸一声，随后使足了力气朝洛滨的方向狂奔而来，洛滨转身就跑，黑熊紧紧地尾随在后。

当洛滨跑出了林子的时候，一眼看见了大路旁狩猎的李穹和赵宝子，便上气不接下气地喊道："快……快跑！黑熊……黑熊来了！"

李穹这时也看到了奔跑的洛滨和追在后面的黑熊。于是，沉稳地举弓搭箭向黑熊的头部射去。这一箭正中黑熊的眼睛，黑熊长啸一声扑倒在地，满地的打起了滚。李穹随即拔出腰间的长剑，跑到黑熊的近前，向黑熊的前胸皮薄处猛刺一剑，黑熊惨叫一声血流如注，片刻

挹娄玉蝉

后就没了声息。洛滨此时已上气不接下气,李穹问道:"你跑什么?为什么不射死它呢?"

洛滨断断续续地说:"山里有……一个规矩……遇到黑熊……能躲就躲,不伤害它们,免得和它们……结仇。"

李穹又问道:"蝉妃和东莎娜呢?不是跟你在一起吗?"

洛滨把手往山林里一指,说:"躲在密林里!"

李穹立即对洛滨和赵宝子说:"快去找她们!"

洛滨前面带路,他们一路小跑顺着洛滨刚才跑出来的路又钻进了山林。到了密林处,洛滨指着一处踩倒了野草的地方,说:"她们就是从这儿下去的。"

李穹大声喊起来:"蝉妃,你们在哪儿?"

洛滨和赵宝子也跟着喊起来,可是喊了半天一点回答的声音都没有。密林中,一点行人走过的踪迹都没有,到处都是荆棘杂草和高矮不同、形状各异的树木。他们边走边喊着,还是没有回答的声音。洛滨有些害怕,紧张地说:"不会出什么事吧?"

赵宝子说:"这可是没准儿的事!"

洛滨怒道:"臭嘴!不许说不吉祥的话。"

李穹说:"别出声,仔细地听一听。"

洛滨急忙屏住了呼吸,仔细地听着密林中的动静。林中静极了,偶尔有几声鸟叫或鸟儿飞翔时翅膀扇动的声音。继而,又传来几声蝉或蛙的叫声。

忽然,有一个遥远而细弱的声音传来:"李公子、洛滨、赵宝子,我们在这儿哪!"

李穹、赵宝子和洛滨同时听到了这声音,兴奋地跳起来。李穹大声地喊道:"蝉妃!东莎娜!我们听到你们的声音了,不要害怕,我们马上就会找到你们的!"

然后,他们边喊边找,凭借着声音辨别方向。可是怎么也找不到。洛滨说:"听声音她们像是很远,可往哪个方向走声音都更远,怎么回事呢?"

赵宝子胆怯地说:"不会是山林野鬼在作怪吧?"

洛滨说:"闭上你的臭嘴,如果山林有野鬼出现,那蝉妃她们就已经遇难了。"

李穹原地不动,四面观察着机警地问道:"这儿有没有地洞或陷阱?"

"啊?!"赵宝子惊讶地说。"蝉妃不会掉到陷阱里吧?"

洛滨急忙说:"不会有陷阱,陷阱都设在村庄附近,而且有标记。地洞还没有发现过,山洞倒是有很多。"

李穹大喊一声:"罕妃!东莎娜!你们是不是掉进了地洞?"

"是!我们在地洞里!"东莎娜回答。

李穹惊喜万分,边喊边找,终于找到了一个杂草丛生的洞口,野草已有被人踏倒的痕迹。李穹立即解下了腰间的围绳,一头拴在了树根上,另一头系在了自己的腰间。赵宝子和洛滨急忙阻拦:"公子,你不能下去,让我们下去。"

李穹说:"你们在上边接应。"说完,冲洞里喊了一声:"你们别怕!我下来了!"随即,顺着绳索下到了洞里。

这是一个天然的洞穴,里面密布青苔,大约有三四米深。此洞穴倾斜而下,洞壁上有厚厚的青苔,所以人滑下去不会有生命危险。到了洞底,李穹解下了腰间的围绳,急切地说:"蝉妃,来,把绳子系在你的腰上,让洛滨、赵宝子把你拽上去。"

觉罗蝉儿说:"让东莎娜先上,我的腰很疼,先活动一下。"

东莎娜急忙挥动着双手,说:"不!主人没上去,我怎么能先上去呢?"

觉罗蝉儿安慰她说:"听话啊东莎娜,你没有受伤,可以有力气往上爬,我的腰受了伤,疼痛得不能动,只能靠他们往上拽,你先上去帮他们拉我。"

李穹说:"蝉妃说得对,东莎娜先上去吧!"

李穹把绳子系在了东莎娜的腰上,东莎娜在洛滨和赵宝子合力提拉下很快地爬了上去。

这个洞不大,洞底约有普通穴居的一半大小。因为洞有斜度,所以洞底很黑。过了一会儿,李穹的眼睛慢慢地适应了洞里的黑暗,只见觉罗蝉儿一直是坐在地上,手扶着腰不敢乱动。李穹蹲下来把手放在觉罗蝉儿的腰上,要抱她起来,觉罗蝉儿疼得"哎哟"一声,吓得李穹赶紧把手收回来。觉罗蝉儿一手扶着腰,一手赌气地拿起身边的一块石头狠命地扔在对面的石壁上,说:"就是这块石头硌伤了我

挹娄玉蝉
Yilou Yuchan

的腰！"

那石头在撞击洞壁的一瞬间，"咔嚓"一声碎成了两段，断面在黑暗里发出了幽幽的绿光。李穹拾起了石块，凭着手感和光泽断定说："这是一块玉石，一块很大的玉石。"随后又说："在我们扶余人的眼里，玉，象征着美丽、高贵、圣洁、吉祥、如意。玉石硌了蝉妃的腰，预示着蝉妃的未来吉祥如意呢。我为你把这两块玉石拿回去！好歹也是贵重的东西。"

觉罗蝉儿说："你留着吧，我有很多这类的东西。"

李穹说："好吧，我把它雕成饰物送给你。"

觉罗蝉儿说："你还会雕刻呢？"

"不精通，皮毛功夫，雕出的饰物粗糙些。"

"哦！你打算为我雕刻什么呢？"

"你喜欢什么？"

"你雕刻什么，我都喜欢。"

"真的吗？"

"真的！"

李穹想了想，说："我要雕刻两个玉的蝉，我们俩一人一个，将来我回到了扶余国，看到了玉蝉就会想到你。"

觉罗蝉儿看到李穹认真的样子，"扑哧"一声笑了。

李穹立即紧张起来，问道："你笑什么？我说错什么了吗？"

"没有说错，你很在意我吗？"

"当然在意了。"

"为什么？"

"因为你像仙女一样圣洁，你善良、勇敢、智慧，让我敬佩。我希望你幸福快乐，不愿你受到一点委屈和伤害。"李穹停了停，又自言自语地说："认识你是我今生最幸运的事，你让我重新看待女人，改变了对女人的看法，女人也是该受尊重的，该享受敬和爱的。"

觉罗蝉儿激动地注视着李穹说："谢谢你对我的赞美，你的赞美就像美酒一样让我陶醉。如果我是未出嫁的女子，一定会爱上你的。因为，你在男人中是最出色的。"

李穹高兴地说："能遇到你，我已经很知足了，不敢奢望太多，但愿你们的天上神阿布卡恩都里能让我们常常在一起。"

觉罗蝉儿深情地望着李穹说:"不,阿布卡恩都里不分国界,他是所有人的天上神,是我们共同的。"

洞外,传来洛滨的喊声:"系好了没有啊?"

李穹冲洞口喊着:"快了!等系好了告诉你。"

李穹脱下了自己的衣服,蹲下来靠近觉罗蝉儿,觉罗蝉儿紧张地问:"你要干什么?"

李穹笑了笑没有回答,把脱下来的衣服围在了觉罗蝉儿的腰上。然后,才把绳子系在她的腰上,生怕绳子勒疼了她的腰。

此时,觉罗蝉儿一下子感觉到了一种从未有过的被关爱的温暖,心中仿佛涌出了一股清泉叮当作响、清新甘甜。她忽然间心跳加快,不敢正视李穹的眼睛,心里像有一只小手狠狠地抓挠着,让她忐忑不安。

李穹在觉罗蝉儿的身后紧紧地抱住了觉罗蝉儿的腰,帮她站起来,然后,冲着洞口喊道:"洛滨,我系好了!往上拽吧!"说完,把觉罗蝉儿托举起来,顺着上面的拉力把她往高处继续托举。

觉罗蝉儿被安全地拉了上去,赵宝子边解开觉罗蝉儿的绳索,边心疼地说:"蝉妃是凤体,怎能禁得住这般摔打,快看看哪儿摔坏了没有?"

觉罗蝉儿说:"没有大碍,只是腰部磕碰着了。"

这时,李穹顺着绳子爬了上来,对东莎娜说:"服侍蝉妃休息一下再回去。"说完,看到洞口边上有一个土包,上面长满了细软的青草,就把衣服铺在了那堆青草上,并把青草压倒了,扶着觉罗蝉儿坐在了上面,大家也围坐在一边。

李穹望着一堆堆一簇簇的青草,好奇地问:"这是什么草?这样细软鲜嫩?"

觉罗蝉儿回答:"乌拉草。"

李穹更加好奇:"乌拉草?好奇特的名字,乌拉是什么意思呢?"

"是把娄国的语言,江边的意思,也是一个人的名字。"

"噢,一定有典故。"

"是的。"

"而且,还是一个美丽的传说?"

"是的,一个凄美的故事,把娄国流传了几百年。"

挹娄玉蝉
Yilou Yuchan

"快讲给我们听听吧。"

觉罗蝉儿看了看这些繁茂的青草,又望了望遥远的天边,深情地说:"挹娄国美好的传说就像七星河里的鲟鳇鱼一样一波一波地游走不断,乌拉的故事是挹娄美好故事中最感人的。

很早以前,有一对很孝顺父母的兄弟,哥哥的名字叫作乌拉,弟弟叫乌颜。有一天,兄弟俩进山狩猎,遇到了大风雪迷失了方向,被困在了山洞里。洞外大雪滔天整整三天,兄弟二人躲在洞中饥寒交迫,弟弟乌颜实在撑不住了就蜷在地上睡着了。乌拉心疼弟弟,怕弟弟冻坏了身体就把自己身上的衣服都脱下来裹在弟弟身上。实在没有可以给弟弟盖的东西了,就把自己的头发割下来放到了弟弟的猪皮鞋子里,期望着不要把弟弟的脚冻坏了。后来,弟弟睡醒了,发现乌拉的衣服都在自己身上,鞋子里也因为有了乌拉的头发而特别的暖和。可是乌拉却光着身子冻死在了弟弟的身旁。这时,雪停了,乌颜哭喊着告别了乌拉的尸体,并把乌拉的尸体堵在了山洞里。有了乌拉的衣服和头发保暖,乌颜冒着严寒终于走出了山林。

第二年春天化了冻,乌颜赶紧上山,找到了乌拉的尸体,并在洞口旁挖了一个很大的坑,把乌拉下了葬。秋天,乌颜去拜祭乌拉,发现乌拉的坟头上长出来一堆堆翠绿而又细软的小草,像乌拉的头发一样浓密,乌颜为了纪念乌拉,就把那些草儿割下来,拿回家去晒干,到了冬天就把那草儿垫在了鞋里,那草儿竟然像乌拉的头发一样柔软保暖。于是,这种能保暖的草就在子民中传开了。为了纪念乌拉的恩德,乌颜和子民们为这种草取名叫乌拉草,把用兽皮缝制的鞋就叫作乌拉(靰鞡)鞋。"

李穹感叹着:"多么感人的故事啊!"

"是啊,我们挹娄国因为有了这个故事,兄弟姐妹之间更加相爱。为了表达这种爱,子民会用乌拉草编结草鞋、草褥、草垫子等相送亲人以示亲爱。"

"原来乌拉草有这样神奇的传说!"

"神奇的挹娄国还有好多神奇的故事!"觉罗蝉儿自豪地说。

"好,以后你慢慢地讲给我听,现在,我要抱你回家!"

觉罗蝉儿急忙说:"不!不!我要自己走回去,我能行。"李穹没作声,把觉罗蝉儿扶起来,拿起自己的衣服抖了抖灰尘和褶皱后穿在身上，然后走到觉罗蝉儿的身边准备抱起觉罗蝉儿。

觉罗蝉儿见李穹没有理会自己的话，就急忙说："把娄古老的习俗不能被破坏，把娄的女人要被男人抱过了、背过了或者扛过了，就要跟他进洞房，嫁了人的女子不能……"话没说完，就被李穹拦腰抱了起来。

觉罗蝉儿"哎哎呀呀"地叫起来，也不知是在反抗还是腰疼所致。李穹大踏步地往前走，丝毫也不理会觉罗蝉儿的反应，不一会儿，觉罗蝉儿就像睡着了的小猫一样，趴在李穹的胸前没了声响。

赵宝子竖起大拇指得意地对洛滨说："看见没，这就叫爷们儿！"

洛滨擂了他一拳："闭嘴吧你！"

觉罗蝉儿自进宫以后，才懂得男女之事。但爱达甘频繁穿梭于众嫔妃之间，并没有给觉罗蝉儿完整的爱，使觉罗蝉儿对男人有了误解，认为男人只是需要女人，而不会疼爱女人。那天，在雨后第一次看到李穹的时候，李穹的眼中闪烁着一种敬仰、爱慕、专注的神情，那目光让觉罗蝉儿的心怦然一动。今天，觉罗蝉儿趴在李穹的胸前，突然感觉到，男人应该是可以让女人依靠的，男人也是应该爱护女人的，男人也是懂爱的。

李穹抱着觉罗蝉儿稳步走在林中小路上，心情极为惬意。从看到觉罗蝉儿的第一眼起，就感到她的美丽中有一种威慑力，她的眼睛里闪烁出善良、聪慧、勇敢，让李穹第一次对女人肃然起敬。经过和觉罗蝉儿这么久的接触，李穹改变了过去对女人的看法，他不再把女人看作只是生儿育女的工具、操持家务的管家婆，有了一种人格上的平等。他在觉罗蝉儿的面前不敢直视，可离开后又满脑子都是觉罗蝉儿的身影，他对觉罗蝉儿的感觉奇妙得说也说不清。今天，老天给他这样一个机会，让他能如此近距离地接触觉罗蝉儿，使李穹心中荡起了暖洋洋的波浪。

这时，山脚下传来了一位少女美妙动听的歌声："红叶香风吻金秋，轻提裙衫，独乘轻舟。崖边谁把美景叹？语惊云天，情满香藕。倩倚船头顺水流。一叶小舟，情系两头。咫尺相对无言语，观鸳戏水，初见鸾稠……"

歌声由远而近，如诉如说，情深至极。

觉罗蝉儿双手搂着李穹的脖颈，闭着眼睛一声不响。李穹依然大

挹娄玉蝉
Yilou Yuchan

踏步地往前走。走出山道时，李穹看见大路上那只黑熊依然躺在原处，回头对洛滨说："回去套上马车，带上刀具，在这里把黑熊肢解了再拉回去。"

洛滨朗声答道："是！公子。"说完，飞奔而去。

李穹又转身对东莎娜说："这熊掌要用文火炖，给蝉妃补养身体。"

东莎娜也朗声答道："是，公子。"

赵宝子问："公子，我干什么呀？"

李穹笑道："你？等在这儿，抬黑熊。"

"是！公子。"赵宝子调皮地应着，又四下看看，紧张地说："就我一个人在这儿，万一黑熊的亲人来报仇，我可就不能陪公子回扶余国了。"

李穹把觉罗蝉儿轻轻地往上蹿了一下，说："黑熊来了，你就给它讲笑话，它笑弯了腰的时候你就开跑。"说完，迈着欢快的步子朝石屋走去，背后响起了赵宝子"呜呜哇哇"的叫声。

觉罗蝉儿的腰部被那块玉石硌了一下擦破点皮，并没有伤着筋骨。可石屋的人一下子全都紧张起来，生怕觉罗蝉儿会很疼痛。觉罗蝉儿像孩子一样受到了大家的呵护，她望着一张张亲切关怀的面孔，幸福地对大家说："我们在一起很快乐，就像一家人，所以我希望大家不要叫我蝉妃，就叫我蝉儿好了，这样才有家的感觉。好不好？"

大家你看看我，我看看你，不知怎样回答她。李穹爽快地说："好啊，蝉儿叫起来多亲切啊。以后，我们就叫你蝉儿。"

觉罗蝉儿听到李穹说的这句话后开心地笑了，随后，又抬头看了一眼李穹，羞涩地垂下了眼睑。自从觉罗蝉儿腰部受伤，李穹把她抱回了家，觉罗蝉儿就再不敢正视李穹的眼睛，可是，李穹的音容笑貌就像刻在了她的脑海中，挥之不去。尽管她不动声色地努力躲避与李穹接触，可总是情不自禁地在人群中寻觅着他的身影，分辨着他的声音。夜晚，觉罗蝉儿更是彻夜难眠，满脑子都是李穹的音容。觉罗蝉儿有生以来第一次体会到什么叫作情投意合……

爱达甘率军途中停下来安营扎寨，等待扶余兵士的到来。爱达甘选中了一块有利地形，在山谷两侧的山头上埋伏了弓箭手，箭尖上涂上了剧毒,并使用弩作为主要攻击兵器。弩也被称作"窝弓""十字弓",是用来射箭的一种兵器。它是一种装有臂的弓,主要由弩臂、弩弓、弓弦和弩机等部分组成。虽然弩的装填时间比弓箭长很多,但是它比弓的射程更远,杀伤力更强,命中率更高,对使用者的要求也比较低,是一种大威力的远距离杀伤武器。强弩的射程可达600米,并能数箭齐射或连射。弩是一种致命的武器,即使是新手也能够很快地成为用弩高手,而且命中率奇高,轻松杀死训练有素的骑兵。

　　扶余大军如期而来,行至山谷间,守候多时的挹娄将士在大路两边的山上箭弩齐发,扶余兵纷纷中箭身亡。顷刻之间,扶余兵人仰马翻,一片大乱。挹娄将士毫不懈怠,依然用箭弩射击敌群。一个扶余将领匍匐着爬上了高岗,见四面都是挹娄大军,已形成铁壁合围态势,深感战事危机,就高声喊叫,让四处乱窜的扶余兵士集中到他这里来,然后,率领他们向山上的一个密林方向猛冲过去。那里的挹娄将士见扶余兵逼近,就收起了箭弩,拿起了大刀、长矛呐喊着迎向扶余兵。林中双方士兵拼死血战,顿时血肉横飞,厮杀声、兵器撞击声、悲惨的号叫声响成了一片。四面围击的挹娄官兵迅速缩小了包围圈,围攻幸存下来企图突围的扶余兵。恶战持续了几个时辰,扶余国兵士终因寡不敌众被挹娄大军全部歼灭。

　　爱达甘十分得意,短暂的休整后继续向西行进。

　　觉罗蝉儿的腰伤很快就恢复好了,她又跑到山林的边缘去散步。这回洛滨和东莎娜再不敢怠慢,寸步不离左右。李穹和赵宝子打猎回来,看到了觉罗蝉儿。李穹兴奋地说:"蝉儿快看!我猎到了一只山鸡、一只白狐。"

　　赵宝子也喊道:"我也打了一只山狸子呢!"

　　觉罗蝉儿和东莎娜看了看山狸子都笑了。东莎娜说:"瞧你打死的山狸子,比赖猫还难看。"

　　赵宝子说:"这可是我好不容易打中的啊,再难看我也喜欢。再说了,我怎么就看它比你好看呢?!"说完,坏笑起来。

　　东莎娜刚要发怒,又马上冷静下来,眼珠一转,笑嘻嘻地说:"那是因为你是赖猫托生的呀,所以,就看着山狸子顺眼呗。"

　　赵宝子张开嘴巴无言以对,就做起了赖猫状的鬼脸吓唬东莎娜,

挹娄玉蝉
Yilou Yuchan

东莎娜急忙躲在觉罗蝉儿的身后。大家都被赵宝子逗得哈哈大笑。

觉罗蝉儿对李穹说："东胡的商队又在马市上兜售物品，我们可以拿猎物去换些用品回来。"

李穹说："好啊，我们一起去吧。"

觉罗蝉儿说："按挹娄的规矩，罕妃是不可以去马市这种杂乱的地方的，不过，我是大妃，可以去监督后宫采买的情况，但为了不引人注目，我还是装扮成民女为好。"

"噢，太好了！我们要去马市喽！"东莎娜、赵宝子和洛滨发出一阵欢呼。

他们回到石屋，开开心心地忙活起来。觉罗蝉儿化了妆、换了衣服，李穹拿出一些梳好的兽皮装在了袋子里。正在为夫人缝衣服的春梅，一边羡慕地观看，一边缝着手中的衣服，不小心针尖刺到了手指，疼得"哎呀"一声尖叫起来，急忙放下铁针，用嘴吸吮指尖上冒出的血珠。夫人心疼地看了一眼春梅，会意地冲她笑了笑，说："去吧、去吧，和他们一起出去玩玩！"

春梅一下子跳起来，冲夫人深施一礼："谢谢夫人！"然后，翻出自己最漂亮的衣服穿上，同觉罗蝉儿他们一起欢天喜地地走出了石屋。

一路欢歌笑语不知不觉就到了集市。集市上已经是人山人海，他们找了一块空地，把各种兽皮陈列在地上，很快就有人围过来，挑选之后，用一些粮食和用品兑换了去。这时两个税吏走过来，高声叫喊着："收税了！收物品交换税！各位都把铜钱准备好，每件物品两个铜板。"

人们听后，都愤怒地议论纷纷。两个税吏逐个摊位收着铜钱，人们敢怒不敢言，只好如数上缴了物品交换税。税吏来到李穹的摊位前，点了点物品的数量，说道："一共是三十四个铜板！"

赵宝子一下子站到了税吏的面前，说："我们辛辛苦苦地打了些猎物，想换点吃的用的东西，还没有换回来呢，怎么就白白地交给你们这些铜钱呢？"

税吏皮笑肉不笑地说："不交可以，跟我进宫跟罕王说去！"

旁边一位老伯急忙拉住赵宝子，小声对他说："小阿诨，千万别跟他进宫，到了那儿，你的命根子就没了，你也别想出宫了，一辈子就得男不男女不女的在宫里待着了。"

五、险中结缘

"我的天呀！"赵宝子条件反射般地把双手挡在了小腹下面。

税吏阴阳怪气地说："快说！是交还是不交啊？"

李穹冲赵宝子使了个眼色，赵宝子连忙对税吏说："交！我们交！挹娄的子民就要遵守挹娄的国规嘛。"

税吏高兴地说："看看！大家都看看啊，这才是遵规守法的挹娄良民！不过，听你的口音可是扶余人哪，是新来的吧？罕王可是不允许外族人入住挹娄国的。"

赵宝子急忙说："先王木尔哈勤在世的时候我们就入住挹娄国了，我们是先王允许的移民。不信，你问问大家。"

东莎娜说："他说的是真的，我们早就见过他。"

税吏说："我们才不管你是扶余人还是挹娄人呢，我们只管收税，交了税，我们就不会找你们的麻烦。"

赵宝子掏出铜板，数够了数目后交给了税吏，税吏收起铜板向下一个摊位走去。

晌午时分，购物换货的人越来越多。没多久，那些毛皮就换回了一大堆东西。李穹高兴地说："看，我们只剩下这只白狐皮了，生意好兴隆啊。"

东莎娜说："要不是我把白狐皮价格抬得太高，早该兑换出去了。"

赵宝子说："那你为什么把价格抬得那么高呢？差不多就出手嘛！"

东莎娜一只手拿着毛皮，一只手抚摸着皮毛，说："你看这只白狐的毛，有光泽又柔软，是上等毛皮，可不能轻易出手。"

"那你想换什么东西呢？"

东莎娜想了想，说："最好换一头老母猪，咱们养了那么多野公猪，如果有了老母猪的话，我们就可以让它们繁殖后代了，我们就可以盖一个大大的养猪场了。"

话音刚落，一个浓妆艳抹又头戴披巾的女人凑过来，看见了那只白狐皮随手拿了起来。东莎娜一眼认出了是娇妃，急忙躲了起来，并暗示觉罗蝉儿和洛滨回避。娇妃也是化了挹娄子民妆的，她的后边跟了一位宫中的侍卫。娇妃仔细看了看白狐皮，对侍卫说："收起来！"

侍卫接过白狐皮扔进了背着的大袋子里，然后，两人转身要走。

挹娄玉蝉
Yilou Yuchan

赵宝子急忙喊道:"哎,这位官爷,还没给我们兑换的物品呢?怎么拿起毛皮就走呢?"

侍卫回过头来,傲慢地说:"找罕王要去,这张毛皮是罕王的侧妃选中的,拿了你的毛皮是抬举了你。"

赵宝子一个箭步冲到了娇妃的面前,说:"骗人,罕王的侧妃怎么会到这种集市上掳夺?还不把我的毛皮拿出来还给我!"

娇妃一巴掌打在了赵宝子的脸上,大怒道:"反了你,一张毛皮就让你一个奴才拦我小娇的道,我看你是不想活了!"

赵宝子一个趔趄险些摔倒,捂着脸说:"哎!你这个刁妇,怎么打人啊?"

"打人?"娇妃盛气凌人地说。"打你算你走运,你信不信我会像杀鸡一样杀了你!"

李穹急忙挡在了赵宝子的前面,对娇妃说:"不知您是哪家的夫人,如果夫人喜欢这毛皮就送给你,不过,光天化日之下明抢明夺可就与夫人的身份不符了。"

娇妃刚要继续撒泼,可看了一眼李穹后立即转怒为喜,她认真地端详着李穹,根本就没听见李穹在说什么。李穹被她看得直发毛,上下看了看自己的穿着有没有不妥的地方,自言自语地说:"你看什么?没什么与别人不一样的地方呀!"

娇妃终于笑嘻嘻地开口了:"你是哪来的小阿诨啊?你和别人不一样的地方多了!你看你的眉毛又黑又亮,像上好的貂毛一样招人喜欢,再看你的鼻子……"

"停!"李穹打住了她的话。"这位夫人,咱们说的是这张毛皮。"

娇妃"噢"了一声:"是这张毛皮啊!对,刚才说的是这张毛皮,这毛皮呀,噢,这样吧,劳烦小阿诨跟我走一趟,到了我那里,小阿诨喜欢什么就拿什么!"

"不!我不会跟你去的。"

娇妃满脸堆笑地说:"怎么,怕我吃了你不成,走吧,我那里什么好东西都有,只要是小阿诨喜欢的东西,我都舍得给。"

李穹急忙说:"夫人,这张毛皮我们不要了,你走吧。"

赵宝子大声对娇妃说:"听见没有,我家公子让你走开呢!"

娇妃抬起了手,又要打赵宝子的脸,被李穹一把抓住了她的手腕,娇妃看见李穹怒目圆睁的样子，立即娇声喊道："哎哟！小阿诨好用力哟！我的手腕快被小阿诨弄断了。"

李穹松开了手："你要再动手打他，我就对你不客气！在你的眼里他是奴才，在我的眼里，他是生死与共的兄弟！"

赵宝子对娇妃瞪了瞪眼睛："哼！看你再敢嚣张！"

"你……"娇妃刚要冲赵宝子发怒，随即又打住了，转过身来对李穹卖弄风情地说："既然是小阿诨的兄弟，我就不难为他了，小阿诨送给我毛皮，我就要答谢小阿诨，麻烦小阿诨到我的居所去一趟，我会让小阿诨满意而归的。"

李穹厉声说："我跟你说过了，不会跟你去的。"回头对赵宝子说："收拾东西我们走。"

娇妃立即转到了李穹的面前，柔声说道："小阿诨息怒，我是没有恶意的，我只是喜欢小阿诨而已。"

李穹义正词严地说："夫人，请您自重。"随即，回头对赵宝子说："我们走。"

娇妃撒起泼来："怎么？这么不赏脸，在把娄国还没有我小娇叫不动的人哪！你不听我的，不跟我走，就是得罪我！来人，把他绑到宫里去！"

侍卫刚要动手，李穹立即拔出了匕首，大喊一声："再无理取闹我就不客气了！"

觉罗蝉儿见状，急忙从人群中闪身而出，走到娇妃前面制止道："住手！"

娇妃一看是觉罗蝉儿，连忙下拜道："小娇不知大妃在此，惊扰了大妃，求大妃恕罪。"

觉罗蝉儿平静地说："娇妃，你的身份是不容你当街招摇的，何况还是在违背宫规的情况下强抢把娄子民的物品，更是罪上加罪，回宫后再作处罚。"说完，转身对娇妃的侍卫说："还愣着干什么？赶快送娇妃回宫。"

侍卫应了一声，扶起娇妃连拖带拽地把娇妃弄走了。娇妃边走边回头，恋恋不舍地看着李穹，娇声喊道："小阿诨到宫里找我，我叫小娇，小……娇！"。

赵宝子张大了嘴巴，夸张地说："世界上还有这么胆大而又不要脸

挹娄玉蝉
Yilou Yuchan

的女人，竟敢光天化日之下强抢一个大男人！"

春梅吓呆了，一直是大气不敢出。这时，才长出了一口气，捂着胸口说："天哪！吓死我了！"

觉罗蝉儿环顾了一下四周，见同来的人都在，对大家说："兑换了这么多物品，又收获了精彩的故事，我们可以满载而归了。"

李穹感慨地说："同样是罕妃，可人品却是天壤之别。"

东莎娜嘟囔着说："我们就这样回家了？我还指望那张毛皮换一头老母猪呢，没想到让那头'母猪'给抢去了。不过没关系，丢了一张毛皮不要紧，重要的是没把李公子给弄丢了。"

春梅看了一眼李穹说："是啊，我家公子平安无事，就谢天谢地了。"

东莎娜取笑说："春梅只是关心你家公子，赵宝子挨了打，你怎么不心疼啊？"

春梅说："谁心疼他啊！一天到晚贫了吧唧的。"

赵宝子急了，说："哎，我说春梅，贫了吧唧是什么东西啊？"

春梅说："贫了吧唧——不是东西！"

"你！你骂人……"赵宝子装作要打春梅的样子，春梅吓得连忙跑到觉罗蝉儿的身后躲起来。几个人嬉笑打闹着往家走去。

六、挹娄玉蝉

　　石屋的周围种了一圈果树，到了果实成熟的季节，红通通、黄灿灿的果子挂满了枝头，坠得树枝弯下了腰。风儿吹来，枝头上的果子像娇小玲珑惬意玩耍的猴子一样在树枝上荡来荡去。空气中，弥漫着醉人的果实的馨香。洁白的、棉絮似的云朵在空中飘动，一会儿是阳光闪现，一会儿是荫凉滑过，那云朵还时不时变换队形，让天空充满了神奇的魅力，展示给人无穷的想象。

　　觉罗蝉儿和东莎娜一起采摘沙果，她站在果树下，那翠绿的衣裙把粉白的脸色陪衬得更加姣美，一双善解人意的眼睛像黑宝石一样穿梭在果树间寻找着红透的果实。东莎娜像一只敏捷的小猴子爬到树上摘果子，边摘着果子边叽里呱啦地说笑。洛滨则把摘下的果实一筐筐地扛入地窖，储存起来冬天食用。

　　东莎娜继续她那自言自语般的话题："主人，罕王他们征战扶余国也不知道怎么样了。我猜他们一定会打胜仗的！可是，罕王回来我们就得回宫了，我真不想回去，在这儿多好啊，我们自由自在的，多开心啊！"

　　东莎娜见觉罗蝉儿没有回答，就问道："主人，你想罕王了吗？"

　　觉罗蝉儿歪着头想了想，说："我是属于罕王的人，可他并不属于我，心不属于我，人也不属于我，我们其实是离得很远很远的人。"

　　东莎娜迷惑地说："主人好像并不满意你的生活，可是你知道吗？全挹娄的女人都羡慕你呢！她们都希望得到罕王的宠爱，哪怕是一夜呢，都让人荣耀啊！"

　　觉罗蝉儿叹了口气，说："罕王也是人，不是神，没有什么值得让人崇拜的地方。我倒是希望像民间女子一样找一个中意的男子，相守一生，成为彼此心中的宝贝。"

　　东莎娜问道："如果你是民间女子，你会爱上什么样的男人呢？"

挹娄玉蝉
Yilou Yuchan

觉罗蝉儿认真地回答:"一定要正直、善良、勤劳、勇敢,还要有智慧。"

东莎娜"哧哧"地笑起来,觉罗蝉儿大声地问道:"笑什么?难道像木尔哈勤先王一样的男人真的很少见吗?"

"不,不少见,主人一回头就可看见。"说完,冲着觉罗蝉儿的身后嬉笑着。

觉罗蝉儿本能地回过头来,只见李穹微笑着背着双手站在她的身后,英俊的脸上带着几分调皮的神情。

觉罗蝉儿与李穹对视的一瞬间,脸一下子红了,为了掩饰内心的慌乱,她转过身去要走开,被李穹喊住:"蝉儿,你猜我拿来了什么?"

觉罗蝉儿停下了脚步,慢慢地转过身去,柔声说:"我猜不到,拿来我看看。"

李穹从身后把双手伸到了觉罗蝉儿的面前,觉罗蝉儿禁不住兴奋地叫道:"啊,太美了,是蝉儿!玉的蝉儿!"

李穹的两个掌心分别放着串着麻线的饰物。那饰物是由硌了觉罗蝉儿腰的那块玉石雕刻的,碧绿温润晶莹剔透,雕刻的饰物是两只栩栩如生的玉蝉。那一对丰满的蝉儿乖巧地俯卧着,平静安详又充满了灵气。

挹娄人崇尚蝉,他们认为蝉是清高的,饮风吸露,逍遥脱俗。蝉能入土生活,又能出土羽化。人们皆以蝉的羽化比喻人能重生。他们喜欢用玉石雕刻成蝉挂在身上,临终者含在口中,寄托着羽化的愿望。挹娄人认为,蝉与玉一样也有五德:头上有冠带,是文;含气饮露,是清;不食黍稷,是廉;处不巢居,是俭;应时守节而鸣,是信。身上佩戴着玉蝉象征着高洁、超脱、重生。

觉罗蝉儿拿起一枚玉蝉欣喜地来回翻看,随后,开心地挂在了脖子上,李穹立即把另一枚玉蝉挂在了自己的脖子上。觉罗蝉儿看见了李穹的这一举动,"哎"了一声,欲言又止,有些不知所措。

李穹率先打破了这种尴尬的场面,真诚地说:"蝉儿别误会,我佩戴这个玉蝉只是对你的崇敬,你在我心中像阿布卡赫赫一样圣洁,我不敢有非分之想,将来我会离开这里,回到我的故乡,隐姓埋名安居故土,或许会娶妻生子,过着平凡而漫长的日子,可是,只要我看到这枚玉蝉,就会想起我们家的恩人,我心中的阿布卡赫赫——觉罗蝉儿。"

觉罗蝉儿听完了这番话,脸上露出了灿烂的笑容,顽皮地说:"将来你会把这枚玉蝉当作定情物送给你的未婚妻吧?"

李穹坚决地说:"那可不行,除非我未婚妻的名字也叫蝉儿!"

觉罗蝉儿忍不住"扑哧"一声笑了,说:"哪儿会有那么巧的事。"

东莎娜边摘果子边大声说:"那可说不定啊,世界那么大,人那么多,谁知道将来会发生什么事呢?说不定我们老的时候还能在一起摘果子呢,是不是啊李公子?"

李穹兴奋地说:"真的希望我们永远在一起,和你们在一起的日子是我最开心的日子,但愿我们不要分开。"

觉罗蝉儿遥望着远方,自言自语地说:"大罕不知什么时候回来……"

爱达甘出征已有些时日了,临行前谕令左翼相国司理政务。左翼相国忙完了政务之后,就想起一件有关社稷的大事来,爱达甘王已是三十多岁的人了,至今仍无子嗣,再这样下去,恐怕要影响承继社稷的大事。于是,召来太医商议。左翼相国对太医说明了这件事的利害关系,问太医可有良策,太医说:"大罕妃子成群、美女成堆,日夜纵欲、肾精大亏,又饮酒无度、肝阴耗损,肝阳上亢、心火必盛,反侮于肾、心肾不交,致使肾元枯竭、精不能生,怎么能育子啊?"

左翼相国沉下脸说:"既为太医,不能空取俸禄,该寻求良方,务使大罕得育王子。"

太医忙说:"男女交媾,能否有孕重在细节。如今,该训导妃子有关技能,使大罕肾气复原,肾精充实,再择日择时……"

"不用再讲了。"左翼相国打断了太医的话,"训导罕妃之事由你安排,罕王征战回来之后,你就按部就班地实施你的套路,两年之后还没有王子出生就拿你是问。"

"你……你这是要老夫的命啊!"太医垂头丧气地说。

左翼相国也叹了口气,斥退仆人后把嘴凑近太医的耳边小心翼翼地说:"罕王无子,国之不安,罕王如有不测将是国之大祸,况且先王

挹娄玉蝉
Yilou Yuchan

木尔哈勤的次子木竹林又无踪迹，罕位后继无人啊！我身为相国，能不为国家社稷着想吗？"

太医"扑通"一声跪在了左翼相国的面前，哽咽着说："没想到老相国还是忠心耿耿，先王在天之灵也放心了。"

左翼相国急忙扶起了太医，说："先王木尔哈勤像阿布卡恩都里一样仁慈地对待我们挹娄子民，给予我们老臣的恩惠数不胜数，我们怎能不报恩呢？先王不在了，可他的血脉还在，我们维护新王，就是报先王的恩哪！"

太医老泪纵横，站起来紧握左翼相国的手，说："我一定听从老相国的吩咐，看在先王的份上好好为罕王调治，一定要让罕位后继有人，让先王木尔哈勤的血脉永续不断。"

东莎娜和春梅在北斗七星河边洗衣服，觉罗蝉儿坐在河边的岩石上光着腿把脚浸泡在河水里晒太阳。此时，北斗七星河水在阳光的照射下跳动着鳞片般的流光。成群的水鸟在河面起舞，河边的垂柳在微风的吹拂下轻轻摇摆着鹅黄色的枝条。东莎娜和春梅边洗衣服边聊天，东莎娜问道："春梅姑娘，你们家公子也有近三十的年岁了吧？怎么现在还没有娶妻呢？"

春梅得意地说："我们家公子是天上难找、地上难寻的好儿郎，怎么能轻易娶妻呢？"

东莎娜问："你说说看，你们公子怎么好呢？"

春梅自豪地回答："我家公子相貌英俊，一表人才，而且聪明、勇敢、勤劳，还善解人意，就是皇家公主都不配我家公子呢。"

"那么，你们家公子不是要到天宫去选天女做妻子了吗？"

"噢，恐怕只有天女才配嫁给我家公子了。"

觉罗蝉儿"扑哧"一下笑了。春梅痴痴地问："蝉妃，你笑我，是不是我说错话了？"

觉罗蝉儿连忙摆摆手，说："你家公子真是超凡脱俗，我只是想，如果没有天女下凡间来寻找你家公子，那你家公子可就要独守一生了。"

春梅沮丧地说："那不是惨了，我家夫人就这么一个儿子，岂不是要绝后了！那可怎么办哪？"

东莎娜笑嘻嘻地说:"看把你急的,恨不得自己变成天女嫁给你家公子呢。"

春梅大叫道:"哎呀,羞死人了,怎能开这样的玩笑呢?我是一个下人,怎么能配得上我家公子呢,再说……"

"别说啊,除了是主仆关系外,你们还真挺般配的啊。"

"你……还胡说!看我不把你变成落水的小鸡!"说完,捧起河水往东莎娜身上泼去,东莎娜大叫一声,又撩起水花往春梅的身上泼去。小河边顿时像炸开了锅,洋溢着欢快的笑闹声。

觉罗蝉儿站起身来沿着河床漫步,隐约听到有人在石板上磨刀的声音,她觅声看去,只见李穹坐在河边岩石上磨他那把祖传的匕首。李穹听到了脚步声抬起了头,四目相对彼此会心地微笑着点了点头。觉罗蝉儿走过去,坐在了李穹的身旁,静静地看着李穹磨刀。李穹熟练地磨着匕首,丝毫没有因觉罗蝉儿的到来而影响他的工作,直到他认为满意了,洗净了匕首,再用干布抹干后插入刀鞘,才面向觉罗蝉儿问道:"怎么一个人出来了?"

觉罗蝉儿笑着答道:"东莎娜和春梅在河边洗衣服,趁她俩打闹的时候我就溜过来了。整天让人护卫着,就像是身边围了栅栏,虽然安全但活动受限。一个人出来走走多好,就像鸟儿一样飞来飞去自由自在。"

李穹望着身边的大树,风趣地说:"树上的蝉也是自由自在飞来飞去的。"

觉罗蝉儿微微一笑,说:"可惜我是地上的蝉儿。"

"蝉儿,这个名字很好听,谁为你取的呢?"

"额尼为我取的,阿玛姓觉罗,按我们民族的习惯姓氏放在后面,名字放在前面。可是额尼是扶余人,就用扶余人的习惯把姓氏放在了前面。"

"她为什么要为你取名叫作蝉儿呢?"

"额尼说,蝉,象征着梦幻,它在泥土中出生,蜕变后就成了美若天仙离尘脱俗的尤物。额尼说,希望我像蝉一样超凡脱俗。"

李穹深情地看着觉罗蝉儿:"你真的是美丽脱俗,你比蝉还要高洁雅致。"

"额尼说,蝉是能够重生的,在地下的黑暗中生存好几年,要想追

挹娄玉蝉
Yilou Yuchan

求光明，就必须褪去金色的华丽外衣，可是蝉褪去了金色的外衣，反而更加美丽。"

"不加修饰的美丽，就像你一样，感觉你很为你的额尼骄傲。"

"当然了，额尼值得我骄傲。"

"你额尼还健在吗？"

"不知道。我和额尼都好久没见了。"

"哦？"

"我和阿玛、额尼、阿诨在逃难中走散了。"

"哦，发生了战争？"

"不是战争，是政变。"

"一定是爱达甘的故事。"

"是的。"

李穹恳求着："讲给我听听。"

觉罗蝉儿点点头，坐在了李穹的身边讲述起来。

30年前的一天，先王木尔哈勤在北斗七星河里游泳，遇见了在河里静坐的那丹。木尔哈勤罕王和那丹一见钟情，相恋结婚。婚后，那丹生下了两个儿子，长子叫爱达甘，次子叫木竹林。两个王子长大后，木尔哈勤罕王就把除了王城七城区外的其他八个城区交给了爱达甘管理。爱达甘生性暴躁，对挹娄子民时常行暴，挹娄子民都十分惧怕他、仇恨他。木尔哈勤罕王把北斗七星坛城交给了木竹林管理，木竹林把北斗七星坛城建筑得富丽堂皇。坛中有城、城中有坛，城坛浑然一体，极其壮观。木竹林的坛城子民沿山凿洞穴居，耕田种地、下河捕鱼、圈养家禽、安居乐业，愉快地与城主木竹林和睦相处。爱达甘辖区的子民渴慕北斗七星坛城的繁荣与木竹林城主的勤政爱民，纷纷投奔到木竹林的坛城中，使得北斗七星坛城人丁兴旺更加昌盛，引起了爱达甘极度的嫉恨。

先王木尔哈勤罕王和那丹大妃驾崩后，爱达甘当夜带兵闯入北斗七星坛城大肆屠杀城中居民，并想杀死木竹林，霸占北斗七星坛城。可是，在杀死的人中，没有找到木竹林，爱达甘派人找遍挹娄国也没有找到。

爱达甘执政后的第一件事，就是要征服邻国。于是就在挹娄国子民中强行征兵，挹娄子民纷纷逃离本土，躲避兵役之苦。

李穹听了觉罗蝉儿的诉说后，愤恨地说："爱达甘原来是这样残暴，连手足之情都不顾的暴君！"

觉罗蝉儿继续说："就因为爱达甘的残暴，我才失去了父母亲情。"

"哦？"

"阿诨也在征兵之列，阿玛和额尼拼死也不让阿诨应征，我们全家就在夜晚逃出挹娄国，没想到在途中我们遇到了追兵，我和阿玛、额尼、阿诨逃散了，到现在没有任何消息。我一个人找不到他们，就又回到了挹娄国我们的家，期望他们有一天能回来找我。"

"挹娄国经常征战吗？"

"是的。过去，我们挹娄国是一个很友善的民族，我们有自己的文化，有文明的历史。可自从爱达甘做了罕王一切都变了样，到处是战争杀戮。"觉罗蝉儿说完，望了望远方，又深情地说："非常怀念和阿玛、额尼、阿诨在一起的日子，那时，阿玛是王宫里的一名文官，很受先王器重。额尼十七岁时来到挹娄国嫁给了阿玛。额尼是扶余国的大家闺秀，识文断字，教会了我和阿诨很多汉文，阿诨还会写诗作画呢。"

李穹立即说："我在扶余国与一位挹娄国的兄弟拜了把子，他也姓觉罗，也会写诗作画，不会是……是你的阿诨吧？不不！不可能有这样巧的事。"说完，又急切地问道："你的阿诨叫什么名字？"

觉罗蝉儿睁大眼睛，说："我阿诨叫觉罗健儿。"

"啊？我的拜把子兄弟也叫觉罗健儿！"李穹吃惊地说。

"阿诨！我的阿诨在哪儿？你在哪儿遇见他的，他还好吧？我的阿玛、额尼还在吗？"觉罗蝉儿已是泪如雨下。

"真的？真的是你的阿诨吗？太巧了！对了，蝉儿，健儿的父亲叫耶鲁觉罗，你的父亲叫什么名字？"

觉罗蝉儿大哭起来："我的阿玛就叫耶鲁觉罗，他老人家还好吗？额尼还好吗？快告诉我，快告诉我啊！"

"好，好，他们都很好！我们逃出来之前的那几日还见到他们了。你额尼身体特别好，为我做了好多好吃的饭菜呢。"

觉罗蝉儿好容易才忍住了哭泣，喜悦地问道："李公子，快给我讲讲关于他们的事情，你们是怎么认识的啊？"

挹娄玉蝉
Yilou Yuchan

　　李穹说:"别急啊,我慢慢地讲给你听。"

　　"快讲快讲啊,我日日夜夜想念着他们,又不知他们是否平安,每天都在思念亲人的痛苦中煎熬,我多么希望早一点听到他们的消息啊。李公子,快给我讲讲啊。"

　　"好的,我为你讲,这就为你讲。四年前,我在山林中狩猎,被一群狼围攻。我急忙爬上了一棵大树死死地抱住树身,可那群狼就在那里守候,不断地号叫着迟迟不离开。那棵树很高,枝杈也高,很难爬到上面去抓枝杈,只能抱着树干。正在我快坚持不住的时候,健儿出现在不远处。健儿身上背着弓箭,腰上挂着一只射死的野兔,冲我大声喊道:'兄弟别怕!一定要坚持住!'那群狼听到了他的声音,掉头朝他那边扑去,健儿迅速地爬上了树,健儿见狼群跑到了树下,就把野兔扔到了一块铺着野草的平整的地方,那群饿狼急忙朝野兔扑去,只听'轰隆'一声,七只狼一个没少全掉到了健儿事先挖好的陷阱里。我和健儿从树上下来,彼此做了自我介绍。为了感谢健儿对我的救命之恩,我备厚礼去你父母家里拜谢,还和健儿拜了把兄弟。"

　　觉罗蝉儿激动地说:"李公子,你一定要带我去见他们啊。"

　　李穹亲切地说:"一定,我一定带你去见他们,他们也是我的亲人,我也很想他们。我们逃难的时候没来得及和他们告别,他们也许还不知道我们发生了这么多的事情呢。不过,他们要知道我们在一起,说不定会有多高兴呢。"

　　觉罗蝉儿用手背抹了一把眼泪,喜滋滋地说:"是啊!他们一定会高兴的,会非常高兴的!李公子,你说我额尼变老了没有啊?我阿诨长多高了?我阿玛……"觉罗蝉儿急切地问。

　　"好了,好了。我会慢慢地讲给你听的。别着急,我有的是时间为你讲。"

　　"李公子……"

　　"蝉儿,不许再叫我李公子,我们之间已经不是一般的缘分。你阿诨救了我,你又救了我们一家。"

　　"那么应该叫你什么啊?"

　　"叫名字呗!"

　　"李穹!"

　　"哎!"李穹故意大声答道。

两人开心地笑起来。

李文博夫妇知道了觉罗蝉儿是健儿胞妹的消息，非常兴奋，李文博对觉罗蝉儿说："想不到健儿救了我穹儿的命，蝉儿又救了夫人的命，还这样救助我们全家，真不知道怎么感谢你们觉罗一家人哪！"

觉罗蝉儿说："一切都是缘分，既然阿布卡恩都里为我们安排了相识的机缘，那我们就该珍惜这缘分。老人家，以后不要再说感谢的话了，要说感谢，我还要感谢李穹呢！是他告诉我，我的亲人还健在的消息，这对我来说太重要了，我的生活又有了希望，我还要李穹带我去见阿玛、额尼和阿译呢！"

夫人忙说："一定，一定，穹儿一定会带你去见你父母的。"

觉罗蝉儿兴奋地和夫人拥抱在一起，流着眼泪说："我终于能见到他们了。"突然，她又抬起头来，惊恐地说："这次罕王去攻打扶余国，阿玛他们会不会有危险呢？"

李穹忙安慰她："不会的，不会的！他们的住所远离扶余王都，在山中密林处的山洞里，洞门口被健儿用石头搭建成门，又种植藤蔓掩盖，既防野兽，又防盗贼。兵马更不会到那里的。"

李文博点点头，肯定地说："穹儿说得对，他们不会有事的。我们也常见面，你的父母和哥哥都是非常智慧机警的人，他们会照顾好自己的。"

夫人说："当初健儿救了穹儿，我们一家人去拜谢，并邀请你父母和哥哥到我们家居住，你父母说什么也不肯，说是习惯了山林洞居的生活，现在看来，他们没有去我家居住就对了，如果去了，现在就会有危险的。"

"母亲，如果健儿一家到我家居住，我们出逃的时候一定会带上他们的，那蝉儿不就能见到他们了？"李穹说。

李文博笑道："凡事老天自有安排，缘分早注定，莫要急求成。我们能做的是为他们祈福，希望我们相见的那一天早一点来到。"

觉罗蝉儿双手合十，冲天祈祷："阿布卡恩都里保佑阿玛他们平安吧。"

李文博说："明天我去北斗七星坛城祭献，为你父母和健儿祈求平安。"

挹娄玉蝉
Yilou Yuchan

  得知父母还健康地活在世上，觉罗蝉儿兴奋得一夜没睡。哭一会儿、笑一会儿的，好容易熬到天亮，就起身去找李穹，可李穹已经出去打猎了。她追到了路口也没见到李穹的踪影，便无精打采地在林中漫步。不知不觉中，她走到了密林深处。这里是李穹狩猎归来的必经之路，觉罗蝉儿就站在那里等待李穹。

  等待的时光是漫长的，觉罗蝉儿时不时地向远处眺望。终于，她看到了李穹扛着一只梅花鹿向这边走来。觉罗蝉儿高兴地迎了上去，李穹也看见了觉罗蝉儿，就把野鹿放了下来。李穹责怪觉罗蝉儿："这么早你跑到这里做什么？这儿经常有野兽出没，多危险啊！以后可不许一个人出来乱跑。"

  觉罗蝉儿绘声绘色地说："亲人活着的好消息让我兴奋得无法入睡。昨夜想起了好多关于他们的事想问你，我等不及你回来，就来找你了。"

  李穹笑了，爱怜地说："看你，真像个孩子。"

  觉罗蝉儿歪着头，笑眯眯地说："本来我就是一个率真、坦诚的孩子，只是平日在深宫，面对的都是钩心斗角、尔虞我诈的面孔，不能袒露自己的本性，所以，就不停地伪装自己，才显得稳重。"

  李穹点了点头说："是啊，要想生存就要包裹自己，把自己本性隐藏起来，否则，就会像这只美丽的梅花鹿一样，成为围猎的目标。现在你可以放松了，面对大自然可以自由自在、无拘无束了。"

  "是啊，在大自然中，总会有很多感触。"

  "什么感触，说与我听。"李穹把弓箭摘下来放在地上，又把外衣脱了下来铺在身边的一块石头上，示意觉罗蝉儿坐下。

  觉罗蝉儿坐下后，说："这种感觉很奇妙，面对大自然有时感觉自己很卑贱，卑贱得像一只经不得风雨的蝼蚁，连生死都不能掌控。有时又感觉自己很尊贵，尊贵得就像是阿布卡恩都里的女儿，骄傲地行走人间，甚至有时竟然感觉在阿布卡恩都里的花园里欢乐地嬉戏，与阿布卡恩都里愉快地交流。每逢这时候，才觉得过得是实实在在的时光，内心里是实实在在的快乐。"

  李穹用赞赏的目光看着觉罗蝉儿，意味深长地说："你的思想不是一般女子可比，你的境界不是一般女子能够达到，不，就是男子也没有多少人可与你相比！"

"我哪有……"觉罗蝉儿的话还没说完，就被李穹用手势制止住，然后，拉着觉罗蝉儿的手退到了一块大石头旁，停了下来。这时，从密林中走出来一只黑熊，慢慢地往这边走来。觉罗蝉儿吓得倒吸了一口凉气。李穹连忙捂住了蝉儿的嘴巴，压低声音说："别怕，它看到野鹿就不会过来了。"

黑熊果然看到了野鹿，并快步奔了过去。黑熊在野鹿的身上嗅了嗅，然后，抬起了头，又向四周嗅了嗅，显然是嗅到了人气，黑熊闷声低吼、狂躁不止。

觉罗蝉儿紧张起来，不由自主地往后退了一步，谁知一只脚踩在了自己的裙子底边上，另一只脚无处可放，身体一下子失控向后摔去，就在身体后倾的一刹那，本能地发出了一声惊叫，而后仰头向后倒地，头部磕在石头上，鲜血顿时流了出来。

黑熊听到了声音，警觉地回过头快步跑了过来。李穹见黑熊迎面而来，来不及去取弓箭，就抱起觉罗蝉儿往林中跑去。黑熊闻到了血腥味加快了脚步，觉罗蝉儿见此情景，大声对李穹说："放下我，你自己跑，要不我们都没命了！"

李穹也大喊一声："死也要死在一起！"

这时，黑熊离他们只有三四米远的距离。

李穹顾不得脚下是野草还是荆棘，按着之字形的路线拼命地跑着，力图甩掉黑熊，由于黑熊失去了伴侣已与人们结下了仇怨，所以见人就穷追不舍。忽然，李穹脚底一滑摔倒在草坡上，觉罗蝉儿从他的怀中滚了出去。黑熊没想到他们会摔倒，跑到他们跟前没能稳身止住脚步，从他们身边冲出了两三米后才站住。当黑熊回过头来的时候，李穹一骨碌爬了起来。从腰间抽出了匕首站稳了脚跟，长出一口气，神情镇定地怒视着黑熊，等待着黑熊的进攻。黑熊似乎明白了李穹的用意，胆怯地倒退了两步，站在了那里。

觉罗蝉儿挣扎着站了起来，李穹近乎命令地说："蝉儿快跑！"

"不！"

"听话！你离开，我就能摆脱它！"

黑熊仰脖长啸一声，两只厚实的前掌高高抬起，两条粗壮的后腿用力一蹬，整个身躯扑向李穹。这时的黑熊就像一个黑色的大肉球朝

挹娄玉蝉
Yilou Yuchan

李穹砸来。李穹向左侧快速一闪，刚好躲了过去。不料，这黑熊虽然看上去体态笨拙，却有空中连续做动作的本事，就在扑空的一刹那，抡起它的右前掌猛然向李穹的头部扇去。李穹突感风声灌耳，情知不好，借着风力顺势倒地，那黑熊也跟着一个右后转身，向李穹的身上狠狠地坐了下去。李穹在倒地的同时，接着一个侧滚翻腾空跃起，向黑熊的侧方移动，躲过了黑熊笨重的身体。第一个回合，黑熊使出了致敌于死命的两招。一是用前掌拍击，二是用臀部硬坐。可惜，都没有得手，倒是把一棵小柞树给压弯了。黑熊的头部两侧生有长长的鬃毛，时常会挡住它两侧的视线，李穹在它的侧方，它一时没了目标，更是恼羞成怒，一把将身子底下已被压弯的小柞树连根拔起。接着又去拔前面的一棵树，准备打个场子，与李穹拼个高下。不想一抬头却看见了伏在石头上的觉罗蝉儿，于是，大吼一声，径直朝觉罗蝉儿跑去。立在觉罗蝉儿前侧方的李穹见此情景，一个箭步蹿到黑熊的前面，挡在黑熊与觉罗蝉儿的中间，回头大声喊叫，让觉罗蝉儿快跑。黑熊见李穹忽然出现在它的面前，先是一怔，随即，抬起左侧前掌劈头盖脸地向李穹头顶拍了下去。

觉罗蝉儿见状，惊呼一声："快躲……"话音未落，偌大的黑掌拍到了李穹的肩头上，利爪直刺肉中，鲜血即刻涌出。李穹来不及躲开，只是把头一侧，顿感左肩麻木，胸口阻塞，剧痛立时在体内炸开，左胳膊一下子动弹不得。李穹右手紧握匕首，猝然回身，用尽全身力气将匕首刺向黑熊颈下长着白毛的地方，顺势把匕首下拉出来，黑熊的胸前立即豁出一个长口子，鲜血喷涌而出，黑熊号叫一声，瘫倒下去。李穹的这一刀，是致黑熊于死命的一刀，黑熊身上最薄弱的地方就是颈下胸口上方生有白毛之处，刀子从这里进去，可直抵心脏，李穹的这一刀一刺一拉，不仅刺到了黑熊的心脏，还割断了黑熊的心脏主动脉。

就在黑熊倒地之前的瞬间，它的前掌已举到了李穹的头顶，两个角斗者同时倒在了一起，谁也没有站起来。

觉罗蝉儿眼睁睁地看着生死拼争的一幕，先是目瞪口呆，继而撕心裂肺地喊了一声："李穹！"然后，眼前一黑，昏厥过去。

一阵山风吹过，有几片树叶飘然而下，正落在觉罗蝉儿的脸上，她慢慢地睁开眼睛，一股强烈的血腥味扑鼻而来，她一骨碌坐了起来，向四周环顾。当她看到旁边躺着一动不动的黑熊还有浑身是血的李穹时,立即想起了昏迷前的情景。她拖着酥软的身子,向李穹的身边爬去,全然没有顾及黑熊是死是活,是否还有攻击力,用力将黑熊的爪子从李穹的身上搬到了一边。

觉罗蝉儿把自己的手臂伸到了李穹的颈下,把李穹的头轻轻地托起,揽在了怀里。只见李穹脸色苍白,全无血色。觉罗蝉儿呼喊着李穹的名字,那叫声急切而又颤抖。李穹双目紧闭,没有任何反应。觉罗蝉儿将脸贴近李穹的鼻唇间,感觉到了一些微弱的气息,这使她精神大振,连摇带喊,声泪俱下。

李穹的眼角开始有了抽动,一会儿,慢慢地睁开了眼睛。他只是觉得有凉风在沁着他的眼球,却什么也看不见。嘴里发出微弱的声音:"蝉儿……蝉儿……"

觉罗蝉儿急忙回答:"我在这儿,我在这儿,我在这里呢!"

李穹此时似乎还是没有光感,凭着觉罗蝉儿发出的声音和气息,知道两个人的距离很近很近,脸上开始有了笑容。

觉罗蝉儿流着眼泪痛苦地说:"为什么?为什么要冒死救我?难道你就不怕死吗?"

李穹艰难地动了动嘴唇,细若游丝地说:"如果……你被黑熊……吃掉了,我活着……也就没有了意义,虽生犹死。"

觉罗蝉儿哽咽着说:"蝉儿的命如小草般的轻贱,怎能承受你如此的恩情。"

李穹抓紧了觉罗蝉儿的手,艰难地说:"蝉儿……你不是小草,是……是我心中的……擎天柱,我……活着的动力。"

觉罗蝉儿急忙说:"别说了,快别说了,我去喊人来,太医会医好你的。"

李穹的手抓得更紧了:"别……别走……千万别走开……听我说,不然就……没有机会了……"

觉罗蝉儿更加着急,说道:"不许胡说,你会没事的,你一定要活下来,我求你活下来……你还要带我去见我的阿玛、额尼呢……我们还有很多事要做,你一定要坚持活下来啊……"

李穹笑了笑,艰难地说:"我也想……活下去,我爱……现在的生活,有父母、有你,我就是……最幸福的人,虽然我……知道,我不

挹娄玉蝉
Yilou Yuchan

应该……爱上你，但我真的……爱你……从心里发出来的……喜欢、爱慕、依恋……"

"别说了，我们需要马上回家找人来救你。"

"不！不……可能了，我的眼睛……越来越……模糊，我的身体……已经……没有……力气了，蝉儿，我……是不行了，我……身体在往上飘……"

"不！你要活下来！李穹，你一定要活下来！"觉罗蝉儿急切地抬起头，向着苍天高呼："无上尊威的天上神阿布卡恩都里啊！快救救李穹吧！只要让他活下来，我愿意为他去死！我愿意换回他的生命……"

"蝉儿……别哭，你要……好好活着，能死在……你的怀里……我很幸福，希望我们……来生能……有缘做……夫妻……"李穹的声音越来越弱，说完了这句话后就闭上了眼睛。

觉罗蝉儿大声呼喊着李穹的名字，号啕大哭起来。

洛滨和东莎娜正在寻找觉罗蝉儿，听到了觉罗蝉儿的哭喊觅声跑来，看到了痛哭的觉罗蝉儿和浑身是血的李穹。洛滨急忙让觉罗蝉儿和东莎娜帮着他把李穹扶起来，背在了自己的身上，一路小跑着奔回了家。

李文博正在院中修剪花树，见到洛滨背着满身血污的李穹大吃一惊，急忙帮着洛滨把李穹放倒在火炕上，拿出了从扶余国带来的天池仙草还魂丹，碾成碎末为李穹灌入口中。夫人见到了已经没有声息的儿子心如刀绞，紧攥着儿子的手哭喊不停。这时，觉罗蝉儿在东莎娜的搀扶下，进了屋。

李文博冷静地对觉罗蝉儿说："我们需要尽快找到郎中，救治穹儿。"

觉罗蝉儿擦了擦眼泪，对洛滨说："速速回宫，一定要把太医请来。"

洛滨应声跑出屋去，刚刚套上马车，就见一辆宫廷的马车来到了石屋跟前，下来的人正是太医。原来，觉罗蝉儿有恩于太医，太医只想把子嗣之任让觉罗蝉儿一个人来完成，所以，就亲临石屋，向觉罗蝉儿传授受孕秘籍。

洛滨见到太医，一把抓住他的手臂，边告诉他李穹受伤的事边把他拉进了屋。太医为李穹摸了摸脉，面露喜色地说："还好，还有微弱的脉搏，而且，好像是什么东西锁住了气血。"

李文博急忙说："我刚刚给穹儿用了天池仙草还魂丹。"

太医点了点头，仔细地为李穹看了看伤口，说道："他的左肩胛骨已被熊掌击裂，但没有错位，脑、心、肺受到强烈震动和挫伤。心主神志，主血脉，心气不达，则血脉不通、神志不明。唉，伤得十分严重啊！"说完，开出方子：丹参、党参、当归、黄芪、陈皮、续断、红花、桃仁、制乳香、制没药、骨碎补、甘草等。然后，太医又在每味药的下方注明剂量让赵宝子速去抓药。随后，告诉大家说："李公子吉人天相，本来已经停了经脉，多亏了还魂丹救了公子的命啊。等药抓回来给他吃上，让他好好地睡一觉，三天之后他准会醒过来。"

大家这才略略松了一口气，但是，依然为李穹揪着心。

觉罗蝉儿嘱咐太医在石屋暂住，日夜观察李穹的情况。

时间慢慢地过去，人们焦急地守候着。觉罗蝉儿坐在李穹的身边满是懊悔和心痛的泪水。夫人也守在李穹的身边泪眼婆娑。春梅小心翼翼地用温水轻轻擦洗着李穹身上的血污，静静地守候在李穹的身旁寸步不离。

三天后的早晨，一只喜鹊落在了石屋门前的树上，高声鸣叫着。觉罗蝉儿和东莎娜从屋里跑出来，惊喜地望着那只充满了喜兴的喜鹊，觉罗蝉儿兴奋地说："喜鹊叫喜事到！李穹就要醒过来了！看，喜鹊来报喜了！"说完，飞奔到李穹的房间，抓住了李穹的手轻声地呼唤着："李穹，快醒醒吧，喜鹊来报平安了，你听到喜鹊叫了吗？"

李穹的嘴唇动了动，慢慢地口中发出了微弱的声音："蝉儿……蝉儿……"

觉罗蝉儿急忙答道："我在这儿，我在这儿呢！你总算是醒过来了。"

李穹慢慢地睁开了眼睛，用舌头舔了添干裂的嘴唇，焦急地说："蝉儿，头上的伤口……怎样了？还……流血吗？伤到……别处没有？"

"没有，没有，我好好的呢。你都伤成了这个样子，还惦记着我……"觉罗蝉儿的眼泪涌流而出，呜咽着说："你终于醒过来了！如果你不能醒过来，我以后的生活都不会快乐，是我害了你，我对不起你。"觉罗蝉儿泪流满面。

挹娄玉蝉
Yilou Yuchan

"我……不舍得离开这个世界，因为，我爱这个……世界，爱这个世界上的……人……"

觉罗蝉儿和李穹的双手紧紧地握在了一起。觉罗蝉儿仿佛挣脱了一种无形的枷锁，任由心中爱的暖流在周身奔涌。

李穹在大家的精心护理中，在太医每天用心地医治下慢慢地好转。这段日子对李穹和觉罗蝉儿来说，着实是刻骨铭心。

一天晚上，李文博又在院中观测天象，觉罗蝉儿悄悄地走过来，坐在李文博的身边仰面观望。天上繁星点点，每颗星星都亮晶晶地不停地眨着眼睛。天上的星星，除了北斗星之外其余的星星觉罗蝉儿一个都不认识。她想和李文博学着看天象，就乖乖地坐在那里不出声。

夜空真美，布满星星的天空旷达幽深。抬头观望，天上的星星离地面似乎很近，但苍穹深远无量。觉罗蝉儿虽然看不到天上除了星星以外的景物，但她想，天上一定有一个美丽的世界。

"在另一个世界里，仁慈的阿布卡恩都里一定是天上的君王，那里没有战争、没有凶恶，只有仁爱与和平。"觉罗蝉儿痴痴地想。

"哦?!"李文博忽然倒吸了一口凉气。

觉罗蝉儿问道："怎么了，老人家？"

李文博半天没有回答。他神情凝重举目向天，自言自语般地说："北方的那颗星披着长长的披风，向我们这边窥视，一条苍白的龙正朝我们的头顶游动……"

觉罗蝉儿紧张地说："老人家，你在说什么？我怎么听不懂啊？"

"彗星出现了，帝星暗淡无光！天象呈现出巨大灾难的预兆！"

"什么？什么灾难？"觉罗蝉儿心惊肉跳。

"天象显示水灾，前所未有的一场大水灾！可以……可以淹没挹娄国的整个山岭。"

觉罗蝉儿惊呆了，半晌没有说出话来。终于似有所疑地问："老人家，眼看就要到冬天了，冬天哪儿有发水的可能啊？从哪里来的大水啊？"

"老夫毕生研究诸子百家的著述，深得'五行'学说之要。世上万物归为五类：木、火、土、金、水，应对方位分别是东、南、中、西、北，也应对着春、夏、仲夏、秋、冬时节。这彗星位于北方，其主水，又对应冬季，所以老夫断定，初冬必有大水突至。虽说时节有常，但人类做出违反天理之事也会出现反季节灾难！如夏季的冰雹，六月天的雪，都不足为奇。"

觉罗蝉儿似乎仍然不解，又问李文博："何人何事违天遭罚，竟连累众生？"

李文博低声答道："老夫斗胆提示，爱达甘罕王自命天子，亵渎老天，假天行旨，屠杀无辜。如今近色无度，以至肾气大亏。按'五行'学说，肝属木、心属火、脾属土、肺属金、肾属水，今罕王肾气不足，故不纳水；爱达甘切除拒税挹娄子民的命根，还刻意广求男童睾丸，绝民肾元，引起天怒，使水不能疏，横溢四方，下泛国土，是而成灾。"

觉罗蝉儿惊叹一声："天哪！罕王冒犯天威，竟殃及无辜，使挹娄子民受牵连。"

"不！老天不会殃及无辜，只要挹娄子民顺应天命，老天不会让挹娄子民落入灾难。"

"阿布卡恩都里是仁慈的，他是慈悲的天上神。"觉罗蝉儿仰天感叹。

李文博叹了口气，说："这件事情先不要告诉别人，再观察一个阶段才能进一步断定。"

觉罗蝉儿冷静地说："我希望老人家是推断错了，除非……"

"除非怎样？"李文博急忙问道。

"除非挹娄国出现火凤儿骨鸟。"觉罗蝉儿似乎看到一线希望。

"火凤儿骨鸟是怎样的一种鸟？它的出现能证明什么？"

"火凤儿骨鸟是一只神奇的鸟；它是挹娄先祖崇拜的神鸟，是肃慎族的第一任族长的化身，没有人知道它的居住地，它长着凤一样的头部和翅膀，龙一样的尾巴，通体长满了红色发光的羽毛。火凤儿骨鸟叫声清丽动听，哪里有灾难，它就在哪里出现，不停地在灾区呼唤着挹娄子民离开故土逃离灾难。"

李文博仰面向天，说道："明天我要去北斗七星坛城，献祭三天。"

觉罗蝉儿点点头，说："只有求助于阿布卡恩都里了。"

挹娄玉蝉
Yilou Yuchan

七、坛城城主

　　李文博一个人向北斗七星坛城的方向走去。他神情庄严，步履维艰。凭借对天象周密细致的观测和解析，他预测洪水会不期而至。

　　秋风吹过，树叶瑟瑟作响，李文博不由自主地打了个冷战，脚步也变得更加沉重。

　　几个月来，李文博一家人一直过着逃亡的生活。自从遇到了觉罗蝉儿，李文博及家人才得以安宁。本以为可以在挹娄国安居下来，可是刚刚稳定的日子又遇到了新的危难，而且是整个地区毁灭性的灾难。家人和善良的挹娄子民，如果不及时逃离这里，都将在劫难逃。

　　怎么办？如何让挹娄子民相信灾难就要来临？李文博边走边思索，不知不觉地来到了北斗七星坛城。

　　行近山顶时，忽听坛城之上有一雄厚的男声在吟唱："昨日神鹰鸣犹在，今日坛城无华芳。鹰何在？城何在？何方疆土是我歇息的地方？"

　　李文博听到了这凄美的歌声，放轻了脚步，在这如诉如泣的低吟声中登上了山顶。坛城上，有两个人，一位是族祭萨满，在祭台前默祷。另一位是一位青年男子，头上披着厚重的头巾遮盖着脸面，跪在坛城前身体挺直，用凄凉的声音仰天唱道："怀念雏居巢堂前，手足相执膝前欢。巢何在？雏何在？何处寻觅天赐慈恩之怀？"

　　李文博走到了祭台前，跪了下来。那位青年男子见有人来了，就停止了吟唱，神情中透着忧伤，明眸中闪动着泪光。

　　李文博沉默片刻后，猛然仰起头，冲天高声悲吟道："阿布卡恩都里在上，请接受贱民代挹娄子民谢罪！挹娄王都，文明古国，先王木尔哈勤罕王宏图霸业，英名威震四方，国民上下虔心敬天，挹娄子民捕鱼射猎、种地耕田、圈养家禽、安居乐业。因明君长期善理朝政，替天行道，挹娄国才得以苍天厚待，享受百年太平盛世。谁知，先王

七、坛城城主

驾崩,子承霸业,当今罕王暴虐狂傲,拓展疆土无度,且又厮杀成性,上不敬天,下不礼地,致使国损家败,挹娄子民性命如野草般轻贱,悲号之声响彻云天,惊动天颜,触动天威,致使天象异变!最让贱民痛心之处,是上苍明断挹娄之罪,降罚洪水灭世。贱民痛心疾首,万望阿布卡恩都里宽恕挹娄子民之愚钝,救挹娄子民于洪水之中。贱民代挹娄子民向阿布卡恩都里叩首致谢,万望垂怜!"说完,俯身将头部向石头地面叩去,额头上立即渗出血来。

掩面男子听了李文博的仰天陈述大惊失色,急忙过来扶住了李文博,问道:"老阿珲所言是真?"

李文博神情严肃地回答:"北斗七星已深深地刻在坛城上2700年,这就说明老天爷是要用星座来告知挹娄子民他的一切行动。老夫从天象的变化中,读出了老天爷的暗喻,近期洪水将要吞没挹娄国。"

那位掩面男子把头巾猛地掀下来,仰天长啸:"挹娄国世代供奉的阿布卡恩都里啊,不要灭我挹娄国吧,一切因罪孽招致的惩罚就让驯服如羔羊的木竹林一人来承担吧!身为木尔哈勤罕王的儿子,不能鞠躬为挹娄子民造福,就让壮如牦牛的这身贱骨为挹娄子民折罪吧!"说完,双手举向苍天。

族祭萨满急忙奔过来,惊呼道:"原来你是七星坛城大城主!"

男子慢慢地站了起来,冷静地说:"这里没有大城主,只有木竹林。"

族祭萨满感叹着说:"木竹林还活着!还活着啊!阿布卡恩都里有眼啊!"

木竹林向族祭萨满施了礼,转过身来对李文博说:"先生一定是扶余国的御史大臣李文博。"

李文博说:"老夫正是!大城主怎知老夫的身份?"

木竹林回答:"高山上挺立的是松柏,搏击长空的是神鹰。先生的语音铿锵有力,形体中透着傲骨,眉宇间印着刚毅,而且精通天象,所以,我断定先生必是名扬天下的天象御史无疑。"

李文博惊叹道:"谢谢大城主抬爱,老夫不配北斗七星坛城大城主的赞誉,而大城主,才该得到老夫的赞美。关于大城主的美名,挹娄子民早已是有口皆碑,如今得见大城主真是万分荣幸。"

族祭萨满问道:"大城主这些年在哪里安身?"

挹娄玉蝉
Yilou Yuchan

木竹林叹了一口气:"麻雀有巢,狐狸有穴,木竹林却四处漂泊无立足之地。自从先帝仙逝,木竹林被爱达甘罕王所逐,浪迹天涯,荒莽为家,但无一日能忘记我城中子民。城中子民大都被罕王所杀,余下逃亡在外的却没有一人能忘记北斗七星坛城。他们在落脚的地方,都用七星来命名,以此来纪念魂牵梦绕的北斗七星坛城。七星泡子、七星砬子、七星部落、七星窝集等都是我城中子民命名的新居。我这些年到处寻找逃散的坛城子民,把他们从各处召集到七星窝集,安置在那里,帮助子民建设家园,掌握谋生技能。"

李文博问道:"大城主何时何故回到北斗七星坛城?"

木竹林答道:"三日前的晚上,我在旷野里仰望天空为挹娄子民祈福,忽然北斗七星从天而降,落在了我的面前。我试图走近它,它却向后移动,我停下来它也停下来。一种神奇的力量吸引着我一定要接近它,就这样它引着我往前走。我跟了北斗七星一个晚上,凌晨来到了北斗七星坛城。北斗七星在北斗七星坛城的上空慢慢地浮升上去。在这坛顶上,我茫然地呼唤阿布卡恩都里,不知阿布卡恩都里为何带我来此地。此时,我茅塞顿开,原来我挹娄子民要遇灾难,是阿布卡恩都里派遣北斗七星引我来救助子民啊!"

李文博感叹道:"大城主对挹娄子民一片赤诚之心,苍天可鉴,苍天可鉴啊!大城主才是挹娄子民所需的罕王啊!"

"不!木竹林从未想过要做罕王。我只是想让阿玛留下的江山延续下去。但愿当今罕王能善理朝政,使挹娄王国繁荣昌盛。"

李文博紧紧地握着木竹林的手,说:"大城主身上不但流淌着木尔哈勤罕王的血液,还继承了他的品德。"

族祭萨满激动地说:"愿阿布卡恩都里降福于木竹林,愿木尔哈勤罕王的子民都能躲过这场灾难。"说完,三个人的手紧紧地握在了一起。

天空中响起了一阵大雁的鸣叫声,他们同时抬起了头,只见成千上万只大雁排成了无数队人字形的队伍,黑压压地布满天空,向南方飞去。

李文博感慨地说:"我们也该迁徙了。大雁去了还会归来,挹娄国迁徙别处是否还有回归的一天?"

七、坛城城主

木竹林坚定地说:"会回来的。只是这场大水不知要延续多久,可是不管大水占据挹娄国多久,终归会落下的。也许几十年,也许几百年,也许几千年,等大水退去之后,我们的后代会回来的。我们要一代一代相传,一代代嘱托,木尔哈勤罕王的后裔一定会重新生活在这片神奇的土地上。"

族祭萨满和李文博同时点了点头。

木竹林望着挹娄王城的方向,随后,又望着天空,深情地说:"大雁春去秋来,何时才能找到一方乐园安居?"

李文博说:"世界只是客栈,我们和大雁一样都是旅客,老天爷早已为我们预备了永久的居所,只是好多人悟不到这真谛,痴迷于追求现世昙花一现的虚假荣华,到了生命终结方知醒,却错过了享受平凡度日的好年华。"

木竹林赞许地点点头。

木竹林、李文博还有族祭萨满在北斗七星坛城上跪拜了三天,虔诚至极,苍天似乎为之动容,降下了蒙蒙细雨。

木竹林和族祭萨满召集了各部落、窝集的长老,请李文博详细地为大家解析了天象的变化,并陈述了发大水的可能性。各部落长老纷纷表示,一切听从北斗七星大城主的安排。

经过再三商议,木竹林暂时去那丹山居住,族祭萨满每天为挹娄子民祈福,李文博继续观测天象,等进一步确定洪水到来的日期,大家再商议如何采取行动。

近冬时节,山野上铺满了厚厚的一层枯叶,红色的、黄色的叶子混杂在一起装点着挹娄大地,使挹娄国宛如童话般的景色,美艳无比。

木竹林一个人来到了那丹山,直奔先王木尔哈勤和大妃那丹的墓前。他行了跪拜大礼后,就静静地坐在了墓旁,对着坟墓陷入了沉思。那丹山属于挹娄国境内,因大妃那丹在那里出生而得名。木尔哈勤罕王和那丹大妃去世后,爱达甘和木竹林按照阿玛、额尼的遗愿,把他们的遗体合葬在那丹山上。就在木尔哈勤罕王和那丹葬后的那天晚上,爱达甘突袭了北斗七星坛城,大肆屠杀坛城子民,正巧木竹林整夜在那丹山陪伴父母亡灵,躲过了这场劫难。木竹林得知爱达甘屠城后,不愿手足相残,就退避野外再也没有回来。

挹娄玉蝉
Yilou Yuchan

木竹林跪在木尔哈勤和那丹的墓前，心情十分沉重，他想念阿玛、想念额尼、想念和他们在一起的幸福时光。他对着坟墓，自言自语地说："阿玛、额尼，你们的灵魂在哪里呢？你们能听到我在同你们说话吗？你们去世后，阿译就抢占了北斗七星坛城，使我流浪在外，无家可归。阿玛、额尼，我不生阿译的气，我不在意我是不是北斗七星坛城大城主，只要阿译高兴，我去哪里生活都可以。可是，他不该视挹娄子民之命为草芥，大肆屠城！使多少额尼失去哈哈珠，使多少哈哈珠成为孤儿，使多少女人失去爱根！这些罪孽阿玛和额尼在天之灵也会痛恨的。阿玛、额尼，现在挹娄国要面临着灾难，我该怎样做才能拯救子民？阿译从小就不敬拜阿布卡恩都里，又从不听信别人的谏言，所以他不会相信这场灾难的来临。阿玛、额尼，求你们启示给我，告诉我该怎样去做啊？"

坟墓旁静静的没有一点声音，风儿停止了吹动，鸟儿也停止了喧闹。木竹林似乎等不及阿玛、额尼的回答，就伏在了坟墓上，迎着温暖的阳光，慢慢地闭上了眼睛，感觉像依偎在额尼的怀抱中一样安详。一会儿，竟然伏在墓前睡着了。

那丹山在北斗七星坛城的西面，比北斗七星坛城还要高大，而且树木粗壮、野草旺盛。那丹山上的居民多数是王后那丹的亲属，木竹林的六姨娘一家人就在这里居住。六姨娘有三个女儿，大女儿叫韵星，二女儿叫韵月，小女儿叫韵颜。韵颜的年龄比木竹林小两岁，天生丽质、聪慧伶俐、娇媚可爱，说出的话就像唱歌一样美妙，唱出的歌就像百灵鸟一样动听。韵颜从小就与木竹林和睦友好相处，长大后又萌生爱慕之情。木竹林被迫逃走后，韵颜就苦苦相盼，拒不参加一年一度的柳祭大会。柳祭是挹娄国的相亲节，当春风吹来柳枝发芽的时候，各部落的酋长、各城区的城主，都会带着本部落、本城区英俊威武的小伙子和少女们聚集在宽阔的青草地上，骑马射柳比赛。优胜的小伙子就会得到未出嫁的少女的青睐，有情人就会眉目传情，而后悄悄地退出人群在密林里交合。如果两人情投意合，少女就会跟着小伙子回家，待到生子后，公公婆婆才带着儿子、儿媳和孙子以及众多的亲属抬着聘礼去娘家拜门，娘家满意后，婆家才开始筹办婚礼。如少女在第一次和小伙子交合后不满意，就会等到明年的这一天再重新选择。韵颜不参加柳祭大会，年龄又一年比一年大，急坏了韵颜的阿玛。韵

七、坛城城主

颜是挹娄国远近闻名的美人，好多小伙子爱慕已久，每年的柳祭都会有好多小伙子期待韵颜的到来，可总是失望而归。有些痴情的小伙子就托自家的七大姑、八大姨去韵颜家求婚，可媒婆对韵颜说破了嘴皮，也没有一位小伙子能让韵颜动心。

这天，媒婆又来到韵颜家说亲，韵颜的阿玛见木竹林回来无望，又见韵颜日渐消瘦，更怕延误韵颜的终身大事，就狠下心来当场为韵颜订下了这门亲事。韵颜得知后气得冲阿玛大喊大叫，声称非木竹林不嫁，否则，以死抗争。阿玛气急了，拿起扫火炕的笤帚要痛打韵颜，韵颜急忙跑出家门，流着眼泪向山顶跑去。

木竹林睡着后做了一个梦，梦见阿玛、额尼在仙境中幸福地相依相偎。他惊喜地呼喊着阿玛、额尼，可他们就像没听到一样，没有任何反应。这时，一位通体发光的老者瞬间飘然而至，速度之快无可比拟，起身落地悄没声息，木竹林还没等仰视，就觉眼前万道银光闪烁，无法看清那人的面孔，但木竹林感觉到那人如炬的目光能洞察万物之微，骄阳般的面孔能融化万物。那人用至高无上的威严和雷霆般的声音向木竹林说："降福木尔哈勤的子嗣——木竹林，平安、吉祥！"

木竹林惊得不知所措，那老者用无比尊威的口吻说："你是中悦我心的孩子，我要让你的子孙后代多如繁星，你的国度要延年昌盛，你将成为挹娄新民族的始祖。"说完，阿布卡恩都里不见了。阿玛、额尼也不见了。

木竹林急忙喊道："等等！等一等！我还有话要对说呢！"可是，老者已消失得无影无踪。

木竹林又喊道："阿玛！额尼！你们在哪儿啊？"可是没有听到回答的声音。

忽然，一个女人温柔而又急切的声音传来："木竹林，醒醒！木竹林，快醒醒啊！"

木竹林努力睁开了眼睛，看见一个女人在他的身边，原来是刚刚跑出家门来向先王和先王后诉苦的韵颜。韵颜看见木竹林醒了，惊喜地说："阿布卡恩都里终于垂顾了我的心愿，让我日思夜想的木竹林回到了我的身边。从此我不再忧郁，和心上的人在一起，就是我幸福的源泉。"

木竹林一把抓住韵颜的手，说："我见到阿玛和额尼了，他们在仙

挹娄玉蝉
Yilou Yuchan

境里,过着神仙的生活。我还见到了……"

韵颜打断了他的话,温情地说:"木竹林,你还在做梦。你看看我,我是你的韵颜啊,难道你忘记我了吗?为什么见到了我没有惊喜呢?"

木竹林定睛看了看韵颜,似乎清醒了许多,表情和情绪都安静了下来,动情地说:"韵颜,我的至爱,我们又相见了。星星可以离开月亮,木竹林都不会离开韵颜,韵颜是一朵开不败的鲜花,印在了木竹林的心间。"

"亲爱的木竹林,我就知道你的心里不会再装进别的女人,我们两小无猜,真诚相爱的心就像钟情坚贞的白天鹅一样,永远相伴相牵。"韵颜幸福地把脸贴在了木竹林的脸上。

木竹林搂过韵颜的肩膀,看着韵颜的眼睛说:"韵颜,刚才我真的见到了阿玛和额尼,也真的见到了……"

韵颜甜蜜地笑着打断他说:"我信你,我相信你做了一个美妙的梦。不过,我现在要知道的是你经历了怎样的磨难才活到了今天?这几年我找你找得好苦,等你等得好苦。从你不辞而别后,我没有一天停止过想念你。"韵颜泪珠滚滚。

"韵颜,我的韵颜,为了那些逃散的挹娄子民,我没有一天得到安宁,我找遍了山林、幽谷,一个个地把他们送到七星窝集,帮他们煎药、疗伤。只有在深夜,大家都睡了的时候,我才有时间想你。韵颜,我们终于相见了,再也不分开了。"木竹林说完把韵颜拥在了怀中。

此时,两只喜鹊落在了他们附近的枝头,叽叽喳喳地欢叫着。韵颜抹了一把眼泪,紧紧地依偎在木竹林的怀里,脸上露出了甜蜜的笑容。

黄昏时分,韵颜和木竹林手拉着手欢天喜地地来到了韵颜的家门口,韵颜像一只快乐的小鸟儿张开双臂欢笑着飞奔入门。韵颜的阿玛见到韵颜回来了,立即板起了脸吼叫着:"神鹰若不孵卵,挹娄国怎会有布满天空的雄健鹰群?鳇鱼若不产子,怎会有涨满北斗七星河的壮观场面?你是挹娄国的女子,就有责任为我们勤劳勇敢的挹娄民族繁衍后代!"

韵颜一下子扑进了阿玛的怀里,撒娇地说:"阿玛的话韵颜永记在心,挹娄的女子都要像鲟鳇鱼一样生产强健的子孙。阿玛,韵颜就要嫁人了，后代会像天上的星星，数也数不清。"

  韵颜的阿玛听了韵颜的一番话后，立即转怒为喜，拉起了韵颜的手兴奋地说："我的乖女儿是不是遇到了月老的点化，怎么一下子就转变了想法。既然乖女儿想通了要出嫁，明天我就带乖女儿去见那个英俊勇敢的那古塔。"

  "世间的男儿我非木竹林不嫁，我要为木竹林生儿育女，用生命去爱他。"

  "木竹林是个好男儿，是值得乖女儿用生命去爱他。可是他如今无影无踪、生死未卜，你上哪儿去找他？这么多年了，你怎么就解不开这个死疙瘩！"

  韵颜的额尼在韵颜阿玛的后面走出来，冲着门边惊叫一声："我的阿布卡恩都里啊，是我的双眼出现了梦幻，还是我在梦中没有醒来？我是否真的看见了我们日思夜想的木竹林！今晨的喜鹊狂喜不止地欢叫，原来是要告诉我们亲人回归的喜讯啊！"

  韵颜的阿玛扭过头来，猛然看见了木竹林面带笑容、英姿勃勃地站在门边，禁不住大声问道："是木竹林吗？是我的乖儿、日思夜想的木竹林回来了吗？！"

  木竹林回答说："是的，我是木竹林，是从出生你们就看着长大的木竹林。"

  韵颜的阿玛和额尼惊喜地围在木竹林的身边转了一圈，上上下下地观看后激动地和木竹林拥抱在一起，欢叫着喜极而泣。韵颜的阿玛哭了一阵后，抹了一把眼泪，兴奋地喊道："阿哈！阿哈哪里去了？快去杀猪，大摆酒宴，请老亲好友都来赴宴，欢迎我的外甥回家！不，是女婿！欢迎我的女婿回家！"

  韵颜欢喜地搂住她阿玛的脖子，在她阿玛的脸上亲了一口，她阿玛哈哈大笑起来。

  木竹林在韵颜的家中住下了，重新感受到了亲情、爱情，多年来孤独寂寞的心得到了极大慰藉。

  一日，木竹林去林中狩猎，不知不觉地来到了北斗七星河畔。此时，虽然已是深秋，可中午时分阳光依然明媚，温暖宜人。正巧，东莎娜和春梅也挎着篮子结伴到北斗七星河边洗衣服。此时，两人不知正说什么开心的事，叽叽喳喳、无拘无束地笑闹着。忽然，她俩同时

挹娄玉蝉
Yilou Yuchan

停止了喧闹，原来，他们看到木竹林英姿勃勃地从那丹山的方向往这边走来。

木竹林身背一张弓箭，腰挎一把长剑，足蹬野猪皮长靴鞡，身穿鱼皮夹衣，昂首挺胸，健步如飞，英俊的脸上显出刚毅和坚定的神情。

东莎娜和春梅看呆了。两人像两座塑像一样，目不转睛地注视着木竹林从西面走过来，经过她俩的面前向东面走去。待到木竹林走得无影无踪了，东莎娜才喃喃地说："这是人，还是神仙啊？怎么这般的英武脱俗？"

春梅也自言自语地说："终于看到可以和我家公子相媲美的男子了！"

一片树叶飘落在东莎娜的头上，东莎娜似乎被树叶"砸"醒了，回头看到春梅睁大了眼睛直勾勾地看着木竹林的样子，歪着头开起了玩笑："怎么了春梅，是不是被这位公子勾走了魂魄啊？"

春梅也从深思中醒悟过来，慌忙反唇相讥："刚才是你先看到这位公子愣神的，我还以为你看到怪物了，你的眼睛都看直了。"

东莎娜兴奋地说："这个人好奇怪，身上有一种力量，能把人的心给吸走。"

"嗯！"春梅陶醉地赞同着。"他像我家公子一样，让人看上一眼就难以忘怀。"

东莎娜和春梅不再说话，而是各自拿出衣服用水浸泡后，放在石头上用棒槌使劲地敲打着。北斗七星河边，立即响起了捶打衣服的"噼啪"声。

赵宝子来到河边叉鱼，见到东莎娜和春梅在背对着他闷头洗衣服，就蹑手蹑脚地来到了她们的身后，猛然大吼一声："呜哇！"

东莎娜和春梅被吓得同时扔掉了棒槌，捂着头惊叫起来。赵宝子见状得意地哈哈大笑，东莎娜和春梅气愤地叫骂起来，赵宝子"哈哈"大笑着，拿起鱼叉跑到旁边叉鱼去了。

北斗七星河里鲟鳇鱼最多，大的比人还要高，人们捕鱼不用网，只要站在河里的浅水处拿着铁叉子瞧准游过来的鲟鳇鱼用力地叉过去，就会叉到一条肥美的鲟鳇鱼，鱼叉上系着绳子，只要拉紧绳子，鱼就跑不掉。赵宝子转眼间就叉了两条鲟鳇鱼，用匕首为鲟鳇鱼开膛破肚去除内脏和鱼鳃，在河里清洗干净，用乌拉草绳把两条鲟鳇鱼的鱼鳃串在了一起，然后把鲟鳇鱼一前一后地搭在肩上，吹着口哨向石屋走去。回到了石屋，立即点火煮鱼，一会儿的工夫，浓香的鲟鳇鱼就煮好了一大锅。

赵宝子把鲟鳇鱼连鱼带汤地盛了一大碗，端进了李穹的房间，觉罗蝉儿连忙接了过来，放在了李穹跟前，拿起汤勺盛了点鱼汤，把汤勺放在自己的嘴边，尝了尝鱼汤的味道，感觉了一下温度，认为满意了才送到了李穹的面前。李穹乖巧地张开了嘴巴，慢慢地吸吮着鱼汤，眼睛温情地看着觉罗蝉儿，幸福的感觉在脸上荡漾。

门外，传来了东莎娜和春梅的笑闹声，觉罗蝉儿对李穹轻声说："看！她们是多么的快乐，像两只小鸟，整天欢快地飞来飞去，不知疲倦，没有烦恼。"

李穹说："你也应该是快乐的。你善良、聪慧、正直，你才是最该享受幸福、快乐的人。"

"幸福和快乐有时是不能并存的。比如说幸福，爱上一个人或被爱的时候很幸福，可爱得艰难、无奈、沉重，所以并不快乐。有的人活得很快乐，但是他无欲无求、一无所有，所以，谈不上幸福。"

李穹笑了，说："什么样的人才是幸福快乐的呢？"

"因真心相爱而带来的快乐，才是真正的幸福快乐。"

李穹甜蜜地自言自语："希望我们都是幸福快乐的。"

觉罗蝉儿苦涩地笑了一下，继续喂李穹喝鱼汤。觉罗蝉儿见李穹喝累了，就放下汤勺对李穹说："你的名字很特别，穹的寓意很深奥。"

李穹说："是的，父亲取的。我的名叫李穹，字悟穹。悟是参透的意思，穹是苍穹之意。"

"哦，悟穹，对于正大、深远、奥妙的苍穹世界，你悟到了多少呢？"

"皮毛也不及啊。阿布卡恩都里所创造的世界，是人无法参透的。中原人所推崇的圣贤老子和孔子都声称无法参透天界奥妙，何况我呢？如果人知道了天界的美妙，就不会再留恋这个世界。有位先知说过，天上的美好，是世人见所未见、闻所未闻、想所未想过的。"

"你们所说的先知是我们挹娄民族的萨满吗？"

"这个我不敢断定，但他们都是先觉先知的人，先知是和神直接对

挹娄玉蝉
Yilou Yuchan

话的人，萨满是神和人的中介，是导体，可有些魔灵附体的人，也有人称其为萨满。"

觉罗蝉儿点了点头不再言语，静静地思考着刚才的话题。

爱达甘已率大军凯旋，就要进城了。觉罗蝉儿辞别李穹一家人，准备回城接驾。

临行前，觉罗蝉儿恋恋不舍地对躺在火炕上的李穹说："你的脸上有了血色，你的语气有了力量，虽然身体好转，可我依然放心不下。我走后，你要好好养伤，过一阵子我会回来看你的。"

李穹握住了觉罗蝉儿的手，说："我很快就会好起来的。这段养伤的日子，是我一生中最开心的日子。蝉儿，谢谢你的照顾，放心地回宫吧。"

觉罗蝉儿含着眼泪说："我回来的时候，要看到老虎一样强壮的李穹。"

李穹露出了灿烂的笑容，觉罗蝉儿才依依不舍地离开。

离开了石屋，觉罗蝉儿心里空落落的，眼前时时浮现出李穹的音容笑貌。望着车窗外不断飘落的枯叶，觉罗蝉儿思绪万千。

东莎娜依偎在车窗前向车外眺望着美丽的秋季景色。忽然，东莎娜惊叫一声："看哪，是他！"

觉罗蝉儿吓了一跳，顺着东莎娜的视线望去，只见一位男子健步如飞，追赶着一头受了伤的野猪。那头野猪的头上流满了鲜血。或许是血迹浸染了双眼，让它无法辨别逃跑的路线，只见它号叫着、盲目地狂奔着向觉罗蝉儿的马车冲来。马车和那匹本是驯服乖巧的枣红马在觉罗蝉儿和东莎娜的惊叫声中被奔跑的野猪猛撞了一下，车身的一侧被掀了起来，掀起的车轮空转一阵后又落下来，继续旋转。坐在车前驾车的洛滨已在撞击中被甩到路边的草丛里，枣红马被突如其来的野猪撞了后吓得惊慌失措，仓皇地拖着载有觉罗蝉儿和东莎娜的车厢向前狂奔。觉罗蝉儿和东莎娜被撞车所带来的震动弄得晕头转向，身体不能自持，在车厢里不停地惊叫着。枣红马受惊后慌不择路，竟然没有沿着大路拐弯，而是慌乱地径直向前方的荒草地中奔去。

荒草地的尽头就是谈此地而人人色变的沼泽地，无论是人还是动物，只要进去就不会生还。沼泽地是地下喷泉和上浮的植物、尘土形成的表面是荒草地的泥沼。它就像是一个美丽的陷阱，让人不知不觉地走上去，然后身不由己地陷下去，越挣扎陷得越快、越挣扎陷得越深，直到把人淹没后，又不动声色地恢复了平静，仿佛什么也没发生过。这片沼泽地是挹娄国远近闻名的恐怖之地，走进去的人或动物没有一个能逃出来。

觉罗蝉儿和东莎娜同时看到了枣红马的奔跑方向，都大吃一惊。东莎娜惊叫着："主人，我们跳下去吧，进了沼泽地就没命了！"

觉罗蝉儿看了一眼荆棘密布、枝杈纵横的荒草地使劲地摇了摇头。过了一会儿，东莎娜又喊道："还有一箭地的距离就到沼泽地了，主人快拿主意吧！"

觉罗蝉儿挣扎着站了起来，扶着车厢猛地抽出了挂在一边的长刀，迅速从车厢的前窗爬了出去，坐在了洛滨赶车的位置上。觉罗蝉儿左手死死地抓住车窗，右手挥动着长刀向拴在马身上的绳索砍去。

那绳索是用晒干后又泡软的乌拉草编制而成，耐磨而又结实，觉罗蝉儿情急之下使出全身的力气向绳索砍去，左边的绳索被一刀砍断了，枣红马的身体失去了平衡，开始偏向右侧跑去，躲过了近在咫尺的沼泽地，沿着沼泽地的边缘惊慌地奔跑着，觉罗蝉儿又挥动着长刀向中间的绳索砍去，绳索断了，枣红马不由自主地又向右拐去，离开了沼泽地。同时，车身失去了平衡，车厢向左侧偏去。马车的轴辘偏侧着运转，增加了阻力，降低了枣红马的速度，觉罗蝉儿才能俯下身躯抓住了车边的手闸，用力一拉，枣红马抬起了前蹄仰头长鸣一声，停了下来。

在这惊险的过程中，东莎娜的反应一直没有跟上觉罗蝉儿的敏捷行动，除了惊叫之外，一直是目瞪口呆地注视着觉罗蝉儿的一举一动。此时，东莎娜在车厢里仿佛如梦初醒，急忙跳下马车，跑到了觉罗蝉儿的面前，羞愧地说："主人受惊了，仆女该死，没能保护主人，反倒让主人救了仆女一命。"

觉罗蝉儿用衣袖擦了擦额头上的汗水，呼吸急促地说："危难关头还分什么主仆，能躲过这场灾难，要感谢阿布卡恩都里的庇护。"

"是啊！"东莎娜高兴起来。"明天，我一定去北斗七星坛城献一个全燔祭。"

"好啊！"觉罗蝉儿兴奋地说。"明天，又可以吃到烤全猪了。"

挹娄玉蝉
Yilou Yuchan

两人开心地笑起来，似乎忘记了刚才惊险的一幕。

这时，木竹林和洛滨一前一后地狂奔而来，木竹林见觉罗蝉儿和东莎娜都平安无事，就喘着粗气转着圈慢走，放松着高度紧张的思想和肌肉。

洛滨看到觉罗蝉儿安然无恙，也慢慢地停下来，转着圈儿地喘着粗气。

自从木竹林跑进了觉罗蝉儿和东莎娜的视线里，东莎娜的眼睛就没有离开过木竹林的身上。木竹林只顾着喘息，也没有理会。待到木竹林稍微恢复了平静，就急忙问道："伤到……你们没有？"

觉罗蝉儿回答说："没有。"

木竹林没有再问，也没说什么，继续走圈，放松着身体和神经，头上的汗珠成溜地从脸上流下来。

洛滨边喘息边怒气冲冲地对木竹林说："你是……怎么打猎的?!怎么让那头野猪……乱跑啊?!"

木竹林苦笑道："谁知道那头野猪那么……有生命力，像一头雄狮一样顽强，幸亏……没有伤到人，否则……"

觉罗蝉儿平静地说："公子不必自责，无论发生什么事都不是公子的错。我们有惊无险，该庆幸才对。"

木竹林的脸上露出了笑容："尊驾的胸怀……像蓝天……蓝天一样宽广，心地像……北斗七星河水一样纯净。祝福尊驾……逢凶化吉，一生吉祥！"

东莎娜一向爽快，此时变得矜持起来，抬眼看了看木竹林，柔声细语地问道："这位公子是哪里人？怎么称呼你呢？"

木竹林抹去头上的汗珠，回答说："在下流浪四方，区区微名不值一提。敢问各位的名号？"

洛滨怒气未消，没好气地说："你想知道这位……这位是谁啊？告诉你啊……这位的身体可金贵，如果出了……伤残，你可就惹了……大祸了！"

觉罗蝉儿急忙制止洛滨，说："不要责备这位公子，不是他的错，何况我们大家都平安无事。"说完，转向木竹林，说："公子的那头野猪在哪里，跑掉了可是怪可惜的。"

木竹林停止了转圈，站稳后说："那头野猪与你们的马相撞后就摔倒在地，这会儿一定是在原地呢。"

觉罗蝉儿对洛滨说："把车重新套好，我们回到刚才的地方，帮助这位公子把野猪拉回去。"

洛滨没再说什么，气冲冲地从车厢的后面拿出了两根绳子，重新把马车和枣红马连在了一起。

木竹林说："不劳尊驾了，我回那丹山套个马车，再去拉野猪也不迟，不要误了各位赶路。"

觉罗蝉儿专注地看着木竹林，说："公子在那丹山居住吗？我也常常去那丹山，怎么没有见过你。"

"我是到那丹山走亲戚的。"

觉罗蝉儿见洛滨已经把马车修好，就对木竹林说："公子上车吧，我们返回去为你拉野猪。"

"那就有劳各位了。"木竹林抱拳示意后，同觉罗蝉儿、东莎娜一起上了马车，朝着野猪撞马车的地方驶去。不多时就看到野猪躺倒在路边已经没有了声息，洛滨和木竹林一同把野猪抬到了马车上，马车调转方向驶向那丹山。

东莎娜坐在了木竹林的对面，不时地抬眼深情地看着木竹林。木竹林察觉到自己被东莎娜关注，就转过脸来望着窗外。

挹娄国地大物博，虽然挹娄有了耕种，但因人少地多，又因挹娄子民擅长捕鱼射猎，为此满山遍野都是荒草地。在这些从未开垦的荒地上，到处都开满了鲜艳的野花，尽管是近冬时节，可还有五颜六色的野花在盛开着。

木竹林尽情地呼吸着花香，望着远处山冈上飞起的群鹰，露出了凝重的神情。

马车在路上行驶，枣红马已经恢复了平静，轻快的马蹄有节奏地发出"嗒嗒"的响声。枣红马身上的铜铃也发出了"丁丁零零"音乐般动听的声音。马车经过了北斗七星河向西奔去，远远望见那丹山像一座花园坐落在北斗七星坛城的西面。

到了那丹山脚下，从山上飘下来一阵优美的歌声：

"神鹰飞，河水流，过坛城，绕挹娄。

七星河内鱼戏游，童儿捉，笠翁勾。

山上樵夫放歌喉，一绣女，两颊羞。

挹娄玉蝉
Yilou Yuchan

出窑陶罐未凉透，已在餐桌注满美酒。"

歌声清脆洪亮，像一只快乐的百灵鸟在鸣叫。木竹林如醉如痴地听着这优美的歌声，脸上露出了幸福的微笑，随即，掩饰着外露的喜悦，寻找话题说："也不知道你们要去哪里，只怕会耽误你们的行程。"

觉罗蝉儿说："我去祭拜先王阿玛，顺便送公子回家，不会耽误我们的时间。"

"先王阿玛？"

"是的。"

"尊驾是？"木竹林惊讶地问道。

觉罗蝉儿平静地说："我是先王木尔哈勤的儿媳。"

木竹林立即单腿跪地，兴奋地说："原来是阿莎①！请阿莎赎罪，弟弟在此不便行大礼。"

觉罗蝉儿吃惊地问："你是……木竹林？"

木竹林答道："正是！"

觉罗蝉儿急忙扶起了木竹林，说："早知弟弟英名，一直期望见面，没想到阿布卡恩都里让我们今日用这样的方式相见。"

"阿布卡恩都里垂顾了我的祈愿，让我与聪慧的阿莎有缘见面。我离开挹娄以后，阿莎才进宫，虽然未曾谋面，但却常常听到挹娄子民赞扬阿莎之声。"

觉罗蝉儿说："李伯伯说在坛城上遇见了你，我正想去那丹山见你，没想到我们就这样见面了。挹娄国面临着毁灭的大灾难，弟弟回来就好了，有了你，我们就有了主心骨。"

木竹林说："我们远祖在遭受了人类毁灭性的大洪水之后，阿布卡恩都里就在天空架起了彩虹，以此为凭证不再用洪水惩罚人类，所以，毁灭挹娄国不是阿布卡恩都里的旨意，他应该是要净化挹娄国，我相信，他会施展大能的手臂，引领敬拜他的挹娄子民走出危难。"

觉罗蝉儿欣慰地点点头，说："一奶同胞的兄弟在德行上竟然如此不同。阿布卡恩都里的仁慈感动不了爱达甘罕王的心，却能充满木竹林的心。"

远处，又响起了那位少女嘹亮的歌声：

---

① 阿莎：满语，意为嫂子。（罗马转写 Axa）

七、坛城城主

"神鹰飞，河水流，过坛城，绕挹娄。
七星河水何处走？向天边，入海口。
鹰击长空蓦回首，一条河，两叶舟。
肥臀淑女忙秋收，熊腰壮汉射猎山头。

神鹰飞，河水流，过坛城，绕挹娄。
七星坛城何时有？蛮荒期，祖先修。
勤劳勇敢传后代，一血脉，两城楼。
盛世挹娄河山秀，民族昌盛万代千秋。
盛世挹娄河山秀……"

觉罗蝉儿自言自语道："哪位美丽的萨尔甘追，唱出了这样美妙的歌声？"

木竹林幸福地说："是我的未婚妻韵颜，她像一只百灵鸟，每天都不知疲倦地快乐地歌唱。"说完，木竹林把头探出窗外，把食指放在嘴里，冲着天空发出一长声响亮的鸣音。

歌声立即停止了，穿着艳丽的韵颜从山上的小路飞跑下来，奔到了马车前停下来。木竹林叫停了马车，敏捷地跳了下去，韵颜像一只乖巧的小鹿扑在了木竹林的怀中。

木竹林深情地拥抱了韵颜后，把韵颜拉到了觉罗蝉儿的面前，对韵颜说："这是我们的阿莎——阿珲的大妃。"

随后，对觉罗蝉儿说："这是我的未婚妻，韵颜。"

韵颜立即惊喜地奔到了觉罗蝉儿的面前单腿跪地，双手环抱着觉罗蝉儿的腰部，头部顶在了觉罗蝉儿的腹部，行了一个挹娄国只有至尊亲人相见才行的抱腰大礼，并说："韵颜拜见阿莎，愿挹娄国供奉的阿布卡恩都里降福阿莎年年平安、岁岁吉祥！"

觉罗蝉儿用双手覆在了韵颜的头顶，行祝福礼："祝福韵颜身体强健，与木竹林一生相亲相爱，子孙后代多如繁星。"说完，把韵颜拉了起来，说："感谢阿布卡恩都里为木竹林预备了这样一位美丽懂事的好媳妇。来，我们一起上车，把野猪送到你的家里。"

韵颜开心地说："太好了，我要亲手为阿莎烤野猪肉。"

觉罗蝉儿说："你的烤肉一定会像你的歌声一样美妙飘香。"大家哄然大笑，只有东莎娜脸上露出了勉强的笑容。

挹娄玉蝉
Yilou Yuchan

马车在大路上行驶，觉罗蝉儿与韵颜愉快地交谈着。觉罗蝉儿到了韵颜的家，与韵颜的阿玛、额尼见过后，又和木竹林、韵颜一同去木尔哈勤罕王的坟墓前，祭拜了先王木尔哈勤与先王大妃那丹。

爱达甘率领大军一举歼灭了扶余国奔往挹娄国的援兵后，一路西奔来到了扶余城下，安下了营寨。

第二天，爱达甘在东西南北四个城门同时攻城，又有数十只便筏涉水越过护城河，甩出铁钩攀上了城墙，双方激烈厮杀后，挹娄兵打开了城门，五万挹娄大军蜂拥而入，一鼓作气歼灭了扶余国士兵，杀死了扶余国的国王，慌乱中逃命的扶余百姓死伤无数，幸存的做了亡国奴。

爱达甘迈着大步哈哈大笑着走上了扶余国的王宫大殿，坐在了扶余国的王位上，得意地接受挹娄国将士们的朝拜。他看着群臣因胜利而得意忘形的样子，更加傲慢地说："本罕是战无不胜的王，不仅要称霸扶余，还要称霸天下！哈哈……"

爱达甘率大军大肆掠夺扶余，聚敛了无数财宝，掳掠了几千名扶余壮士和少女，把他们的双手绑在了身后，押解回国。回归的队伍浩浩荡荡，挹娄军旗飘飘扬扬。挹娄官兵骑在战马上，得意地吹着口哨，扶余的少女和壮士则像牲畜一样惨遭鞭挞。

途中，一位将军禀报爱达甘说，军中粮食不足，请示爱达甘是否绕道南面部落掠些粮食来。爱达甘冲着那位将军怒骂道："粮食不足？你的脑袋像笨驴一样的愚蠢吗？抓来几千名扶余少女难道就是为了给你们这些蠢驴解闷的吗？拣肥的杀了烹食！"

将军答道："嗻！"

大批的少女随即被屠杀，军营中一片哀号，那尖声凄厉绝望的叫喊与哭号响彻山谷。没有被屠宰的女子们惊魂不定地活着，心惊胆战地任由挹娄官兵欺辱摆布。扶余的壮丁双臂被捆，没有反抗的能力，只好眼睁睁地看着挹娄官兵惨无人道地摧残扶余的同胞姐妹。

大军回到挹娄后，扶余的壮士被押到一片平原，建造爱达甘的新宫殿。幸存的扶余少女一部分被挹娄官兵带回家中，但不是做妻做妾，而是作为家畜一样的性奴，拴在家中惨遭蹂躏。其余的少女被关在工地的兵营里，为扶余的壮士和挹娄官兵做饭。

七、坛城城主

夜间，爱达甘来到蝉妃宫，搂着觉罗蝉儿得意地说："本罕这次出征大获全胜，不但消灭了扶余国，还顺便收复了沿途大小部落。明天本罕就要下令，在北斗七星河的北岸开一条旱河，直通松阿察里乌拉①，本罕要让北斗七星河接通松阿察里乌拉这条天河，本罕要乘船西进，踏平中原，一统天下！凡是绿草覆盖的地方，都要成为本罕的牧场，凡是人群聚集的地方，都要成为本罕的统辖之地！"

觉罗蝉儿看着欲望膨胀得满脸绯红的爱达甘，静静地问："大罕走了这么久，不想蝉儿吗？"

爱达甘坏笑着说："一路征战节节胜利，本罕还会缺女人吗？哪个漂亮的女人不是先让本罕享受？再说，男人不应该把女人放在心上，放在心上的应该是江山社稷！有了江山社稷，就有了女人，没有权力，即使你有天大的本事，也是被人压迫欺辱，自身都难保，何谈拥有女人？"

"大罕，蝉儿在大罕的眼里，难道只是个女人吗？"

"那还能是什么？不过，大妃嘛，本罕还是高看一眼的。本罕一生受用女人无数，没有谁能像大妃一样让本罕看重，但大妃毕竟是女人，不能与男人相提并论。"

觉罗蝉儿扬起了面孔，又问："大罕爱蝉儿吗？"

爱达甘一怔："爱？爱是什么？"

觉罗蝉儿若有所思，自言自语地说："爱是什么？爱……是什么……"

---

① 松阿察里乌拉：满语，意为天河。

挹娄玉蝉
Yilou Yuchan

八、解救奴工

从扶余国掳来的壮士白天被挹娄国的官兵看押着建造雄伟庞大的宫殿，晚间则锁在了一间大房子里。壮士每天粗茶淡饭，又做超体力的劳动，有的人因过度劳累而病倒了，挹娄官兵见到患病的壮士就立即杀死抛尸野外。扶余国的壮士因人少力薄没有武器，只能忍气吞声逆来顺受，过着猪狗不如的奴役生活。

一天，在建筑工地上，一位壮士搬着石头摇摇晃晃艰难地行走，通红的脸上浸满了汗珠，终于支撑不住跌倒在地，石头重重地砸在了他的手臂上。旁边一位身体健壮浓眉大眼的壮士急忙跑过来，搬走了石头，拉起了受伤的壮士。那壮士汗流满面，手臂上有鲜血流出来。身体健壮的那个壮士立即撕开了自己的裤子，扯成布条给受伤的壮士包扎，并且压低声音说："高柱子，你一定要挺住，别让他们看出你得了病，否则，就没命了！"

高柱子勉强挺起腰来，艰难地说："铁心，不管到什么时候，只要有机会一定要逃出去，武装起来反抗这帮禽兽！我恐怕是逃不过这一劫了。"

铁心坚定地说："高柱子，坚强些，我们一起逃出去！"

一个士兵跑过来，大声喊道："你们在干什么？"随后，看了一眼高柱子，恶狠狠地说："你这个贱奴，看你满脸通红，气喘吁吁的，一定是病了，让老子帮你归天，省得你磨洋工！"说完，举起长矛向高柱子的心脏处刺去。

铁心急红了眼，在士兵刺向高柱子的瞬间，一把抓住了长矛，那士兵没有防备，吓了一跳，大声叫喊起来："你要干什么？要造反啊？！"

附近的士兵听到了叫喊向这边张望，高柱子急忙示意铁心松开手，强打精神说："官爷，平日都是你们先杀了人再抬出去扔了，多影响扶

八、解救奴工

余兄弟的心情啊，心情不好就耽误做工，我跟你走，你让我死在哪儿我就死在哪儿，别让我死在兄弟的跟前就行，再说，死在这儿您还得把我抬出去，我不给官爷添累，你看我都这样了，还能跑了吗？"

那个士兵哈哈大笑："你这个贱奴倒是会为爷爷着想。好！我就成全你的孝心，走！到那边林子里去。我就不信你能从爷的长矛底下溜走。"

高柱子深情地和铁心对视了一下后，蹒跚着往树林的方向走去，那士兵悠闲地吹着口哨跟在高柱子的后面。

铁心搬着一块石头观察着周围的官兵，慢慢地想靠近密林，一个士兵高喊着："喂！你往哪儿走呢？想逃跑啊？！"

铁心赶紧往回走，那个士兵想要跑过来，见铁心又回到了工地，就停在那里了。铁心看了一眼密林处，痛苦地自言自语："高柱子，好兄弟，我救不了你了！"

高柱子走进密林的时候，那个士兵大声喊道："好了，就在这儿吧，这儿还是个洼地，好背风啊。"

高柱子跪在地上对士兵说："官爷，我和你一样，都是父母所生，父母所养，我一个快死的人，在临死的时候向您求求情，求您再给我一点时间，让我冲着家乡叩三个头，就算是拜谢父母养育之恩了。"

那士兵不耐烦地说："别啰唆了，叩个头顶个屁用，快点受死吧！"说完，端起长矛就向高柱子的胸膛刺去。这时，从密林深处飞出一支箭，正中那士兵的心脏处，那士兵的嗓子里发出了一声沉闷的声音后栽倒在地上。

高柱子正闪身躲避长矛，忽然看见挹娄兵的胸前中了一箭，他回头一看，只见一个英俊健壮的男人从草丛中跑出来，冲着高柱子说："兄弟别怕，我也是扶余人。"说完，拔出了士兵身上的箭，迅速地脱下了士兵身上的衣服，让高柱子穿上，又把士兵拖进了杂草中，拿了长矛对高柱子说："快跟我走。"说完，领着高柱子钻进密林中。

李穹把高柱子领回了石屋，为高柱子包扎了伤口，又煎了草药让高柱子服下。随后，派赵宝子去工地打探，看看那个士兵的死有没有引起挹娄官兵的注意。

工地上，挹娄国的士兵依然残暴地对待扶余国的壮士们。那个士兵的死，在工地上没有引起任何风吹草动，因为看押扶余国壮士的士

挹娄玉蝉
Yilou Yuchan

兵所在地，是挹娄国新组建的队伍，士兵之间彼此都不认识，工地管理也很混乱，所以少一个两个士兵根本就没人注意。

高柱子在李穹的照顾下很快康复，受伤的手臂也痊愈了。他们成了肝胆相照的兄弟，积极筹划着营救扶余同胞的计划。

扶余国被掠来的女人们饱受了挹娄兵士的凌辱。一天，三个扶余国的女人在给工地壮士送饭返回的林中，被看押他们的挹娄国兵士猥琐求欢，女人们不从，邪恶的士兵竟把三个女人绑了双手吊在树上脱光了她们的衣服。年长一点的那个女人不堪忍受那种非人的折磨，大声咒骂那些士兵，被一个士兵用长矛刺向腹部，那女人立即血流如注昏死过去。其余两个女人撕心裂肺地大哭起来，歇斯底里地叫骂着。

觉罗蝉儿在宫中住了几天，见爱达甘新宠了一个掳来的扶余女人，无心留意觉罗蝉儿的去向，就领着洛滨、东莎娜赶往石屋。

途中，听到了路边士兵的狂笑与女人的尖叫怒骂，就把头探出窗外观看，见到了这极为残忍的一幕。觉罗蝉儿立即叫马车停下，急忙下车向他们奔去。此时，士兵见那两个女人还在大骂，就又拿起了长矛准备刺向那两个女人，觉罗蝉儿见状大喊一声："住手！"

那个兵士听见这愤怒的喊声，住了手，回头看见已到跟前的觉罗蝉儿，虽然他不认识觉罗蝉儿，但他从觉罗蝉儿的装扮上就知道她是宫里的人。觉罗蝉儿怒目圆睁，掷地有声地说："王宫给你们发军饷，就是让你们在这儿胡闹的吗?！"

一个士兵提着裤子急忙溜走了，另外两个士兵正不知所措，看见那个士兵跑了，也都跟着跑掉了。洛滨和东莎娜急忙把那两个女人解救下来，让她们穿上衣服，那两个女人哭喊着奔到了被吊着的昏死的女人那里，伤心至极。

洛滨和东莎娜把那个女人从树上解下来，放在了地上。那两个女人双膝跪倒在觉罗蝉儿的身边，不停叩头说："恩人哪，求你救救我姐姐吧，救救她吧。"

觉罗蝉儿对洛滨说："快把她抬到马车上，去石屋救治。"说完，对那两位女人说："你们也和我们同去。"

大家小心翼翼地把受伤的女人抬上了马车，一行人向石屋方向驶去。

田间的庄稼已经收割完毕，蹚翻过的黑黝黝的土地上又长出了翠

八、解救奴工

绿的嫩草,觉罗蝉儿没有心情浏览景色,心情极其沉重,默默地想着心事。

到了石屋,人们立即把受伤的女人抬下来,李文博对她进行施救。片刻,女人醒了过来,旁边站着的扶余女人长长地舒了一口气。

觉罗蝉儿看到李穹的时候,深情地说:"身体痊愈了吗?"

"痊愈了,看我又壮得像头牛。"李穹开心地说。

觉罗蝉儿又说:"我每天都在为你祈福。"

"因为有了你的祝福,我才好得这样快。"李穹含情脉脉。

忽然,高柱子从李穹的身后走出来,惊讶地喊道:"是红燕吗?是……是红燕吗?"

一屋子的人都惊呆了。扶余女人惊讶地寻找着喊她的人,她看见高柱子朝她走过来,怔怔地看着高柱子半晌才清醒过来,痴痴地说:"柱子哥,是柱子哥!你还活着!你……你还活着!"

高柱子走过来,一把拉住红燕的手,眼中充满了泪水:"红燕,我还活着,我们都还活着,我们得救了,我们一定会回到我们的家乡!"

红燕"哇"的一声哭着扑进高柱子的怀中,两人相拥着哭泣起来。

突然,红燕一下子推开高柱子,悲怆地说:"柱子哥,离我远点,我已经……已经是不干净的人了!"

高柱子激动地说:"这不怪你,怪那些可恨的挹娄官兵,他们是禽兽,是畜生!他们没有人性,猪狗不如!我总有一天要杀了他们!红燕,你是纯洁的,你永远都像仙女一样美丽、纯洁。"

红燕痛苦地说:"为什么要有战争和杀戮?战争使我们失去了贞洁、自由和尊严,我没有脸面见你,更没有勇气面对以后的生活。"

高柱子焦急地抓住红燕的手:"你一定要振作起来,我们还年轻,只要我们心里洁净,就没有人能使我们污秽。"

"可我……"

"你没有错,面对那群丧失人性的禽兽我们都无能为力,活下来就是强者。"

高柱子为红燕擦去了眼泪,继续说:"罪魁祸首是两个好战的国王,他们只想称王称霸,不管我们百姓的死活。现在好了,我们得救了,我们一定要救出我们的同胞,回到家乡过我们的安生日子。"

挹娄玉蝉

红燕的眼睛放射着渴望的光芒:"真的吗?我们真的会回到家乡吗?"

高柱子坚定地说:"我们一定会回到家乡的,我们有李穹、有李伯伯,还有蝉妃,大家一定会想出办法救出同胞们!等到那一天,我们……我们就成亲!"

红燕羞红了脸,低下了头。众人的喝彩声轰然而起,石屋中一下子充满了喜庆的气氛。

李穹开心地说:"想不到我和蝉儿救出了一对有情人,今晚我们设酒宴,好好地庆祝一番。"

觉罗蝉儿也兴奋起来,对东莎娜说:"为红燕她们沐浴,拿出我的衣服让她们换上,让三位扶余小姐恢复她们本来的美丽。"

晚餐时分,大家喜悦地围坐在餐厅的方桌周围,桌上摆满了美味佳肴。高柱子不停地焦急地往门口观望。赵宝子说:"高柱子,你一定要挺住,你美丽的心上人光彩夺目,别把你给弄晕了。"

高柱子自豪而羞涩地说:"红燕在扶余是我们那里远近闻名的大美人!"

东莎娜推门进来,夸张地说:"红燕、玉燕小姐驾到!"

大家欢笑着鼓起了掌。红燕和玉燕穿着美丽的纱裙,头上戴着鲜艳的花朵,脸上洋溢着幸福的笑容,迈着轻快的脚步走到餐桌前,冲李文博和夫人深施一礼:"红燕拜见李伯伯、拜见夫人!"

玉燕也施礼道:"玉燕拜见李伯伯、拜见夫人!"

李文博亲切地说:"免礼!免礼!"

夫人高兴地说:"多么可爱的两个孩子,快请起,请起!"

红燕、玉燕落座后,李文博端起陶杯举向觉罗蝉儿说:"第一杯酒,要先敬蝉儿。"

觉罗蝉儿忙说:"老人家,这可不行,我是晚辈,又是女子,怎能受得起这杯酒呢?"

李文博真诚地说:"你虽为女子,却心胸豁达,又善良睿智,是很多男人都不及的。感谢蝉儿救了我们一家,又救了我们扶余国的姐妹,让我们共同敬蝉儿这杯酒!"

话语未落,众人同声道谢一齐端起陶杯,举向觉罗蝉儿,然后一饮而尽。

觉罗蝉儿见无法推辞，就喝干陶杯里的酒，然后对大家说："愿阿布卡恩都里赐福那些在挹娄国受苦受难的扶余壮士和姐妹，使他们早日得救，我会全力帮助你们营救他们的。"

众人兴奋起来，眼中充满了希望的光。觉罗蝉儿又说："我们一定要好好计划一下，营救出那么多人不是一件容易的事。"

李穹坚定地说："我豁出命也要救出他们。每天看到我的同胞们在苦难中煎熬，我的心就像被刀割一样疼痛。我每天都在树林里监视着挹娄官兵，只想着能救出同胞们，可一个人的力量实在是太微弱了，我们想个好的办法，把同胞们都救出来。"

高柱子激动地说："只要能救出他们来，让我上刀山下火海我也愿意！"

红燕眼中喷着怒火："柱子哥，你教我用刀用箭，我要亲手杀死那些禽兽，为那些被禽兽们杀了吃肉的姐妹们报仇！"

"好！明天就教你用兵器。"高柱子激动地说。

"我也要学兵器，我也要杀禽兽官兵！"玉燕的眼里喷出仇恨的光。

"好！我一定教你们，一定教你们。"

在火炕上躺着的红燕的大姐忍着疼痛说："我也要……要和你们一起杀禽兽官兵。"

高柱子急忙说："大姐，你先好好养伤，等伤好了我就教你。"说完，转身对李穹说："我要先向你学刀箭，学会了就教她们，我一定把她们训练成巾帼英雄。"

红燕含着眼泪咬着牙说："我一定刻苦学习，为苦难的同胞们报仇雪恨。"

忽然，屋外一声长鸣打破了寂静的夜晚，人们惊奇于这种奇怪的鸣叫声，相互用询问的眼光对视着。李穹说："像是鹿的叫声，不过，这声音怎么来自天空？"

觉罗蝉儿脸色突变，脱口而出："是火凤儿骨鸟！"

人们大惊失色，纷纷跑出屋外观看。

夜，正是月圆的时候，月亮像一只银盘镶嵌在天空，映得大地通亮。空中，一只硕大的长相奇特的鸟儿在半空中鸣叫着飞旋。那鸟儿长着凤凰一样的身体，拖着美丽的龙一样的长尾巴，肥美的双翅有力

挹娄玉蝉
Yilou Yuchan

地扇动着，娇小的头颅努力侧旋，观看着仰视它的人群。

李文博疾步走到觉罗蝉儿的面前，忐忑不安地问道："这只大鸟就是火凤儿骨鸟吗？"

"是的！"觉罗蝉儿惊恐地说。"它终于来了，它是冒死来救我们的。几千年来，哪里有灾难，它就到哪里呼叫，因为它出现的地方都出现了灾难，人们就误认为它是不吉利的鸟，所以人们见到它就射猎它，因此它只能在夜间出现，向人们呼唤！"

火凤儿骨鸟见到人们在注视着它，就在人们的头上久久地盘旋，发出委婉凄美的鸣叫，通体红色的羽毛在月色下泛着梦幻的光。

觉罗蝉儿仰着头，目不转睛地注视着火凤儿骨鸟，自言自语地说："我也要做火凤儿骨鸟，我也要冒死发出呼吁，解救扶余壮士，让无辜的挹娄子民逃离这场灾难。"

李文博转向觉罗蝉儿，说："火凤儿骨鸟的出现，更加坚定了我对天象的预测，近日一定会有特大水灾，这场水灾是这个地区几千年来从未有过的，也许……"

李穹急切地问："怎样？"

李文博沉重地说："也许这场水灾会漫过最高的山岭，灭绝挹娄国。"

所有的人都吃惊地"啊"了一声。

李穹沉思了片刻说："我们需要好好地谋划一番，解救同胞尽快离开挹娄国。"

李文博说："好！现在我们就研究此事。"

高柱子急不可耐地对李穹说："让我再回到工地上去，把大家组织起来，我们定个时间里应外合，一定能成功。"

李穹说："不行，这样太危险，容易打草惊蛇。况且，你现在已经是有未婚妻的人了，一定要看重自己的性命，不能莽撞行事。在那些同胞当中，你认为谁最可靠又有组织能力？"

高柱子说："铁心！"

赵宝子说："我去！我一定能找到铁心。"

李文博说："明天我们分头行动。你们去工地，救扶余同胞。我去那丹山找木竹林，研究拯救挹娄子民的办法。"

觉罗蝉儿说："伯父，有劳您了，我替挹娄子民谢谢您。"

八、解救奴工

"这是我应该做的，百姓之间的爱，是不分国界的。"

天空中，美丽的火凤儿骨鸟仿佛听懂了人们的话，明快地叫了几声后舞动着美丽的翅膀飞走了。

第二天，李文博来到北斗七星坛城，约上族祭萨满一起来到了那丹山。他们找到木竹林向他叙述了火凤儿骨鸟出现的事。木竹林说："昨夜我也见到了火凤儿骨鸟，它像阿布卡赫赫一样从天边飞来，用凄美的声音向人们发出呼唤，可是有几人能懂得它的良苦用心呢？不管人们能不能听懂它的语言，它都竭尽全力地去呼唤。"

李文博说："是时候了，我们现在就开始实施撤离计划。"

木竹林沉默了片刻，说："我要面见罕王，说明一切，让罕王下旨，举国迁徙。"

李文博制止道："不可，罕王是一个喜怒无常的人，不会轻信这些话，城主贸然前去会有危险。"

族祭萨满也劝阻着："城主不要期望罕王会相信此事，还是听天象御史的话，别去冒这样的险吧。"

"不！我一定要去。"木竹林坚定地说。"一是为了挹娄子民能顺利迁徙，二是让他放走扶余百姓，三是我和罕王毕竟是同胞兄弟，怎能见他陷于危难而不救呢？！"

李文博和族祭萨满相互对视，无言以对。

韵颜在一旁听见他们的谈话，拦在木竹林的面前，说："爱达甘会杀了你的，他到处找你找不到，你怎么还要送上门去。"

木竹林安慰她说："罕王杀我是怕我威胁他的王位，这些年我浪迹天涯，没有和他争王位的动机。再说，他的王国机构已经健全，他的地位也根深蒂固，所以，我已经对他没有威胁，他不会再对我下毒手。"

韵颜说："如果你执意要去，我也去。"

"不行，我不能让你去冒险。"

"就是冒险，我才不放心让你一个人去。"

"我不能带你去！"木竹林坚决地说。随即，又缓和下来，柔情地说："放心吧韵颜，我会说服他的，相信我的智慧。"说完，牵过马来一跃而上，向王城疾驶而去。

挹娄玉蝉
Yilou Yuchan

木竹林在马背上目视前方，神情凝重，一路疾驰，转眼间就到了城门口。侍卫一见是昔日的北斗七星坛城的大城主，都大惊失色，又被木竹林的威严气势所震慑，竟然忘记了拦截，木竹林直接进入了城区。

木竹林在大殿前下了马，殿门侍卫见到他后，惊恐地跑进殿内，禀报了爱达甘。爱达甘在王座上一跃而起，继而又慢慢地坐下来，故作冷静地说："宣，木竹林进殿！"

传唤官大喊着："宣，木竹林进殿！"

木竹林大踏步地走入殿内，大臣们都目瞪口呆地盯着他。木竹林来到了王座前，行叩拜礼说："木竹林拜见大罕，祝大罕福禄绵长，平安吉祥！"

爱达甘用鼻子"哼"了一声，斜视着木竹林说："平身吧！这么大胆地急着进宫一定是有什么急事吧？"

木竹林站起来，仰望着高坐于王位的爱达甘，平静地说："回大罕，据贤士观天象预测，挹娄国近日将有特大洪水，火凤儿骨鸟也在昨夜出现了，证明洪水必来无疑。请大罕做好防范措施，将挹娄子民迁徙出境，逃离这场灾难。"

爱达甘猛地站了起来，怒吼道："大胆贱民，竟敢妖言惑众，企图扰乱民心，伺机篡位。来人，拉木竹林出去斩首！"

即刻，几位侍卫冲上来，围住了木竹林。木竹林冷静地说："大罕，请允许我再叫你一声阿诨！我们的阿玛、额尼都过世了，这个世界上只有阿诨和我是最亲的人。阿诨，你知道木竹林从小就没有掌控权力的欲望，凡事都让着阿诨、服从阿诨，我怎会有谋反叛乱之心呢？！木竹林冒死前来恳求阿诨，就是让你冷静地思考这件事，千万不要贻误阿诨和挹娄子民的性命啊！"

爱达甘一拍桌子站了起来，暴躁地说："不要再装仁慈心肠，自小你就做出乖乖儿的样子，诚心讨阿玛、额尼的疼爱。长大后，你又以小恩小惠收买人心，让你的坛城子民对你百依百顺！本罕从来就是我行我素，不需要别人拥护，不是照样坐稳了挹娄国的罕王！权力不是别人送来的，是自己争取来的，是用暴力争取来的！只有刀枪才会让挹娄子民驯服！木竹林，你永远也做不了挹娄的罕王，因为，你有一个比你强悍的阿诨！哈哈哈……"

木竹林耐着性子恳求着说:"阿诨,除了权力,你的心里就没有亲情吗?你就不念及我们的手足之情吗?"

爱达甘愣在那里,半晌才自言自语地说:"亲情?什么是亲情?"

城门口,韵颜正策马疾驶。一个守门的兵士拦住了她。韵颜亮出王族的腰牌,兵士立即施礼放行。

木竹林从腰间取下一双用乌拉草编制的草鞋,双手捧在胸前,深情地说:"这是我为阿诨编制的草鞋。我知道,阿诨不会穿着这种草鞋出行,因为阿诨有野猪皮、熊皮、豹皮、虎皮做的靴鞑鞋。可是,我还是忍不住为阿诨编了一双乌拉草鞋,我多么希望阿诨有一天能穿上它,我们一起策马奔驰、下河捉鱼、进山狩猎。阿诨,希望你能记起额尼为我们讲过的乌拉草的故事。"

爱达甘沉默片刻,示意侍卫把那双鞋呈上来。侍卫从木竹林的手中接过乌拉草鞋,递到了爱达甘的手中。爱达甘仔细地看着这双草鞋,脑海中浮现出额尼美丽亲切的笑容和娓娓动听的声音……

爱达甘和木竹林孩童时,一边一个伏在那丹的腿上,认真地听着那丹讲乌拉草的故事:"从前,有一对很孝顺的兄弟,哥哥的名字叫乌拉,弟弟的名字叫乌颜……"

那丹讲完后,问爱达甘:"爱达甘,如果你们兄弟遇到危难,你会像乌拉舍身救乌颜一样为木竹林付出生命吗?"

爱达甘犹豫了一下,转动着双眼没有作声。木竹林扬起笑脸坚定地说:"我能!我能为阿诨付出生命!"

那丹在木竹林的脸上亲了一下,拉着爱达甘和木竹林的手说:"你们是一奶同胞,一定要相亲相爱,无论将来发生什么变故,你们的亲情也不要改变。我的宝贝哈哈珠,答应额尼这个请求好吗?"

"好的,额尼!"爱达甘和木竹林同时答道。那丹欣慰地把他们搂在了怀里……

爱达甘脸上渐渐地露出了温和的神情,他抬起头来,静静地看着木竹林,嘴唇动了动,缓慢地说:"你真的不记恨阿诨吗?"

挹娄玉蝉
Yilou Yuchan

木竹林点点头,说:"你永远是我的阿诨,我最亲的人。"

爱达甘慢慢地低下了头,一会儿又猛然抬起头,用颤抖的声音说:"木竹林,近前来,让阿诨好好看看你。"

木竹林沿着台阶一步一步地走上了宫殿的殿台,正当爱达甘伸出双手要拥抱木竹林的时候,看见大殿门口有一位美丽的少女往大殿里张望。爱达甘问道:"门口的女人是谁?"

韵颜跨进了殿门,施礼道:"回大罕,我是那丹山的韵颜,大罕的姨亲妹妹。"

爱达甘露出了喜悦的神情说:"是韵颜啊,多年不见都长成了美丽的萨尔甘追了,来,到本罕的跟前来!"

韵颜走过来,到了爱达甘的面前施礼道:"韵颜拜见大罕,祝大罕福禄绵长,平安吉祥!"

爱达甘与木竹林手拉着手走下殿台。爱达甘扶起韵颜道:"本罕好多年没有见到韵颜一家人了,姨丈可好?"

"回大罕,托大罕的福,韵颜一家都安好。"

"韵颜越发漂亮了,本罕择日为姨丈送去聘礼,把韵颜迎进宫中做本罕的侧妃。"

韵颜急忙说:"回大罕,韵颜已与木竹林定亲,准备择日成婚。"

"什么?与木竹林成婚?难道你不愿做罕妃吗?"爱达甘皱起了双眉。

韵颜坚定地说:"我只想嫁给我爱的人,无论他是罕王还是草民。"

"这么说,你是铁了心要嫁给木竹林了?"

"是的大罕,韵颜非木竹林不嫁,请大罕恩准。"

"大胆!殿堂之上竟然敢与本罕对抗,简直是目无本罕。来人!把她捉入监牢,听候处置。"

木竹林立即拦在了韵颜的面前,对爱达甘说:"阿诨,我和韵颜青梅竹马相依相恋,这件事你是知道的,为什么要拆散我们?!"

爱达甘狂躁地说:"就因为我是罕王!是挹娄国的罕王!我还要做天下人的罕王!天下所有的人都要服侍本罕。"

木竹林冷静地说:"阿诨,我和韵颜都会顺从你的,求你成全我们的婚事。"

"成全你们?成全你们就意味着支持你们对本罕的背叛!"爱达甘

八、解救奴工

面露狰狞。"你口口声声说顺服本罕，可为什么连一个女人都不舍得给本罕？今天，如果韵颜不答应嫁给本罕，你们谁也别想活着出去！"

韵颜歇斯底里地喊着："我死也不会嫁给你！"

爱达甘刚要暴怒，木竹林急忙抓住韵颜的手，在她的手心上轻捏一下，说："韵颜，不要任性！阿诨看好你是你的福分。"说完，转过身来对爱达甘说："既然阿诨执意要迎娶韵颜，我也没话可说，我们现在回去等你为韵颜下聘礼。韵颜还小，任性不懂事，我和姨丈会好好开导她。"

爱达甘转怒为喜，扬起了眉毛得意地说："还是木竹林懂事理，只要你们听话，我不会亏待你们的。"

木竹林向爱达甘施礼道："阿诨，我们告辞了。"说完，拉着韵颜一起走出殿门。在大门外解开拴马的缰绳，跃身上马，疾驶而去。

爱达甘望着他们的背影离开了大殿远去，脑海中浮现出小时在一起玩耍的情景……

……爱达甘要韵颜手中的陶猪，韵颜不给，爱达甘伸手去抢，被木竹林护住，木竹林和韵颜慢慢地后退着，而后，猛然转过身手拉着手向远处跑去……

此时，爱达甘仿佛恍然大悟，对侍卫大喊："把他们抓回来！"

侍卫急忙跑出殿外，拉出马匹急追过去。

木竹林和韵颜出了城，直奔那丹山，路上遇见了李文博和族祭萨满正向王城而来。李文博说："我们正担心你们，怕你们遇到不测。"

木竹林说："我们需要逃走，罕王要娶韵颜为侧妃！"

李文博说："你们准备在哪儿落脚？"

木竹林说："去北斗七星窝集，那里地势高，应该不会受到水灾的威胁。"

"是的，那里是水灾的边缘。"李文博点点头说。

"拜托伯伯，转告姨丈一家人和把娄子民，我和韵颜在北斗七星窝集等他们。"说完，摘下胸前的神鹰胸挂，交给李文博说："这个神鹰胸挂是阿玛在授命我为北斗七星坛城大城主时交给我的，它象征着坛城至高无上的权力，伯伯戴上它，各部落长老就会听伯伯的命令。"

李文博接过神鹰胸挂戴在了颈上，说："大城主放心，老夫一定会安排好把娄子民撤退之事。"

挹娄玉蝉
Yilou Yuchan

　　远处传来一阵急促的马蹄声，四人回头望去，只见半空中扬起一片尘土。木竹林说："罕王派人来追我们了。"

　　李文博说："你们赶快往北斗七星窝集的方向奔走，我们把他们引入那丹山！"

　　木竹林说了声："保重！"就和韵颜策马而去。

　　李文博见追兵隐约可见踪影，就扬鞭急行，追兵随着他们追到了那丹山。

　　李文博和族祭萨满在山脚下的大路上奔跑，后面的追兵越来越近，为首的将士大声喊着："前面的人停下，否则，乱箭射毙！"

　　族祭萨满边扬鞭击马边大声对李文博说："跟我来！"

　　李文博也扬鞭击马跟上。他们顺着小路向北斗七星坛城的方向奔去。小路曲曲弯弯，后面的追兵举弓搭箭，可是还没有放箭，小路就拐了弯，人影就消失在密林中。到了萨满会所过了猪圈门口，族祭萨满急忙下马，打开了圈门。猪群蜂拥而出，把小路堵得严严实实。族祭萨满又跃身上马，同李文博一起向前奔去。追兵们拐过了小路的弯道，还没看清猪群就冲进了猪堆里，立刻人仰马翻。受惊的猪群慌忙乱窜，马匹惊慌嘶叫，追兵愤怒地大声叫骂，人、马、猪乱作一团。

　　木竹林和韵颜来到一片开阔的平原，木竹林跃身下马后，把韵颜接下马来。两人找到一棵大树把马拴好，手拉手地坐在石头上歇息。木竹林把韵颜搂在了怀里，韵颜小鸟依人般地依偎在木竹林的胸前，幸福的感觉洋溢在两人的脸上。

　　第二天，挹娄国爆炸了一条惊人的消息：特大洪水就要来了。人们挤满了大街小巷，议论纷纷、惶恐不安。

　　挹娄子民拖家带口地赶着马车，带着衣食和农用、建筑工具在各城主、酋长的带领下有秩序地赶往北斗七星窝集。兵营中也传开了这个消息，有些士兵偷逃出去，和家人一起投奔北斗七星窝集。兵营军心涣散，士兵放松了对扶余国壮士的看管。

　　下午，赵宝子挑着一担大沙果到工地叫卖。士兵们蜂拥而上把水果抢劫一空。赵宝子不但不急，反倒对士兵们说："别抢、别抢！自家产的，孝敬官爷了，官爷不容易啊！这大热天的……等会儿我再送来两筐，让官爷吃个够！"

八、解救奴工

赵宝子见士兵们一边吃着揣着，一边散开了，就挑着担子独自在工地里转悠，看着那些壮士们吃力地搬运着石块，挑水，和泥。一个扶余壮士的鞋带开了，弯下腰去系鞋带，被一个士兵在后面一脚踹个前趴，那壮士急忙爬起来，跑到前面干活去了。士兵吼叫着："再磨蹭就剁了你！"

旁边一个浓眉大眼的壮士用愤怒的眼睛看了看那个士兵，又继续搬起石头往前走，赵宝子挑着担子快步追上了那个浓眉大眼的壮士。见士兵离他很远就边走边问那个壮士："你们这里有个叫铁心的人，你认识吗？"

那壮士用疑惑的目光看了看他，没有答话。赵宝子马上补充道："大哥，我也是扶余人，是来救你们的。"

那壮士说："我就是铁心。"

"哦，可算找到你了。"然后，四下看了看，压低声音说："高柱子还活着，被我们救下了。今晚三更时分来营救你们，你们要做好逃走的准备，不能丢下一个扶余同胞。"

铁心惊喜万分又感激涕零地说："真的？高柱子还活着？！我们真的有救了？！"

"真的，今晚三更你们准备好。"

赵宝子见一个士兵朝这边张望，立即挑着担子走开了。

在工地的伙房门前，停下了一辆漂亮的马车。觉罗蝉儿、东莎娜、洛滨、李穹，还有化装成把娄宫中侍女的红燕从车上下来，士兵们围过来好奇地询问。洛滨冲士兵喊道："觉罗蝉儿大妃慰问各位将士！"

兵营里几位官兵立即跑步出来叩拜觉罗蝉儿，请觉罗蝉儿营帐中落座。觉罗蝉儿关切地询问官兵的生活情况，并警告他们对属下要严加管理，官兵们诚惶诚恐地听着，毕恭毕敬地应和着。

李穹和红燕伺机溜进了伙房，士兵们都已跑到外面搬卸慰问品去了，没有官兵注意他们的行动。红燕进了厨房，连忙奔到了几个正在做饭的女人跟前，压低声音说："春秀、大霞，我是红燕。"

几个女人惊讶地险些叫出声来，立即被红燕制止。李穹站在门口向外探望，见没有士兵注意这边，就给红燕打了个手势。红燕迅速从兜里掏出一包东西，交给春秀说："这是蒙汗药，你把它放在给把娄官

挹娄玉蝉

兵吃的饭菜里,服用后三小时生效,我们三更来营救你们,你们做好逃走的准备。事关重大,一定要谨慎行事。"

春秀激动地说:"好,好,你放心,我一定办好这件事,让万恶的挹娄官兵都昏迷过去。"说完,仰天惊叹:"老天爷!我们终于有救了!老天有眼啊……"

红燕又嘱咐了几句,就匆匆离开伙房,回到了觉罗蝉儿的跟前。觉罗蝉儿见红燕来到身边,知道事情已经办好,就和官兵们寒暄几句后起身告辞了。

回到石屋,人们忙着收拾行囊,打点路上所需的饮食。李穹走到觉罗蝉儿的身边情意绵绵地说:"蝉儿,简单地收拾一下,就抓紧时间休息一会儿吧,晚上就要长途跋涉了。"

觉罗蝉儿深情地看着李穹说:"我不能和你们一起走。"

李穹惊诧地大声问道:"为什么不走?你为什么不和我们一起走?!"

觉罗蝉儿果断地说:"李穹,请求你理解我,我帮助你们逃离出去是出于人道,和你们一起逃走就是叛逆!我虽然不爱爱达甘,可我是属于他的人。我虽然不爱这个王宫和王宫里面的人,可我毕竟是属于挹娄国的人,我不能背叛我的王国。"

李穹说:"你不是背叛国家,你需要逃离这场灾难!"

觉罗蝉儿更加坚定:"正因为有灾难,我才需要留下来,向挹娄子民呼吁,使更多的挹娄子民尽快逃离这里。"觉罗蝉儿深情地看了一眼李穹,继续说:"何况,我是爱达甘的大妃,应该和他生死与共。"

李穹愤怒地说:"他并不爱你,你为什么与他生死与共!为什么要为他付出你宝贵的生命?!"

觉罗蝉儿淡淡地说:"我是一个女人,是爱达甘的女人,我既然属于他就应该和他厮守到老,除非他不要我了,这是妇道,是我和挹娄国所有的女人都该守的妇道。"

李穹气愤地说:"他的心里根本就没有在意过你,他不配享有你的感情,他不懂你、不珍惜你、不欣赏你,他根本就不配拥有你!"

觉罗蝉儿吃惊地看着李穹,李穹激动得有些口不择言:"你不知道你的处境多么让人牵挂,你的固执多么让人心痛!你像阿布卡赫赫一样圣洁，世界上只有你才配享受最美好的爱情。蝉儿，你应该离开爱达甘，离开没有爱的婚姻，重新选择爱人，与和你彼此相爱的人相爱，同能够为你付出生命的人在一起生活！你懂吗？"

觉罗蝉儿被李穹的一番话震惊得半晌说不出话来。李穹激动得有些语无伦次："你一定要跟我们走，扶余国有你的父母、你的哥哥，他们正苦苦地思念着你。走吧，跟我们一起走吧，我们重新开始生活。"

觉罗蝉儿眼巴巴地看着李穹，泪水在眼眶里荡漾："李穹，你知道吗？我多么想见我的阿玛、额尼和阿诨，可是，我有太多的理由不能和你们一起走。"

"不，你一定要和我们一起走，今晚救出了扶余同胞我们就可以离开这里了。到了我的家乡，你就可以看到你的父母和哥哥了。"

觉罗蝉儿没有作声，泪水夺眶而出。李穹深情地看着觉罗蝉儿，一下子把她搂在怀里："蝉儿，我爱你，我以为今生我们没有这个缘分了，可是阿布卡恩都里给了我这个机会。蝉儿，接受我的爱吧，等我们回到扶余打败抢占我们家园的挹娄留守官兵，我就到你额尼那里迎娶你。"

觉罗蝉儿挣脱了李穹的怀抱，坚定地说："我不能走，不能走！你不要再勉强我了，为了爱达甘，为了挹娄子民，只要有一个人没离开，我就决不离开挹娄国。"

李穹气愤地说："爱达甘是暴君，你不应该和他共生死。至于挹娄子民，该走的都走了，不该走的是不会相信有灾难的。蝉儿，你的亲人日夜思念着你，你还有什么理由不离开挹娄国呢？！"

觉罗蝉儿冷静下来，仰起头注视着李穹，说："李穹，你听我说好吗？我真的不能和你们一起走。你们走后，会有追兵，我留下来也许能对你们有帮助，等你们脱离了危险我再走也不迟。李穹，你是天下最好的男人，只有世界上最美好的女人才配做你的妻子。如果有来生，我一定去找你，我们下辈子一定做夫妻。"说完，泪水滚滚而下。

李穹抓住觉罗蝉儿的肩膀，刚要说些什么，被觉罗蝉儿制止了。"你不用再劝我了，我已经决定了。"

李穹见觉罗蝉儿态度坚决，说："好吧，你不走，我是不会走的！"

觉罗蝉儿看到李穹痛苦难过的样子，安慰他说："阿布卡恩都里早已安排好了我们的命运，如果老天注定我们今生有缘，那么，我们就

挹娄玉蝉
Yilou Yuchan

还会再见。我答应你，等挹娄子民都撤离了，我就去找你。"

李穹眼里露出了光亮，说："说话算数！"

觉罗蝉儿点了点头，说："说话算数！"

两个人拥抱在一起，片刻，觉罗蝉儿说："你们离开这里的时候，我应该是在宫里，免得引起爱达甘的怀疑。"

李穹恋恋不舍地松开了觉罗蝉儿，温情地说："我在北斗七星窝集等你。"

觉罗蝉儿报以柔美的一笑。觉罗蝉儿告别了大家，又深情地看了李穹一眼，领着洛滨和东莎娜走出石屋，上了马车向宫中驶去。

李穹看着马车缓缓启动，又望着马车渐渐走远，久久地站在那里，直到觉罗蝉儿的马车在他的视线里完全消失。

赵宝子走过来，轻轻地对李穹说："公子，回屋歇息一会儿吧，晚间还有重大的事情。"

李穹仿佛没有听到一样没有反应，赵宝子轻轻地叹了一口气。

觉罗蝉儿上车后，就依偎在车窗前深情地望着站立在石屋门前的李穹，看着他渐渐变小的身影，眼泪喷涌而出。

觉罗蝉儿回到宫中的时候，已是傍晚时分。为了证实自己此时在宫中，她借故求见爱达甘。爱达甘好久不见觉罗蝉儿，见觉罗蝉儿主动求见就问道："蝉妃，这么晚了见本罕有什么事吗？"

觉罗蝉儿说："蝉儿昨夜梦见红玉儿和蓝玉儿死在狱中，样子很恐怖，怕今晚还做噩梦，就来见大罕，想问问她们两人在地牢里怎样了？"

爱达甘说："本罕早已忘记了这对妖孽。侍卫！把红玉儿和蓝玉儿带上来，本罕要看看两个昔日的小美人如今是什么样子了。"

不多时，侍卫就把红玉儿和蓝玉儿带了上来。

红玉儿和蓝玉儿已体瘦如柴、头发乱如杂草、面色惨白、眼目无光。由于地牢里阴冷，身上套上了又脏又大的不知是哪一位死刑犯人遗留的麻布衣服，衣服上散发着难闻的霉腐气味。当红玉儿那游离不定的眼睛看到爱达甘后，眼睛发出一道光亮，立即跪爬到爱达甘的脚下，哭诉着："大罕总算是想起我们了，红玉儿就知道大罕会心疼我们的，大罕知道吗？地牢里暗无天日、阴冷潮湿，只有老鼠、虱子、跳蚤和我们做伴，我们实在是一天也挨不下去了，我就知道罕王会想起我们的。"

爱达甘俯下身来，仔细地在红玉儿和蓝玉儿的身上看了一番，哈哈大笑说："想不到女人的变化是这样的快，几个月前还是国色天香楚楚动人的妃子，如今已是两个臭气熏天丑陋难看的疯婆子，真是天地之差啊！蝉妃，女人的美是不是都是用漂亮的衣裳装扮出来的？"

觉罗蝉儿说："不！自信才是美，聪慧才是美，善良才是美。漂亮的衣服装扮出来的美只能暂时吸引一些肤浅的男人。女人的胸膛里只有装满仁爱，脸上才会现出可爱的笑容，可爱的笑容才是女人最美的装饰品。"

爱达甘大叫一声："说得好！本罕当初也是被她们漂亮的衣裳和脸蛋所蒙骗，现在她们都变成这样了，本罕还要她们何用？侍卫！把她们拉出去，像杀野猫一样杀了她们！"

红玉儿和蓝玉儿尖声哭叫着："大罕饶命！大罕饶命啊！"

内侍上前一把抓住了红玉儿。蓝玉儿趁机跑到觉罗蝉儿的脚边，跪在地上叩头不停："大妃救命、大妃救命啊，我们不想死啊，你再用你的善良和智慧拯救我们一次吧！我们下辈子当牛做马也要报答你的大恩。"

觉罗蝉儿看到她那可怜的样子，转身对爱达甘说："大罕，两个弱女子不能够再危害抱娄了，不如把她们放了，让她们自生自灭吧！"

爱达甘说："两只会叫春的野猫而已，不要可怜她们。"

红玉儿马上接口说："大罕，我们打扮一下还会美丽迷人的。不信，让我们穿上漂亮衣服，红玉儿还会让大罕动心的。"

爱达甘狂笑道："不知廉耻的东西！我的女人成百上千，还能缺了你不成？内侍，把她们拉出去斩了，别让本罕看着恶心！"

蓝玉儿捣蒜般地向觉罗蝉儿磕头："大妃救命，大妃救命啊！"

觉罗蝉儿站起来，走到爱达甘的身边伏在他耳边说了几句什么。爱达甘哈哈大笑："好！就把这两个野猫放了吧！让她们成为真正的叫春的野猫！哈哈哈哈……"

蓝玉儿激动地冲觉罗蝉儿叩头致谢。觉罗蝉儿弯腰扶起蓝玉儿，正巧，胸前佩戴的玉蝉碰到蓝玉儿的脸上，蓝玉儿下意识地摸了一下这枚玉蝉，看了一眼后就松开了手。

爱达甘正巧看到了这一幕，问道："蝉妃戴的是什么饰物？"

觉罗蝉儿说："一块玉雕的蝉儿。"

挹娄玉蝉
Yilou Yuchan

爱达甘大笑道:"蝉妃有的是奇珍异宝不戴,偏偏喜欢这个东西,让侧妃们看见又要取笑你。"说完,冲内侍一挥手,内侍上前把红玉儿和蓝玉儿拖了出去。

红玉儿和蓝玉儿被侍卫拖出了殿门外,扔在了殿门口。正巧娇妃在此路过,看到红玉儿和蓝玉儿如此模样,幸灾乐祸地尖叫起来:"哎呀呀……哎呀呀呀……这不是骄傲的红、蓝妃子吗?怎么变成这副模样了,是阿布卡恩都里给我出了这口气啊!没想到啊没想到。哈哈……哈哈……两个疯婆子,你们的傲气呢?你们的骄横呢?你们的嚣张呢?哈哈……哈哈……没料到你们也有今天吧?你看看你们,都成啥样了?大军一定是杀都懒得杀你们,啧啧,你们在挹娄是活不下去喽,你们就像过街的老鼠,人见人打!哎,我有个办法,找个娶不上老婆的穷猎户,到他家求生,虽然他会折腾你们半死,但一定会给你们一口饭吃!哈哈……哈哈……"

红玉儿和蓝玉儿没有作声,爬起来往前走去,走到拐弯处的时候,红玉儿回过头来冲着娇妃狠命地吐了一唾沫。娇妃气急败坏地追了几步,见她们已跑进了树林,就狠跺了一下脚,说:"疯婆子还敢跟我较劲,等我再遇上你们非打死你们不可……"

此时,天色已晚,红玉儿和蓝玉儿茫然地沿路而行。蓝玉儿前后看了看说:"姐姐,这条路是通往扶余国的,我们顺着这条路就能回到家乡去。"

红玉儿说:"回去有什么用,也是挹娄国的人在统治着扶余。"

蓝玉儿说:"毕竟有我们的亲人在那里!"

红玉儿说:"亲人?我们做妓女的时候,亲人都远离了我们,那些可恶的家伙,我是不想再见到他们。再说,路途遥远,我们怎么走啊?还是找个可安身之处住下吧!"

蓝玉儿说:"姐姐,山里野兽遍地都是,我们随时都面临危险,还不如往家乡走,兴许还能走回去。看,前面有几户人家,我们到那里找个地方弄点吃的吧!"

"好吧。"红玉儿的眼睛又有了亮光。

她们悄悄地到一户人家房后的院子里摘了一些沙果,躲在一边大口大口地吃起来。

吃完了沙果,红玉儿对蓝玉儿说:"我们上哪里找一些好看的衣服

八、解救奴工

换上呢，看看我们现在的样子，哪个男人敢接近我们呢？"

蓝玉儿说："这好办，挹娄人都在屋外的树杈上晾晒衣服，我们挨家找找，兴许会找到。"红玉儿和蓝玉儿找了几户人家后，终于找到了几件女人的衣服换上，把又脏又臭的衣服扔到了大树后面，没想到在大树的后面发现了一个马棚，红玉儿和蓝玉儿欣喜万分，因为在扶余国进攻挹娄国之前，扶余国的国王除训练她们媚术外，还训练她们遇难逃生、野外生存等技能。如今，这些技能派上了用场，她们悄悄地潜入马棚，偷了两匹马牵到了大路上，策马而去。

午夜时分，李穹一行悄悄地潜入兵营，吃了蒙汗药后睡如死猪的挹娄兵士任由李穹等人宰割。

第二天，一位大臣慌慌张张地向爱达甘禀报："扶余国的壮士全部逃走，数百名挹娄国的士兵被杀，士兵的武器和衣服全部被拿走，几十辆战车和马匹被盗。"

"什么？！奴工逃走？！士兵被杀？！"爱达甘暴跳如雷，愤怒地看着大殿之中的文武官员说："挹娄国的士兵是纸糊的吗？说！你们都说话啊！"

文武官员相互对视，"嘘"声一片，群臣个个头上冒出冷汗、胆战心惊。

爱达甘用力击案，大怒道："平日里养你们有何用，连一些奴工都看不住，失职者拉出去斩首！"

文武百官连忙跪地齐呼："罕王息怒！"

爱达甘看了看众大臣，冷冷地问道："你们说，该不该追回那群奴工？"

一位老臣走上前来，小心翼翼地说："大罕，我们应该立即把他们追回来。没有他们，谁给我们当劳工呢？"

爱达甘大怒："不长脑袋的蠢猪！他们有战车，有兵器，能被我们轻而易举地追回来吗？"

大臣无语，默默地退了回去，悄悄地用袖口擦了擦额头上的汗珠。

另一大臣急忙上前，献媚般地说："启禀大罕，依老臣之见，奴工昨夜逃走，估计现已逃出了挹娄国疆域。大罕即使派兵追上他们，两兵交手又不免损失我官兵性命，不如放他们回去。"

挹娄玉蝉
Yilou Yuchan

爱达甘站起来,怒气冲冲地走到那个大臣面前,迅速抽出一旁侍卫腰间的长剑,一剑刺穿那位大臣的腹部,那大臣惨叫一声倒在地上。

爱达甘大吼道:"如此愚蠢的废物要他何用!拖出去喂野狗!"说完,回到了宝座上。

侍卫急忙把那位大臣拖了出去。其余的大臣个个面如土色,惊恐万分。爱达甘看了看惊魂未定的大臣们,冷静地说:"那群奴工手上有武器,若是回到扶余国,会对留守官兵有威胁,一旦交战,扶余国很容易得胜,因为他们的百姓都会起来参战,扶余国的人要是得胜了,不但挹娄国不能享受扶余国的物产,扶余国还会养兵蓄锐,征讨我挹娄国!"

众臣齐声说:"罕王英明!臣等听令!"

爱达甘又道:"护国将军!"

"臣在!"

"本罕命你率领全部骑兵射手,弓箭涂抹剧毒,快马加鞭火速追击扶余国奴工,无论男女格杀勿论,一个也不许放回扶余国!"

"嚓!臣誓死歼灭奴工,决不留一个活口。"

爱达甘狰狞的脸上,露出了得意的笑容。

红玉儿和蓝玉儿经过一夜的奔波已是人困马乏,就在一个山坡上停下来,让马儿吃草,她们拿出沙果来充饥。这时,天已经大亮了,明媚的阳光照在草地上,使草地像地毯一样柔软温暖。蓝玉儿懒洋洋地靠在树上边吃沙果边说:"从来没有感觉沙果这样好吃,简直是人间美味啊"。

红玉儿斜了她一眼,说:"你现在吃什么都好吃,因为在地牢的这几个月,除了生土豆和玉米饼我们也没吃过别的东西。"

蓝玉儿狠狠地扔掉了果核,说:"那几个牢狱看守真是太可恶了,天天占我们的便宜还不给我们好吃的,若不是他们每次进我们的牢房都是好几个人,我一定会弄死他们逃出去。"

红玉儿得意地说:"这不是也出来了,我们姐妹就是幸运啊。"

蓝玉儿伸了个懒腰,说:"好好歇会儿吧,我们已经出了挹娄国地界,不会有人追上咱们了。"

红玉儿说:"嗯,好好地睡上一觉,哎哟,困死了。"

蓝玉儿躺倒在草坪上，忽然又坐起来，兴奋地对红玉儿说："姐姐，我们不如不回扶余国，去高句丽或者鲜卑，这两个国家的人不知道我们是谁，对我们就没有危害，凭我们姐俩的姿色，或许还能做王妃呢！"

红玉儿也兴奋了，说："对呀，我们姐妹就是做王妃的命，行，我们不回扶余了，去高句丽做王妃！世上的男人都是色棍，再威武的君主都抗不过我们姐妹的诱惑，都会乖乖地拜倒在我们姐妹的脚下。"说完，躺在了草地上，闭着眼睛喃喃地说："去高句丽，做高句丽的王妃，我们就是王妃的命，嘻嘻……"

蓝玉儿也躺倒在地，梦呓般地说："再凶猛的雄狮也会被我们姐妹……驯服……"

红玉儿和蓝玉儿正沉浸在梦中，一股烤肉的香味从下坡处飘上来。红玉儿梦中似乎在咀嚼美食，上下颚有规律地嚅动，蓝玉儿的嘴微张着，口水顺着嘴角流下来。下坡的烤肉香味越来越浓烈，红玉儿止不住这种美味的诱惑，终于睁开了惺忪的睡眼。

"哪里飘来的烤肉味啊？"红玉儿自言自语地说道。当她起身看到蓝玉儿嘴角上挂着口水的时候，忍不住大笑起来。

笑声把蓝玉儿惊醒了，蓝玉儿怪罪她说："都怪你，我把烤肉都抓到手，马上就吃到嘴里了，让你给弄没了。"

红玉儿更加大笑不止，蓝玉儿站了起来四下望望，惊喜地说："这里一定有人家，不然怎么会有烤肉的香味呢？"

"对呀，我们去找找，哈哈，就要有肉吃了。"说完，也站了起来，同蓝玉儿一起牵着马顺着烤肉的香味寻觅过去。

她们下了山坡，烤肉的香味随着木炭的烟雾丝丝缕缕地飘来。红玉儿从树木的缝隙间看到了一块宽阔的山石上，有一男一女围在火架前，烤着剥光了皮的狍子。红玉儿和蓝玉儿诡异地对视一眼，迅速把马拴在大树上，然后装出柔弱的可怜相，来到了那两个人的跟前。

木竹林和韵颜逃离了挹娄国后，就不再急着赶路，一路上轻松而行。来到这块山石地后，木竹林就捕猎了一只狍子，就地支起火架，烤起了狍子肉。

正当木竹林和韵颜要吃烤肉的时候，听到周围有脚步声，他们就回过头来观看，看见红玉儿和蓝玉儿穿着猎户的兽皮衣裳，用贪婪的

挹娄玉蝉
Yilou Yuchan

眼光看着火架上的烤肉，韵颜就热情地说："哪里来的可怜的人？一定是饿坏了，快来和我们一起享受美味吧。"

红玉儿急忙说："谢谢，谢谢好心人，我们已经好几个月没吃到烤肉了。"边说边迅速坐在烤肉旁，拿起地上的匕首，自己动手割起了狍子肉，狼吞虎咽地吃起来。蓝玉儿也抑制不住烤肉的诱惑，急忙坐下像红玉儿一样大吃大嚼起来。

挹娄国的风俗是热情待人、食物共享，以招待行旅为荣，韵颜的本性善良直率，更会毫不犹疑地宴请过客。可是，当她仔细地观察了红玉儿和蓝玉儿后，就悄悄地伏在木竹林的耳边说："她俩是孪生姐妹，又是扶余口音，一定是红玉儿、蓝玉儿。红玉儿、蓝玉儿淫荡诡诈，我们可要当心。"木竹林听后点了点头。

红玉儿吃饱后，用衣袖抹了抹满嘴的油渍，一双淫荡的双眼开始在木竹林的身上瞟来瞟去。韵颜对她们说："你们若是吃饱了，就继续赶路吧，我们还要慢慢地用餐。"

红玉儿说："我们不急，你们慢慢用，我们在这里休息一会儿再启程。"说着，瞟了一眼木竹林，用甜腻腻的声调说："公子是哪里人啊？要到哪里去啊？如若不嫌弃，就一路同行吧，我和妹妹会好好地照顾公子的。"

韵颜说："不劳你们费心了，我的爱根①我自会照顾。"

红玉儿冷眼斜视了韵颜一眼，又抬头看着木竹林，脸上堆满了笑容说："公子啊，我们姐妹照顾男人是无微不至的，公子若是有我们姐妹的照顾，那可就是公子一生的福分呀。"

韵颜忽地站起来，从地上捡起那把割肉的尖刀，迅速压在了红玉儿的脖颈上，怒声喝道："再敢挑逗我的爱根我就杀了你！"

木竹林急忙站起来，说："温柔如水的萨尔甘追怎么转眼间就变成了小豹子？"

韵颜歪着头看了一眼木竹林，嘴角一抿，露出了一丝甜美的微笑。然后对红玉儿说："你们是一对祸害挹娄国的妖孽，爱达甘怎么没杀了你们，让你们继续活在挹娄的土地上？你们是不是逃出来的？"

蓝玉儿急忙说："不是不是，是蝉妃在爱达甘面前说情，爱达甘才

---

① 爱根：满语，意为爱人。

放了我们的!"

韵颜说:"你说的可是实话?"

蓝玉儿举手发誓说:"如若撒谎,天打五雷轰!"

木竹林揽过韵颜的肩膀,柔情地说:"别让切割烤肉的尖刀染上了令人恶心的人血味。来!宝贝儿,用这把尖刀割下狍子的大腿,我们路上慢慢享用。"

韵颜把尖刀从红玉儿的脖颈上挪开,迅速割下烤好的狍子腿,装到了皮囊里,又用布巾把尖刀擦抹干净,把尖刀插到了熊皮靿鞾长靴的刀鞘里,然后,同木竹林上了马,向七星窝集方向奔去。

红玉儿看见他们走远了,摸着被刀划破了皮渗出了血滴的脖子说:"这个女人是谁?够狠!"

九、扶余新王

李穹和高柱子等人把扶余壮士和女工从营房里救出来后,迅速拉出兵营中的马匹、战车、食品、衣物及兵器。而后,连夜向扶余国进发。经过几个时辰的奔波终于走出了挹娄国边界,来到了绿草茵茵的山坡。此时,天已近中午,人困马乏,李穹让队伍停下来,稍事歇息。

高柱子和铁心率众人来到李穹面前,铁心说:"公子舍命救了我们,使我们又能重回故土,与亲人团聚,我们难以报答公子,大家商定要推举公子做扶余国的新王,率领我们打回扶余,与挹娄官兵决战,夺回我扶余疆土,重建我们的家园!"

李穹说道:"解救同胞是我义不容辞的责任,身为扶余男儿怎能眼睁睁地看着同胞受挹娄人欺辱,大家千万不要因此而产生报答李穹之心。"

高柱子激动地说:"李公子,我们扶余国被人霸占,国内的百姓过着非人的奴役生活,如今,我们刚刚逃出来,还不知道一会儿有没有挹娄追兵,现在,总得有人站出来主持大事吧?你看看我们这么多人,除了公子之外,谁还能担此重任呢?"

没等李穹说话,高柱子和铁心已率领众人向李穹跪地叩拜。

李穹面对这突如其来的场面不知所措,急忙说:"不可不可,推举新国王可不是简单的事。"

铁心跪在了李穹的面前,哽咽着说:"你是我的救命恩人,是高柱子的救命恩人,是我们这些在阴曹地府走了一遭的兄弟姐妹的恩人!我们大家都商量过了,扶余国破、先王已死,想要复国就要推举新王,我们大家一致推举你为国王,请你带领我们打回扶余国,推翻挹娄人的统治!"

扶余的壮士和女工都跪在了地上,流着眼泪感谢着、恳求着。李穹转过身来看了看李文博,李文博冲他点了点头。高柱子立即高呼:

"扶余国王万岁！"

人们齐声高喊："扶余国王万岁！万岁！！万岁！！！"

李穹见众人已行完叩拜礼，便对众人说："既然大家这样信任我，我一定不负众望，和大家一起打败挹娄官兵，建立扶余新王国，让我们的百姓过上太平、安稳的好日子。"

众人兴奋地高声欢呼起来。

李穹和李文博、高柱子、铁心在一起研究组建了扶余新王国的机构，以十人为单位选出十夫长，以百人为单位选出百夫长，以千人为单位选出千夫长。挑选出20名精明强悍的壮士成立了王室护卫队，挑选出20名身体健康的妇女成立了伙膳队，挑选出20名壮士成立了马匹饲养队，使一盘散沙似的队伍转眼间变得井然有序，有了凝聚力、向心力和战斗力。

一切安排完毕，李穹召集各队首领研究伏击挹娄追兵的方案。李文博不但精通天象，还自幼熟读兵书，他环视了一下地理环境后，对大家说："按爱达甘的性格，他是绝不会放我们回扶余国的，一定会派兵来追击我们。我们就在这条道的两个山坡上备上石头，等追兵一到就全力攻击，前后堵截，纵使他有千军万马也插翅难飞！"

众人齐声叫好。

一会儿，一个护卫队队员押着红玉儿和蓝玉儿来到李穹的面前："报告大王，在山坡上发现两个女人。"

李穹审视了一下这两个蓬头垢面的女人，问道："你们是哪里人，从哪里来，上哪儿去？"

红玉儿见是一位英俊挺拔的男子，立即媚态百出地说："大哥哥，救救我们吧，我知道，你们是扶余人，我们也是扶余人，刚从挹娄国逃出来的。"

高柱子把长矛伸到了红玉儿的面前，大声说："不许乱叫，这位是我们扶余国的国王。"

红玉儿和蓝玉儿同时施礼道："拜见大王，祝福大王万岁安康！"

李穹见她们长得一模一样，立即认出她们来，说："你们是红玉儿和蓝玉儿吧？"

红玉儿兴奋地说："正是我们。大王，请带我们回扶余国吧，我们姐妹二人愿伺候大王左右。"

挹娄玉蝉

李穹厉声训斥："住口！你们是我们扶余国子民的仇敌，是你们挑起了两国之战，让我们百姓尸骨成山，血流成河。我们热爱和平的人是不会容忍你们存在的，你们即使逃出了挹娄国的惩罚，也难逃我们扶余国百姓的裁决。来人！把她们拖出去立即处死！"

红玉儿"哇"的一声哭起来，蓝玉儿一下子窜到李穹的面前跪下，说："挹娄国的人都能原谅我们，求大王也宽恕我们吧！"

蓝玉儿抬着头可怜巴巴地看着李穹，突然，她看见了李穹胸前的饰物，眼睛一转，说："大王，蝉妃胸前佩戴的饰物和你胸前戴的一模一样，看在蝉妃的面子上饶了我们吧。"

李穹一下子抓住了胸前的玉蝉，激动地说："怎么，你见到了蝉儿？她怎么样？她现在在哪儿呢？"

蓝玉儿似乎猜到了什么，故意讨好般地说："蝉妃是那样美丽、宽容、善良。是她在爱达甘面前求情，我们才免于一死，蝉妃她现在好好地待在宫里呢。"

"哦？"李穹显出了惊喜的神情。"她……"李穹欲言又止，沉默了一下，说："既然蝉妃放了你们，我也不杀你们了，你们就先留在这儿吧，铁心，把她们安排下去。"

红玉儿和蓝玉儿连忙跪地叩谢。

正午时分，扶余国人都隐藏起来。山坡上静悄悄的，没有一点埋伏的迹象。李穹、李文博、铁心、高柱子等人焦急地往挹娄国方向眺望，高柱子着急地说："会不会有追兵呢？"

李文博自信地说："他们一定会来，而且还会是骑兵射手。他们急于追击我们，是怕我们回到扶余国后会推翻他们的统治。而且，他们不会想到我们在这儿对他们设伏作战，挹娄官兵会认为我们为了早日回国而马不停蹄地往回赶呢。"

铁心点了点头，问道："按路程估计，他们什么时候能追到这儿？"

李文博抬头看了看太阳，肯定地说："应该是到了！"

话音刚落，远处传来急促的马蹄声，马蹄声响处扬起了一片尘土。

铁心兴奋地说："来了！他们来了！"

转眼间，一队骑兵奔驰而来，进入环山道时，腾空飞起几条粗壮的麻绳，拦在了大路的面前，把飞奔而来的马匹绊倒，后面来不及躲闪的士兵也跟着跌倒，刹那间，骑兵队人仰马翻乱作一团。突然一阵

"轰隆隆"的巨响，两面山坡上同时滚下了无数巨石，砸在了骑兵队的士兵和马匹身上。后面的骑兵见此情景及时掉转马头往回跑，又有几根麻绳从地上弹起把马绊倒，山顶上又滚下无数巨石，把骑兵们砸得哭号连天。大小石头不断地滚落下来，骑兵们无处躲藏死伤无数。待到所剩无几的骑兵在山石间抱头鼠窜的时候，李穹下令停止投石。李穹看了李文博一眼，李文博冲他点了点头，李穹大声说："兄弟们！拿起刀枪为惨遭杀害的亲人们报仇啊！"

高柱子第一个冲出去，边往前冲边喊着："冲啊！杀啊！报仇啊！"

壮士们拿着大刀长矛呐喊着冲下山去，怀着满腔的仇恨杀向摔下马来四处乱窜的挹娄骑兵。红燕和玉燕姐妹俩也拿着长矛跟在扶余壮士的后面冲下了山。在扶余壮士和挹娄骑兵的搏斗中，扶余壮士异常勇敢，他们杀红了眼，那种拼了命的劲头和眼中喷出的怒火把挹娄骑兵吓得胆战心惊，加之群石从天而降，早已让他们魂飞魄散，大大减弱了抵御扶余壮士的能力，扶余壮士英勇奋战，很快歼灭了挹娄骑兵。红燕和玉燕两人共同杀死了一个挹娄骑兵，把那个骑兵的胸膛扎成了蜂窝眼。

李穹和李文博、高柱子、铁心站在山坡上，看着漫山遍野的扶余壮士欢呼雷动的样子，对高柱子说："通知壮士们把堵在大路上的石头挪开，保证大路畅通，好让挹娄子民顺利地赶往七星窝集避难。"

"是！大王。"高柱子转身吩咐护卫队员下到山下传达李穹的命令。

壮士们兴高采烈地收拾战场，李穹又说："让伙膳队把爱达甘送给我们的马肉煮得香香的，庆祝一下我们得胜的第一仗！晚上我们好好地睡一觉，料他挹娄国也不会再有追兵。"

高柱子望着兴奋的人群，激动地说："大王，自从被掠到挹娄国，我做梦都想着逃回扶余国，可是没想到这样快就实现了。"说着，泣不成声地跪在了李穹的脚下："大王，高柱子的命是你给的，这几千名壮士的命是你给的，这些姐妹们的命也是你给的！大王，高柱子向天起誓，誓死效忠大王，决无二心！"

铁心也跪地起誓说："铁心誓死效忠大王，决无二心！"

周围的壮士也都跟着高柱子、铁心跪谢李穹。"效忠大王、消灭贼寇、重建家园"的誓言响遍了山谷。

挹娄玉蝉
Yilou Yuchan

　　李穹扶起高柱子和铁心，感动地说："有你们这样的好兄弟，我们一定能回到家乡把那些霸占我们国土的禽兽消灭掉，建立一个国泰民安、美丽富饶的王国！"

　　红燕走上前来，神情冷峻地向李穹说："大王，红燕有事请求。"

　　"请讲！"

　　"请大王允许我们成立女子卫队，我们姐妹们也要拿起大刀长矛去杀残害我们父老乡亲的挹娄禽兽！"

　　在场的人都笑了。李穹却严肃地说："好！这件事就由你来办。你安排好后就和高柱子扮成夫妻，尽快赶回扶余国和觉罗健儿联系上，摸清挹娄官兵的兵力情况，然后，在城东李家窝棚等着我们。"

　　"红燕遵命！"大家都向红燕投去了赞许的目光。

　　夕阳西下的时候，蓝玉儿在河边小溪中洗漱完后打扮起来，认为满意了才翩翩来到李穹的营帐前，对赵宝子说："蓝玉儿求见大王！有劳小哥给通报一声。"

　　赵宝子上下打量一下蓝玉儿说："你是不是想打我们大王的坏主意啊？"

　　"看小哥说的，我是有事请示大王。"

　　"哦，量你也不敢，敢对我们大王动歪脑筋，我决饶不了你。"说完，通报了李穹，李穹召见了蓝玉儿。

　　蓝玉儿走进营帐。李穹见面貌一新的蓝玉儿先是一怔，随后问道："找我有什么事？"

　　蓝玉儿面带羞怯地说："大王，蓝玉儿不敢奢望得到大王的宠爱，但蓝玉儿敬爱大王，愿做大王身边的女人，为大王沐浴更衣。"

　　李穹立即说："我不需要女人照顾，回去歇息吧！"

　　蓝玉儿扭动着身躯，柔情细语地说："大王是成熟的男人，身边怎能没有女人服侍呢？"

　　李穹立即大声制止："别说了，回去吧！"

　　蓝玉儿刚要再说什么，赵宝子一个箭步冲进来，抓住蓝玉儿的手腕就把她给拖了出去。

　　蓝玉儿羞愧地愤愤而去。李穹从脖子上摘下了那枚玉蝉，反复地看着，自言自语地说："什么时候我们才能见面呢？"

宫中，觉罗蝉儿禀报爱达甘："大罕，挹娄民众中传言，说是近日挹娄境内有一场前所未有的大水灾。大罕，是不是该采取一些预防水灾的措施？"

爱达甘愤怒地说："都是木竹林造谣生事、扰乱民心，企图谋权篡位！我们这儿山岭连绵，哪里会有水灾。即使北斗七星河水泛滥，也不会危及王城！"

觉罗蝉儿又说："听说是一位会看天象、能预测未来的老者看出来的。"

爱达甘说："挹娄有这样的人吗？我怎么不知道，让那人来见本罕，果真神奇，本罕便相信，如果故意散布谣言，本罕就砍了他的头！"

觉罗蝉儿说："听说那位高人已离开挹娄国避难去了。"

爱达甘说："不许再提此事！如若再有造谣生事、扰乱民心者，本罕就让他人头落地！"

说完，急转身欲往外走，正撞在端茶进来的宫女瓜尔雅丹身上，瓜尔雅丹吓了一跳，手一抖陶壶掉在了地上摔得粉碎，热水溅在了爱达甘的脚上，烫得爱达甘狂叫起来。爱达甘转过身来飞起一脚，把瓜尔雅丹踹倒在地，随手从桌上抽出了长剑，向瓜尔雅丹刺去。觉罗蝉儿一下子扑到爱达甘的面前，紧紧地抱住了爱达甘拿剑的手臂，冲着倒在地上惊呆了的瓜尔雅丹喊道："快跑！"

瓜尔雅丹回过神来，慌忙爬起来跑了出去。觉罗蝉儿边抢下爱达甘手中的剑边哄劝着爱达甘："大罕何必和一个宫女动气呢，死了一个宫女不要紧，别弄脏了大罕金贵的罕服。来人！"

"在！"内侍急忙应道。

"在花园里设宴，召集侧妃们都出来为大罕压惊消气。"

"嗻！"

爱达甘"哼"了一声："下次再有宫女如此莽撞，本罕一定不会饶她！"

蓝玉儿从李穹的营帐出来后，回到了红玉儿那里。红玉儿见蓝玉儿一脸的不悦，就问蓝玉儿："怎么了妹妹？"

挹娄玉蝉
Yilou Yuchan

蓝玉儿说:"大王真是个怪人,简直不是男人,连男人的基本需求都没有。"

"你怎么知道?"红玉儿问。

蓝玉儿说:"为了我们能封王妃,我就趁现在大王身边没有女人陪伴的机会靠近他,可他却把我给撵了出来。"

"笨蛋!亏你还是个女人,连一个男人都征服不了!妹妹,这件事为什么不和我说呢?是不是你对他动情了?"

"没有啊,我只是为了我们将来着想。"

"妹妹说得对,我们要趁他现在身边没有女人赶紧下手。妹妹你看我的,看我怎么让他乖乖地跪倒在我的裙下。"红玉儿的脸上浮现出得意淫荡的神情。

吃过晚饭,红玉儿和蓝玉儿经过一番精心打扮后,来到了李穹的营帐附近,伺机接近李穹。

营帐周围人很多,红玉儿和蓝玉儿只好在路旁等待并寻找机会。

一会儿,李穹从营帐走出,来到了路边的林子里躲到一棵大树后面去小解,红玉儿立即赶到那棵树旁等候。

待李穹从树后出现,红玉儿一下子跪在李穹面前顺势抱住了李穹的大腿,说:"大王,救救我!"

李穹一惊,忙问:"蓝玉儿,你又想干什么?"

红玉儿娇媚地说:"回大王,我是红玉儿。"

李穹不耐烦了,说:"我不管你是什么玉儿,赶紧站起来说话!"

红玉儿搂得更紧了,而且跪直了腰,扬起脸可怜兮兮地说:"大王,挹娄国的罕王给我和蓝玉儿吃了长效催情药,到了傍晚就欲火难耐,我们不是寻常百姓,不能随便找男人,只有扶余的大王才配享受我们姐妹的玉体柔情,大王,帮帮我们吧!"

李穹用力挣脱了红玉儿的手臂,厉声道:"给我说实话,你们到底想干什么?"

红玉儿故作委屈地说:"我们只想伺候大王,让大王天天开心,夜夜销魂。"

李穹看了看站在红玉儿后面的蓝玉儿,说:"你们跟我来。"

红玉儿得意地冲蓝玉儿打了个手势,两人美滋滋地跟着李穹来到营帐。

李穹走进营帐，待红玉儿和蓝玉儿跟进时大喊一声："来人！"

铁心、赵宝子立即跑过来，答道："在！"

"叫护卫队把这两个妖孽看押起来，待我们明日起程时处死，以免留下祸根，迷惑我扶余壮士！"

红玉儿和蓝玉儿又哭又叫："大王不能杀我们，我们是觉罗蝉儿救下的！"

李穹怒吼道："住口！你们不配提到蝉儿，不要玷污了她圣洁的名字！蝉儿用仁慈和善良救了你们，我是用正义来处决你们！"

红玉儿撒泼似的嘶吼："我不服气！觉罗蝉儿不比我们姐妹年轻，不比我们姐妹漂亮，凭什么爱达甘对蝉儿那么宠爱，而你又这么深爱着她？为什么？到底是为什么？！"

"问得好！"李穹站起来说："因为你和蓝玉儿只会用女色来引诱男人，为了自己能享受快乐就不顾他人的死活！你们没有爱心，没有正义！为了换取自己的地位宁可让两国无辜的百姓血流成河！你们是一对没有人性的妖孽！而蝉儿呢，她的品行像月亮一样高洁，她的心胸像蓝天一样宽阔，她的心灵像泉水一样纯净，她是阿布卡赫赫一样美丽圣洁的女人！"

蓝玉儿歇斯底里般地大叫："你，怎么这样了解她？！"

李穹机械地回答："她是李氏家族的恩人，是我们扶余国的恩人！"

蓝玉儿吃惊地自言自语："是……是觉罗蝉儿救了这些奴工？"

李穹厉声道："奴工？你竟把这些同胞叫作奴工？他们在扶余国哪一个不是堂堂正正的人！哪一个不是热爱家乡、热爱和平的人！不像你们苟且偷生、不知廉耻！铁心，把她们押下去，明日当众处死！"

铁心、赵宝子立即把她们押了下去，交给了护卫队看押。

第二天早晨，铁心禀报："大王，红玉儿和蓝玉儿昨夜逃走了。"

李穹问道："怎么逃走的？"

铁心说："看押他们的一名护卫队员没有经受住诱惑，赤裸裸地死在了林子里。"

李穹叹了一口气，看了一眼一望无际的山峦说："这对妖孽，让她们自生自灭吧！"然后，对铁心说："传各夫长，立即启程，赶赴七星窝集。"

十、七星窝集

木竹林和韵颜快马加鞭来到了七星窝集。七星窝集的百姓见木竹林带着韵颜回来了,都欣喜万分频频问安。

木竹林把离开七星窝集之后所发生的事情详细地诉说了一遍。而后,又对大家说:"居住在王城周围的族胞们就要到七星窝集避难来了,我们要抓紧时间掘洞造屋,为逃难来的族胞预备住处。"

大家异口同声地答应着,纷纷表示竭尽全力造屋筑房。

韵颜站在木竹林的旁边,看着用热切而又崇拜的眼光注视着木竹林的百姓们,心中涌起了对木竹林更深的敬意。

女人对男人的情感是因敬而爱的。如果一对相爱的人没有敬,只能说是喜欢,而不是爱。喜欢的感觉可以转变为淡漠,因敬而生的爱则会永恒。韵颜从小就敬仰木竹林,韵颜童年的时候,把长她两岁的木竹林当作英雄,因为木竹林总是疼爱袒护着她,不许同伴欺负她。长大后,韵颜把这分敬转换成了爱,而木竹林也把对韵颜的关爱变成了宠爱、挚爱。相爱的人是幸福的,对视的眼睛里爱意浓浓,百姓们看到他们真诚地相爱,都由衷地祝福。

第二天,七星窝集的百姓开始挖建简易的半穴式住所。这种建筑很简单,先是挖出一个见方的深坑,坑内铺上厚厚的乌拉草,再用乌拉草和泥涂抹在堆砌于穴坑上面的石头的缝隙间。堆砌的石头形成了一道厚厚的石墙,挡风挡雨不说,最重要的是可以抵挡恶狼猛兽袭击。石头墙的上面是用树木杆搭建的人字架,再用树枝铺在人字架上;然后,用乌拉草和泥摊在树枝上,最顶层自下而上沾了一层厚厚的乌拉草,乌拉草整齐地一层压着一层,既挡风又防雨。人字架的两端,一面留门,一面留窗。夏季,门窗可整日开着,因石头墙高于地面到动物够不着的位置,很安全。人们进出则用木梯。冬季时,则用木板挡着前后门窗,遮挡风寒。这种挹娄人的穴居,冬暖夏凉,建筑简单,很受挹娄人喜爱。百姓们齐心协力，几天的时间就建起了几十座这样的半穴式穴居。

韵颜和女人们一起到北斗七星河里捉鱼，剥下大片的鱼皮晾干做衣服，鱼肉割成小块晾制干品，留在冬季食用。韵颜和女人们很快融为一体，她们一起愉快地劳动着。

木竹林见穴居已建好，就带领百姓们堆建了一个小型的祭坛。这个祭坛很简单，在一处高岗地堆了一些石块，石块堆积成平面状，上面放一些献祭的牺牲，木竹林带领百姓向阿布卡恩都里行了一个祈福祭。祭祀完毕，人们围在烤制祭品的火架旁劲舞欢歌。韵颜的舞姿是最美的，身软如蛇、柔中带刚，既展示了挹娄人原始的野性，又表现了挹娄人追求幸福、崇尚文明的美好愿望。

一只雄鹰飞来了，盘旋、鸣叫。一群雄鹰飞来了，穿梭在欢乐的人群中。人们在歌舞，神鹰在欢叫，烘烤的祭品散发着浓香，缕缕烟雾在袅袅升腾，世界瞬间缩小了，小到人与飞鸟交融、与万物交融。

挹娄玉蝉
Yilou Yuchan

十一、小巴图鲁

东莎娜拿着一件绣花的衣衫来到觉罗蝉儿的面前，喜滋滋地说："主人，你看我的手艺是不是又长进了，这件衣服的绣工该是挹娄国最美的了。"

觉罗蝉儿淡淡地一笑，眼睛只是扫了一眼那件衣衫，继续瞭望着天空。东莎娜问道："主人怎么不开心？"

觉罗蝉儿依然望着天空，说："心里像是飘进了一片乌云，塞得满满的，透不过气来。"

东莎娜小声说："是不是哪位侧妃又惹是生非，让主人不开心了？"

"不，她们的胡闹扰乱不了我的情绪。"

"那是主人又想阿玛和额尼了。"

"也不是。"

东莎娜把食指抵在下颌上，闪动着一双大眼睛，呆呆地看着觉罗蝉儿。忽然，她张大了嘴巴恍然大悟地说："主人是在惦念着李公子！"

觉罗蝉儿急忙把食指放到嘴边，口中发出了长长的"嘘"声。东莎娜慌忙掩住嘴巴，四下里望了望，见没有人在附近才松了一口气。

觉罗蝉儿对东莎娜说："我一个人出去走走。"

"那可不行，没有我和洛滨相陪，主人不能出城。"

"不会出城，在花园里转转就回来。心里烦闷的时候，一个人静一静就会好些。"

"好吧。一会儿就回来啊。"

"放心吧。"

觉罗蝉儿在花园中漫步，来到了假山前，静静地坐在一块石头上。这时，一个压低了声调的女人声音从假山的后面传了过来："……我也是正常女人嘛，也有正常的需求……罕王好久不亲近我了，我也是寂

十一、小巴图鲁

窦难耐啊。"

"别拉着我，让人看到了还以为我在勾引罕王的女人。那我可就说不清楚了。"声音传来吓了觉罗蝉儿一跳。原来，她听出了是洛滨的声音。

"我倒希望你能勾引我，一个女人没有男人的关注就像花儿开在荒野一样的悲哀。"

"你快放手，这样拉着我干什么？"

"我要你像雄狮一样地摧残我，嘻嘻……来吧……"

"我绝不会给蝉妃丢脸的！"话音刚落，就听到了那个女人的惊叫和扑倒在地的声音。随后，传来了洛滨那坚定有力的向远处跑去的脚步声。那个女人低声哭泣起来，哭声中充满了哀怨。

觉罗蝉儿悄悄地站起来，走出了花园，走出了城堡区，来到了野外。她仰望着天空，心中一片空虚。李穹率领众人解救了扶余同胞撤离出挹娄国后，觉罗蝉儿就陷入了极度的空虚之中，这是她从未有过的感觉。一个男人如此地让她牵挂，为什么？她一遍遍地反问自己。异性相吸吗？缘分的依恋吗？不！绝不是如此的简单。李穹的思想、思维方式、人格魅力都深深地吸引着觉罗蝉儿，让她情不自禁地想接近他。这是一种超脱人性的爱恋，是纯洁的、高尚的、不必害羞的。"如果我是男人，就会向哥哥一样和李穹成为生死之交。"觉罗蝉儿悄声说出了口。

"嗨，不想这些问题了。"觉罗蝉儿眺望着北斗七星坛城继续自语着。"大水过后，也许就阴阳两隔、今生不会再见了……"

"哇啊，哇啊……"天空中传来了几声天鹅的鸣叫。觉罗蝉儿抬头望去，只见一只白天鹅哀鸣着慢慢地飞行，盘旋一阵飞行一阵，口中发出哀婉的鸣叫，像是在寻找着什么。

天鹅是最专情的动物，出生后成双成对地长大，白日形影不离，晚上交颈而眠，如有一方遭遇不测，另一方绝不会弃之不管，而是拼死相救。如一方不幸身亡，另一方也会悲哀而死。

觉罗蝉儿看了看空中孤独的白天鹅，同情地自语道："丢了心爱的伴侣，是最痛苦的事。"

忽然"嗖"的一声，一支箭飞向了那只白天鹅，一下子射中了白天鹅的翅膀，白天鹅身体失去平衡，扑棱几下翅膀后跌落在觉罗蝉儿

挹娄玉蝉
Yilou Yuchan

的身边。觉罗蝉儿急忙跑过去抱起了白天鹅，迅速拔出了白天鹅身上的箭，掏出手帕为白天鹅包扎好了伤口。

这时，一个男子拎着一只受了伤的白天鹅疾步跑了过来，见到觉罗蝉儿抱着一只白天鹅，立即说："这只天鹅是我打下来的，快点还给我！"

觉罗蝉儿还没有开口说话，两只天鹅就同时对应着叫了起来，像是久别的恋人一样兴奋地欢叫着，用人类听不懂的语言诉说着它们的不幸与离情。觉罗蝉儿似乎听懂了它们的对话，深情地注视着它们。

"把天鹅还给我！"那个男人又一次吼道。

觉罗蝉儿抬头看了看那个男人，镇静地问："你把天鹅带回去做什么？"

"做什么？哈哈……当然是做下酒菜了！难道让我养着它们不成？"那男人大笑着露出了一排令人恶心的黄板牙。

觉罗蝉儿看见那个男人手中的白天鹅已经奄奄一息，还在弯曲着脖颈朝着觉罗蝉儿怀里的天鹅鸣叫着，不觉心中一阵酸楚。觉罗蝉儿抱紧了怀中的白天鹅，对那个男人说："我把这两只白天鹅买下来，你要我付给你多少个铜板？"

那个男人眼珠子一转，得意地说："10个铜板！"

觉罗蝉儿立即从衣兜里掏出10个铜板交到了那个男人手里。那个男人在接钱的一瞬间，看到了觉罗蝉儿丰满的胸部，随即，一双淫荡的双眼在觉罗蝉儿的胸前来回地打转。觉罗蝉儿发觉了他的企图，急忙用另一手抱过来那个男人手中的天鹅，快步向王宫奔去。那个男人从后面跑过来，嬉皮笑脸地拦在了觉罗蝉儿的面前。觉罗蝉儿吃了一惊，问道："你要干什么？"

那个男人淫笑着说："男人找女人还能干什么，不就那点事儿呗，小美人别急着走，陪老阿诨乐和乐和。"

觉罗蝉儿正色说："你找错人了。"说完就绕开那个男人，继续往前走。

那个男人又挡在觉罗蝉儿的面前，嬉皮笑脸地说："小美人，阿诨就相中你了，你不答应是走不掉的。"

觉罗蝉儿气愤地说："让开！否则，你会付出代价。"

那个男人的眼睛转了转后，伸手抓住了觉罗蝉儿胸前的玉蝉说：

"把这个玉蝉给我,否则的话,这两只天鹅我不卖了。"

觉罗蝉儿两只手臂抱着两只天鹅,对于那个男人的无礼行为无力反抗,就仰面看了一眼蓝天对那个男人说:"你看,阿布卡恩都里在看着你,他看见你这样不讲道理会发怒的,会让你得不到子孙旺盛的降福。"

那个男人抬头看了看天空,狂笑道:"阿布卡恩都里?阿布卡恩都里在哪儿?别拿吓唬哈哈珠的话来吓我,我可是天不怕地不怕的,远近百里谁不知道我的绰号叫'绝户老狠',子孙旺盛我才不稀罕呢。"说完,放开了手中的玉蝉,向觉罗蝉儿的胸部摸去。觉罗蝉儿急忙转过身躯,躲开了"绝户老狠"的大手,转过身来向前跑去。可是,"绝户老狠"一把从后面抱住了觉罗蝉儿的腰部。觉罗蝉儿挣扎着弯下了腰,顺势把两只天鹅放在了地上,那两只天鹅立即交颈呢喃着。

觉罗蝉儿用力挣脱了"绝户老狠"的怀抱,把手护在胸前正视着"绝户老狠"严厉地说:"光天化日之下,你竟敢胡作非为,不怕挹娄国的律法吗?"

"律法?我才不怕什么狗屁律法呢!""绝户老狠"狂傲地说。"律法是给傻子制定的,我才不会受什么律法的约束。"说完,饿狼般地向觉罗蝉儿扑去。

觉罗蝉儿大喊一声:"站住!"随后,拿出王族腰牌举过头顶对"绝户老狠"正色说:"我是当今罕王爱达甘的大妃,你敢对我无礼将会受到惩罚!"

"绝户老狠"怔了一下,自言自语地说:"怪不得你这个女人与众不同,原来是罕王专用的,挹娄的女人让我玩了无数,今天就玩玩罕王的女人。"说完,淫笑着向觉罗蝉儿扑去。

觉罗蝉儿急忙环视了一下四周,发现远处有一群儿童在玩耍,就边往那边跑边大声喊道:"哈哈珠们,快去喊大人来,有个坏蛋要欺负我!"

"绝户老狠"疾步扑上来,拦腰抱住觉罗蝉儿,并捂住了她的嘴。卧在地上的两只天鹅似乎明白觉罗蝉儿的处境,引颈长鸣,声音急促而又高亢。

远处,那群玩耍的孩子们向这边张望,一个女孩大声喊道:"是蝉儿额云,蝉儿额云让人欺负了!留根,我们快去救蝉儿额云!"

挹娄玉蝉
Yilou Yuchan

旁边的男孩听见后,急忙喊道:"我们快去救蝉儿额云!"然后,对两条大黄狗说:"大黄、老憨,去咬那个男的,冲!冲!"

两条狗缩了一下前胸,"嗖"得一下子冲了出去。

"绝户老狼"把觉罗蝉儿按倒在地,伸手去揭觉罗蝉儿衣裙的下摆,两只白天鹅喘息着扑过来,用嘴去啄"绝户老狼"的头,"绝户老狼"低下头躲避白天鹅的攻击。觉罗蝉儿趁机攥紧拳头用力向"绝户老狼"的脸部猛击过去,只听"绝户老狼"号叫一声,用手捂住了他的眼睛。"绝户老狼"咿咿呀呀地叫唤了半天后才松开手掌,他看了看压在他身下动弹不得的觉罗蝉儿,恼羞成怒,大骂一声抡起手臂向觉罗蝉儿的面部击去。可是,"绝户老狼"的手掌还没有打到觉罗蝉儿的脸上,就被两条黄狗衔住了他的两条大腿,把他从觉罗蝉儿的身上拖了下去。

觉罗蝉儿急忙爬起来,看见留根、草儿和一群孩子向这边跑来。觉罗蝉儿兴奋地呼喊着他们,留根和草儿欢叫着张开手臂扑在觉罗蝉儿的怀里。留根用大人一样的口吻说:"蝉儿额云,不要怕,我会保护你的!"

鲜血从两条黄狗的嘴里流出来,"绝户老狼"号叫着、乞求着:"啊……放了我吧,我再不敢了,快放了我吧!"

觉罗蝉儿对留根说:"你们来了就没事了,料他不敢再作恶,饶了他吧。"

留根对两条大黄狗说:"大黄、老憨,过来!"

两条黄狗松开了口,摇着尾巴走到留根的面前坐在地上,用警惕的眼睛注视着"绝户老狼"。"绝户老狼"哼哼叽叽地踉跄着站了起来,仇恨地用眼睛剜了剜觉罗蝉儿和孩子们。当他看到两条大黄狗正用虎视眈眈的眼睛看着他时,不由自主地向后退了几步,撞在了一棵大树上。孩子们看到了他的狼狈相,都忍不住哈哈大笑。"绝户老狼"用眼睛在大黄狗和大树之间来回扫视了几下,而后迅速爬上了那棵大树。

"绝户老狼"爬到树杈上,狞笑着看着孩子们说:"狗崽子们,看我杀死了这两条该死的狗之后,怎么收拾你们!"说完,从身后拿出了弓箭瞄向老憨。

觉罗蝉儿立即挡在了老憨的前面,厉声说:"不许杀害这条狗!"

十一、小巴图鲁

"绝户老狠"凶狠地说："这可由不得你了！你若不躲开，就先射死你！"说完，准备射箭。

觉罗蝉儿没有躲开，依然护在老憨的面前。"绝户老狠"咬牙切齿地说："你这个女人还挺有胆量，好！我倒要看看你的胸口是不是肉做的！"说完，用力拉开了弓。

就在这千钧一发之际，一颗泥球飞向了"绝户老狠"的额头，"绝户老狠"号叫着从树上跌落下来，那支箭射向了空中穿过几片树叶钉在了树杈上。老憨立即扑上去，把爪子搭在了那个男人的身上，并向那个男人龇着牙怒吼，诉说着它的愤怒。

觉罗蝉儿扭头一看，只见留根手里举着弹弓子，站在一边得意地冲着觉罗蝉儿憨笑，觉罗蝉儿冲着留根竖起了大拇指。

老憨低吼着，"绝户老狠"把脑袋缩进了前胸的衣襟里，又用双臂掩护着头部。留根跑到"绝户老狠"的跟前，狠命地踢了他一脚，问道："看你还敢不敢杀害我的老憨！看你还敢不敢杀害蝉儿额云！"

"绝户老狠"惊慌地说："我不敢了，再也不敢了，快把狗牵走、把狗牵走吧！快放了我吧！"

"放了你？没门！说不定你又想什么鬼花招来害我们。"留根说完，看了看觉罗蝉儿，问道："蝉儿额云，你说怎么处理这个大坏蛋？"

觉罗蝉儿还没有说话，草儿就抢着说："他欺负蝉儿额云，我们就该用柳条使劲地抽他。"

其他的孩子也都说道："对，用柳条抽他！"

觉罗蝉儿忍不住笑了，对孩子们说："大人惩罚哈哈珠是用柳条的，惩罚大坏蛋用柳条是不顶用的。"

"那怎么办呢？"孩子们同声问。

"对于大坏蛋做的坏事，阿布卡恩都里自会惩罚他。我们拿走他的弓箭，然后，让大黄和老憨看着他，等我们走远了再让老憨放了他，他就伤害不到我们了。"

孩子们一同拍手叫好。

留根把手放在了老憨的头上，对老憨说："老憨看着他。大黄，你也留在这儿。"说完，拿起了"绝户老狠"的弓箭，拉着草儿的手说："我们走吧。"

觉罗蝉儿抱起了两只白天鹅，同孩子们一起向城里走去。到了城

挹娄玉蝉
Yilou Yuchan

门口，觉罗蝉儿看到了守城的士兵，就对孩子们说："好了，现在安全了，我们可以让大黄和老憨回来了。"

留根把手指放到了嘴里，使劲地吹出一声长鸣，大黄和老憨立即放开了"绝户老狼"，箭一般地向这边跑来。大家朝"绝户老狼"的方向望去，只见他慢慢地从地上爬起来，弓着腰一拐一瘸地向远处走去。

孩子们一起欢呼起来，大声叫喊着："大坏蛋，快滚蛋！大坏蛋，快滚蛋……"声音整齐有韵律。两只天鹅也引颈高歌，似乎也和孩子们一起庆祝胜利。两条大黄狗跑到了留根的身边坐了下来，警觉地观望"绝户老狼"的行动，时刻准备出击。"绝户老狼"的身影越来越小，直到消失在一片柞树林中。

觉罗蝉儿对孩子们说："宝贝们，你们都是巴图鲁，勇敢地救了额云，额云谢谢你们。"说完，抱拳一拜。

孩子们也向觉罗蝉儿一样抱拳还礼，说："不谢，不谢。"

觉罗蝉儿又说："天鹅伤得很重，现在，我们去王宫为天鹅包扎伤口好不好？"

"好！"孩子们齐声回答。然后，抢着去抱白天鹅。可是，白天鹅太大，孩子们幼小的身躯抱了白天鹅后趔趄而行，觉罗蝉儿急忙把天鹅接抱在怀中，一行人欢声笑语地奔向王宫。

到了觉罗蝉儿的寝宫，孩子们一下子拘谨起来，他们没有到过这样富丽堂皇的地方，一双双眼睛惊奇地四下观看。

洛滨和东莎娜见觉罗蝉儿回来了，急忙跑过来接过了觉罗蝉儿怀中的天鹅。觉罗蝉儿让洛滨找来了红伤药，为天鹅包扎好了伤口。孩子们围在觉罗蝉儿的面前席地而坐，觉罗蝉儿抚摸着天鹅对孩子们说："天鹅有灵性，知道冷暖和疼痛，有记忆、有感情，是我们人类的朋友，我们要善待它们，你们记住了吗？"

孩子们齐声回答："记住了。"

这时，东莎娜从屋里走出来对觉罗蝉儿说："主人，膳食已经备好了。"

觉罗蝉儿兴奋地说："宝贝们，现在我们用餐！"

孩子们高声欢呼着，奔向了餐厅。

两只白天鹅吃了食料和水后，缠绵地交颈而眠。

十一、小巴图鲁

洛滨弄了狗食，放在了两只大黄狗的跟前，两只大黄狗吃了食物后，摇着尾巴趴在门口安静地看着孩子们在室内就餐。

孩子们从未吃过如此好吃的食物，开心地大吃起来。餐后，觉罗蝉儿领着孩子们游览了百花园，孩子们欢天喜地地笑闹着。他们来到了长亭，爱达甘正和娇妃在亭中对饮，看见了这群孩子就大声地喊道："小哈哈珠子过来！都过来！"

孩子们一下子肃静了，不知所措地看着觉罗蝉儿，觉罗蝉儿安慰孩子们说："不要怕，他是我们的罕王，去吧，向罕王行跪拜礼。"

孩子们蹑手蹑脚地走过去，跪在爱达甘的面前，行礼道："罕王吉祥！"

爱达甘笑呵呵地对孩子们说："都站起来吧，好久没看到这么多的哈哈珠了。蝉妃，你是从哪儿弄来的。"

觉罗蝉儿还没有回答，娇妃就抢着说："一群野哈哈珠子，一定是没人养的，大罕要是喜欢，就留他们在宫中当奴仆吧。"

爱达甘哈哈大笑："好！整天看着大人的脸，我都看腻了。今天就把这些哈哈珠的命根子给割了，以后就让小哈哈珠子侍候本罕。"

留根"啊"了一声，慌忙用双手挡在了裆下，用惊恐的眼睛注视着爱达甘。

觉罗蝉儿急忙跪下来，对爱达甘说："蝉儿回大罕，这些哈哈珠子都是蝉儿的救命恩人。蝉儿在城外遇上坏人，是这些哈哈珠救了蝉儿，他们现在还小，求大罕先让他们回家，长大后他们愿意进宫再招他们进来不迟。"

娇妃站起来，把手搭在爱达甘的肩上，瞟了一眼觉罗蝉儿后大声说："大罕您看看，蝉妃的意思好像是我让这些哈哈珠留在宫里是害了这些哈哈珠似的，她不知道我是在抬举这些哈哈珠呢！再说了，就是害了这些哈哈珠又能怎样？大罕喜欢的人、想要的人谁敢拦着啊！"

一个男孩"哇"的一声哭了，别的孩子也都跟着哭起来。觉罗蝉儿急忙安慰孩子们："宝贝们，听额云的话，不要哭，有额云在这里你们什么都不要怕。"

孩子们立即止住了哭叫声。这时，瓜尔雅丹端着一盆热气腾腾的炖肉走过来，把陶盆放在了餐桌上就退了下去。

觉罗蝉儿走上台阶又上了亭台，来到了娇妃的面前。娇妃剜了一

挹娄玉蝉
Yilou Yuchan

眼觉罗蝉儿后晃动了一下脖颈,撇了撇嘴。

觉罗蝉儿正色地说:"对挹娄罕王的大妃你就是这样的态度吗?你是越来越没有规矩了!"

娇妃又晃动了一下脖颈说:"怎么?还敢打我不成?"

觉罗蝉儿微笑着说:"是的,我有这个权力。"说完,猛地抬起手臂,一巴掌打在娇妃的脸上。

娇妃正仰脸朝天地卖弄她的娇情,没有防备觉罗蝉儿的袭击,竟然一个趔趄后退着歪倒在餐桌上,右手伸进了瓜尔雅丹刚刚端上来的热菜里,烫得娇妃"哇哇"大叫,边叫着边甩着手上的油渍,甩不掉的就索性张开嘴巴用舌头乱舔。

孩子们见此情景齐声大笑,爱达甘也忍不住"哈哈"大笑起来。娇妃狼狈不堪,号叫着甩着手掌往外跑,边跑边大声号叫着:"快去给我找太医!狗奴才都哪去了?!快去给我找御医!"

觉罗蝉儿转过脸来对孩子们摆摆手说:"宝贝们,都过来,过来为大罕斟酒。"

孩子们欢呼着一拥而上,围在餐桌前抢着为爱达甘斟酒、喂菜,把爱达甘乐得手舞足蹈,连声说好。爱达甘连喝了几杯酒后兴奋起来,对孩子们说:"本罕今天高兴,要多喝几杯,哪个小哈哈珠子为本罕助兴,唱一段挹娄小曲。"

草儿说:"大罕,我不会唱曲,可我会说歌谣。"

爱达甘说:"好!就为本罕说一段歌谣!"

草儿站在爱达甘的面前,舞动着小手表演起来:

"神鹰飞,河水流,过坛城,绕挹娄。

七星河内鱼戏游,童儿捉,笠翁勾。

山上樵夫放歌喉,一绣女,两颊羞。

出窑陶罐未凉透,已在餐桌注满美酒。"

爱达甘大喊一声"好!"然后,端起陶杯说:"出窑陶罐未凉透,已在餐桌注满美酒。好!这就是我们挹娄男人的豪爽性格!蝉妃,陪本罕干一杯!"

觉罗蝉儿端起了陶杯与爱达甘对饮。

草儿继续表演,留根也跟着表演起来:

"神鹰飞,河水流,过坛城,绕挹娄。

七星河水何处走？向天边，入海口。
鹰击长空蓦回首，一条河，两叶舟。
肥臀淑女忙秋收，熊腰壮汉射猎山头。"

"哈哈哈……"爱达甘哈哈大笑，"肥臀淑女、熊腰壮汉，这就是挹娄的人种，本罕不许挹娄人与外族人通婚，就是怕混乱了我们优良的血统。"

觉罗蝉儿举起陶杯对爱达甘赞美道："大罕圣明，我敬大罕一杯。"说完，把杯中酒一饮而尽。

其他的孩子们也随着草儿、留根一起表演起来：

"神鹰飞，河水流，过坛城，绕挹娄。
七星坛城何时有？蛮荒期，祖先修。
勤劳勇敢传后代，一血脉，两城楼。
盛世挹娄河山秀，民族昌盛万代千秋……"

孩子们嘹亮的声音飞出了宫殿，在挹娄国的上空回荡，在山谷间回旋，声音久久不散。

天鹅的伤很快就好了，觉罗蝉儿领着孩子们把白天鹅抱到了野外，然后，把白天鹅放在了草地上。

觉罗蝉儿举目望天后又转向孩子们，说："白天鹅的世界在天空，让它们飞翔吧，飞向高空、飞向天边、飞向它们梦中的乐园。"

草儿拉着觉罗蝉儿的手说："白天鹅要找阿玛、额尼去了是吗？"

"是的。"

草儿抚摸着白天鹅的头，说："白天鹅，你飞吧，去找你的阿玛、额尼，还有你的伙伴，想我们的时候，就回来看我们，我们看见你们会很开心的。"

留根和别的孩子也都和白天鹅告别。

觉罗蝉儿抱起了一只白天鹅，用力向上抛去，那只白天鹅扑棱几下翅膀飞向了蓝天。觉罗蝉儿又抱起了另一只白天鹅抛了出去……

两只白天鹅在空中盘旋鸣叫了很久，最后，才慢慢地恋恋不舍地在孩子们的告别声中远去。

觉罗蝉儿望着渐飞渐远的白天鹅，陷入了沉思。草儿走过来，拉着觉罗蝉儿的手，扬起了脸儿问道："蝉儿额云，你是不是不舍得让它

挹娄玉蝉
Yilou Yuchan

们飞走啊？"

"不！我希望它们飞得越远越好，越远越安全。"

这时，一只老鹰口中衔着一只幼鹰从他们的旁边飞过，飞到了陡峭的山顶，老鹰把幼鹰放在了崖石的边缘，口中发出了凌厉的鸣叫。

"老鹰要干什么？"草儿不解地扬起了头，问觉罗蝉儿。

觉罗蝉儿和大家一样，都被老鹰的行动所吸引，听到草儿的问话，说："可爱的哈哈珠，你们不要问为什么，你们要认真地看下去。"

老鹰在又一声鸣叫的同时，把那只瑟瑟发抖的幼鹰掀了下去，那只幼鹰凄厉地尖叫着迅速坠落，快要落地的时候惊慌失措地展开了稚嫩的翅膀，在胡乱的扇动下栽栽歪歪地趔趄落地。孩子们见状齐声欢呼，为幼鹰平安落地而兴奋。老鹰在幼鹰从山崖上落下来的时候，就俯冲下来护在幼鹰的下边，随时接应不知能否打开翅膀的幼鹰。老鹰见幼鹰平安着地，就毫不犹豫地衔起在抖动中喘息的幼鹰，重新飞到了岩石边落下来，又一次把幼鹰掀了下去。这一次幼鹰有了经验，一开始就打开了翅膀，左右摇摆着吃力地保持着平衡，随即，使劲扇动翅膀，向前飞去。老鹰在它的身下翻飞着、鸣叫着、护卫着。

孩子们又一次为幼鹰喝彩，手舞足蹈地欢呼。

觉罗蝉儿神情严肃地对孩子们说："神鹰若想让幼鹰早日飞翔，就要对它残酷地训练。挹娄人若想让哈哈珠成长坚强，就要让他们面对苦难历练。"

留根说："我们不怕苦难，我们要做勇敢的巴图鲁。"

其余的孩子们也说："我们要做巴图鲁。"

"那么，要做巴图鲁的哈哈珠会听我的话吗？"觉罗蝉儿问道。

"我们听话！我们听蝉儿额云的话！"孩子们说。

"好，我要告诉你们一件天大的事。"孩子们个个睁大了眼睛，"我们挹娄国要发生一场大灾难。"

"啊？！"孩子们同声惊叫起来。

觉罗蝉儿接着说："这场大灾难是水灾，我们必须马上离开这里，去七星窝集避难。你们回家都要对你们的阿玛、额尼说这件事，要他们带着你们去逃难。"

草儿说："我要和蝉儿额云一起走！"

留根也说："我也要和蝉儿额云一起走！"

别的孩子也都抢着说:"我也要和蝉儿额云一起走!"

觉罗蝉儿坚决地说:"宝贝们,你们必须先走,我还要留下来,劝说罕王和民众,我要像火凤儿骨鸟一样不停地向人们呼唤,拯救挹娄子民,我要做火凤儿骨鸟!"

"我也要做火凤儿骨鸟!"孩子们抢着说。

觉罗蝉儿对孩子们说:"你们是小火凤儿骨鸟,小火凤儿骨鸟的任务就是说服阿玛、额尼逃离挹娄国,到七星窝集去避难,你们能完成任务吗?"

"能!"孩子们齐声回答。觉罗蝉儿欣慰地笑了。

挹娄玉蝉
Yilou Yuchan

十二、身陷牢狱

李穹率领扶余人向扶余方向行进，因为有战车和马匹，行进的速度很快。李穹骑在马背上，不时地观看着行进的队伍。行至山谷时，李穹让队伍在一片开阔的草地上停了下来，然后对赵宝子说："传令下去，大家停下来休息，垒灶煮饭，搭帐过夜，明日再行进。"

赵宝子传达了李穹的命令，大队人马停下来，开始搭建帐篷、支起锅灶、杀马煮肉，站岗放哨，各队各部井然有序，俨然是一支训练有素的正规军。

李穹独自来到了山坡上，向挹娄国的方向眺望。这时，天空中从挹娄国的方向飞来了两只白天鹅，欢叫着在李穹的头顶飞过，李穹望着它们渐渐远去的身影，自言自语地说："和心爱的人在一起是最幸福的事。"

夜晚，觉罗蝉儿在宫中的花园仰望着天空，耳边反复地回响着李文博的话："是水灾！前所未有的一场灾难！"

觉罗蝉儿静静地观察着夜空，静静地思索着。她漫步走上了城墙岗楼，这儿是王宫花园的最高处，站在这儿，可以一览挹娄国全景。王城坐北朝南，坛城位南面北，王城与北斗七星坛城遥相对应，这就是勤劳的挹娄人用智慧建造的对面城。月光下，北斗七星坛城的轮廓清晰可见，伟岸的坛城像一尊神像稳坐在那里，傲然不动。觉罗蝉儿清楚地记得自己小的时候父母常常带她去北斗七星坛城祭拜，每次她都要采一束鲜花放在祭台上。当人们把祭品放在烤架上烤制的时候，是觉罗蝉儿最快乐的时刻。她总是先把第一块烤得香喷喷的肉，用铁钎子串起来高高地举起，然后大声说："阿布卡恩都里！你先吃！"

最让觉罗蝉儿难忘的是人们围绕着祭品欢歌舞蹈，人们穿着美丽的衣服，开心地唱着、跳着……

十二、身陷牢狱

东莎娜悄悄地来到觉罗蝉儿的身边。看了看觉罗蝉儿，又看了看洛滨，见觉罗蝉儿表情凝重和洛滨表情痴痴的样子，就问："喂，你们都在想什么呢？"

觉罗蝉儿笑了笑，没有回答。

洛滨说："我在想，这些天发生的事情。哎，东莎娜，你为什么总是那样开心，仿佛你没有过愁事。"

东莎娜嘻嘻地笑着说："我为什么要愁呢，阿布卡恩都里赐予我一个健康的身体，又给了我一个世上最好的主人，我还有什么理由不开心呢？"

洛滨点点头，说："嗯，你说得对，知足就会快乐。"

东莎娜笑了："对嘛！愁也是过一天，开心也是过一天，何不开开心心地过好每一天呢？"

洛滨露出了开心的笑容。

觉罗蝉儿回过头来，冲他们说："你们近前来。"

洛滨和东莎娜走到了觉罗蝉儿的近前，觉罗蝉儿郑重地对他们说："灾难马上就要来了，我作为罕王的大妃不能扔下罕王和抱娄子民去求生，可是你们明天早晨必须离开这里。"

洛滨和东莎娜一同说："主人，要走我们一起走，要死我们死在一起。"

觉罗蝉儿冲他们笑了一下，继续说："洛滨，你看东莎娜这个人怎么样？"

洛滨说："非常好，热情善良、积极乐观，是一个非常讨人喜欢的萨尔甘追。"

觉罗蝉儿又问东莎娜："你看洛滨的为人怎么样？"

东莎娜说："诚实正直，是让人信得过的巴图鲁。"

觉罗蝉儿郑重地说："好，你们跟我来。"

三人下了岗楼，回到了觉罗蝉儿的内室，觉罗蝉儿拿出一个包袱交给洛滨说："明天一早，你带着东莎娜离开这里，去七星窝集找李穹，他会帮助你们的，这些珠宝够你们生活一辈子了。"

洛滨和东莎娜急忙说："罕妃，我们不能离开你。"

觉罗蝉儿说："你们一定要听我的话，不能违背我的意愿。"

东莎娜拉起了觉罗蝉儿的手，用眼睛专注地看着她，眼泪扑簌簌

挹娄玉蝉
Yilou Yuchan

地落下来,说:"主人,不知道离开你我怎样开始生活,我们虽是主仆,但情如姐妹,我不能离开你啊!"

觉罗蝉儿深情地说:"今天,我作为额云把你许配给洛滨,祝福你们相亲相爱,白头到老。明天一早,你们就起程。如果今生缘未了,我们还能见面。假如,我没有逃离这场灾难,我们只能来世再见了。"

东莎娜"呜呜"地哭起来。"我不要来生,我只要今生和你在一起。"

觉罗蝉儿拥抱了东莎娜,说:"如果有来生,我们做亲人。"

东莎娜哭着说:"不!谁知道来生会怎样?我不走,你打死我也不走,除非你和我们一起走!"

洛滨也说:"主人,洛滨生命的价值就是保护好主人,如果主人不离开这里,我们都不会离开这儿的。"

觉罗蝉儿叹了一口气,对他们说:"我还没说完,我还有事求你们,你们为我去做一件事,我的阿玛、额尼还有阿浑都在扶余国,我死了不要紧,最大的遗憾就是再不能孝敬他们了,我求你们去替我尽孝,你们一定要答应我!"

东莎娜说:"主人你……"

"难道你们忍心拒绝我临终的请求吗?你们知道我的性格,我决定的事,是不会改变的,既然我不会离开这里,你们就要离开这里去替我尽孝。"说完,觉罗蝉儿又拿出一个包裹,交给了东莎娜,说:"把这个交给我额尼,算是我这辈子能孝敬她老人家的最后一件事了。"

东莎娜抹了一把眼泪,叹了一口气,说:"唉……好吧,主人放心,到了扶余国我们就去找二老,我们一定会像服侍主人一样地服侍二老。"东莎娜哭着说。

觉罗蝉儿也掉下了眼泪,感激地说:"额云谢谢你们。"

"额云!"东莎娜扑进觉罗蝉儿的怀里,两人紧紧地拥抱在一起。

第二天早晨,洛滨赶着觉罗蝉儿的马车拉着东莎娜出了宫,向扶余国的方向奔去。

沿途东莎娜哭泣不止,洛滨耐心地哄着她。当他们行至半路的时候,洛滨停下来把东莎娜接下了车,让她坐在路边的石头上歇息,可东莎娜还是默默地掉眼泪,洛滨对她说:"看你眼睛都哭肿了,快别哭了，想起蝉妃要面临这场灾难，我心里也难过，可是我们都无能为力啊。"

东莎娜扑在了洛滨的怀里，大声痛哭。洛滨紧紧地搂着东莎娜，眼泪也情不自禁地掉了下来。过了一会儿，洛滨见远处有两个女人朝这边走来，便立即擦干了眼泪对东莎娜说："快上车吧，那边有人来了，看到你哭成这样，还以为我欺负你了呢！"

东莎娜破涕为笑，上了车。

洛滨赶着马车继续往前走。渐渐地洛滨认出了那两个女人是红玉儿和蓝玉儿，红玉儿和蓝玉儿也认出了洛滨，立即媚态百出地说："哎哟，这不是蝉妃的内侍吗？蝉妃在车上吗？你们上哪儿去啊？"

洛滨不愿搭理她们继续赶路。红玉儿追着马车喊道："小哥哥，停一下！我们一天没吃东西了，给我们一些吃的吧！"

洛滨停下了马车，随手从车里拿出一块饽饽①，扔给红玉儿后扬鞭而去。红玉儿又追着马车大声喊着："等一等，我还有话要说呢……"

洛滨不再理她，继续赶路。路上有很多推着小车、背着包裹匆匆赶路的逃难者，洛滨见到老年人和孩子，都把他们接到车上，车上坐了满满的一车人，大家相互礼让，食物共享，其乐融融。

爱达甘见派去追缴扶余国壮士的骑兵队还没回来，就派去两名骑兵打探消息。

那两名骑兵在路上遇见了红玉儿和蓝玉儿，就停了下来。

一个骑兵说："你们不是扶余国的奸细吗？怎么，还没饿死啊？哈哈哈……"

红玉儿狠命地瞪了他们一眼。马上又媚笑着甜甜地说："两位小哥哥，你们这是上哪儿去啊？"

"我们去前面看看骑兵队把扶余奴工捉回来没有，你们从前面过来，看没看到扶余的骑兵？"

红玉儿连忙说："看到了，我们看到了一场可怕的战争，请小哥哥带我们去见罕王，我们有很重要的情报要向罕王禀报。"

那个骑兵说："我怎么能相信你们呢？"

---

① 饽饽：满语，意为干粮。

挹娄玉蝉
Yilou Yuchan

蓝玉儿说:"两位哥哥带我们去现场看一下,便知道了。"

骑兵说:"上马吧。"

两个骑兵带着红玉儿和蓝玉儿来到了李穹和挹娄骑兵交战的地方,只见挹娄士兵尸骨遍野、无一幸存。这两个骑兵察看了战场后调转马头提缰打马,往挹娄国方向飞驰而去。

觉罗蝉儿独自在街上向人们呼喊着:"族胞们,洪水马上就要来了,你们放下生意和田地,带着家眷逃生去吧!这是一场前所未有的水灾,会淹过最高的山岭,你们去七星窝集投奔木竹林吧,他在那里接应你们呢!"

路上好多行人都聚过来。有个衣着整洁、语言干练的中年人问道:"在下额腾伊尔格,虎尔哈氏,请教蝉妃,蝉妃为什么不去逃生呢?"

觉罗蝉儿说:"我是罕王的大妃,要和罕王共存亡。现在罕王还不相信灾难来临,我要留下规劝罕王和余下的挹娄子民。"

额腾伊尔格点点头,说:"不瞒蝉妃,我不相信真的有什么灾难,可看到蝉妃那么急切真诚地呼吁,又不得不相信蝉妃的判断。好,我听蝉妃的,我这就去七星窝集,就当我去走亲戚了。蝉妃也要多保重啊!"

觉罗蝉儿开心地说:"谢谢您对我的信任,赶快启程吧!祝您平安吉祥!"

额腾伊尔格快步走了,边走边向周围的人呼喊着,很多人都跟着额腾伊尔格回家收拾东西,带上家眷踏上七星窝集的路。觉罗蝉儿继续呼喊着,人们却以不同的表情和态度来对待她。可是,无论人们如何反应,觉罗蝉儿都一如既往、不知疲倦地呼吁着。

爱达甘听完红玉儿和蓝玉儿对这场战争的叙述,非常愤怒。红玉儿趁机献媚:"大罕,宫中有内奸,可是红玉儿不敢说出来。再说,即便说出来大罕也不会相信。"

爱达甘狂暴地大叫:"快说!别给我卖关子!"

红玉儿立即说:"我说了大罕可不能发怒啊,营救那群奴工的是蝉妃。"

爱达甘大叫:"你要再信口开河,本罕现在就砍了你的头!"

十二、身陷牢狱

红玉儿急忙说:"大罕,我说过您不能发怒嘛,请相信我,这些都是我和蓝玉儿亲眼所见。蝉妃和扶余奴工早有勾结,蝉妃胸前戴的玉蝉和扶余奴工首领戴的玉蝉一模一样,而且,我今早还看到了蝉妃的内侍洛滨赶着蝉妃的马车朝扶余国方向去了。"

爱达甘大惊,立即传觉罗蝉儿进殿并宣召文武百官参与审理觉罗蝉儿一案。

觉罗蝉儿在街上继续呼吁着,两个侍卫走来,向觉罗蝉儿施礼道:"拜见罕妃!"

觉罗蝉儿说道:"免礼,有什么事吗?"

一位侍卫说:"大罕请罕妃速速回宫。"

觉罗蝉儿看了看依然对灾难有疑惑的挹娄子民,又看了一眼远处依稀可见的北斗七星坛城,深情地对围观的人说:"族胞们,这是我最后一次在街上规劝大家了,请相信我,一定要去七星窝集避难,阿布卡恩都里做证,我没有说谎,灾难来临的消息是真实可靠的,请大家一定相信我说的话,因为火凤儿骨鸟真的出现了!"说完,转过身去,在人们的注视下跟着侍卫回宫去了。

觉罗蝉儿行至宫殿门口,只见娇妃扭动着腰肢迎了上来,挥动着手中的手帕、尖着声音说:"哎哟,大妃你可回来了,那两个小贱人又回来了!她们在大罕面前诬陷了你,你可要当心啊,两个小贱人憋了一肚子坏水要害大妃,就是想再夺回大罕的宠爱!哼!想得倒是挺美!也不看看现在她们都什么样了,看着都恶心!让两个疯婆子做梦去吧!那天就不该放了她们,你救了她们,她们反过来害你,真是狼心狗肺……"

觉罗蝉儿对她淡漠地一笑,向宫殿内走去。

爱达甘威严地坐在殿堂上,觉罗蝉儿站在群臣的前面,红玉儿和蓝玉儿立在旁边。

爱达甘说:"红玉儿、蓝玉儿,把你们见到的情景当着大妃的面再说一遍。"

红玉儿瞥了一眼觉罗蝉儿说:"我和妹妹在回扶余国的路上,亲眼看见那些扶余的奴工把石头推下了山坡,砸在了我们英武的挹娄骑兵身上,可怜的骑兵没处躲藏,活生生地给砸死了,没有一个活下来的。

挹娄玉蝉
Yilou Yuchan

我们还看见奴工首领胸前佩戴的玉蝉和大妃佩戴的玉蝉是一样的,而且,奴工首领还亲口说,是蝉妃救了他们,蝉妃和奴工首领早有勾结,她常常出宫和那个男人野合……"

"够了!"爱达甘大叫一声。"闭上你那张臭嘴!"

红玉儿吓得不再出声。爱达甘看了看群臣,说:"谁有呈报?"

一位大臣走出来,说:"启禀大罕,据臣详细调查,蝉妃在石屋确实收留了一户扶余人,那户人家在奴工逃跑后就消失了。"

爱达甘从大殿上走下来,走到了觉罗蝉儿面前,猛然摘下了觉罗蝉儿胸前的玉蝉,问道:"这饰物是不是一对?"

觉罗蝉儿平静地答道:"是的!"

"那一枚玉蝉是不是在那个野男人的脖子上?"

"蝉儿不知道大罕说的野男人是什么意思。"

"你和他是不是偷情了?"

"除了大罕,蝉儿之身还没有被别的男人沾染。"

"你的心里一定是装了那个奴工头子,不然,你怎么会佩戴和他一样的饰物呢?你收留他,让他在石屋和你一起居住,你们怎么会没有偷情之事呢?"

"请大罕尊重蝉儿,不要把蝉儿想得如此龌龊。"

爱达甘随手抽出内侍佩带的长剑,向觉罗蝉儿刺去。觉罗蝉儿没有躲避,毫不惊慌地直视着爱达甘,爱达甘的剑尖顶到了觉罗蝉儿的胸口,又停了下来。厉声问道:"你们到底有没有偷情?!"

觉罗蝉儿镇静自若地回答:"大罕不要用'偷'这个字来质问蝉儿,蝉儿的所作所为永远都是光明磊落的。"

爱达甘愤怒地狂叫着:"本罕再问你,扶余国的奴工是不是你放走的?!"

觉罗蝉儿镇静地回答:"那天晚上蝉儿和大罕在一起。"

爱达甘狠狠地说:"这就是你的高明之处!来人,把大妃,不!把觉罗蝉儿押入死牢,明日火祭,昭示天下!"

觉罗蝉儿转过身来看着红玉儿和蓝玉儿,一字一句地说:"告诉我,你们为什么要这样对我,我两次救了你们,你们该感激我!你们作为扶余国人,你们更该为你们同胞的得救而感激我!"

红玉儿妒火中烧,恶狠狠地说:"感激你?我恨不得你马上死掉!

作为女人，你得到两位王的宠爱，你凭什么?！我不在乎我是什么国的人，只要有罕王宠着我，我会不惜一切代价！"

觉罗蝉儿冷冷地说："你们的美，仅仅在于皮肉之外。有一天你们不再年轻，就会像野草一样任人践踏，因为你们的灵魂肮脏丑恶！"说完，走出了宫殿。

爱达甘狠狠地把长剑丢在地上，默默地望着手中的玉蝉，有些茫然失措。

红玉儿和蓝玉儿见觉罗蝉儿出去了，就一下子跪在爱达甘的面前，哭着爬到了爱达甘的身边。一边一个抱住爱达甘的大腿，哭诉着："大罕，我们夜夜思念大罕。"

爱达甘说："看在你们回来报信的份儿上，暂时留你们在宫里。"

"谢大罕恩典！"

红玉儿趁热打铁地说："离开大罕的日子，红玉儿夜夜失眠，没有大罕相伴，红玉儿就不能入睡。大罕，今晚就让我们姐妹服侍大罕吧。"

蓝玉儿也说："大罕，蓝玉儿有满腔的柔情要向大罕倾诉，请大罕答应我们的请求。"

群臣面面相觑，发出了一片"嘘"声。

爱达甘半晌没有作声，他看了看手中的玉蝉，又看看红玉儿和蓝玉儿，狠命地把玉蝉撇在了地上。玉蝉在绒毯上蹦了一下，不动了。然后，爱达甘冲着红玉儿和蓝玉儿咆哮着："都滚出去！"红玉儿和蓝玉儿吓得表情呆滞，怔在了那里。

爱达甘像雄狮一样喘着粗气，凶狠的目光盯紧了地上的玉蝉，他踉跄着奔过去，把玉蝉又捡起来仔细地看了看，脸上因愤怒而出现了扭曲狰狞的神情，他快步走到了窗前，用力把玉蝉抛向了窗外。玉蝉在空中画了一个弧形，落在了一棵大树的树梢上，惊起了一群小鸟，天空立即响起一片"叽叽喳喳"的鸟鸣声。他转过身去，看见红玉儿和蓝玉儿还没走开，就大喊一声："滚！"红玉儿和蓝玉儿连滚带爬地跑了出去。

红玉儿和蓝玉儿刚走出殿门，就被娇妃拦截在了面前。娇妃用鼻子哼了两声，用蔑视的口吻对她们说："你们两个疯婆子的招式在罕王面前不起作用了吧？就会用虚假的甜言蜜语和淫荡的姿势来勾引罕王，

挹娄玉蝉
Yilou Yuchan

不好使了吧？罕王现在宠着的是我，你们两个贱人还想和我斗吗？趁早死了这份心吧！不然，我会让你们死得很难堪的！哈哈哈……"说完，得意地笑着走开了。

红玉儿望着娇妃的背影，恶狠狠地说："别得意得太早，我要让你看看我的厉害！"

然后，对蓝玉儿说："妹妹，我们要拿出最后的撒手锏，否则，我们就不可能在宫中站住脚。"

蓝玉儿说："对，我们现在就去沐浴、敷药。"

红玉儿和蓝玉儿来到了北斗七星河边，找到了一块避人的地方，先把衣服洗净了晾在树枝上。然后，她们下到了河里，冰凉的河水让她们打了一个冷战，蓝玉儿说："姐姐，都快入冬了，这水好凉啊。"

红玉儿说："为了征服罕王，我们咬牙坚持吧。"

此时的北斗七星河正是河水充盈的时候，清清的河水缓缓地流动，河边原始树木悠闲地舒张着枝叶，仿佛在惬意地歇息，河边已近凋谢的野花依然飘着花香，各种鸟儿"叽叽喳喳"地欢叫，为这美丽的景色增添了生机。北斗七星河是一条美丽而又蜿蜒的河，从远处看去就像一条白色飘动的绸带。因为有了这条盛产鲟鳇鱼的河，又因两岸黝黑的土地肥沃辽阔，所以，这片土地被挹娄祖先视为"流奶流蜜"的地方，这条河也因北斗七星降落过而变得神圣，被挹娄先人定为"天河"，肃慎时就定了一条规矩：严禁女人在这条河里沐浴。

红玉儿和蓝玉儿在河里洗浴被一位路人看到了，那人大声喊叫着引来了好多男人观看。人们愤怒地指着她们大声喊着："我们神圣的北斗七星河被这两个女人给玷污了！北斗七星河会发怒，会用泛滥的洪水惩罚我们的！"

"我们该用石头砸死她们，免得连累我们！"

"砸死她们！砸死她们！"人们怒吼着。随即，有人捡起了石头向红玉儿和蓝玉儿投去。渐渐地，人越来越多，石头一个接着一个地投过来，落在了红玉儿和蓝玉儿的身边，激起了一片片的浪花。红玉儿和蓝玉儿急忙潜入水中，向远处游去，人们在岸边追逐着，不断地投石头。红玉儿和蓝玉儿游到对岸密林处赤裸着上了岸，冻得哆哆嗦嗦地钻进了密林中。

红玉儿和蓝玉儿蹲在林中，硕大的蚊子和"瞎蠓"蜂拥而至，进

十二、身陷牢狱

攻着她们赤裸的身体，她们拍打着、轰赶着，狠命地挠着被蚊子、"瞎蠓"叮咬后奇痒的皮肤。她们实在忍受不住蚊子的攻击，就跑出林子，还没有走开的人们又冲她们吼叫起来。一个男人淫笑着说："谁跟我游过对岸去，收拾收拾这两个光腚的小狐狸！"

另一个男人嬉笑着说："你敢去？回头你炕上的那头母驴不抽了你的那根筋！"

人们哄笑起来。红玉儿和蓝玉儿急忙又钻进了林子，继续忍受蚊子的围攻，直到看见人们散去才敢出来。

红玉儿和蓝玉儿冻得哆哆嗦嗦地来到爱达甘的寝宫附近，找到一个没人的地方站下来。红玉儿从头上摘下了一个很不起眼的头钗，紧握在手中。这枚头钗的头部是一个圆形的装饰，红玉儿捏住了那圆头处，另一只手用力拧开了钗杆。一股异香扑鼻而来，红玉儿把里面的油脂涂抹在她的脖颈上，然后对哆嗦着牙齿不停地打冷战的蓝玉儿说："这是我们最后的救命稻草，只许成功，不能失败！我们一定要配合好。"

蓝玉儿缩着脖子抱着双肩打着冷战不安地问："姐姐，这种东西真能帮我们夺回罕王吗？"

"当然了！这是中原的名医研制的'梦幻膏'，只要男人闻到这种气味，就会立即产生性幻觉。你不记得扶余国的君主闻了这种东西后，是怎样在我俩面前'撒欢'的了？"说完，看着蓝玉儿坏笑起来。

"我知道它的威力，就是担心它对挹娄的人种是否有同样的效力。"

"别说是挹娄的人种，就是用在老虎的身上也同样奏效。放心吧妹妹，我们一定能成功。到时候，你只要配合我就是了。"

"好！我听姐姐的！"

说完，她们大摇大摆地走进了爱达甘的寝宫。

爱达甘寝室的侍卫看见红玉儿和蓝玉儿很招摇地向这边走来，就拦住她们说："罕王今晚没有召你们侍寝，你们来干什么？"

红玉儿说："罕王说，我们随时可来侍寝，难道你不知道吗？"说完，继续往里走。

侍卫大怒道："站住！没有罕王给我下的命令，谁都不能进去。"

红玉儿转过身来，娇滴滴地说："好吧小哥哥，我们不进去就不进

挹娄玉蝉
Yilou Yuchan

去,那么,我跟你说件事。"

侍卫正色说:"跟我说事?说什么事?"

红玉儿向前两步,说:"我向小哥哥请教点事。"

侍卫严肃地说:"守卫期间不许会客,你们立即出去,有事下了位再说。否则,我对你们不客气。"

红玉儿贴近侍卫,神秘地说:"我马上就走,只是想让小哥哥闻闻我的身上有什么气味?"

侍卫还没有反应过来是否该接受红玉儿的请求,就闻到一股奇特诱人的香气。红玉儿故意把颈处凑到了侍卫的脸前,侍卫好奇地闻了一下,即刻身体一阵燥热,体内一股热流涌动,使其欲火迅速燃烧,眼前穿着麻布破衣、营养不良、面色死灰的红玉儿,瞬间变成了袒胸露背、光彩照人、千娇百媚的绝世美女,而且诱人的场景不断变换,让侍卫完全丧失了理智。侍卫呆呆地看着红玉儿,猛然疯了一般地扑向红玉儿,一把搂住她狂吻起来,蓝玉儿趁机跑进了爱达甘的寝宫。

爱达甘正和娇妃在床上亲热,见蓝玉儿进来就大怒道:"大胆贱人,竟敢私自闯入本罕的寝宫,来人!拉出去斩了。"

蓝玉儿急忙说:"大罕,我是来求救的!姐姐被侍卫纠缠呢!"

爱达甘一听立即说道:"胡说,侍卫吃了豹子胆也不敢动本罕用过的女人!"

蓝玉儿说:"大罕不信就来看看!"

爱达甘起身走到门口往外看去,只见侍卫正疯狂地撕扯着红玉儿的衣服,红玉儿一边大声喊着:"大罕救命!"一边赤裸着上身朝爱达甘奔了过来。爱达甘还没有弄明白是怎么回事,红玉儿就一下子扑进了爱达甘的怀里,搂着爱达甘的脖子说:"大罕救我!红玉儿是大罕的,绝不许别人碰红玉儿!"

爱达甘猛地推开红玉儿,刚要发怒,忽然一股奇香压住了他的火气,竟然一下子没了脾气。爱达甘抽动着鼻翼问道:"这是什么香料,怎么这样好闻?"

红玉儿娇滴滴地说:"这是红玉儿的体香嘛,大罕久不亲近红玉儿,竟然给忘了吗?来嘛大罕,再仔细闻闻。"

爱达甘疑惑地俯下身子闻了闻,顿时愣在了那里,眼睛直勾勾地看着红玉儿,脸上的表情不断变换。顷刻,爱达甘猛地把红玉儿抱起来走回卧室，冲着躺在床上的娇妃喊道："滚下去！"

娇妃被这突如其来的变故惊呆了，她大张着嘴巴说不出话来。爱达甘又一声吼道："快给我滚下去！"

娇妃一下子清醒过来，连滚带爬地下了床，呆坐在地上看着爱达甘把红玉儿扔在床上，而后饿虎扑食般地扑在红玉儿的身上……

蓝玉儿得意地看着愣在地上发呆的娇妃，说："要不要妹妹给姐姐备个座儿？姐姐坐在这儿慢慢地欣赏……"

娇妃一下子回过神来，愤愤地叫骂了几声："疯婆子！小贱人！狐狸精！"然后，狠踩了一下脚，恼羞成怒地跑了出去，正撞在那个发情的卫士身上，卫士一下子抱住了娇妃狂吻起来……

深夜，牢狱里漆黑潮湿，觉罗蝉儿站在窗前仰望着夜空。远处，不时传来蛙、蝉、蛐蛐等小动物的鸣叫声。这美妙动听的声音丝毫没有打扰觉罗蝉儿的注意力，她全神贯注地盯着夜空中闪动的星星，仿佛灵魂超脱了一样。她想，她很难逃脱这场灾难，因为，爱达甘不会放过她，她深知爱达甘的性格，谁若违背了他的意愿，他必会把那人置于死地，不管是谁。因为，爱达甘的世界里没有亲情、友情、爱情，只有霸权，绝对服从的霸权。她不害怕死亡，她想，人早晚都会死去的，早早地到了另一个世界或许是件好事，只是苦了阿玛和额尼，他们的晚年因失去了心爱的女儿而多了很多的伤感，少了很多的关爱。

一阵轻微的走路声传来，惊扰了觉罗蝉儿的思绪。觉罗蝉儿觅声望去，只见一个宫女悄悄地走到了她站立的窗前。觉罗蝉儿看到了宫女的身影，轻声问："是瓜尔雅丹吗？"

宫女惊喜而又小声地答道："是我，我是瓜尔雅丹，蝉妃……让您受苦了。"

"你怎么到这儿来了？"

"听说蝉妃被关到了这里，我就偷偷地赶来，看怎样能够救蝉妃出去。"

觉罗蝉儿笑了："别傻了瓜尔雅丹，这么严实的牢狱怎么能出去呢？何况，就是出了牢狱，也出不了城门。"

"我的命是蝉妃救下的，可我却救不了蝉妃，我真没用！"瓜尔雅丹痛心地说。

挹娄玉蝉
Yilou Yuchan

"瓜尔雅丹,你是救不了我的,可你能够救自己。你现在应该逃出挹娄国!也许明天洪水就要漫过北斗七星坛城,挹娄国就要被淹灭。听我的话瓜尔雅丹,明早开了城门就赶紧逃难去吧,否则就要来不及了。"

"不!瓜尔雅丹的命是蝉妃救下的,瓜尔雅丹既然救不了蝉妃,就陪着蝉妃到生命的最后时刻。蝉妃,你等着,我去拿块毛皮,夜深了蝉妃会冷的。"说完,转身走了。蝉妃喊了几声,也没有喊住她匆匆的脚步。

一会儿,瓜尔雅丹拿来一块毛皮从窗户的栏杆缝隙中塞了进去。觉罗蝉儿抓住瓜尔雅丹的手说:"瓜尔雅丹,你把毛皮给我,今夜你就要挨冻了。"

瓜尔雅丹说:"不怕,在室内总比你这里好得多。"

觉罗蝉儿感动地说:"瓜尔雅丹,你真好。"

"是蝉妃好,蝉妃救了我两次性命,我无以报答,能为蝉妃做点事,我的心才有安慰。"

"好吧,我接受你的好意,可是你一定要听我的话,逃难去!否则,我会为你心痛的。"

"蝉妃不必再劝我了,我不会离开蝉妃的。明天我要陪着蝉妃上路,为蝉妃料理后事。不过,我相信阿布卡恩都里有眼,蝉妃会逢凶化吉的。"

觉罗蝉儿流下了感激的泪水:"瓜尔雅丹,叫我额云吧,我们做姐妹。"

"额云!"瓜尔雅丹亲热地叫了一声。两人的手紧紧地握在了一起,泪水同时流了出来。

深夜,李文博在别人都休息的时候,独自一人走上了附近的山头,他认真地观察了天象,不禁倒吸了一口冷气。

李穹悄悄地跟了上来,似乎预感到了不测,问道:"父亲,灾难是不是快来了?"

李文博说:"就在明天。我们明天早些动身,赶紧离开这里,尽快赶到七星窝集。那儿地势高,又是灾区的边缘,应该没有危险。"

李穹急切地说:"父亲,明早你带着众人出发;我一定要回到挹娄国去救蝉儿。"

李文博说:"不行!等你到了那里,洪水早已来了,谁都不会跑得过洪水。穹儿,听天由命吧,吉人自有天助,我们为蝉儿祈福吧!"

李穹望着挹娄的方向,手中攥紧了玉蝉。

这一夜,是李穹一生中最漫长的一夜。他在扶余国的时候,因为是官宦人家,所以提亲的人很多。可是,李穹迟迟没有选择配偶。因为在他眼里,女人就是男人的附属品、生儿育女的工具、操持家务过日子的管家婆而已。李穹打心眼里鄙视这样的女人,他认为女人都是胆小的、少智的、任由男人摆布的。但自从见到了觉罗蝉儿,他一下子看到了女人的美妙,觉罗蝉儿美丽的面容上写着善良和谦和,明亮的眼眸中洋溢着聪慧和超凡脱俗,女人的美打动了李穹的心,觉罗蝉儿的影像深深地走进了李穹的心里,让李穹依恋、牵挂和爱慕。李穹不敢奢望和觉罗蝉儿相厮相守,只要能时常见面就很满足。此时此刻,李穹想,灾难马上就要来了,觉罗蝉儿纤弱的身体怎能顶得住那猛烈的洪水呢,李穹痛苦万分,一夜无眠。

第二天,天刚蒙蒙亮,李文博走到山顶,心疼地抚摸着李穹冰冷的肩膀,说:"穹儿,启程吧,大家都在等着你发号施令呢!"

李穹没有作声,动都没有动。李文博又说:"穹儿,振作起来,抓紧时间上路,否则,我们也会陷入这场灾难的,因为这几千人的队伍行动缓慢,我们必须提前出发,时间才能充足!"

李穹痛苦地望着远方,慢慢地站起来,眉宇之间似有千斤重担压在那里。

李文博严厉地说:"男人要顶天立地,不要被任何事情压垮,何况你是扶余的国王,你的肩上担负着复国的大任!"

李穹仰起头,憋足了力气冲着山峦大喊一声:"蝉儿……"

喊声在山谷中一遍遍地回荡:"蝉儿……蝉儿……蝉儿……"

那声音撕心裂肺,饱含着一分炙热的情感。那声音仿佛穿越了时空,在遥远的世界震荡……

伴随着那回声,响起了一阵有节奏的马蹄声。李穹听到了那声音,急忙向远方眺望。马蹄声越来越大、越来越清晰。

清晨的山峦是最美的,晨雾像一条白色的丝带一样围绕在山道上。随着那马蹄声,一辆马车冲出了白雾,直奔李穹的方向而来。

挹娄玉蝉
Yilou Yuchan

李穹看出是觉罗蝉儿的马车，兴奋地喊道："蝉儿！是蝉儿出来了，蝉儿……"说完，冲下了山冈，迎着马车跑去。

洛滨听到了喊声，抬头一看，看见了迎面奔来的李穹，急忙跳下车来，兴奋地和李穹拥抱在一起。

李穹激动地照着洛滨的肩头擂了一拳，然后直奔车厢拉开了车门，可是看到的是满车的老人和儿童，他巡视了好几遍也没有找到觉罗蝉儿。东莎娜看到李穹出现在车门口，又看到他焦急的目光，"哇"的一声哭了起来，李穹似乎明白了什么，疯了一般地大喊着："蝉儿呢？她在哪儿？蝉儿怎么没和你们在一起呢？"

洛滨痛苦地低下了头。李穹抓住洛滨的肩膀急切地问道："蝉儿在哪儿呢？快说啊！"

洛滨沮丧地说："蝉妃让我们来找你，她自己留下了，怎么也不肯出来。"

李穹痛苦地喊道："为什么？她为什么要这样固执？她怎么能拿自己的生命开玩笑？她不知道自己的生命有多么重要吗？"

东莎娜又"呜呜"地哭起来。

这时，远处又响起了马蹄声，众人都屏住呼吸专注地等待，原来又是一辆逃难的马车，额腾伊尔格从车上下来，李穹急忙上前询问有没有觉罗蝉儿的消息。

额腾伊尔格说："我们是听了蝉妃的呼吁，到七星窝集避难的。蝉妃每天都在街市呼喊，苦口婆心地规劝大家。你看，这路上有那么多人逃生，都是听了蝉妃的话啊。"

大家一齐朝大路望去，只见大路上有很多车辆驶来。李穹冲赵宝子喊道："把逃难的人都安排在我们的队伍里，供给他们水和食物，一定要把他们带出灾区！"

额腾伊尔格连忙叩谢，又说："后面还有好多人呢，家里没有马车在徒步行走呢！"

李穹望着挹娄的方向，坚定地说："传令下去，动用战车、战马接应逃难的挹娄百姓，把挹娄徒步的百姓用战车以最快的速度接过来。派专人守望这条路，直到洪水到来的最后一刻，决不能丢掉一个逃难的人。"

赵宝子应了声，立即去安排接应的车辆。

十二、身陷牢狱

　　李穹拉过一匹高大强壮的枣红马，来到李文博的面前，叩头说："孩儿不孝，不能在灾难来临前伴您左右，如孩儿不能及时赶回，就请父亲带领同胞们打回扶余，夺回国土。父亲，孩儿不孝了！"说完，不等李文博的话说出口，就上马扬鞭而去，留下了李文博一声凄厉的呼唤。

十三、神坛火祭

红玉儿和蓝玉儿一边一个躺在爱达甘的身边，红玉儿睡眼惺忪地说："大罕昨夜真是英武，我们姐妹俩人都有些招架不住了。"

爱达甘睁开了眼睛，问道："昨夜你们身上的香气是不是中原的迷幻药？"

红玉儿小心翼翼地说："大罕真是见多识广，怎么样？还受用吗？"

爱达甘淫笑着说："真是欲仙欲死啊，本罕简直是入了仙境，那可是从来没有的感觉，从今天开始，我每晚都要享用这个迷魂药，夜夜都要入境销魂！"

红玉儿立即献媚说："红玉儿听令，一定要大罕夜夜销魂！"说完，得意地冲蓝玉儿笑了一下。"大罕，今天我们还要去北斗七星坛城火祭呢！"

蓝玉儿也说："我们姐妹要打扮得漂漂亮亮的，让挹娄国的百姓都仰视着我们。"

爱达甘慢慢地睁开了眼睛，伸着懒腰打着哈欠说："看着蝉妃烧成焦炭，你们不害怕吗？"

红玉儿抢着说："才不怕呢，看她平日盛气凌人的样子，我就生气！看她被大火焚烧，号叫着求饶的样子那才叫过瘾呢！"

蓝玉儿说："她背叛大罕就该死！是吧大罕？"

爱达甘斩钉截铁地说："背叛本罕的，都该死！"

红玉儿和蓝玉儿换上了艳丽的纱裙，化了浓厚的彩妆，一边一个挽着爱达甘的臂膀傲慢地走出了宫殿。到了爱达甘的豪华马车前，刚要上车，娇妃跑了过来，冲爱达甘喊道："大罕，带上我和你们一起去吧！"

爱达甘还未开口，红玉儿就说："你去？是服侍罕王还是服侍我们姐妹啊？"

娇妃吼道："我绝不会服侍你们这两个贱人！我当然要服侍罕王了！"

"一个让罕王从床上撵下去的贱女人，还能服侍罕王做什么呢？哈哈哈……"

蓝玉儿"扑哧"一声笑出声来，假装斯文地用手掩住了嘴巴。

娇妃恼羞成怒，大骂着："你这个野狐狸，谁知道你用什么诡计迷惑了罕王？你们不仅风骚、下贱，还诡计多端！"

爱达甘仿佛没有听见她们的吵闹，自顾自地上了车，端坐在铺着老虎皮的座位上。红玉儿和蓝玉儿也急忙跟着上了车。娇妃喊道："大罕，让我去吧，我是爱大罕的！我只想和大罕在一起！"

红玉儿伏在爱达甘的耳边坏笑着说了一句什么，引得爱达甘哈哈大笑。爱达甘忍住了笑，对娇妃说："本罕准你同行，上来吧。"

娇妃惊喜地答谢："多谢大罕！"说完，骄傲地看了红玉儿一眼，现出了得意的神情，然后，踩踏上马石向马车上迈去。娇妃的一只脚刚刚迈上车，另一只脚还没落下，红玉儿就忽然飞起一脚把娇妃踹下了马车，娇妃尖叫着仰面倒下去摔在地上。红玉儿哈哈大笑着冲着地上痛苦扭曲的娇妃说："你说得没错，我诡计多端，但你不知道我还心狠手辣！敢和我较劲，让你付出代价！哈哈哈……"

马车启动前行，留下了娇妃在地上痛苦地号叫着。

一辆马车载着一个木笼子，跟在罕王的马车后面。笼子里站着神情庄严的觉罗蝉儿，罕王的护卫队前后夹持着，大队人马向着北斗七星坛城进发。

红玉儿和蓝玉儿坐在爱达甘的下位两侧张扬地说笑着，时不时地冲围观的把娄百姓骄傲地挥挥手。红玉儿见爱达甘闷不作声，就嗲声嗲气地对爱达甘说："大罕，看我们姐妹多么心疼大罕啊，冒着生命危险回来禀报蝉妃叛变的事，大罕以后可要多多心疼我们姐妹啊。"

"只要你们姐俩让本罕开心，本罕就心疼你们。"爱达甘说。

红玉儿和蓝玉儿笑着左拥右抱着爱达甘，爱达甘露出得意神色。

红玉儿看了看木笼中的觉罗蝉儿，肆无忌惮地对蓝玉儿说："真是风水轮流转啊！觉罗蝉儿昨天还是把娄国的大妃，今天就成了赶赴黄泉的阶下囚了！哈哈哈……我们姐妹昨天还是流落荒野的疯婆子，今

挹娄玉蝉
Yilou Yuchan

天就又是伴君左右的罕王妃了！哈哈哈……"

蓝玉儿冲着觉罗蝉儿挥挥手，得意地笑了笑。

觉罗蝉儿对红玉儿姐妹的行为视而不见，她环视了一下路边围观的百姓，不由自主地抓紧了木笼的栏杆，眉头紧蹙起来。她仰面向天叹息着："阿布卡恩都里！为什么他们要这样固执呢？怎样才能让他们相信自己面临着灾难呢？"

觉罗蝉儿正在仰天长叹的时候，看见天边一只红色的大鸟正向这边飞来。大鸟急速扇动着顾长优美的翅膀，美丽的身体在阳光的照射下反射出耀眼的红光，它渐渐地飞近了，盘旋在人们的上空发出了鸣叫，那声音似悲鸣、似呼唤，又像是在撕心裂肺地呐喊。

觉罗蝉儿大声喊道："看哪！火凤儿骨鸟飞来了！"

人们躁动起来，抬起头来观望。觉罗蝉儿激动地望着美丽的火凤儿骨鸟，情不自禁地大声对围观的百姓说："火凤儿骨鸟白天出现了！它是冒死来救挹娄子民的！族胞们，快快离开这里吧，这是最后的机会了，赶快逃命吧！"

围观的百姓纷纷议论起来。

"'火凤儿骨鸟飞到哪里，哪里就有大灾难！'这是挹娄先祖的古训啊。"一位老者说。

"真的要发大水了，看来蝉妃不是在造谣啊。"另一位老者应和着。

爱达甘和红玉儿、蓝玉儿也在抬头观看火凤儿骨鸟。红玉儿千娇百媚地说："多么美丽的鸟儿啊，我要大罕捉到它，我要把它养在我的寝宫，让它天天为我舞蹈唱歌儿。"

爱达甘哈哈大笑："好，本罕这就让骑兵射手把它射下来。"

"我要活的！不要用箭射，射死它就不好玩了。"红玉儿大声嚷嚷着说。

"今天本罕高兴，就依着你。来人！传令下去，谁能用绳套套住火凤儿骨鸟，本罕重赏。"

骑兵们纷纷拿出绳套，追着火凤儿骨鸟捕捉着。火凤儿骨鸟机警地躲避着飞来的绳索，继续鸣叫着在人们的头上盘旋。红玉儿和蓝玉儿在马车上蹦跳着，随着绳索的抛落惊呼着。爱达甘手舞足蹈，仿佛在竞技场上观看人兽厮杀一样地兴奋。为了不挡住视线，爱达甘索性命人停车，拿去了马车上的篷盖，他可以一览无遗地观看捕获神鸟大战。火凤儿骨鸟躲闪了一阵后，猛然俯冲下来，张着尖利的嘴巴飞向爱达甘。爱达甘面对火凤儿骨鸟的突袭惊慌失措，没来得及躲闪就被火凤儿骨鸟啄住了王冠，火凤儿骨鸟把王冠衔在嘴里飞到半空中。

爱达甘在红玉儿和蓝玉儿的惊叫声中清醒过来，他摸了摸没有王冠的头顶，又望了望旋在空中的火凤儿骨鸟，大声喊叫着："射死它！骑兵射手快射死它！"

骑兵射手拿出弓箭举向天空，觉罗蝉儿急忙对着火凤儿骨鸟喊道："快飞走，火凤儿骨鸟快飞走！"

射手们举了弓、搭上箭，准备射击火凤儿骨鸟，就在这千钧一发的时刻，留根率领孩子们从人群里冲了出来，举起弹弓"嗖、嗖、嗖"地发出了数颗弹丸，射中了前面几个骑兵们的脑门。骑兵们毫无防备，突如其来的弹丸打得他们头痛欲裂、眼冒金花，号叫着坠马落地。马儿惊叫着抬起前蹄四处乱窜，把骑兵队搅得乱了营。

顿时，马路上车、马、人乱作一团，后面的骑兵以为前面的骑兵遭遇了埋伏，惊慌得调转马头逃回挹娄王城，火凤儿骨鸟在这片混乱中从容地飞走了。

留根爬上了囚车，觉罗蝉儿大声地责问："为什么还不离开？洪水就要来了！"

"我们来救额云，我们是巴图鲁，是巴图鲁哈哈①！"留根一脸的庄重。

觉罗蝉儿看着还不及囚车门把手高的留根，又看了看围在囚车旁跃跃欲试的孩子们，哭笑不得地说："你们这些……这些傻傻的哈哈珠，你们怎么能在这么多侍卫的眼前救出我呢？快让你们的阿玛带你们离开这里，越快越好！"

留根坚决地说："我们要和额云同生死共患难！"

草儿在地上跺着脚冲觉罗蝉儿喊道："我们要和额云同生死共患难！"

其他孩子们也都喊道："我们要和额云同生死共患难！"

觉罗蝉儿的眼泪一下子涌了出来，但又迅速用衣袖抹掉了。她严

---

① 巴图鲁哈哈：满语，意为勇将。（罗马转写 Baturu Haha）

挹娄玉蝉
Yilou Yuchan

厉地对孩子们说:"你们不听额云的话,额云会死不瞑目的!你们怎么能看着额云这样伤心呢!"

觉罗蝉儿转向围观的百姓,大声喊道:"族胞们!快把这些哈哈珠领到七星窝集去避难,蝉儿向你们叩头谢恩了!"

一些百姓冲出人群,抱起了自家的孩子向家的方向跑去。完颜松甘小跑着过来,把留根从马车上抱了下来。留根"哇"的一声哭了出来,边哭边喊着:"我要救蝉儿额云,我要和蝉儿额云共生死!"

觉罗蝉儿对完颜松甘大声喊道:"完颜老伯,火凤儿骨鸟白天出现了,灾难就要来了,快带着留根逃走,一定要留住完颜家的这条根啊!"

完颜松甘热泪盈眶,抱着留根跪在地上,冲着觉罗蝉儿叩了一个响头,激动地说:"蝉妃,我们听你的话,这就走,这就走!可我们舍不得你啊!"

觉罗蝉儿急切地说:"如果完颜老伯让我死的安心,就带着这些哈哈珠马上走!把娄国的哈哈珠一定要活下来,挹娄的血脉一定要延续下去!"

完颜松甘老泪纵横,起身拦腰抱起留根向屯里跑去,一边跑一边向百姓呼喊:"快跑吧,逃命吧!"

一个妇女抱着哭泣的草儿走到了觉罗蝉儿的面前,向觉罗蝉儿说:"蝉妃,我是草儿的额尼,我不知道灾难能不能来,可我听蝉妃的话,我这就带着草儿离开。"

草儿在她额尼的身上挣扎着、哭喊着:"我不走!我要和蝉儿额云共生死……"

觉罗蝉儿高声喊着:"不听额云的话,额云要生气了!"

草儿立即止住了哭声,哽咽着说:"我听额云的话,额云不生气……"

觉罗蝉儿欣慰地说:"好草儿,额云爱你!"

草儿的母亲把草儿交在了一个男人的手中,那男人快速向屯中跑去,草儿的母亲向觉罗蝉儿叩了一个头,就呼喊着人们跑回家收拾东西去了。觉罗蝉儿望着他们奔跑的背影,脸上露出了喜悦的笑容。

人们跑回了家,把贵重的首饰带在身上,有的把它们藏在或吊在天棚上的饽饽筐里、火炕洞里,心里想着没有水灾的话,就再回

十三、神坛火祭

来……

完颜松甘套好了马车,装好了食物和用品,看见有些百姓还在自家的门口徘徊,拿不定主意该不该离开,完颜松甘就对完颜烈吉说:"放火烧掉他们的房子,逼着他们离开这里。"完颜烈吉立即点起火把,燃着了屯中所有的地窨子、草房子,人们见屯中一片火海,就不得不跟着完颜一家人离开故土,逃往七星窝集,通往七星窝集的大路上排满了疾驶的马车。

爱达甘捂着头部,望着火凤儿骨乌渐渐地飞远,狂叫着:"我的王冠!我的王冠呢?火凤儿骨乌竟然抢了本罕的王冠,本罕要捉住火凤儿骨乌,活剥了它的皮!"

爱达甘叫骂了半天,见火凤儿骨乌已经没了踪影,就抢过了车夫的鞭子,朝着骑兵们乱抽乱打下去。边抽打边叫骂:"你们这些废物,连一只鸟都捉不住,回去本罕要先剥了你们的皮!"

一个骑兵报告说:"大罕,有人袭击了我们,我们才没有射杀到那只大鸟!"

爱达甘咆哮着:"是谁袭击了骑兵?快去捉住他!我要先剥了他的皮!……"

骑兵们冲向了余下围观的百姓,在人群中胡乱地抓人,吓得百姓四处逃散。

爱达甘看见骑兵盲目地捉人,又吼道:"你们这些蠢猪都停下来!停下来!像你们这样胡乱捉人,要捉到什么时候才能捉到真正的凶手?!"

骑兵们停下来,人群安静了。爱达甘站在马车上,暴躁不安地咆哮:"本罕是至高无上的王!谁与本罕作对,本罕就让他死!"

爱达甘的王冠被火凤儿骨乌衔走后,头发散落下来,此时,他捋了一把被风吹散在脸上的头发,走下了马车,来到了囚车前,面目狰狞、咬牙切齿地对觉罗蝉儿说:"本罕的王国让你搅得鸡犬不宁,堂堂把娄国就毁在你这个女人手里!本罕南征北战收复把娄周边大小窝集、部落,成为远近闻名的强大王国,没想到却让一个小小的女人给毁掉了!你放走了掠来的奴工,骗走了安心渔猎的百姓,让我这个要征服世界的罕王快要变成孤家寡人了!你……"

挹娄玉蝉
Yilou Yuchan

觉罗蝉儿冷静地打断爱达甘的话，说："大罕，请冷静一下。"

"冷静？你竟然让本罕冷静？本罕像一只荒原上孤独的狼，熬过了漫长的冬季，终于看到了绿草地上欢跳的小鹿了，可是你……你……"爱达甘摸了摸头顶，接着说："火凤儿骨鸟是不是你招来的？啊？是不是你招来的？！"

觉罗蝉儿说："大罕，请冷静一下，我怎会有如此神奇的力量？大罕，好好地想一想，火凤儿骨鸟白天出现了，而且冒死衔走了大罕的王冠，难道还不使大罕警醒吗？"

"火凤儿骨鸟是什么东西？它凭什么衔走本罕的王冠？！"

"它是挹娄国的始祖——肃慎族第一任穆昆达凤儿骨的化身！"

"一派胡言！肃慎的穆昆达怎么会变成一只鸟？"

觉罗蝉儿语重心长地说："大罕，看在我们先王为你留下的挹娄王国这份产业的份上，静下心来听蝉儿为大罕讲一个古老的故事。"

"什么？要本罕听你讲故事？在这里听你讲故事？！哈哈……这……这简直是笑话！"

"大罕，您一定要听，就算是蝉儿临终的请求。"觉罗蝉儿不等爱达甘回答就讲述起来："荒蛮时期，在乌苏里江边的安骨车部落出生了一个女孩，名叫凤儿骨。凤儿骨出生的时候，一片七彩祥云落在了凤儿骨家树屋的树梢上，族人看见后都惊奇地说，这个哈哈珠长大了一定会成为了不起的人物，她的阿玛就给她取名叫凤儿骨。凤儿骨在森林中长大与百鸟为伴，她不但精通鸟语，还经常与天神阿布卡恩都里会晤，对部族将要发生的大事有预知的能力。长大后，她像男人一样捕鱼射猎，养活部族老弱病残。那时，安骨车部落常常受到周围部族的侵袭，大多数男人都在保卫族人的厮杀中死去。部落抵抗外来侵扰的能力更加降低，老少族人整日担惊受怕，惶恐度日。凤儿骨就在这时挺身而出，率领部族的女人和孩子整日刻苦练习骑马射箭，并用毒草制作成一种剧毒，涂抹在箭尖上，抵挡了数次外来部落的侵袭。当凤儿骨训练的队伍壮大到别的部落不敢侵犯的时候，凤儿骨率领部族的人逐一收复了周边的部落，创立了肃慎部族。

凤儿骨族长40岁的时候，从乌苏里江北面来了大批高大勇猛、手持长矛的高鼻子侵略者。他们一路烧杀掠夺所向无敌，肃慎部族危在旦夕。

十三、神坛火祭

那群强悍的侵略者进入肃慎部族境内的时候，周边部落的哨兵不断地向凤儿骨族长报告大批侵略者进犯的情况，凤儿骨族长自知肃慎部族的力量无法与之抗衡，就命令全城的人遁入山林隐藏起来，只有少数士兵隐蔽在大殿门外。手持长矛的侵略者进城后，见城中空无一人，立即蜂拥而入，当他们冲进了富丽堂皇的宫殿时，看见肃慎部族族长凤儿骨穿着名贵兽皮，头戴七彩羽翎，高贵威严地端坐在大厅里，侵略者见此情景仿佛见到仙人降落，肃然起敬，不敢嚣张，一个个蹑手蹑脚地走进了大殿。当侵略者全都进入大殿后，凤儿骨族长站了起来，大声说：'肃慎部族如日东升，侵我者死，掠我者亡！'说完，拉断了从天棚顶部垂下来的绳子，墙壁上的石灯纷纷落地，石灯里面燃着火的火芯散落在铺满了晾干的乌拉草的地上。大火轰然而起，侵略者们急忙逃向门口，可是，殿门早已在外面锁死了。挤满了大殿的侵略者想要把火扑灭，但乌拉草上浇灌了野猪油，火势越来越旺。侵略者无处逃窜，纷纷在大火中绝望地号叫。

大火映红了天空，此时，隐藏在远处山林中的肃慎兵士及百姓才明白凤儿骨族长的用意，哭喊着要打开殿门去救凤儿骨族长。这时，大殿的房顶'轰'的一声炸开了，从大殿里冲出了一条火龙，这条火龙在半空中舒展开来，抖落掉身上的火团，变成了一只火红的大鸟。那只鸟头部小巧，体态矫健，凤凰一样的身体泛着红色的光芒，头顶上火红敦厚的冠子向王冠一样泛着鲜红的光。肃慎的百姓看着这只大鸟纷纷喊着：'凤儿骨穆昆达，是我们的凤儿骨穆昆达重生了！'

百姓们跪了下来，向火凤儿骨鸟行面君大礼，火凤儿骨鸟口中发出了亲昵温婉的声音，它优美缠绵地在半空中飞旋，忽然，它猛地啄下了自己身上的一根羽毛，从空中俯冲下去，把这根羽毛插在了一个英气勃勃的小伙子的盘发上。肃慎的百姓立即跪在了那个小伙子的周围，行了参拜新族长的大礼。火凤儿骨鸟见此情景，长啸一声向远方慢慢飞去。从此，只要肃慎部族有危难，火凤儿骨鸟就会飞回来鸣叫着向人们发出警示。"

爱达甘和百姓都听得入了迷。觉罗蝉儿对爱达甘说："大罕，火凤儿骨鸟冒死来拯救我们，衔走了大罕的王冠飞往七星窝集的方向，一定是让大罕举国迁徙七星窝集，大罕，您在哪里都是娄国的罕王啊！"

挹娄玉蝉
Yilou Yuchan

爱达甘疑惑地自言自语:"难道火凤儿骨鸟真的是神鸟?"

觉罗蝉儿坚定地说:"是的。大罕都看到了,它能听懂人的语言。"

爱达甘默默地点点头,眼中露出了柔和的光。

红玉儿见此情景急忙对蓝玉儿说:"妹妹,决不能让罕王听觉罗蝉儿的话,她活下来,我们就要失宠,也许我们还会流落荒野、任人欺负。"

蓝玉儿点点头,问:"我们该怎么办?"

红玉儿说:"看我的!"说完,她下了马车。

红玉儿来到囚车前,对爱达甘说:"罕王怎能听一个囚犯胡言乱语,她为了求生而编造了一个骗人的故事,大罕怎可当真!"

爱达甘看着觉罗蝉儿,自言自语地说:"蝉妃讲得有些道理。"

蓝玉儿上前搂着爱达甘的腰,娇媚地说:"大罕,她是死囚!不是蝉妃,她私通野男人,放走了奴工,妖言惑众扰乱民心,大罕都忘了吗?她想逃生,才编造了这些故事,觉罗蝉儿懂鸟语,一定是她指使火凤儿骨鸟衔走了大罕的王冠。"

"对……对啊!"红玉儿迎合着。"这个狡猾的女人,表面装出热心救人的样子,其实,她心怀狡诈、迷惑百姓、愚弄罕王。"

蓝玉儿又说:"大罕,王冠被衔走,不是好兆头。赶快宣布立我们姐妹为王后,冲冲晦气。"

"怎么?难道有谁会动摇本罕的王位吗?"爱达甘说。

"谁也没有能力动摇大罕的王位,只是百姓看到了火凤儿骨鸟衔走了大罕的王冠,就怕百姓的心里会对大罕的王位产生动摇,这些刁民,就喜欢揣测天意!"

"嗯?"爱达甘的脸上有了变化,一向盛气凌人的霸气在他的脸上瞬间消失,一种恐惧的表情呈现在爱达甘黝黑的脸上。

爱达甘目露凶光,恶狠狠地说:"蓝玉儿说得对,这些百姓表面温顺听话,像是驯服的绵羊,其实骨子里憋着对本罕的对抗情绪,这个节骨眼上本罕若不用权力镇住他们,他们一定会动摇对本罕的崇拜。"说完,走回到车驾前上了马车。

红玉儿和蓝玉儿对视了一眼,眼中闪动着抑制不住的喜悦。随后,紧跟着爱达甘上了马车。

爱达甘环视着被捉的惊魂未定的百姓,又看了一眼散乱的侍卫和

十三、神坛火祭

骑兵，从胸腔里爆发出一句话："本罕是挹娄国的罕王！永远的罕王！"

爱达甘见百姓没有反应，就更加大声地说："本罕不仅要做挹娄国的罕王，还要称霸人类，让地上的生命都向本罕屈膝跪拜！本罕要让挹娄王国变成称霸人类的挹娄帝国！"

士兵们振臂高呼："挹娄帝国！挹娄帝国……"

红玉儿和蓝玉儿站在爱达甘的两侧，脸上呈现出骄傲的神情。此时，蓝玉儿伏在爱达甘的耳边，悄声说："大罕，册立王后。"

爱达甘思索片刻，对左翼相国说："本罕现在要册立王后，振作国威，左翼相国意下如何？"

左翼相国慌慌张张地说："罕王息怒，听臣一言，今日出现了奇异之事，臣恳请罕王回宫，一切事情回宫再议。"

红玉儿扯了扯爱达甘的衣襟说："罕王不能回去，这样回去了罕王岂不是在群臣面前没了颜面？"

爱达甘点点头说："红妃所言有理，我们继续向北斗七星坛城进发，在北斗七星坛城上册立王后。"

左翼相国战战兢兢地说："启禀罕王，祖训规定，罕王登入北斗七星祭坛必戴冠冕，否则天降大难，现时罕王王冠被火凤儿骨鸟衔走，臣之所见请罕王速速回宫，督促工匠打造新王冠在北斗七星坛城的祭坛上为罕王重新加冕，不知罕王是否同意臣之所谏？"

爱达甘摸了摸头部，无奈地摇摇头，焦躁地说："我们慢慢行走，你命人速速去办。"

李穹骑着马在大路上飞奔，路上遇见了一些逃难的挹娄百姓。他停下来，大声问道："请问各位，你们知道蝉妃的消息吗？"

挹娄百姓们七嘴八舌地说："蝉妃被爱达甘押赴北斗七星坛城，行火祭大礼呢！"

李穹大吃一惊，问道："为什么？！"

"因为蝉妃放走了扶余的壮士，又鼓动挹娄子民逃离挹娄国，罕王大怒要处死蝉妃！"一位老者痛心地说。

李穹脸色骤变，倒吸了一口凉气，大喊了一声"蝉儿！"扬起马鞭向枣红马的臀部猛抽过去。李穹的鞭子还没有落下，身后就飞来一

挹娄玉蝉
Yilou Yuchan

个绳套，不偏不倚正好套在了李弩的身上，李弩被这突如其来的绳套吓了一跳，还没有回过神儿来，就被几个骑士团团围住。

李弩定睛一看，原来是铁心、赵宝子还有几个护卫队的队员。李弩说："你们要干什么？"

铁心说："我们是奉伯父之命前来护驾。"

"护驾？为什么用绳套套住我？快放开我，我要去救蝉儿，否则就来不及了。"

"已经来不及了。"铁心说完，猛地一拉绳套，李弩从枣红马上跌落下来。

护卫队员一拥而上，把李弩接住并捆绑起来。铁心跪在地上冲李弩抱拳行礼，痛心地说："大王，请恕在下无礼，我们要保护扶余国大王的安全，不能让大王白白地去送死。"说完，同护卫队员一起把李弩抬上了战车。

囚车缓缓地走近了北斗七星大桥，此时，觉罗蝉儿的喉咙像着了火一样的燥热，她望着宽阔的北斗七星河，真想再喝上一口甜甜的北斗七星河水。觉罗蝉儿望着这秋波瑟瑟的北斗七星河，想起了小时候在河边发生的一件事。

那是觉罗蝉儿六岁的时候，额尼带着她到河边晾制鱼皮，觉罗蝉儿见额尼自顾自地忙碌着，就独自一人跑到一片开阔的河沿，用石块搭建"城堡"。

觉罗蝉儿用小石块围了一个"城墙"，又在"城墙"里堆砌"王宫"。正当她蹲在那里聚精会神地忙碌的时候，看见眼前有一双穿着精美动物皮靰鞡靴的大脚，出现在她的面前。觉罗蝉儿顺着这双靰鞡靴往上看去，只见一个高大挺拔、穿着锦绣衣衫的男人站在她的跟前。那个人浓眉大眼、五官端正、眼睛深邃、印堂发亮，一副霸主帝王之相，让人望而生畏。

觉罗蝉儿慢慢地站起来，仰视着那个人，怀着敬畏之心轻声问道："你是北斗七星天神吗？"

那个人扬起了眉毛，大笑着说："我像北斗七星天神吗？"

觉罗蝉儿说："你和我脑子里面的北斗七星天神长得一模一样。"

十三、神坛火祭

那个人的笑声更加响亮,那笑声具有极强的穿透力和震撼力,惊得林中的鸟儿飞出了树林,在觉罗蝉儿和那个人的上空俯视飞旋。

那个人收敛了笑容,蹲下来用宽大厚重的手掌抚摸着觉罗蝉儿的头,和蔼地说:"你见过挹娄罕王吗?"

觉罗蝉儿摇了摇头,回答说:"你要找我们的罕王吗?我们的罕王住在七城区的王宫里。"

那人又问:"你知道罕王长什么样子吗?"

觉罗蝉儿朗声答道:"阿玛说,木尔哈勤罕王的身体像豹子一样健壮,心地像蓝天一样宽广,头脑像北斗七星天神一样睿智。"

那人的笑声更大了,惊得刚刚落在河边的鸟儿又飞了起来。

那人席地而坐,把觉罗蝉儿揽在了怀里,让觉罗蝉儿坐在了他的腿上。然后,望着蓝天自语般地说:"罕王没有那么好,罕王也和挹娄子民一样,是一个普普通通的人。"

觉罗蝉儿急忙说:"罕王不是普通的人,他是北斗七星天神的化身,是我们挹娄子民的保护神。"

那个人神情严肃起来,瞭望着北斗七星坛城说:"你说得对,木尔哈勤是挹娄子民的保护神,只要木尔哈勤活着,就要保护好挹娄国的子民。"

"阿玛说,我们挹娄国的子民要保护罕王、拥护罕王,因为罕王是世上最好的国王。"

那个人动情地搂住了觉罗蝉儿,把脸贴在了觉罗蝉儿的脸上,而后抬起了头看着地上堆砌的小石堆,问道:"你在干什么?"

觉罗蝉儿自豪地说:"我在为罕王建宫殿。"

那人站了起来,拉着觉罗蝉儿的手说:"来,我们一起为罕王建一座最好的'宫殿'"。

觉罗蝉儿拍着手掌欢叫起来,开心地为那个人搬石头,那个人认真地建筑"宫殿"。一会儿的工夫,一座雄伟壮观的宫殿模型就完成了。那个人站在"宫殿"的旁边,拉着觉罗蝉儿的手,仰望着蓝天大声说:"挹娄王国,千秋万代!"

觉罗蝉儿也仰望着蓝天大声地重复着:"挹娄王国,千秋万代!"

觉罗蝉儿的话音刚落,就听到身后传来了一群人的声音:"挹娄王国,千秋万代!"

挹娄玉蝉
Yilou Yuchan

觉罗蝉儿和那个人一同回过头来，只见地上跪着宫廷的大臣和侍卫。那人说："众臣请起。"

大臣们纷纷站立起来，只有一位大臣没有起身，那个人问道："耶鲁觉罗为何还跪着？"

那位被称为耶鲁觉罗的大臣诚惶诚恐地说："臣之小女无知，惊扰了大罕，请大罕恕罪！"

觉罗蝉儿觅声望去，惊喜地冲着耶鲁觉罗喊了一声："阿玛！"

木尔哈勤问道："耶鲁觉罗，这是你的哈哈珠？"

耶鲁觉罗回答道："是臣之小女。"

木尔哈勤向耶鲁觉罗投去赞许的目光，而后，蹲下来问觉罗蝉儿："现在你知道我是谁了吗？"

觉罗蝉儿仰起头，惊喜地说："您一定是挹娄罕王，木尔哈勤罕王。"

木尔哈勤笑了，说："那么，你的名字呢？"

觉罗蝉儿说道："我叫觉罗蝉儿。"

"哦！觉罗蝉儿，多么好听的名字。"木尔哈勤罕王把觉罗蝉儿抱起来，望着北斗七星坛城说："挹娄的后代如此聪慧、爱国，挹娄国一定会永续昌盛、千秋万代！"

觉罗蝉儿站在囚车中，仰望着天空，含着眼泪说道："木尔哈勤罕王在天之灵为挹娄子民祈福吧！木尔哈勤罕王亲建的王国就要遭受劫难，请阿布卡恩都里赐挹娄子民转危为安、民族永续昌盛！"

战车在李文博的面前停下了，护卫队员把李穹从战车上抬了下来，李文博急忙走了过去，心疼地说："穹儿，委屈你了，为父不能眼睁睁地看着你去送死，只能采取这样的方式来救你。"

李穹深吸了几口气，痛苦地说："父亲，孩儿不怪您。可我……救不了心爱的人还算是什么男人？"

"天意难违，天意难违啊！"李文博无可奈何地说。

李穹仰面向天，深情地呼喊："阿布卡恩都里，救救蝉儿，救救蝉儿吧！你能做到，你一定能做到……"

十三、神坛火祭

此时此刻，觉罗蝉儿也仰面望着天空，深情地自语："李穹，我们来生再见，不要为我难过，今生遇见你，蝉儿足矣。保重，保重……"

浩浩荡荡的队伍走在横跨北斗七星河的大桥上。此时，北斗七星河水躁动不安，鱼儿成群结队地逆流西游。林中的鸟儿被这车马声惊起，成群地飞旋在人们的头顶。觉罗蝉儿吹起了动听的口哨，鸟儿们一下子聚拢过来，落在了觉罗蝉儿的囚车顶部。

觉罗蝉儿把手伸出了囚车，鸟儿们纷纷落在了它的手掌中，她亲切地用人类听不懂的语言与鸟儿们交流着。

到了萨满会所，只见会所的门大开着。萨满们早已赶着猪、羊去七星窝集了。觉罗蝉儿望着空荡荡的萨满会所，脸上露出了欣慰的笑容。

队伍到了北斗七星坛城的脚下，迎面是高大壮观的北天门，进了北天门就走上了通往坛顶的石阶。石阶两旁开满了五颜六色的鲜花。此时，鲜花已近枯萎，在秋风中瑟瑟抖动。觉罗蝉儿爱怜地看着这些曾经是娇美艳丽的鲜花，又一次陷入了深深的回忆之中。

那是觉罗蝉儿十六岁时的一个春季，觉罗蝉儿挎着装满了各种野花幼苗的柳条筐，来到了北斗七星坛城北天门门口。觉罗蝉儿把幼苗放在了树荫处，掏出汗巾擦了擦额头上的汗水，惬意地浏览着北斗七星坛城美丽的景色。此时，正是达子香花开的季节，粉色的、浅紫色的达子香花漫山遍野地开放，杨树、柳树、柞树等原始粗壮的大树刚刚吐出翠绿嫩叶，把达子香衬托得更加艳丽。达子香凌雪傲霜开放于百花吐蕊之前，各种草木尚未从冬眠中苏醒，它却叶未绿，花先发，花蕾和怒放的鲜花交织在一起，艳丽夺目、清香扑鼻，令人观后心旷神怡，仿佛进入琼楼仙境。达子香花被挹娄人誉为吉祥的象征，把它奉为神花。达子香花落后，才长出绿叶，待叶子成熟后，挹娄人就采摘达子香的叶子制成祭祀的香料。因为达子香花的尊贵和艳丽，使得觉罗蝉儿对它情有独钟，在秋冬时节，觉罗蝉儿就从远处移植过来一些达子香花根，栽在了通往北斗七星祭坛的石阶两旁，而春季，则挖一些野花栽在达子香花的树下，等达子香花落了，野花就开了，祭坛的石阶两旁，除了冬季之外，总有鲜花开放。

觉罗蝉儿用柳条筐去山脚下取了一些肥沃松软的黑土，铺在石阶旁，然后把幼苗栽到了黑土中，原本是贫瘠杂乱、野草丛生的路旁，

挹娄玉蝉
Yilou Yuchan

变得井然有序、生机盎然。

　　觉罗蝉儿愉快地劳动着，一点也不觉得劳累，到了山顶回头望去，石阶两旁的花秧幼苗生机勃勃地整齐地排列着，像是两排仪仗队，欢迎来祭坛祭祀的人群。觉罗蝉儿满意地欣赏着自己劳动的成果，用汗巾擦了擦额头，准备坐下休息，忽然，她看见大队人马簇拥着木尔哈勤罕王的车驾，在北天门的前面停了下来。觉罗蝉儿只在六岁的时候见过木尔哈勤罕王，她很想看看罕王现在的样子，就躲进了树丛中，爬上了一棵老柞树，在这棵树上能看到坛城祭祀的全过程。

　　木尔哈勤罕王拾阶而上，浸染了颜色的五彩鱼皮衣和头上的七彩羽翎王冠在漫山遍野的达子香的陪衬下，显得格外的高贵、典雅、尊威。木尔哈勤罕王在王室亲贵、大臣、侍卫的簇拥下，神情庄重、步履坚定、仰头挺胸地直奔坛城山顶。

　　木尔哈勤罕王一行到了山顶，踏上坛城最高层护有红松木雕栅栏的祭坛，迎着北斗七星神柱向石筑泥铺的祭台方向走去。几位栽力在祭台上铺了麻布、放了祭品，又在祭台下面摆好了跪垫，然后退了下去。

　　族祭萨满站在祭台前，双手高举、仰面向天吟诵道："挹娄罕王木尔哈勤率王族向无上尊威的天上神阿布卡恩都里行感恩大祭。"

　　木尔哈勤罕王、那丹大妃、大王子爱达甘、小王子木竹林先后走到祭台前依次跪下，亲贵们紧跟其后跪在后面。宫中大臣排列整齐，随后而跪。觉罗蝉儿屏住呼吸，偷偷地观看这庄严肃穆的场面。祭坛上的人们举目向天，双手合拢放在胸前。

　　族祭萨满又道："诵祭文！"

　　木尔哈勤罕王虔诚地举手向天，高声道："万物万灵敬仰的天上神阿布卡恩都里，请受挹娄国子民的跪拜，感谢阿布卡恩都里佑护挹娄民族风调雨顺、五谷丰登、人丁兴旺、渔猎兴盛……"

　　觉罗蝉儿坐在粗壮的树杈上，屏住呼吸看着这庄严肃穆的一幕。

　　经过半个时辰的颂祷后，人们把黑色无杂毛的扒皮去膛的猪分别放在不同的烤架上，燃了木炭烤制牺牲。北斗七星坛城上顿时香味缭绕，空中祥云飘飘，一派天地合一的景象。人们围坐在烤架的周围，吃着肥美的烤肉，喝着醇香的美酒，男人们舞动着强健的臂膀，女人们扭动着柔美的腰肢，尽情舞蹈歌唱。

十三、神坛火祭

木尔哈勤罕王坐在木根雕刻的椅子上，注视着欢乐的人群，侧转身对那丹大妃说："挹娄国得到了阿布卡恩都里的眷顾才国泰民安，出现了自古以来从未有过的太平盛世，我们定要训导子孙，永远敬拜阿布卡恩都里。"

那丹柔情地看着木尔哈勤罕王，说："大罕放心，我会尽力教导子孙，不负大罕的期望。"说完看了看两位王子，又对木尔哈勤罕王说："木竹林自幼言行循规蹈矩、敬天礼地，只是爱达甘性情暴躁需要多加引导。"

木尔哈勤罕王说："顽皮的小哈哈珠转眼间变成了英俊的巴图鲁，也该让他们学习治理国家了。既然木竹林热心敬神，就让他管理北斗七星坛城。爱达甘勇敢威猛，就让他管理九个城区。两个王子都能发挥他们的才能，量力治理国家。"

那丹喜悦地说："大罕真是英明。"

"咚、咚、咚……"一阵惊天动地的鼓声响了起来，只见一群穿着舞服的人，站在八个神柱的中间，仰望苍天低吼一声后，用力拍击着抓鼓，鼓声响亮，节奏明快，在神柱下飞旋舞蹈，时而像猛虎咆哮下山，时而像盘蛇瑟瑟入洞，鼓声忽如千军万马突至，转眼间又似行云流水般柔情。就在狂舞狂击、人们兴奋至极的时候，鼓声戛然而止，整个坛城一片寂静，仿佛是无人之境。这时，有一个人单腿跪地，一手托着抓鼓，一手伸向天空，慢慢地抬起了头，仰望着蓝天，一声发自肺腑的嘶吼从他的口中发出：

　　　　松花乌拉上游
　　　　神鹰驮日奔走
　　　　肃慎子孙蒙福
　　　　三江福地流油

歌声由小变大，由弱变强，恍如从九天遗落，声由穹宇而来。

　　　　肃慎盘踞树楼
　　　　挹娄穴居已久
　　　　刀耕渔猎火种
　　　　富饶快乐自由

歌声深情，沁人心扉。

挹娄玉蝉
Yilou Yuchan

     窝集群雄争候
     部落聚众联手
     七星神坛大祭
     木尔哈勤罕王蒙天祝佑！
  声音变得渐渐洪亮而高亢。
     列部归降俯首
     罕王英明领袖
     威震广袤北疆
     骄阳普照挹娄！
  此时鼓声激昂、歌声粗犷，坛城上的人们同声高唱：
     列部归降俯首
     罕王英明领袖
     威震广袤北疆
     骄阳普照挹娄！

  歌声刚落，众人同击抓鼓旋舞。正当群鼓震天之时，又戛然而止，舞者单腿跪地，对着木尔哈勤罕王高呼："木尔哈勤罕王吉祥！挹娄王国万年无疆！"
  坛城上所有的人都单腿跪地，同声高呼："木尔哈勤罕王吉祥！挹娄王国万年无疆！"
  声音响彻山谷、震撼九霄。
  木尔哈勤欣慰地说："众位请起，请继续欢歌畅饮！"
  人们站起来，谢恩后继续舞蹈。神鹰从远处飞来，一会儿竟布满了天空，在祭台上飞旋，仿佛在与欢乐的人们一起歌舞。人们跳累了，一位萨满走上前来，说："为大家说一段'乌勒本'《东海窝集传》。"
  一通鼓后，萨满说唱道："话说佛涅部落女王的两个儿子先楚和丹楚长大成人后，长的是标致健壮，被东海窝集老女王看中，迎进了东海窝集做了她的上门女婿……"萨满用抑扬顿挫、极富韵律的口吻讲着。
  "……长白山玛法看中先楚和丹楚，认为他们有能力推翻女权制度替代女性管理部落，就教导他们管理部落之方，东海窝集老女王得知后，就设了圈套陷害他们。"木尔哈勤罕王和那丹大妃认真地听着，木竹林走过来伏在那丹的膝前坐了下来，认真地听着"乌勒本"。

十三、神坛火祭

"……万路妈妈得知老女王要杀害先楚和丹楚,就冒着生命危险不顾一切地搭救了他们……"

爱达甘手握猪肘大口咀嚼着烤猪肉,丝毫没有听"乌勒本"。

"……先楚和丹楚逃走后,历尽千辛万苦,在各部落招集兵马、壮大力量,终于打败了东海窝集女王,最终统一了东海,推翻了女权制,实现了父系掌权执政……"

爱达甘端起了陶碗,一仰脖子喝干了碗里的酒,摸了摸鼓鼓的肚子站了起来,向祭坛旁边的树林走去。爱达甘进了树林,来到一棵大树下,看看四下没人,就解开了裤带小解。此时,觉罗蝉儿正坐在这棵树的上面,当觉罗蝉儿看到爱达甘解裤带的时候,急忙把脸转向树干。

爱达甘一边小解,一边吹着口哨下意识地看着这棵大树并顺着这棵树往上看去,忽然,他愣住了,因为他看到了觉罗蝉儿正搂着这棵大树一动不动,头部深深地埋在了胸前,回避着爱达甘。爱达甘急忙小解完系好了裤带,两手叉腰仰起头来冲觉罗蝉儿说:"喂!你可以把脸转过来了!"

觉罗蝉儿慢慢地把脸转过来,爱达甘惊叹道:"太美了!"

觉罗蝉儿害羞地把脸又转过去。

爱达甘说道:"美丽的萨尔甘追,你把脸转过来,我要和你说话。"

觉罗蝉儿把脸转了过来,静静地看着爱达甘。

"你为什么在这里?为什么不去和我们一起跳舞?"

觉罗蝉儿回答说:"我在这里栽花,遇见了罕王来祭祀,我怕惊扰了罕王,就偷偷躲在这里。"

"喜欢罕王吗?"

"威武的罕王人人喜欢、爱戴,罕王是我心中最完美、最崇敬的人。"

爱达甘摸了摸脖子说:"美丽的萨尔甘追,我看你看得脖子都酸了,快下来我们说话。"

觉罗蝉儿犹豫了一下,就从树上下来了。

爱达甘走近觉罗蝉儿,注视着她的脸问道:"你叫什么名字?"

觉罗蝉儿低着头答道:"觉罗蝉儿。"

"你的名字和你的人一样美,美得让我陶醉。"

— 185 —

挹娄玉蝉
Yilou Yuchan

觉罗蝉儿脸上飞起了红霞，转身要走被爱达甘一把抓住。爱达甘急切地说："别走，我叫爱达甘，木尔哈勤罕王的大阿哥。"

觉罗蝉儿向爱达甘行了一个万福礼，说道："蝉儿给大王子请安，大王子吉祥！"

爱达甘拉起觉罗蝉儿的手，说："免礼，免礼。走，我们一起喝酒去。"

那丹坐在木尔哈勤的身边，看见爱达甘拉着一个少女走过来，就对木尔哈勤说："大罕你看，我们的大阿哥从哪里领来了一位美丽的萨尔甘追呢？"

木尔哈勤幽默地说："阿布卡恩都里悦纳了我们的祭献，赐下了美丽的萨尔甘追与我们同乐。"

爱达甘兴奋地把觉罗蝉儿拉到了木尔哈勤和那丹的面前，说："阿玛、额尼你们快看，她叫觉罗蝉儿。"

觉罗蝉儿挣脱了爱达甘的手，跪在木尔哈勤和那丹的面前行面君大礼，道："伟大的罕王、大妃，请受民女觉罗蝉儿一拜，祝罕王吉祥！祝大妃如意！"

木尔哈勤亲切地说："蝉儿请起。"然后，若有所思地自语："蝉儿，觉罗蝉儿，好熟悉的名字。哦！想起来了，你就是在北斗七星河边为本罕建造'宫殿'的那个小哈哈珠？"

觉罗蝉儿欣喜地点点头，说："罕王日理万机，竟然还记得六年前一面之缘的民女，罕王不愧是天之骄子，具有常人所不及的记忆力。"

爱达甘兴奋地说："原来你们见过面？"

木尔哈勤说："不但见过面，还一同建造了一座美丽的'宫殿'呢！"

觉罗蝉儿笑了，深情地望了一眼七星河北岸的七城区，对木尔哈勤说："河边的'宫殿'再美，不能经风雨，七城区的宫殿，才像坚硬的磐石屹立不动，伟大的挹娄国更是固若金汤、坚如磐石，让四方部落敬仰。"

"说得好！一位弱小的女子竟能说出如此豪言壮语，日后一定会成为国之大器。挹娄国有蝉儿这样热爱家园的子民，挹娄国会像旭日东升，永远不落。"木尔哈勤说完，望了望对面的王城，对大家说："也许几十年，也许几百年，也许几千年，我们的王国会发生变异、迁徙，但是，无论我们的子孙走到哪里，都不要忘记挹娄之根崛起于东土，挹娄之魂凝聚于北斗七星坛城！"

"挹娄之根崛起于东土，挹娄之魂凝聚于北斗七星坛城！"觉罗蝉儿重复着。

"挹娄之根崛起于东土，挹娄之魂凝聚于北斗七星坛城！"在场的文武官员重复着。

神鹰在坛城上飞上了蓝天，一边鸣叫，一边飞旋，越飞越高渐渐地融入了蓝天。

那丹向觉罗蝉儿招招手说："美丽的萨尔甘追，快到我这里来，让我好好看看你阿布卡赫赫般的容颜。"

觉罗蝉儿乖巧地走到了那丹的身边，那丹拉住觉罗蝉儿的手，脸上挂满了慈爱的笑容："蝉儿，多么优雅的名字，蝉，象征着高洁、脱俗、重生。美丽的萨尔甘追，只有你才配享有这个名字。"

觉罗蝉儿害羞地垂下了脸颊，爱达甘抓起了觉罗蝉儿的手说："走，我们跳舞去。"

觉罗蝉儿看了看那丹，那丹鼓励她说："去吧去吧，尽情地歌唱舞蹈吧。"

爱达甘迫不及待地抓着觉罗蝉儿的手，把她拉进了欢乐的人群，融进了歌舞的世界。

自从见到觉罗蝉儿，爱达甘的视线就没有离开过觉罗蝉儿，这些都被那丹看在了眼里，她欣喜地说："我们的阿哥长大了，像大罕一样威武英俊，让美丽的萨尔甘追着迷。"

木尔哈勤得意地说："我的骨血培植的生命，无论是身体，还是思想都应该是最好的。"

那丹掩面低声咳嗽一声，说："当然了，罕王是世界上最好的男人。"。

舞蹈的人群中，爱达甘专注地看着觉罗蝉儿，眼里似乎要喷出火焰，忽然，他抓紧觉罗蝉儿的手向林中走去，觉罗蝉儿挣扎着，可丝毫挣脱不了爱达甘那强有力的手掌。觉罗蝉儿见已到了林子的边缘，就大声喊道："你放开我，你要干什么？"

爱达甘说："未出嫁的萨尔甘追都可以同任何男人野合，难道你不

挹娄玉蝉
Yilou Yuchan

懂挹娄国的习俗吗？"

"不！我拒绝这种可恶的习俗！我有扶余人的血统，我崇尚扶余人的婚嫁习俗；只有在出嫁的时候，才能与自己的爱根身心结合。大王子，请你尊重我！"

爱达甘一下子把觉罗蝉儿搂在怀里，边亲吻着边说道："你知道我是大王子就该服从我，我见到过无数的女人，只有你令我着迷，你的处女身给了挹娄国的大王子，是你的荣幸。"

觉罗蝉儿厉声说："王子和平民一样，都是男人，只要我未出嫁，就不会和任何男人野合！"

爱达甘眼中的火焰喷射而出，他大叫一声，把觉罗蝉儿拦腰抱起，扛在肩上向林中走去。觉罕蝉儿大声呼叫："罕王救我！大妃救我！"

木尔哈勤和那丹一直在注视着他们，听到了觉罗蝉儿的求救急忙走过来，木尔哈勤冲着爱达甘大声喊道："站住！"声音如雷般的洪亮，惊得跳舞的人停止了舞动，乐声也戛然而止。

爱达甘停了下来，转过身来愣愣地看着木尔哈勤，木尔哈勤走近他，厉声说："把蝉儿放下！"

爱达甘很不情愿地把觉罗蝉儿放了下来。觉罗蝉儿跪在了木尔哈勤的面前谢恩，木尔哈勤亲切地抚摸着觉罗蝉儿的头，柔声说："别怕蝉儿！我们不会让他胡来。"

爱达甘辩解道："我不是胡来，我是真心喜欢她、爱她！"

"爱她，就要尊重她！"木尔哈勤严厉地说。"她有思想、有感情、有人格的尊严，你不能忽视她的感受！"

爱达甘眼中的火焰变成了冰冷的利剑。

觉罗蝉儿对木尔哈勤说："谢谢罕王救助。"

木尔哈勤拉起觉罗蝉儿的手，用慈爱的目光注视着觉罗蝉儿说："蝉儿，如果你愿意，我希望你做木尔哈勤的儿媳。"

觉罗蝉儿避开了木尔哈勤诚恳的目光，自语道："如果有缘，还会再见。"说完，提起裙摆沿着台阶向坛城下面跑去。

觉罗蝉儿跑下了山，松了一口气。她回头瞭望北斗七星坛城的时候，忽然看见一个侍卫闪进了路旁的树林中。觉罗蝉儿警觉起来，喘了口气，慢慢地踱着步子往石屋的方向走去。行至小路的拐弯处，觉罗蝉儿迅速躲到了一棵大树的后面，然后，偷偷地向小路上窥视。一会儿,那个侍卫蹑踪而来。当他看见路上不见了觉罗蝉儿的身影时,就停下来四下观望。觉罗蝉儿急忙隐蔽好,生怕被那个侍卫看到。一会儿,觉罗蝉儿听到侍卫的脚步声向远处走去,就放心地喘了一口气。觉罗蝉儿估计那个侍卫已经走得很远了,就大胆地从大树后走出来。可是,她一下子惊呆了,只见那个侍卫用手拎着一双鞋、光着脚丫正得意地看着她傻笑。觉罗蝉儿呆立片刻,转过身子想向林子里跑,那个侍卫大声说:"别跑了,你跑不过我,我穿上鞋子再追你都来得及。"

觉罗蝉儿没有跑,而是走向了那个侍卫,看着他镇静地说:"你为什么要跟踪我?"

侍卫毫无恶意地说:"是那丹大妃让我跟着你的。"

觉罗蝉儿吃惊地说:"不可能,那丹大妃怎么可能让你跟踪我?"

侍卫说:"那丹大妃想知道你的住处,明日要去看望你。"

"哦?真的吗?"

"是真的!"

"为什么?"

"她喜欢你,想同你说话。"

觉罗蝉儿见侍卫很真诚的样子,就说道:"好吧,你同我一起走,我会告诉你我的家在哪里。"

觉罗蝉儿等着侍卫穿上了鞋,一起向石屋走去。

第二天,那个侍卫陪着那丹来到了石屋。因为觉罗蝉儿事先把这件事告诉了阿玛,所以觉罗蝉儿的阿玛和额尼都在家恭候那丹驾临。觉罗蝉儿的家人向那丹行了大礼后,那丹就和颜悦色地与觉罗蝉儿一家唠起了家常。那丹爱不释手地拉着觉罗蝉儿的手,对觉罗蝉儿的阿玛说:"蝉儿的见识、学问、修养都是把娄国子民的典范,你们的言传身教是蝉儿成长中最好的师长,谢谢你们为把娄国培养了一位德才兼备的才女。"

耶鲁觉罗说:"承蒙大妃夸奖,在下不敢当。"

那丹望着高山上的松柏,对觉罗蝉儿的阿玛说:"好久没有爬山了,让蝉儿陪我爬山好吗?"

觉罗蝉儿的阿玛连忙说:"好,好,只是山上野兽甚多,在下要多派些侍卫,保护大妃的安全。"

挹娄玉蝉
Yilou Yuchan

"好的。"那丹答应着，拉着觉罗蝉儿的手向山顶走去。

到了山顶，那丹望着北方泪水盈盈，觉罗蝉儿小声问道："王后想起了什么伤心的事吗？"

"是的，小精灵，什么事也瞒不过你。"那丹叹了一口气回答说。而后又问道："你说爱达甘长得像我还是像罕王？"

觉罗蝉儿不假思索地回答："都不像，倒是有些像画上的白俄人。"

那丹"啊"了一声倒吸了一口凉气，把觉罗蝉儿惊得急忙用双手捂住了自己的嘴巴。

那丹定睛看了看觉罗蝉儿，深情地说："有一个天大的秘密，我对谁都没有说，可是今天我想说给你听，直觉告诉我，你是最让我信任的人，还有一个原因就是我的大阿哥迷恋上了你，作为母亲，为了儿子的幸福就是把伤口再豁开也不会嫌疼。"

"大妃要向我讲述关于大王子的秘密吗？"

"是的，这个秘密我一个人谨守了19年，我也希望有人为我分担这个秘密，让我胀满的心能腾出个空隙。我的心，累啊……"

觉罗蝉儿仿佛一下子长大了，神情坚定地说："我会对得起大妃对我的信任，同大妃一起谨守这个秘密。"

"好蝉儿！谢谢你。"那丹望着远方，慢慢地讲述起来："在没有嫁给罕王之前，一个名叫加音的使者从北方来到了挹娄国，我把处女之身给了他，不久他就回国了。那时，我极度悲伤，常常一个人在河边静坐。也就是那个时候，罕王爱上了我，我没有拒绝罕王的爱，一是罕王雄壮威武，二是我发现已经怀上了加音的骨肉，不想让哈哈珠出生后没有阿玛，就匆忙地与罕王成了婚。爱达甘出生后，罕王欣喜若狂，我不忍心让罕王伤心，就没有告诉罕王真相。可怜的罕王到现在也不知道爱达甘不是他的骨肉，我真的没有勇气告诉他这件事，可我又觉得对不起他，内疚像石头一样压在我的心上。"

觉罗蝉儿挽着那丹的手臂，把头轻轻地靠在她的肩上。那丹望着远方继续说："爱达甘从小任性、霸道，像极了加音，我不敢奢望让他继承罕位，担心他将来做了君主会暴虐无度，再说，木竹林是罕王的亲骨肉，该让木竹林承继罕位，可是罕王说，长子优先，我又没有理由反驳，所以，这件事也是我的一块心病。"

十三、神坛火祭

觉罗蝉儿不知道该怎样安慰那丹，只是默默地听着。

那丹继续说："关于爱达甘的婚事，我也有顾虑，不敢轻易为他择婚，因为他极其霸道，一般女人驾驭不了他，就因为驾驭不了，所以，遇到危险或老年无助的时候，就不会有真心相爱的人陪伴。昨天见到了你，看到你是一个懂礼节，有爱心，又有智慧的好孩子，就一下子喜欢上了你，再加上爱达甘又那么喜欢你，所以，我恳求你嫁给爱达甘，有你在他的身边，我就会对他的后半生放心了。"

"这……这个，大妃您……容我想一想。"觉罗蝉儿有些慌乱地说。

那丹注视着觉罗蝉儿，温和地说："好，这事也不急，你们年龄还小，再等两年也来得及，不过你要答应我，常到宫里陪伴我，多与爱达甘接触，慢慢地培养感情，我相信你们时间久了，就会相爱的。"

觉罗蝉儿迎着那丹那热切的目光，默默地点了点头，那丹激动地把觉罗蝉儿搂在了怀里。

觉罗蝉儿被士兵看押着走下了囚车。从北天门进入坛城，沿着台阶向顶部走去。风儿吹来，觉罗蝉儿穿着的绿色纱裙被风刮得飘飘扬扬，使觉罗蝉儿像阿布卡赫赫一样飘逸。觉罗蝉儿看了看美丽壮观的北斗七星坛城，又回头向石屋的方向看了看，又一次陷入了回忆之中。

一天，觉罗蝉儿的阿玛匆匆忙忙地从宫中回来，沉痛地对家里人说："昨夜罕王和王后突然驾崩，死因不明。"

第二天，觉罗蝉儿的阿玛回来说："罕王与王后的尸体没有按民俗水葬，而是遵从了那丹大妃生前的愿望，葬在了那丹山。因为那丹山是王后的出生地，在这个山上可以瞭望到挹娄王城和北斗七星坛城。"

第三天，觉罗蝉儿的阿玛急匆匆地跑回来说："爱达甘袭击了七星坛城，大肆屠杀坛城子民，木竹林生死未卜，不知去向。爱达甘自封罕王，大量征兵，凡是16岁以上男性一律充军，他要率军强抢邻国，扩展疆土，这场恶战士兵凶多吉少，我们赶快收拾东西逃走，否则，健儿被征，难逃厄运。"

觉罗蝉儿一家简单地收拾了东西后，立即逃入森林。一路上遇见很多逃避征兵的平民，他们就结伴奔扶余方向而行。正当他们走得筋

挹娄玉蝉
Yilou Yuchan

疲力尽的时候,一群士兵从后面追杀过来,人们纷纷四散,钻入密林中。觉罗蝉儿跟在额尼的身后,边跑边回头看,慌乱中失足跌入了山谷。

不知过了多久,觉罗蝉儿在一片密集的树丛中慢慢地睁开了眼睛。她想站起来却浑身无力,想喊叫,却发不出声音。她眼睁睁地望着昏暗的天空,不知道是黄昏还是黎明。她口渴得厉害,内脏像是着了火,头部像是炸裂似的疼痛。她努力抬起手臂摸了一下额头,感觉黏糊糊的东西糊在头部,她看看手掌,见手掌上沾满了血迹。一阵眩晕,她又晕了过去。

觉罗蝉儿再次醒来的时候,是在一个昏暗的、只有一盏羊脂灯的小屋里,一个男人正在给她喂水。那个男人见她苏醒过来就柔声说:"别怕,美丽的萨尔甘追,我是木尔哈勤罕王训导过的子民,不会伤害弱小无助的人。"

听到这真诚温和的语言,觉罗蝉儿的脸上露出了笑容。她仔细看了看这个男人,只见他中等个子、身体健壮、五官端正,一双善良的眼睛放射出温柔的光。觉罗蝉儿又看了看这间简陋而整洁的屋子,张开嘴巴想说话却发不出声音。

这个男人又喂了觉罗蝉儿一些水,说:"昨天去山里打猎,看见你昏迷在山谷里,就把你背回来了。你受了重伤,需要在这里静养,不过请你放心,我这里很安全。"

觉罗蝉儿冲他感激地一笑。

那个男人继续说:"这是我的家,阿玛、额尼都去世了。我从小就在这里长大,像一只孤独的狼,一个人独来独往。遇见你我很开心,总算有伴了。我叫洛滨,你叫什么名字?"

觉罗蝉儿舔了舔嘴唇,清了清嗓子发出了微弱的声音:"我叫……觉罗蝉儿。"

那个男人惊喜地说:"太好了,你能说话了。"

觉罗蝉儿又笑了笑。随即,急切地问:"我的阿玛、额尼还有阿浑呢?"

洛滨答说:"不知道。我听说逃难的人被追得四散,不知去向,被抓住的人都被带回了挹娄国。"

觉罗蝉儿把脸转向了一边,偷偷地掉下了眼泪。

十三、神坛火祭

觉罗蝉儿的伤势稍稍好了一些,就要回挹娄国。洛滨说:"那可不行,路途遥远,你的身体又虚弱,你走不回去的。"

觉罗蝉儿说:"阿玛他们一定是被捉回去了,我要回去,一定要回去。"

洛滨想了想说:"好吧,我送你回去。"

觉罗蝉儿急忙说:"官兵正在抓兵丁,让他们看见你就会被抓走的。"

洛滨说:"山里的猎人都长着夜鹰的眼睛,我们晚上行路,白天躲起来,虽然慢些,但一定能安全到达你家。"

觉罗蝉儿感激地说:"那就辛苦你了。"

回到了石屋,觉罗蝉儿见屋内还是走时的模样,没有家人回来的痕迹,就趴在火炕上哭起来。

洛滨急得在屋地上来回走动,不知如何哄劝。待到觉罗蝉儿停止了哭泣,洛滨说:"我们回去吧。"

觉罗蝉儿说:"不!我要在这里等我的亲人们,他们一定会回到这里找我的。"

"他们明明知道回到这里会被处死,怎么会回来呢?再说,他们是死是活还不一定呢!"洛滨说完,意识到自己失言,吐了吐舌头。

觉罗蝉儿坚持说:"这里是我的家,是我和亲人生活过的地方。只有在这里,我才有希望再见到亲人。"

"那好吧,你要保重,以后我会来看你的。"洛滨说完,就告别了觉罗蝉儿。

爱达甘率领军队南征北战,收复了周围的所有部落后才停战。两年后的一天,一个官吏带着官兵来到了觉罗蝉儿的家。官吏对觉罗蝉儿说:"罕王有令!太平盛世,扩充后宫,凡是相貌出色、未出嫁的女子一律去宫中面试。"

觉罗蝉儿拒绝说:"回官爷,民女自幼在林中长大,入宫如同雀鸟入笼,会郁闷而死,所以不能入宫。"

官吏说:"罕王有令,应招者如违命令,处以死刑。"

"民女宁死不进宫,除非罕王答应我一个条件。"

"什么条件?"

挹娄玉蝉
Yilou Yuchan

"准我出宫自如。我要时常回石屋居住,时常去北斗七星坛城祭拜阿布卡恩都里。"

"大胆女子,竟敢与罕王谈条件,你是不想活了?!"

"去吧!告诉罕王我的条件,罕王如不答应,就让他拿着利剑来找我!"

官吏愣在那里,仔细地端详了一下觉罗蝉儿的相貌,说:"好厉害的女子,竟敢与罕王讨价还价,看你长着一副富贵相的份上,就为你破一次例吧。"

第二天,爱达甘的御驾来到了石屋前,爱达甘下了马车,在随从的簇拥下走进了觉罗蝉儿的家门。随臣刚要通报,被爱达甘制止,随后,爱达甘抽出宝剑独自走进屋去。觉罗蝉儿正在织布,看见爱达甘走了进来,就站起来施礼道:"觉罗蝉儿拜见大罕,祝大罕吉祥!"

爱达甘一愣,仔细地看了看觉罗蝉儿,惊喜地说:"你、你就是那个美丽的萨尔甘追?原来你在这里!我可是一直在找你呢,今天终于让我找到了!"

觉罗蝉儿平静地说:"罕王找到的是候选的宫女,那个萨尔甘追早已在你的面前跑掉了。"

爱达甘说:"本罕管不了那么多,只要得到你本罕就开心。走,跟本罕进宫!"

"我的条件呢?"

"答应!都答应!"

爱达甘说完,把宝剑插入剑鞘,拉起觉罗蝉儿的手走出了石屋。

觉罗蝉儿进宫后,被爱达甘封为大妃,并指派东莎娜为贴身女仆。觉罗蝉儿惦念洛滨,就派人找到他,把他接入宫中成为贴身侍卫。

一日,觉罗蝉儿在东莎娜和洛滨的陪同下漫步花园。一阵风儿吹来,觉罗蝉儿打了个冷战。东莎娜急忙说:"主人,我回宫为你取件衣服来。"说完,疾步而去。

东莎娜刚走出花园,就被两个侍女拦住,说:"罕王招呼你,有事吩咐。"

东莎娜听说是罕王招呼就没敢停顿,跟着两位侍女来到了秀妃宫。室内,有三位侧妃在那里来回踱步,一见东莎娜进来,都停了下来,秀妃急忙热情地招呼道:"哎哟,这不是东莎娜吗?怎么才去了蝉妃宫

十三、神坛火祭

就瘦了，是不是蝉妃那个小妖精对你不好啊？"

东莎娜环视了一下室内的人，说："不是罕王招呼我吗？罕王在哪儿呢？"

秀妃说："呦，才去了蝉妃宫身价就高了，只有罕王才招呼得动你吗？这可是跟啥人学啥人啊，主人高傲，下人也装清高。"

东莎娜说："对不起秀妃，我有事先走了。"

东莎娜刚走两步，就被几个女仆捉住，绑了手臂堵住了嘴巴。秀妃和其他两个侧妃围着东莎娜抢着说："这小丫头，脾气还挺倔，不给她点厉害看看，她是不会听话的。"

"仗着主人得宠，还使小性子呢！"

"哼！好好归拢归拢她，让她知道做奴仆的规矩！"

东莎娜见门窗已关，就不再挣扎。秀妃恶狠狠地说："怎么？还不服气啊？告诉你小丫头，落到我手里的人是没有一个能逃出去的。"说完，从虎皮靰鞡鞋里抽出了一把尖刀，把刀尖压在了东莎娜的脖子上。

东莎娜感觉到了刀尖的冰冷，不由得一阵战栗。秀妃说："丫头，你只有两条路可走：一是听我的安排，制造一个蝉妃和洛滨通奸的假象，让罕王亲眼看见。二是把刀尖插入你的喉咙。你若选择一，就点头；你若选择二，就摇头。"

东莎娜惊恐地望着秀妃，点了点头。

第二天，东莎娜慌慌张张地跑到秀妃宫，对秀妃说："秀妃主人，快去看看怎么摆弄他们吧。"

秀妃大喜，同另外两位侧妃带着女仆奔向蝉妃宫。

推开蝉妃宫的内屋门，就看见觉罗蝉儿和洛滨都伏在餐桌上昏迷着。秀妃见此情景哈哈大笑，走近觉罗蝉儿的身边，用手点着觉罗蝉儿的头部尖着嗓子说："你这个小妖精也有今天，我要好好地摆布摆布你！自从你进了宫，那个'野公猪'就冷落了我们几个侧妃，好在我们聪明，知道该怎么处置你。"

另一位侧妃也附和着说："不除掉她，我们就没有机会再得宠。"

第三位侧妃低声说："抓紧时间吧，别走漏了风声。"

秀妃对女仆说："赶紧把他俩的衣服剥光，放在床上，'野公猪'看到后一定会暴跳如雷杀了他们的！可怜的蝉妃刚刚封为大妃，就一命呜呼了，连解释的机会都没有！哈哈哈……"

挹娄玉蝉
Yilou Yuchan

"哈哈哈……"一阵响亮的笑声从帐幔后面传过来，惊得人们心惊肉跳，惊得秀妃倒吸了一口凉气。

随着笑声，爱达甘从帐幔后面走了过来。觉罗蝉儿和洛滨忽然抬起了头，起身站在了爱达甘的身边。秀妃愣愣地看着这三个人，一下子恍然大悟，冲着东莎娜嘶吼着："你……你……你在骗我！我要杀了你！"说完，冲过去要抓东莎娜的头，几个侍卫一下子从侧屋冲出来，把秀妃绑了起来。

东莎娜指着脖子对秀妃说："我当时真想摇头，让你杀了我。可又一想，你杀了我还会找别人去害蝉妃，我就点了头骗你。现在，我郑重地告诉你，我永远都不会背叛蝉妃，因为蝉妃向月亮一样高洁，向阿布卡赫赫一样善良，为了救她，我愿意牺牲生命，你们这些心地肮脏的女人，我是不会跟你们同流合污的，你们的阴谋是不会得逞的！"

"说得好！"爱达甘称赞道。然后，拍着东莎娜的肩膀对她说："你说，这些人该怎么处理？"

"把她们扔进北斗七星河喂大鳇鱼。"

"好！就按东莎娜的意思办。"说完，冲侍卫一摆手，侍卫一拥而上，把她们都绑了起来。室内立即响起了哭喊声和相互的责骂声。

觉罗蝉儿走到爱达甘的面前，说："大罕，三个侧妃一时糊涂，才犯了大错，那几个侍女也是没有反抗主人的能力才被迫随从，看在她们服侍过大罕的份上，就饶她们不死，把他们分给娶不上媳妇的穷猎户为妻，一是安抚穷苦贫民，二是让她们繁殖生育，为挹娄王国添人进口。"

秀妃等人听完觉罗蝉儿的话，立即跪在觉罗蝉儿的面前叩头谢恩。爱达甘说："她们这样迫害蝉妃，蝉妃为什么还要为她们求情？"

觉罗蝉儿说："人心都是肉长的，都知道冷暖人情，我们原谅她们，她们一定会痛改前非。经过这件事后，她们会对生命有新的认识，给她们机会，让她们重新做人吧。"

秀妃等人又一次叩头致谢，爱达甘对侍卫说："把她们带下去，分给穷猎户。"侍卫应声把她们押解下去。

觉罗蝉儿拥抱了东莎娜，动情地说："谢谢你东莎娜，救了洛滨、救了我。"

东莎娜说："只要是为了蝉妃主人，就是舍命我也在所不辞，因为

十三、神坛火祭

主人是世间最好的主人。"

东莎娜见爱达甘正用深情的眼光注视着觉罗蝉儿,就急忙挣脱了觉罗蝉儿的怀抱,站到了一边。爱达甘搂住觉罗蝉儿说:"本罕险些失去了美丽的蝉妃,多亏了东莎娜,不然不知道会是怎样的结果呢。"

东莎娜拉了一下呆立着的洛滨,两人悄悄地走出去关上了房门。

觉罗蝉儿继续向山上走去。瓜尔雅丹和看热闹的人在一起,一直跟在觉罗蝉儿的身后。到了北斗七星坛城顶层的祭坛,内侍把觉罗蝉儿押上了那只红色的游船,拿了根绳子把觉罗蝉儿绑在了船中央的木柱子上,以防觉罗蝉儿在大火燃烧后跳出船外。这只船本来是为红玉儿和蓝玉儿准备的,因为觉罗蝉儿救了她们,这只船才没有被烧毁。如今,觉罗蝉儿站在了这只游船上,冷静地俯视着下面围观的群众。只见爱达甘由红玉儿和蓝玉儿陪伴着走上祭坛,坐在了内侍们早已准备好的王椅上,红玉儿和蓝玉儿得意扬扬地陪伴在爱达甘的左右。

左翼相国伏在爱达甘的耳边说:"禀罕王,派去督造王冠的侍卫还没有回来,罕王不能无冠执法,还请罕王稍等半刻,王冠造就后,即刻行加冕大礼,然后再行册封王后之事。"

爱达甘不耐烦地说:"等,等,等!本罕等待王冠就是。"

此时,已近正午,太阳拖着如火的光芒照射着大地。觉罗蝉儿站在有凉棚的游船上,毒烈的阳光照射不到她,但能感受到气温的闷热。人们经受不住炎热,开始向祭坛四周的树林中躲去,全副武装的骑兵和侍卫开始大汗淋漓,爱达甘和红玉儿、蓝玉儿坐在硕大的阳伞下悠闲地享受着宫女用香扇扇来的阵阵香风。

太阳从天空的中心向西边慢慢地移动着,骑兵和侍卫在烈日长时间的照射下变得焦躁不安,不停地用手背抹着频频而出的大汗。

爱达甘和红玉儿、蓝玉儿开始焦躁不安,红玉儿催促着爱达甘:"大罕,快问问左翼相国,王冠怎么还没有送来啊?"

爱达甘大声喊道:"左翼相国!王冠怎么还没送来呢?"

左翼相国猫着腰小跑着过来,大汗淋漓地说:"禀罕王,臣派人去催促了,回报说金银工匠师傅都逃难去了,臣已下令改作羽翎王冠,罕王再稍等片刻就好。"

爱达甘一下子从王椅上站起来,咆哮着:"什么?工匠也都逃走

挹娄玉蝉
Yilou Yuchan

了？人要是都逃走了我还给谁当罕王？即刻下令，追回逃离挹娄国的民众！"

传令官立即高喊："罕王有令，即刻追回逃离挹娄国的民众！"

护卫队开始撤离祭坛，去追击逃难的人群，爱达甘看到护卫队撤离了祭坛后，祭坛上变得空荡荡的，就又大发雷霆："人呢？人都哪里去了？怎么祭坛上才这么少的人呢？"

左翼相国急忙回答："护卫队全体将士都去追赶逃跑的民众去了。"

爱达甘怒骂道："混蛋！怎么让护卫队去追赶民众呢？护卫队走了，谁来保护本罕？如果这个时候有什么危难，谁来护驾？快去，把护卫队追回来！"

左翼相国急忙答应："臣，这就去！这就去！"说完，走下祭坛一溜小跑下了石阶。到了山下，拉过爱达甘的座驾爬到了驾辕座，扬起了马鞭刚要甩下去，就听太医气喘吁吁地边跑边喊道："相爷，相爷！哎，快等等我！"

左翼相国回头一看，太医满头大汗地跑过来，连滚带爬地上了罕王的座驾，坐在了左翼相国的后边。左翼相国忙问："太医这时干什么去呀？"

太医笑骂道："你个老东西，明知故问！你的家眷大概都到了七星窝集了吧？"

左翼相国说："你怎么知道？莫不是你的家眷也转移了？"

太医慌忙说："老东西快别斗嘴了，快逃命吧！你敢驾着罕王的座驾，就是没打算回来，我还不知道你的这点鬼心思吗？！"

左翼相国高高地扬起了马鞭，狠命地甩下去，四匹高头骏马同时扬起前蹄狂奔起来。

李文博和李穹带着扶余国人和挹娄子民向着七星窝集的方向加紧赶路，快到七星窝集山脚下的时候，有一群人正向这边跑来，李文博兴奋地说："是木竹林在接应我们！"

木竹林等人迎了上来，人们兴奋地拥抱在一起。

木竹林指挥大家上山，安置人员和马匹。李穹站在山冈上，痴痴地望着挹娄国的方向。

铁心带领扶余王室护卫队用战车、战马往返地接应着挹娄国徒步

十三、神坛火祭

逃难的百姓，高柱子在七星窝集山下引领挹娄子民走向新建的窝居。韵颜和红燕带领着女子护卫队挨家挨户地分配食物和用品，七星窝集一片井然有序的亲和场景。

木竹林走到依然瞭望挹娄方向的李穹面前，说道："哥哥累了，随我进窝集歇息吧。"

李穹仿佛没有听到，眼睛一直盯着马路的尽头。

木竹林又说："哥哥，新建的窝集是我们共同的家园，哥哥回家吧。"

李穹自言自语地说："勿吉……家园……"

"哥哥，是窝集不是勿吉。"木竹林为了逗李穹开心，故意纠正他的方言。

"勿吉……窝集……勿吉……"李穹操着扶余的方言自言自语道。

"是窝集，哥哥。"木竹林操着挹娄方言道。

"勿吉、勿吉，我怎么一说就是勿吉呢。"李穹脸上有了笑意。

木竹林见李穹情绪好转，故意讨好地说："勿吉就勿吉，只要哥哥高兴，我们就改称勿吉，以后七星窝集就改称七星勿吉，或许以后七星勿吉强大了，就成了取代挹娄王国的称号了呢！"

李穹拍着木竹林的肩膀，笑着说："那么木竹林就是勿吉国的开国始祖了！"两人"哈哈"大笑起来。

太阳有些偏西，林中等待看热闹的人都坐在了树根上打起了盹，大臣们一个个地都像晒蔫了的秧苗一样，无精打采，站立不住。爱达甘靠在王椅上鼾声雷动，红玉儿一边吃着沙果，一边焦急地往石阶处瞭望。蓝玉儿把手搭在额头上抬头看了看天，又看了看游船上傲然而立的觉罗蝉儿，对红玉儿说："姐姐，时辰不早了，我们不能再等了。"

红玉儿又拿起一个沙果，看也没看就咬了一口，说："该死，左翼相国也不快点回来！"说完，又低下头准备咬沙果，一眼看见手中咬了一口的沙果上剩下半条肉虫和一堆虫屎，气得红玉儿猛地把沙果扔掉，又连连吐了几口吐沫。

红玉儿气急败坏地走到爱达甘的跟前，推动爱达甘的臂膀说："大罕，快起来，快起来啊！派人去看看左翼相国怎么还不回来？"

爱达甘闭着眼睛怒道："打扰本罕睡眠，找死不成？"

挹娄玉蝉
Yilou Yuchan

　　红玉儿气得使劲一跺脚。
　　太阳渐渐西下，天边出现了晚霞，红玉儿按捺不住焦躁的情绪，又去推动爱达甘，爱达甘伸了个懒腰，睁开了眼睛。当他看到眼前懒散的人们和凌乱的情景时，立即咆哮起来："人呢？人都哪去了？"
　　红玉儿撒娇地说："都怪左翼相国，去了这么长时间还不回来。"
　　"左翼相国哪去了？"爱达甘仿佛还没有睡醒。
　　"去追护卫队了！"
　　"护卫队哪去了？"
　　"去追逃跑的民众去了！"
　　爱达甘的脸上出现了惊恐的神情，像饿虎扑食一样冲到了抱着长矛打盹的侍卫前，一脚把侍卫踹倒在地，侍卫号叫着从梦中醒来。祭坛上的侍卫和大臣们一下子全精神了，一个个胆战心惊地挺直了腰身，做候命状。爱达甘大声问道："谁能告诉我，左翼相国、护卫队还有那些民众什么时候能回来？！"
　　大臣们都低下了头。
　　爱达甘又大声问道："我的左翼相国，我的护卫队，还有我的民众什么时候能回来？！"
　　还是没有人回答。爱达甘歇斯底里地说："谁能把他们给我追回来？"爱达甘见没人回答就又说："谁能把他们追回来我重重有赏！"
　　一个瘦弱的大臣上前一步说："臣愿往一试。"
　　爱达甘说："好！等你把他们都追回来，本罕给你升职加薪。"
　　"谢罕王恩赐。"大臣说完，转过身去要走。
　　"站住！"爱达甘大喝一声，大臣急忙站住。爱达甘眼睛死死地盯着大臣说："如若你也像他们一样，不回来怎么办？"
　　大臣哆哆嗦嗦地回答："如若不回来，天打五雷轰！"话音刚落，只听"咔嚓"一声远处响起了沉闷的雷声。大臣惊得两腿发软，跌倒在地上。随后爬起来，看了一眼正在寻找雷声的爱达甘，慌忙跑下山去。
　　一阵凉风吹来，爱达甘本能地摸了摸被风吹散的头发，又狂叫起来："我的王冠呢！我的王冠怎么还没做好？！"
　　群臣又都低下了头，唯恐爱达甘看见自己向自己发难。爱达甘又喊道："谁去追查王冠做好了没有？"

十三、神坛火祭

群臣依然默不作声。爱达甘愤怒了:"要你们这些混蛋有什么用?一群废物!你们都说话啊?再不说话我就杀了你们!"

一位大臣战战兢兢地说:"微臣愿去督办。"

爱达甘说:"好!快去快回!"

大臣刚抬起一条腿,爱达甘就说:"如若不回……"

大臣抬着腿说:"天打……"刚说了两个字就打住了,抬头看了看天空,见没有打雷的迹象,就大声说:"天打五雷轰!"话音刚落,就听远处又响起了一声沉闷的雷声。大臣赶紧把抬起的脚收回来,抱着膀子哆哆嗦嗦地蹲在了地上。

爱达甘看着那位大臣用鼻子"嗯"了一声,那位大臣立即拔腿就跑,一边跑一边用手捂住了脑袋。

又等了两个时辰,红玉儿见天色已晚,就催促爱达甘:"大罕,你是一国之主,凭什么你在祭坛上行事还要戴王冠,依我看,我们不能再等了,再等下去天就黑了,我们难道要打着灯笼回宫不成?"

爱达甘咬牙切齿地说:"该死的大臣们一个个的都不回来,等我捉到了他们,都将他们碎尸万段!"随后,喊道:"右翼相国!"

右翼相国应声而来。

爱达甘咬牙切齿地说:"宣本罕口谕,火刑开始!"

右翼相国走到祭台前,高声喊道:"宣!挹娄罕王口谕:把挹娄国罕妃觉罗蝉儿私藏外族人,又与外族人合谋放走扶余奴工,致使我挹娄国丧失劳力,又使二千骑兵死于非命,并造谣生事,迷惑挹娄子民,致使人心惶惶,不能安居乐业,使得众多挹娄子民迁徙别处,致使国家人力空虚。故此,罕王谕令:贬觉罗蝉儿为草民,当众火焚,以立国威!"

红玉儿看到觉罗蝉儿依然镇静地站立在船上,就张狂地冲着觉罗蝉儿喊道:"死到临头了还那么傲慢,一会儿大火烧起来,我倒要看你怎样的号叫!哈哈哈……"

士兵们开始往游船下面堆放木材及杂草,一会柴草就把游船下面的木架子添满了。觉罗蝉儿镇静自若地站在船头上。裙摆被微风吹起,让觉罗蝉儿更加超脱飘逸。

一只燕子鸣叫着围着游船飞旋,这只燕子的鸣叫引来了另一只燕子。两只燕子飞着、叫着引来了一群燕子围在游船的四周盘旋鸣叫。

挹娄玉蝉
Yilou Yuchan

一会儿，竟飞来了成群结队的各种各样的鸟儿在船边上下翻飞。觉罗蝉儿预感到了什么，急忙向天空望去，只见东方一团黑云正缓缓地向这边飘动。她又望了望北斗七星河，只见平日温柔的河水忽然吼叫着涌动起来。觉罗蝉儿心中一惊："天哪，灾难就要来了！"

觉罗蝉儿又向天边望去，只见东方的黑云又增加了几个云团。她情不自禁地高喊着："看那！乌云压过来了！北斗七星河水就要咆哮了！灾难马上就要来了！挹娄子民们，快逃命吧！"

官兵和看热闹的人们嬉笑起来："自己小命都保不住了，还劝别人逃命呢！"

"都这个时候了，还敢造谣生事呢！"

觉罗蝉儿心急如焚："族胞们，相信我！快逃离这里吧！"

爱达甘大怒："死到临头了，还敢妖言惑众！来人，立即燃火！"

几个士兵从四面点起了火，那柴火慢慢地着了起来，由四面向中间推进。

李文博仔细地观察着天空的变化，当他看到飞鸟群起低飞，黑云出现在天边的时候，焦急地对铁心说："灾难马上就要来了，加快接应挹娄逃难的百姓。"

燕子和鸟儿成群结队地飞舞着。觉罗蝉儿不再作声，冲着愚顽的人群叹了口气。她回头看了看飞旋的鸟儿，心中倍感安慰，就冲着鸟儿吹起了悦耳的口哨，鸟儿听到了这优美的口哨声，竟纷纷落在了游船上，有的竟然落在了觉罗蝉儿的肩膀上。觉罗蝉儿面对死亡没有恐惧，反而用喜悦的神情和鸟儿们交流着。

火势借着风势变得凶猛起来，迅速地向游船下面推进。鸟儿们越聚越多形成了一道美丽的风景，人们惊讶这景色，于是议论纷纷。

这时，空中传来了一声尖叫。人们仰头观看，只见一只神鹰鸣叫着在空中飞旋。这只神鹰在游船周围上下翻飞，又冲入云天，高声鸣叫。瞬间，从远处飞来一群老鹰，盘旋在北斗七星坛城的上空……

红玉儿叫道："看啊！老鹰们等着啄食烤熟的人肉呢！哈哈哈哈……"

红玉儿的笑声刚落，鹰群就一下子俯冲下来，用爪子抓起了坛城

十三、神坛火祭

周围的石头又迅速飞到空中，投进了船边的火堆里，火势一下子被压了下来，鹰群不停地抓运石头消减火焰。人们看着这一景象，都惊呼起来。

东方那片低矮的乌云滚滚而来，云体向四方迅速扩散，一会儿竟然遮住了半边天。爱达甘和人们见有大雨要来，又见鹰群的义举，纷纷坐立不安。

瓜尔雅丹此时此刻再也忍不住了，大声地喊道："看啊！神鹰来救助蝉妃了！可见蝉妃是多么无辜啊！"说完，跪在了爱达甘的面前，急切地说："大罕，放了蝉妃吧，阿布卡恩都里会因此赐福大罕的！"

爱达甘大怒："放肆！一个小小的宫女，还敢在本罕的面前为逆贼求情。来人，把她扔到火里去！本罕饶你两次性命，这次你绝没有这么幸运！"

瓜尔雅丹愤怒地站了起来，大声对爱达甘说："不用你扔，我自己会去的！你这个暴虐荒淫的罕王，为了你的贪婪，竟使国家连年征战、民众生灵涂炭。现在，你又要把挹娄子民所敬仰的蝉妃活活烧死，阿布卡恩都里不会饶了你！你……你不得好死！"

爱达甘站起来，号叫着："快，把她扔进火里去！"

侍卫走过来，瓜尔雅丹正义凛然地冲着侍卫大喝一声："慢着！"

侍卫被她的威严所震慑，都没有动。瓜尔雅丹站了起来，走近了爱达甘冷冷地说："想知道我是谁吗？我是木尔哈勤罕王的御医育根·富查的女儿，我的阿玛在木尔哈勤罕王和那丹大妃去世的当天，托人秘密地从宫里捎回了一封信，信上说爱达甘逼着我阿玛向宫中大臣宣布：木尔哈勤罕王和那丹大妃是误食毒物而死。而事实是，木尔哈勤罕王和那丹大妃是你——这个人面兽心的畜生毒害死的！"

爱达甘大吃一惊，一下子从王椅上跳起来，倒吸着凉气说："你、你、你胡说！本罕怎么能害死亲生的阿玛和额尼？"

"你不是木尔哈勤罕王的亲骨肉，你是白俄人和那丹大妃的骨血。那年，那丹大妃病重，向你和木尔哈勤罕王说出了真情，善良的木尔哈勤罕王宽恕了那丹大妃，并向那丹大妃保证要像对待木竹林一样地对待你。可谁都没想到，你怕木尔哈勤罕王将来把王位传给木竹林，就在这件事没有公开的情况下，向木尔哈勤罕王和那丹下了毒手。我的阿玛在捎信回家后也失踪了，至今没有消息，一定是遭到了你的毒

挹娄玉蝉
Yilou Yuchan

手。幸亏北斗七星坛城大城主木竹林逃了出去,否则,也会惨死在你的手里!"

爱达甘和周围的人都惊恐不已。片刻,爱达甘清醒过来,气急败坏地说:"侍卫!把她……把她扔进火里去!"

侍卫们还没有从这个惊人的消息中清醒过来,对爱达甘的话没有反应。爱达甘又发疯般地狂叫着:"不要听她胡说八道,她若是御医的女儿,怎么能到宫里来?"

"我就是要到宫里来,才能给我的阿玛和木尔哈勤罕王,还有那丹大妃报仇!可惜,我一直没有机会,不过我相信阿布卡恩都里就要惩罚你了,你就要得到报应了!"

"快,来人!把她扔到火里去!"爱达甘见侍卫没有反应,就狂叫起来:"我是罕王,是挹娄国的罕王!不,我就要成为挹娄帝国的帝王了!谁若不听我的命令,我就剥了他的皮!"

侍卫们一拥而上,向瓜尔雅丹扑来。

还没等兵士来到跟前,瓜尔雅丹就朝火堆跑去。她勇敢地爬上了火堆,衣服被烧着了,可她毫不畏惧,继续往船上爬。觉罗蝉儿大声喊道:"瓜尔雅丹,不要上来!"

瓜尔雅丹就像没听到一样,很快爬上了游船。瓜尔雅丹的裙子燃起了火焰,她迅速在船上打了个滚,扑灭了身上的火。

"额云!"满身满脸烟灰的瓜尔雅丹抱住了绑在木柱子上的觉罗蝉儿哭着说:"神鹰都来救你了,可我却救不了你,我真没用!"

"你若不作声,或许还会在大水来临之前逃出这场灾难!"

"能和额云死在一起是瓜尔雅丹的荣幸,让我陪额云一起上路吧!"说完,擦干了眼泪,微笑着和觉罗蝉儿一起屹立在游船上。

人们仰视着她们,更加震惊。

十四、因祸得福

乌云开始迅速推进，偶尔伴随着沉闷的雷声。火势已经向游船漫延过来，觉罗蝉儿被熊熊的烟火呛得咳嗽起来，身体已经感觉到了火焰的炽热。

觉罗蝉儿望了望那熊熊的火焰，眼前浮现出小时候在这坛城上手持铁钎把烤得香香的肉举向上天的情景。

"阿布卡恩都里天上神，你先吃……"

此时，觉罗蝉儿仰面向天，平静地说："阿布卡恩都里，现在我和瓜尔雅丹就是奉献给你的活祭，请你悦纳！请你恩赐挹娄子民平安逃离灾难，恩赐扶余的兄弟姐妹平安回归故土，恩赐李穹……一生幸福……"

爱达甘望着黑了半边天的乌云，对红玉儿和蓝玉儿说："马上就要下雨了，我们起驾回宫！"

红玉儿任性地说："等会儿再回吧大罕，我要亲眼看着蝉妃，不，是觉罗蝉儿像小鸡一样地被烧死。那条船本来是大罕为我和蓝玉儿准备的，没想到用在了觉罗蝉儿的身上，真是风水轮流转啊！"

乌云越来越厚、越来越低，低得仿佛伸手可及。

蓝玉儿娇滴滴地问爱达甘："大罕，看到觉罗蝉儿被活活地烧死，大罕心疼吗？"

爱达甘狂笑着大声说道："一个女人而已，有什么好心疼的。本罕就是不缺女人！谁敢违背本罕的意愿，本罕就要他死，因为本罕是挹娄的罕王、万民的罕王、人类的罕王！哈哈哈哈……"

一个响雷"咔嚓"一声在北斗七星坛城的上空炸响，把爱达甘的笑声掩盖了。轰隆隆的雷声推动着黑压压翻滚的云团向北斗七星坛城山顶压下来，那乌云像一个黑色的巨大的恶魔张开了黑色的大口来吞食坛城上的人。很快，乌云把整个天空遮盖了，天色一片昏暗。人们

挹娄玉蝉
Yilou Yuchan

慌张起来，寻找可以避雨的地方，可是除了游船上，没有任何地方可躲藏。红玉儿和蓝玉儿一边一个搂着爱达甘，惊慌失措地叫喊着："大罕，快回宫吧！"

爱达甘也慌忙地喊叫着："来人，护驾回宫！"话音刚落，一道闪电自北向南闪过，把乌云劈做东西两片，所有的人都被震得呆若木鸡。还没等人们缓过神来，一个炸雷又在北斗七星坛城上炸响，震得人们身心发颤。随即，瓢泼大雨从天而降，忙碌抓石扑火的鹰群和鸟儿迅速飞进了游船，落在了觉罗蝉儿和瓜尔雅丹的身边。惊恐的人们被大雨淋得抱头鼠窜，爱达甘和红玉儿、蓝玉儿也都被四处乱窜的人们冲散。爱达甘大声喊着："来人，来人哪！侍卫！护驾！"

爱达甘的喊叫声被雨声和接连不断的雷声淹没了，兵士们面对这突如其来的猛烈的暴雨都心惊肉跳、自顾不暇。

暴雨顷刻把大火浇灭，天空一片漆黑。一道闪电瞬间把天空又照得通亮，照在了人们惊恐万状的脸上。接着，一道炸雷再一次响起，炸到了人们的心底，人人胆战心惊，预感到自己已临末日。

此时，只有觉罗蝉儿和瓜尔雅丹稳稳地站在有大檐棚盖的游船上，丝毫没有被雨淋湿。觉罗蝉儿看到了满地的人盲目地逃窜，大喊道："快到船上来！"

可是雷声、雨声、惊叫声淹没了她善良的呼唤，人们根本就听不到她的声音。游船下面的木柴被雨水一淋，"吱吱"地冒着白烟，加上越来越密集的雨点渐渐地挡住了觉罗蝉儿的视线。

大雨越来越猛，仿佛是天上银河的闸门开了，瀑布般"哗哗"地往下倒。往日温柔的北斗七星河水一下子沸腾起来，咆哮着涌动泛滥。不多时，北斗七星河水竟然变成了愤怒的河流，逆流而上！

闪电、雷声、雨声、水流冲击山石的轰鸣声，还有人们惊恐的尖叫声响成了一片，除了觉罗蝉儿和瓜尔雅丹之外，每个人都有世界末日来临般的恐慌。

觉罗蝉儿站在游船上见到洪水已近，仰头向天呼叫："阿布卡恩都里啊，救救这些可怜的人吧！"

人们已经不再乱逃乱跑，都抱着头蹲在了原地。那河流像魔鬼一样，一下子变成了洪水铺天盖地而来，洪水撞击着北斗七星坛城，发出怒吼般的响声。人们听到了洪水的冲击声，仿佛一下子清醒了，都站了起来疯了一般地尖叫着:"洪水来了!洪水真的来了!"

觉罗蝉儿对瓜尔雅丹说:"快解开我的绳子,把我们一起绑在船上,否则,洪水会把咱俩冲下船的!"

瓜尔雅丹迅速解开了绑在觉罗蝉儿身上的绳子,然后,她俩并排坐在一起,用绳子把自己拦腰绑在了船柱子上,她们的手紧紧地握在一起。

此时,七星祭坛周围已是一片怒吼的汪洋,盲目乱窜的人们透过暴雨隐约看到洪水逐渐涌上祭坛,他们疯狂绝望地号叫起来。这时,不知是谁反应过来往船上爬去,人们一下子得到了启示,争先恐后地拼了命地往船上爬。此时,大火完全浇灭,烟雾也消失了,人们踩着还有余温的木桦子,你推我搡地往上爬着。爱达甘也在这些人当中,他一把捉住了爬在他上面的人的腿,猛地把那人拽了下来,大吼道:"都滚下来,让本罕先上去!"

那个人号叫着滚落下来,爱达甘继续向上爬去。红玉儿在下面抓住了爱达甘的裤角大喊道:"大罕拉我一把,大罕……"爱达甘头也没回,一脚踹在了红玉儿的头上,把红玉儿给踹了下去。

洪水像怒吼的雄狮吼叫着不断地向坛城的顶端滚滚而来,爱达甘第一个爬到了船边,当他的一只手抓住船边的时候,洪水冲上了坛城。爱达甘的另一只手也抓住了船边,同时,看见了绑坐在船上的觉罗蝉儿和瓜尔雅丹。觉罗蝉儿和瓜尔雅丹也看见了爱达甘。觉罗蝉儿情不自禁地喊道:"快爬上来,大罕快爬上来!"

洪水怒吼着冲上来,一个大浪打在了船边,淹没了觉罗蝉儿善良的呼唤,同时,把游船托举起来冲上了半空,随即又猛地落下,随着湍急的洪水顺流而下,当觉罗蝉儿抖落掉满脸的水珠,睁开眼睛寻找爱达甘的时候,已经没有了爱达甘的踪影,没有了高山和树木,只有万屡瀑布和周围无尽的汪洋……

大雨倾泻如注,洪水像庞大的魔鬼一样怒吼着向西流动。觉罗蝉儿和瓜尔雅丹绑在木桩上,随着游船上下漂浮。神鹰和鸟儿,都死死地抓住游船上的木板条和觉罗蝉儿、瓜尔雅丹的衣服,觉罗蝉儿和瓜尔雅丹顺手抱起了身边摇摆不定的神鹰把它们搂在了怀里。

觉罗蝉儿对瓜尔雅丹说:"我们得救了,可怜的爱达甘只差一步就可以得救,可他却被洪水卷走了!"

挹娄玉蝉
Yilou Yuchan

瓜尔雅丹安慰她说："仁慈的阿布卡恩都里给了爱达甘无数次得救的机会，可都被他自己拒绝了，额云不要难过，阿布卡恩都里的安排是公平的。"

"阿布卡恩都里是公平的！公平的！"觉罗蝉儿仰望着苍天说道。

不知过了多久，水流的速度渐渐地慢了下来，船身也逐渐平稳了。觉罗蝉儿和瓜尔雅丹解开了绳子坐在了船板上，抱着神鹰依偎在一起取暖，抵御风寒。

大路上，接应逃难百姓的战车疾驶而来，李穹焦急地查看每一辆战车，希望能看到觉罗蝉儿的踪影，但是，他一次次地失望。当李穹看到完颜松甘的家人和草儿的家人下了车的时候，李穹兴奋地与他们拥抱，心中充满了期待，李穹没有见到觉罗蝉儿，就又往大路上张望，完颜松甘说："我们是最后一拨人了，剩下的是拉都拉不来的，这些人还是完颜烈吉放了火，烧了他们的房子，他们才不得不跟着出来的。"说完叹了口气。

李穹痴痴地望着大路的尽头，忽然，大路上响起一片急促的马蹄声。人们不约而同地望去，只见一队骑兵疾驶而来，人们一下子紧张起来。李穹吩咐大家上山隐藏，不要轻举妄动。

李穹和木竹林带领护卫队员站在路口等待这队人马的到来。片刻，挹娄兵士到了李穹和木竹林的跟前，前面的将领翻身下马，向木竹林跪拜说："挹娄王室卫队长拜见七星坛城大城主！"

木竹林道："将军快请起，不知将军为何事来这里？"

卫队长答道："我们奉罕王之命前来押回挹娄子民。"

木竹林走到卫队长跟前，指着天上的乌云亲切地说："看！洪水就要来了，欢迎你们来七星窝集避难，将军真是幸运，逃离了这场灾难，以后我们就是一家人。"

"这……"卫队长不知该怎样回答。

一个士兵牵着马走上前来，跪拜木竹林说："久闻木竹林大城主的英名，渴望能在大城主的旗下栖身，如若大城主不弃，愿跟随大城主左右。"

又有几位士兵也抱拳道："愿跟随大城主左右。"

将领见此情景也和余下的士兵一同抱拳说："愿跟随大城主

左右。"

木竹林急忙扶起他们，激动地说："灾难来临之前，你们能及时赶到这里，实属天意，木竹林欢迎各位将士。来，让我为你们介绍一下扶余国的新国王。"话音刚落，就听见一辆马车从远处奔过来，左翼相国在车上大喊着："不要动手！不要动手！"

人们闪开了一条道，左翼相国赶着爱达甘的座驾来到了跟前，左翼相国和太医急忙下了车。左翼相国气喘吁吁地对将士们说："不要动手！不要动手啊！"说完，回头看见了木竹林，抱拳道："老夫得知木竹林大城主在此，怕将军与大城主冲突，紧赶慢赶地往这赶啊……"

木竹林微笑着说："承蒙相国惦记，木竹林感激不尽，不过，请相国放心，我们已经成了一家人。"

"啊？好！好啊，老夫这就放心了！"

"轰隆隆……"此时电闪雷鸣、乌云压顶，木竹林急忙对左翼相国说："相国和老太医速速上山，我们到山上说话！洪水就要来了！"

李穹冲过来一下子抓住了太医，问道："蝉儿在哪里？她怎样了？"

太医急忙说："她被绑在祭坛顶的游船上，恐怕是……"

"恐怕是什么？"

"恐怕是……恐怕是凶多吉少了……"说完，泣不成声。

"轰隆隆……咔嚓……"雷声滚滚、乌云密布，雨点已经打在了人们的头上。铁心和高柱子迅速带领将士爬上山坡，连人带马刚刚安顿好，湍急的洪水就汹涌而来，被山岭拦在了东面。

李穹冲着洪水来的方向撕心裂肺地喊了一声："蝉儿！……"

完颜烈吉搂着李穹的肩膀，对他说："兄弟，心里难过就哭出来，不要憋坏了身子！"然后，冲着挹娄国的方向跪了下来。山顶上的挹娄百姓和扶余的壮士也都跪了下来，冲着挹娄国的方向为觉罗蝉儿叩了三个头。

洪水泛滥了一夜，雨，也下了一夜。

第二天清晨，洪水流势弱了，雨，也渐渐地停了，东方出现了一丝光亮。

李文博站在山坡上，望着挹娄方向自言自语地说："这场洪水不会

挹娄玉蝉
Yilou Yuchan

在近期退下，也许就形成了湖泊，挹娄王国被淹没了，挹娄王城消失了。"

李穹痛苦万分地说："她救了我们，可是我们却救不了她！"

李文博沉重地说："孩子，老天爷的旨意谁都抗拒不了，我们顺从天意吧！"

李穹有气无力地说："父亲，你先回去，我在这儿再待一会儿。"

李文博低咳了一声，说："我也为蝉儿痛心，可是，面对这场灾难我们都无能为力啊！"

木竹林和韵颜来到了李穹的身边，木竹林把手放在李穹的肩头，李穹呆滞地望着远方，对于木竹林的到来没有一点反应。韵颜看了看李穹，眼里溢出了泪水，把头埋在了木竹林的怀里。

十五、梦幻天缘

东方，出现了一条美丽的彩虹。那彩虹在湿淋淋的天空中慢慢地清晰起来，像一条靓丽无比的彩桥横跨天边，曾经是黑云泛滥、无比恐怖的天空，一下子变成了光彩绚丽的人间美景！那景色，比画中光鲜，比梦境真切，是千年难遇的壮观景象。人们惊喜地观赏这一奇观，似乎忘记了昨夜的惊恐，一下子进入了迷人的神话世界。忽然，在彩虹的下边出现了一只彩船，那彩船像是从天上落下来的，慢慢地从彩虹的那边向这边飘荡。

李穹揉了一下眼睛，大叫一声："看！那是一只船！"

李文博和众人一同朝着那个方向望去，只见那游船像是从童话中飘来的一样，在美丽的彩虹下梦幻般地向这边慢慢地飘动。

李穹大喊一声："船上有人吗?!"

山谷中立即发出回声："船上有人吗？船上有人……船上有……船上……"

这雄厚的充满了期待与激情的声音，把游船上的神鹰和鸟儿唤醒了，纷纷飞出了船舱。神鹰和鸟儿在游船的上空欢快地盘旋鸣叫，让这美丽的景色又增添了难以描述的美妙和生动。

觉罗蝉儿和瓜尔雅丹听到了喊声，睡眼蒙眬地解开了绳索站了起来，只见对面的山上有一群人在向这里张望。

李穹看到船上有两位穿着扒娄服饰的女人，立即喊道："蝉儿！是蝉儿，蝉儿还活着！"说完，激动地飞奔到山坡下，纵身一跃，向水中射去。他拼命地游到了船边，一把抓住了船边，一跃而上。

觉罗蝉儿看到李穹上了船的时候，惊喜地呼叫了一声："李穹！是你吗?!"

"是我！是我！"随后，两人紧紧地拥抱在一起，喜极而泣。

过了好一会儿，他们才平复了激动的情绪，李穹深情地看着觉罗

挹娄玉蝉
Yilou Yuchan

蝉儿说:"挹娄王国淹没了,你自由了,身心都自由了!蝉儿,我们重新开始生活。"

觉罗蝉儿兴奋地看着李穹,默默地点点头。

铁心和几个壮士早已跳入水中,把船拉到了岸边。

李穹拉着觉罗蝉儿的手,说:"做我们扶余国的王后吧!"

觉罗蝉儿拒绝道:"不!绝不!我不会再嫁给国王,我要做个平民,过平凡的生活。"

李穹激动地说:"那,就嫁给李穹吧!"

觉罗蝉儿羞红了脸,低下了头。

李穹又说:"嫁给李穹好吗?"

觉罗蝉儿望了一眼岸上的人群,又看了一眼李穹,羞涩地说:"你看,这么多人……"

李穹坚定地说:"我就是要在众人面前向你求爱。蝉儿,你是我的至爱,拥有你,是我最大的幸福,嫁给我吧,我们相爱一生、厮守一生,再也不分离了!"

觉罗蝉儿羞涩地看着山谷中漫山遍野的人群,微笑着默不作声。

高柱子急切地喊道:"答应大王吧!快答应大王吧!"

觉罗蝉儿对李穹说:"快别这样,你看多让人难为情……"

铁心跪在船边,哽咽着说:"觉罗蝉儿,是你和大王救了我们扶余的兄弟姐妹,你们是我们的救命恩人。求恩人嫁给我们扶余百姓拥立的大王吧,扶余百姓求你了,你们的结合也是顺应天意的天作之合。扶余的百姓需要你这样的王后来扶持扶余国王治理国家,让百姓能过上和平安宁的日子。如果你不答应大王的请求,我……我就一直跪着!因为,你不仅是嫁给大王,也是嫁给我们扶余王国,我们扶余百姓需要你!"说着流下了眼泪。

赵宝子"扑通"一声跪了下来,用颤动的声音说:"觉罗蝉儿如不嫁给我家公子,我也一直这样跪着不起来!"

岸上的人也跪了下来,祈求声响成一片。觉罗蝉儿连忙说:"快请起,大家快请起,我……我答应就是了。"

李穹兴奋地一下子把觉罗蝉儿抱了起来,欢笑着在彩船上旋转着。人们跳起来,欢声雷动。

李穹把觉罗蝉儿放下来,在她的脖子上寻找着,问道:"你的玉

十五、梦幻天缘

蝉呢?"

"被爱达甘夺走了,永远地留在了挹娄国的土地上。"

李穹立即摘下了自己胸前的玉蝉,戴在了觉罗蝉儿的脖子上。深情地说:"那一枚玉蝉是我们友情的见证,这一枚玉蝉是我们爱情的信物,让这枚玉蝉见证我们的爱,世代相传、直到永远……"

觉罗蝉儿看了看胸前的玉蝉,抬起头来冲着李穹幸福地笑了。此时此刻,一股暖流涌入觉罗蝉儿的心,让她瞬间感悟到了爱的真谛。爱,是刻骨铭心的牵挂;爱,是奋不顾身的表达;爱,是相爱的视线中再也没有别人……

李穹和觉罗蝉儿手牵着手上岸后,李文博领着夫人走过来,满脸喜气地对觉罗蝉儿说:"孩子,你真是吉人天相,老天爷保佑了你平安,回到扶余国我们一定要隆重地向老天爷献祭,以谢天恩!"

觉罗蝉儿说:"蝉儿让二老牵挂了。"

夫人笑得合不拢嘴,开心地说:"蝉儿,你能嫁给穹儿是我们李家的福分,从今天起,我们就是真正的一家人了!"

东莎娜和洛滨走上前来,东莎娜流着眼泪拥抱了觉罗蝉儿说:"我又可以和主人朝夕相处了。"

觉罗蝉儿拉着他们的手说:"不是说好了吗?不要再称我主人,要叫额云。"

东莎娜和洛滨答道:"是,额云。"

额腾伊尔格走过来,对觉罗蝉儿说:"多亏了王后的呼吁,我们虎尔哈氏才得救,挹娄的百姓才得救。看看被王后救出的百姓漫山遍野,挹娄百姓将永记王后大恩。王后,请受挹娄百姓一拜!"

几千人跪在了地上,叩头声、感谢声响成一片。觉罗蝉儿立即扶起了额腾伊尔格,说:"我该感谢族胞们对我的信任,是你们对我的信任救了你们。"

完颜松甘领着留根好不容易挤到了前面,满含热泪地对觉罗蝉儿说:"王后,你又一次救了我们完颜一家,保住了我们完颜家的这条根哪!"

觉罗蝉儿说:"留根不仅仅是完颜家的根,也是我们挹娄民族的根,我们一定要重建家园,让挹娄民族的根好好地延续下去!"

留根猛地抱住了觉罗蝉儿的腰,仰起小脸儿说:"我不是巴图鲁,

挹娄玉蝉
Yilou Yuchan

没能救下额云，阿布卡恩都里救了你，他才是巴图鲁，是巴图鲁哈哈，不！是指挥巴图鲁哈哈的天上神！"

觉罗蝉儿和众人看到留根认真的样子，都禁不住笑了。

完颜烈吉挤过来朗声对觉罗蝉儿说："我见你的第一眼就知道你和我兄弟有夫妻缘分，这不，真的成了我的弟媳妇了！哈哈哈……"

李穹抱拳致谢："哥哥好眼力，哥哥好眼力！"大家哄笑起来。完颜松甘对完颜烈吉说："吉儿，不许这样称呼扶余国王，对国王大有不敬！"

李穹说："老伯千万别这样说，我和哥哥的知遇之情是什么都代替不了的，哥哥，我喜欢你叫我兄弟，我永远都是你的好兄弟。"

"蝉儿额云！"一个细嫩的声音从觉罗蝉儿的身后响起，觉罗蝉儿扭身低头一看，只见草儿从人群中挤了过来，一下子抓住了觉罗蝉儿的手，觉罗蝉儿欣喜地把她抱了起来。草儿说："蝉儿额云，昨天晚上额尼说我再也看不到蝉儿额云了，我就哭，使劲地哭，就把额云给哭来了。"

觉罗蝉儿把脸贴在了草儿的脸上，幸福地说："是啊，阿布卡恩都里听到了草儿的哭声，就把额云送到你这里来了。"

草儿开心得"呵呵"地笑了起来。

木竹林和韵颜来到了觉罗蝉儿的面前，木竹林说："恭喜阿莎得救。"说完，又解释说："我还要称您为阿莎，因为我已与李穹哥哥结拜，李穹为大，您就为阿莎。阿莎您受惊了。"

"谢谢木竹林的关怀。"觉罗蝉儿喜悦地说。

木竹林望着挹娄国的方向，伤心地说："只可惜我一奶同胞的阿诨没有听取我们的劝告，葬送了自己的性命，也葬送了众多挹娄子民的性命。"说完，眼泪溢出了眼眶，低下了头。

觉罗蝉儿看了看痛苦的木竹林，又看了看李穹，对他们说："我该在这个时候向大家宣布一个秘密。"

李穹问道："什么秘密？"

觉罗蝉儿说："关于爱达甘身世的秘密。"

"噢？"李穹和木竹林同时发出了惊奇的声音。

觉罗蝉儿走上了一块平坦的石头上，环视了一下人群，大声说："族胞们，我要向你们宣布一个秘密，挹娄先王那丹大妃亲口对我说的

十五、梦幻天缘

秘密：爱达甘不是木尔哈勤罕王的亲生儿子，而是那丹大妃与一位白俄使者的儿子，木竹林才是我们挹娄子民所敬重的木尔哈勤罕王的亲生骨肉！"

木竹林和在场的挹娄子民都大吃一惊。

觉罗蝉儿继续说："木竹林的血液里不仅流淌着木尔哈勤罕王的血液，还继承了木尔哈勤罕王热爱民族、爱民如子的崇高品德，木竹林才是我们挹娄子民所需要的国王啊。"

木竹林诧异地问："不！不可能！阿诨怎么可能不是阿玛的亲生儿子呢？"

瓜尔雅丹走过来对木竹林说："瓜尔雅丹回大城主，瓜尔雅丹可以作证爱达甘不是木尔哈勤罕王的亲生子，而且，我还要告诉大城主，木尔哈勤罕王和那丹大妃都是被爱达甘害死的。"

"啊！"木竹林更加惊疑。"你是？"

瓜尔雅丹说："我是先王木尔哈勤罕王太医的女儿，我的阿玛因为知道了真相，被爱达甘杀害了……"

木竹林痛苦地低下了头，自言自语地说："怎么会是这样？怎么会是这样的啊？"

李穹搂着木竹林的肩膀说："好兄弟，别难过，你要振作起来，挹娄子民需要你做新的国王。"

"不！我不要做国王，我要我的阿玛、我的额尼、我的……我的小时候的……阿诨。"说完，转身向七星砬子跑去，韵颜紧紧地跟在后面。

十六、灭族瘟疫

　　扶余国的百姓和挹娄国的子民在李穹和木竹林的统一安排下安居下来，稍作休整后就开始预备去扶余国所需的给养。

　　被洪水冲刷而成的湖中，游动着很多大鱼，人们结网捕鱼，把大鱼的肉晒成干品，皮晒干做衣，晒不完的鱼就埋在深挖的地窖中。地窖是挹娄人必备的冬季储藏食物的地下仓库，秋季蔬菜水果采摘后放进地窖，可保鲜不冻不烂。挹娄人把鱼放进地窖，一个个地码好封严，待严寒大雪封门不便狩猎时才开窖食用。

　　一天，湖面上出现了一具被泡涨的尸体，人们立即报告了李穹和木竹林。李穹和木竹林来到了岸边，让人把那具尸体打捞上来。经辨认，断定是没有逃离挹娄国的遇难的人。李穹、木竹林和大伙一起把尸体掩埋了。几天后，又陆续在湖面上发现了漂流过来的尸体，在掩埋尸体的时候，额腾伊尔格发出了感慨："可怜啊，活生生地就淹死了。万幸的是，我们听从了觉罗蝉儿王后苦口婆心地劝导，才没落得这个下场。唉！为什么他们这些人就不相信觉罗蝉儿王后的话呢？可怜啊！"

　　"可怜之人必有可恨之处。"赵宝子说。

　　"但愿他们的灵魂能够得到安歇，不要在幸存的挹娄子民中作祟……"额腾伊尔格仰天说道。

　　赵宝子抢过话来说："这些心肠又硬又冷的人可说不定，他们活着不分善恶、不明是非，死后也不会老老实实地做鬼，一定会不守鬼道，到处乱跑的……"

　　"快别说了，怪吓人的……"旁边的人打了个冷战，摆动着双手阻止着。

　　赵宝子回过头来故意吓他："我听老人说啊，人被淹的时候都是手脚乱抓乱蹬的，他要是一旦在水里抓住人啊，那可是说啥也不肯放手，

十六、灭族瘟疫

直到把人抓得动弹不得，和他一同淹死。"

旁边的那个人咧着大嘴，呆立在那里，露出了恐惧的表情。赵宝子见周围的人都听得津津有味，就又回过头来煞有介事地对那个胆小的人说："可人要是临死的时候抓不着人，变成了野鬼也要到处抓人的。"说着，举起双手瞪大了眼睛，并且伸出了舌头，做出抓人的恐怖的样子，并且"嗷"的一声向那个胆小的人扑去，那个人"哇哇"地乱叫着向远方猛跑，惹得人们哈哈大笑起来。

洪水过后，气温急剧下降，女人们一边劳动一边开始准备过冬的衣服及冬储食物。因为这里的冬季非常寒冷，滴水成冰，而且常常大雪封门，数日不能出去觅食，所以，冬储的东西就是冬季赖以活命的食物。

清晨，觉罗蝉儿和韵颜醒来后来到了宰割场，妇女们也陆续地来到这里，人们相互亲切地问安后开始分割猎物。宰割场是一块平坦的石板地，男人们把猎物运到这里，妇女们把猎物的皮和肉分开，皮制衣、肉蒸煮后制成干品。

尽管昨天她们分割得很晚，但还是没有把当天猎来的动物分割完，只好用大苫布罩住，以免被动物吃掉。韵颜看到人来得差不多了，就招呼大家一齐掀苫布。当她们掀开苫布的时候，只见一大群老鼠在猎物的身上猛然抬起头，看到人后有的四下环顾，有的懒散地伸了一下腰肢，吓得女人们惊叫起来。这一叫，才把小肚吃得溜鼓的老鼠们吓得四散。女人们也叫喊着四下慌乱而逃，老鼠和女人都在惊恐的狂呼乱叫中逃窜，整个宰割场一片混乱。

一个女人跑得两腿发直，双脚乱跳，刚巧踩在了一只老鼠的身上，把那只小老鼠一脚踩伤，她惊恐地看着那只在地上痛苦扭动的老鼠，尖叫着大哭起来。觉罗蝉儿急忙跑过去把她拉扯到了一块大石头上，让她躲开了乱窜的老鼠群。老鼠渐渐地跑走了，女人的惊叫声也渐渐地平息了，人们聚到了觉罗蝉儿所站的大石头上，一屁股坐了下来喘息着。

觉罗蝉儿好奇地感叹着："怎么会有这么多的老鼠？而且这些老鼠都很奇怪，脊背上都长着一条黑色的线呢。"

韵颜捂着胸口惊魂未定地说："天哪！这些精明的老鼠们早已预知了灾难，它们一定是从挹娄国的荒野里逃出来的'难民'。可是，这些可恶的家伙竟然不劳而获，欺负我们人类的仁慈，大摇大摆地猛吃

挹娄玉蝉
Yilou Yuchan

我们的猎物。哼！再这样下去我就要发怒了。"

觉罗蝉儿看了看被老鼠啃了皮肉的猎物，笑着说："是啊，它们竟然把我们的宰割场当成了它们的饭厅和卧房，大模大样地在这里聚餐、休息，丝毫不觉歉意，惹得我们温柔的韵颜都要大动干戈了。"

韵颜"扑哧"一笑，说："哎呀，阿莎取笑我了。"

春梅说："看看哪！这只小熊的头都让老鼠给啃了一半了。"

东莎娜故作呕吐状："天哪！让我们吃老鼠啃剩下的东西，喔哇！受不了了。"

春梅哈哈大笑，撅着嘴扮着老鼠的样子夹着嗓子冲着东莎娜说："美丽的萨尔甘追，让我把唾液送给你尝尝鲜吧。"

大家哄笑起来，东莎娜猛地站起来追打着春梅，边追边喊着："死老鼠，我要打死你！死老鼠，看你再敢偷嘴吃……"

太阳渐渐升高了，妇女们在大锅下架起了木柴燃起了锅灶。一会儿，几口大锅里就飘出了喷香的煮肉味。

孩子们欢叫着跑过来，叽叽喳喳地守在灶台旁等着吃肉，东莎娜撵了半天也没把孩子们撵走，韵颜见肉还没有煮好，孩子们在这里碍手碍脚的，就把那只让老鼠啃了一半的小熊头扔给了孩子们，哄骗他们说："你们把这只小熊头踢到那边的大树下，肉就煮好了。"孩子们欢叫着踢熊头去了。

妇女们把煮好的肉捞出来放在桌子上的陶盆里，请老人们先坐下进食。老人们吃过后，东莎娜高声喊着孩子们来吃饭，可孩子们竟然踢熊头踢出了乐趣，从灶台到大树下踢了好几个来回，怎么也不肯回来吃饭。留根领着那一群孩子分成两伙，争先恐后地抢着踢，草儿和几个女孩儿在一旁呐喊着助威，孩子们玩得开心极了，任凭东莎娜怎么叫喊，他们就是不回来吃饭。

东莎娜气恼地对觉罗蝉儿说："看看这群哈哈珠，都玩疯了，不快点回来吃饭，这样非要耽误我们收拾锅灶不可。"

觉罗蝉儿看着这群玩得热火朝天的孩子们，感慨着："这些哈哈珠自从逃离挹娄国后就没有这样开心过，这儿没有什么好玩的，韵颜扔过去的熊头竟然成了他们的玩具。"

"额云，我叫他们回来吃饭，他们不听，怎么办啊？"东莎娜有些着急地催促着觉罗蝉儿。

韵颜拍了一下东莎娜的肩膀说:"看我的!"说完,跑到孩子们的跟前,抱起了熊头就往回跑,孩子们叫喊着追了过来。

韵颜在觉罗蝉儿的面前停下来,对孩子们说:"蝉儿额云喊你们吃饭,你们是不是最听蝉儿额云的话啊?"

孩子们齐声回答:"是!"

韵颜接着说:"好了哈哈珠,现在吃饭,吃完饭后你们接着玩'踢熊头',好不好?"

"好!"孩子们高声回答。随即,孩子们一拥而上把桌子围住伸手就去抓肉,东莎娜尖叫着:"放下!快放下!洗洗你们的小脏手再吃!看你们的手刚刚抓了老鼠啃过的熊头就来抓吃的,噢!太恶心了!"

孩子们听话地放下煮肉去洗手,可煮肉上却留下了好多小小的脏手印。

早起的男人们扛着猎物回来了,一会儿的工夫猎物就堆积如山。男人们草草地吃了煮肉后,就又出去打猎了。他们要把去扶余路上的食物及衣物备齐。

夜晚,木竹林和韵颜在野外散步。如水的月光照在大地上,让这片土地充满了诗情画意。

韵颜拉着木竹林的手轻轻地唱着动听的歌,木竹林爱意浓浓地注视着心爱的人,幸福的感觉洋溢在脸上。

"树儿遮住了月亮,鸟儿不再歌唱,狗儿进了小木窝,我的爱根在听我慢慢地歌唱……"韵颜唱着唱着,忽然咳嗽起来,木竹林急忙在韵颜的后背拍了几下,心疼地说:"怎么了?怎么咳嗽了?"

韵颜说:"不要紧,兴许是用气不对。"

木竹林警觉地说:"你的手心有些发热,是不是伤风了?"说完,又摸了摸韵颜的额头说:"头也热,我们快回去吧,别真是受了风寒了。"

韵颜小鸟般地依偎在木竹林的胸前,而后,乖乖地跟着木竹林往回走。

第二天早晨,天刚蒙蒙亮,韵颜就来到了宰割场,她要在妇女们没来之前把准备工作做好,好让这小山般的猎物尽快处理掉,更多地

挹娄玉蝉
Yilou Yuchan

储备去扶余路上的给养。

韵颜慢慢地揭开了苫布的一角，猛地掀了起来，迅速地拉着苫布往前跑去。苫布被韵颜揭开了，一大群老鼠从苫布下跑出来四处乱窜，韵颜急忙跑到不远处的一棵大树下，爬到了树上躲避乱窜的老鼠。

韵颜爬到大树上急促地喘息着，她想抱紧树干却力不从心，手脚的力量仿佛一下子消失了，软绵绵的不听使唤，韵颜想从树上下来，谁知刚刚动了一下手臂就无法再环抱树干，身子一滑从树上掉了下来。

觉罗蝉儿此时刚刚走到宰割场，听到"扑通"一声响，随后觅声望去，只见大树下躺着一个人，于是疾步奔去，看见是韵颜躺在那里，就急忙抱起了韵颜的头。觉罗蝉儿呼唤着韵颜的名字，引来了正在走来的妇女的围观，觉罗蝉儿抱起了韵颜，在大家的帮助下把韵颜抱回了家。

觉罗蝉儿守候在韵颜的身边，用沾湿了的手巾敷在了韵颜发烫的额头，轻轻地唤着韵颜的名字，可是，韵颜却一点反应都没有，觉罗蝉儿对旁边的人说："快去找木竹林！"

两个女人一同答应着跑出去了。

随着一声呼唤，木竹林一阵旋风似的跑了进来，直奔韵颜的跟前。木竹林双手捧着韵颜的头，心急如焚地呼唤着："韵颜！你怎么了？韵颜，快醒醒啊，我是木竹林，快醒醒看看我啊……"

韵颜的头动了一下，接着重重地吸了一口气，口中发出了一声呼唤："木竹林……"

木竹林急忙应着："是我，我是木竹林！感谢阿布卡恩都里，让我的韵颜醒过来了。"

木竹林把韵颜搂在了怀里，忽然，他抬起头，用手摸着韵颜的脸部、胸部、后背，吃惊地说："你的身上怎么这样热？"

韵颜说："我在熊熊的烈火中，拼命地……奔跑，跑了好久、好久，可怎么也跑不出这片火海。这火，像火山爆发后的熔浆一样猛烈，烧得我成了焦片，却怎么也烧不死。木竹林，我以为……我再也见不到你了，感谢阿布卡恩都里，让我还能看到你。我好渴，好渴啊……"

觉罗蝉儿急忙去倒了水，把陶杯递给了木竹林，木竹林把陶杯递到了韵颜的嘴边，韵颜迫不及待地把杯中的水喝了下去。木竹林打开韵颜的领口，把手按在了韵颜的胸口试试体温，忽然在韵颜的胸部看到一道道的抓痕，他大吃一惊，问道："是谁把你弄成了这个样子？谁把你的胸口给抓破了？快告诉我，我要狠狠地教训他！"

"是刚才在树上擦伤的吧？"觉罗蝉儿说。

韵颜喘息着回答："别急，木竹林，没有人伤害我，这是我自身起的红疹，只是奇怪，这红疹怎么像……抓痕一样啊？"韵颜看见木竹林怀疑的眼神，就又说："噢！或许是我做噩梦时……自己抓的呢。"

木竹林搂紧了韵颜，心疼地说："我的韵颜一定是在梦中经历了痛苦的折磨，才会把自己的胸口抓破，你一定是病得很重，才做了这样的噩梦。你的头这样热，身体这样虚弱，怎么还去宰割场干活？勤劳的宝贝啊，能不能好好地休息，让我不再为你担心？"

"好的木竹林，我听你的，我一定会好好休息，让你放心。"韵颜露出了幸福的笑容。

远处，传来了一阵嘈杂的声音，继而又传来了一阵痛苦的哭喊声。一个青年人从外面跑了进来，对木竹林说："不好了，百姓中很多人都得了一种怪病，病人高烧不退、面孔肿胀，皮肤上都有鬼抓痕，严重的还鼻出血、吐血、便血。有一个哈哈珠刚刚死去了，还有几个哈哈珠昏迷不醒。"

木竹林惊恐地说："这是怎么回事？有没有人能说清楚这是怎么回事？"

那个人说："大家都在传说这是把娄国淹死的鬼魂来抓人了！"

木竹林坚定地说："不可能！阿布卡恩都里绝不可能让鬼魂在把娄子民中作祟。"继而又自言自语地说："难道这是瘟疫？先祖说过，大灾过后必有大疫，难道我们逃出了水灾，还要葬身于瘟疫之中吗？"说完，让韵颜躺在床上休息，转身对觉罗蝉儿说："阿莎，我们去找李穹和太医商量解决瘟疫的办法，韵颜就交给别人照顾吧。"

觉罗蝉儿说："好吧，我们要马上研究出解决的办法。"

木竹林走到门口的时候，回过头来深情地看了看韵颜，韵颜伸出手来微笑着冲木竹林挥了挥手，木竹林转身向外走去。

人们很快聚集在刚刚建成的议事大殿中。太医说："老夫从未见过这种病症，这症状太恐怖了，难道真的如百姓所说，是把娄国淹死的鬼魂作祟？"

木竹林坚定地说："把娄国历来受阿布卡恩都里的恩佑，灵界鬼魂不敢侵害把娄子民，不过，病人身上的抓痕的确很难解释。"

挹娄玉蝉
Yilou Yuchan

李文博说:"木竹林说得对,阿布卡恩都里用他的手臂把挹娄和扶余的百姓从灾难中救出来,就不会再投入另一个灾难,我们要相信阿布卡恩都里的仁慈。"

木竹林对李文博说:"伯父可知道,这到底是什么病?"

李文博说:"这是瘟疫无疑。至于是来自何种病毒的瘟疫还不能确定。"

左翼相国说:"要是先王木尔哈勤罕的太医在这里就好了。"

这时,瓜尔雅丹站了起来,对觉罗蝉儿说:"额云,我要对大家说几句话。"

觉罗蝉儿猛然醒悟道:"怎么忘了瓜尔雅丹了?"然后,站了起来对大家说:"瓜尔雅丹的阿玛就是先王木尔哈勤罕的太医,瓜尔雅丹从小就跟着阿玛采药、出诊、开药方,一定会有治疗这种怪病的方法。"

大家的目光一下子聚集在瓜尔雅丹的身上,瓜尔雅丹站到了前面,面向大家说:"这是疫毒!挹娄国发大水,田间带有疫毒的长尾黑线鼠也从挹娄国逃到了这里,这种长尾黑线鼠只有我们挹娄国和祖先生活过的肃慎部族那里才有,黑线鼠把疫毒带到我们的饭桌上、用具上、食物上,以及我们的手能够触摸的地方,我们通过食物把这疫毒带入腹中,疫毒在腹中发作,病人就会痛苦不堪。疫毒入血后,血向上涌,病人出现了眼红、脸红、脖子和前胸也红的现象,就像喝醉了酒。疫毒沿血液外透,达到皮下,脉管破坏,血从脉管溢出,形成出血点或瘀斑,因为脉管像树枝一样有分支,所以,皮肤就像被抓得瘀了血一样。疫毒入肾经,肾不能通调水道,水不能下注膀胱,病人便会少尿或无尿。于是,眼睛和脸就会肿胀起来,头痛、眼眶子痛,腰也痛得厉害,到后来,病人还会尿起来没完。最后的结局就是,病人不是被尿憋死就是因尿崩消耗而死。"

"瓜尔雅丹还懂得汉医大师张仲景的《伤寒论》呢。"李文博赞叹着又急忙问道:"这疫毒能否传染给人?"

"不会传染别人,疫毒只在病人自身繁殖滋生,不会传给周围的人。"瓜尔雅丹回答。

李文博松了口气。

瓜尔雅丹说:"治疗这种病很难,尤其是现在,各种草药都已近干枯,不好辨认。这种病是发病急,病程短,治疗不及时就会死亡。"

十六、灭族瘟疫

这时，赵宝子跑了进来，冲着李穹大声说："大王，不好了，扶余的同胞们已有两个人病故了，还有几十人病重。这可怎么办啊？大王，快想想办法吧！"

李穹立即站了起来，说："怎么会有这么多的同胞得这种病？"

瓜尔雅丹答道："这种疫毒更容易侵害外族人，因为外族人的身体中缺乏对抗这种疫毒的能力。"

李穹急切地问道："快说，怎样才能拯救这些病人的生命？"

瓜尔雅丹果断地说："即刻采药，配制'寒水还魂汤'。"

木竹林说："所有的人停止一切工作，全力上山采药。瓜尔雅丹，赶快出方，立即研药。"

瓜尔雅丹说："黄芩、黄檗、黄芪，还有龙胆草、蒲公英、山葡萄根、紫草、沙参、党参、车前子、芍药根。这些草药在我们七星窝集山坡上都能找到，最重要也是最难弄到的是寒水石。"

"只要有这个东西，就是上天入地我都要弄到。"木竹林坚决地说。"告诉我，哪里有寒水石？"

"只有在七星砬子的山顶上才能找到。"

"啊？七星砬子的山顶？那么陡峭，能攀登上去吗？"李文博担心地说。

"能，我一定要攀上去。"木竹林毫不犹豫地说。

"不行，你是木尔哈勤罕王唯一的血脉，怎能让你冒这样的危险！我去！"完颜烈吉大着嗓门说。

木竹林用毋庸置疑的口吻说："正因为有危险，我才要亲自去。阿玛在世的时候说过，为王的就要为子民造福、保护子民，甚至牺牲生命也在所不惜，何况，我的韵颜生命垂危，为了韵颜，为了挹娄子民，为了扶余的兄弟……"

"完颜烈吉！不好了……不好了……"一位挹娄壮士气喘吁吁地跑过来，慌慌张张地寻找着完颜烈吉。

完颜烈吉惊恐地问道："谁……谁又染病了？"

那人结结巴巴地说："是……是……是留根……留根他……"

完颜烈吉一下子抓住了那人的肩膀，瞪圆了眼睛问道："留根他……他怎么了？"

那人带着哭腔说："快回去看看吧，恐怕……"

挹娄玉蝉
Yilou Yuchan

完颜烈吉目光呆滞地松开了手，跪在地上，抱拳冲天道："木尔哈勤先王在天之灵，为你的子民祈福吧！阿布卡恩都里，救救我们吧！救救我们的留根吧！"说完，猛地站了起来，向着七星砬子奔去。

人们惊愕地看着他远去后才清醒过来，木竹林对李穹说："立即召集大家采药，我们去采寒水石。"说完，在墙壁上摘下了一根长长的绳子系在了腰间，又取了一根套马的绳套也系在腰上，边向着完颜烈吉跑去的方向追了过去边向太医喊道："守护留根，守护哈哈珠们，一定要留住挹娄的根！"

完颜烈吉很快就跑到了七星砬子跟前，他敏捷地向着陡峭的七星砬子的山顶爬去。七星砬子多数是大块的石头，又很陡峭，所以树木和杂草很少，远处望去，山上光秃秃的。此时，完颜烈吉已爬到了一个平坦的地方站了下来，俯身看见追赶过来的人们，大声喊道："你们不要上来啊，人多也没用，我一定会把寒水石带回来的。"说完，又向上面爬去。

山上有几棵小树，零星地长在石缝间，完颜烈吉每当爬到小树跟前的时候，都会扶着小树停下来喘息一下。完颜烈吉爬到了半山腰，右脚蹬着一块岩石正要攀爬，谁知那块岩石一下子松动了，被完颜烈吉踏落下来。完颜烈吉的右脚踏空，身体失重，顺着坡体滚落下来。人们惊呼着，眼睁睁地看着完颜烈吉从半山腰一直滚落到人们的跟前。

此时，完颜烈吉躺在地上，衣服撕裂多处，浑身上下血迹斑斑，鲜血不断地从伤处涌出来。随后赶到的李穹急忙脱下衣服撕成了布条为他包扎伤口。

赵宝子手忙脚乱地帮忙，嘴上不停地说着："我的老天爷呀，这么陡峭的山峰也敢攀登，真是不要命了。我这么胆大的人都不敢爬这种山，相信没有人能上得了这座山峰的。"

这时，韵颜的父亲格图肯赶了过来，为完颜烈吉把了把脉，又翻看了眼皮，对大家说："只是外伤造成的暂时昏迷，抬回去让太医敷些红伤药，过几个时辰就会醒过来的。"

大家七手八脚地把完颜烈吉抬到了苦布上，准备抬回家去。这时，格图肯指着七星砬子的上面大喊着："看哪！木竹林上去了！"

大家顺着格图肯手指的方向望去，只见木竹林已经爬了很高了，格图肯冲着木竹林高喊着："木竹林啊，韵颜还在病中，你怎能去冒生

十六、灭族瘟疫

命的危险呢？你若有个三长两短的，可怜的韵颜也就活不下去了！木竹林啊，韵颜和把娄子民都不能没有你啊……"说完，泣不成声。

赵宝子吊着嗓门喊着："不得了了！把娄国王爬七星砬子了！"这一喊，引来了很多人观看。

木竹林此时正抓到了一棵小树，便站稳了脚，转过身来对下面的人大声说："为了把娄生病的子民，为了扶余生病的弟兄，为了我心爱的韵颜，木竹林就是牺牲自己的性命也要取回寒水石！"说完，继续向上爬去。

子民们立即跪在地上向天呼求，哀号之声响彻云天。格图肯痛心地站了起来，眼睛盯着木竹林艰难爬行的背影，猛地抹了一把眼泪，大声唱道：

  地上的那只神鹰啊高高地飞翔
  天上的神啊你快快降临
  神鹰追寻着梦中的天堂
  神灵降福这神奇的地方

  啊，神鹰
  你遨游在蓝天之上
  你自由自在地飞翔
  吸吮着白云的芳香
  脚踏着彩虹的桥梁
  你舞动着刚劲的翅膀
  你奔向那梦中的天堂

  你是神的使者
  你是众生的仰望
  你有不屈的傲骨
  你的名字万古流芳

  啊，神鹰
  啊，飞翔
  啊，神鹰
  啊，飞翔……

挹娄玉蝉
Yilou Yuchan

　　木竹林艰难地向上爬着，爬到了完颜烈吉摔下去的地方，仔细地看了看上面的岩石后，解下了腰间的绳套，站稳了脚跟，用力一甩手中的绳子，那脱手而出的绳子在空中舞动一下后，不偏不倚正好套在了一块突兀的石头上。山下的人们发出了一阵惊喜的欢呼声。

　　木竹林用力拉了拉绳子，感觉很牢固，就顺着绳子向上攀登。攀到套着绳子的那块石头前，木竹林把绳套拿了下来，又瞄准了上面的另一块石头用力扔了出去，绳套稳稳地套在了石头上，山下又响起了一阵欢呼声。

　　木竹林就这样努力向上攀爬着，爬过了半山腰，又向上甩了绳套，拉了拉后准备向上攀爬，忽然，他感觉绳子松动了，并听到有小石头下落的声音，他急忙抬起头，只见那块拴了绳子的石头正晃动着往下滚落……

　　此时，韵颜紧闭的双眼一下子睁开了，额头上冒出了一粒粒硕大的汗珠，她惊恐地呼喊着木竹林的名字。

　　觉罗蝉儿急忙俯身问道："怎么了韵颜？是不是做噩梦了？"

　　"可怜的木竹林像一个蜕变中不能飞翔的神鹰一样，从高空中掉了下来……"

　　觉罗蝉儿倒吸了一口凉气。

　　"木竹林在哪里？我要见到他……阿莎，快告诉我，木竹林在哪里？"韵颜急切地问。

　　觉罗蝉儿注视着窗外的七星砬子，没有回答。

　　就在木竹林头上的石头快要掉落下来的时候，木竹林迅速看了看两侧，见旁边有一块牢固的石头凸出来，便用尽了全身的力气猛拉了一下绳子，同时脚掌快速蹬了一下石壁，身体借着绳子摇荡的惯力向那块凸出来的石头飞了过去。木竹林在头顶的石头落下之前，脚跟稳稳地站到了那块凸出来的石头上，同时，伸出手来紧紧地抓住了上面石缝间长出的一棵小树。那块石头"轰隆隆"地贴着木竹林的身边滚落下去，卡在了半山腰的两块石头之间。这一惊险的场面让山下所有的人都发出了惊叫，吓出了一身的冷汗。木竹林待石头滚落带来的灰尘落定后，定了定神，察看周围，寻找那根绳套。只见那绳索圈套的一头，掉落在他脚边不远处，木竹林伸出一只脚去勾那个绳套，可惜没有勾到。木竹林就把抓住小树的手挪到了树梢处，又去用脚勾那根绳套，一下、两下、三下……终于把那根绳套勾了过来。木竹林把绳套挦好，对准了头上面的一块石头抛了出去，绳套在空中划了一个优美的弧形，稳稳地落在了那块石头上。木竹林用力拽了拽绳子，感觉很牢固，就抹了一把额头上的汗珠儿，敏捷地攀爬上去。

如此反复地攀爬，木竹林的身影在人们的眼中越来越小，距离山顶越来越近。

韵颜睁大的眼睛和惊恐的神态渐渐地安静下来，慢慢地闭上了眼睛。

在人们揪心的期盼中，木竹林终于爬上了山顶，只见山顶上长着一些奇异的花草，这些花草虽然已经干枯了，但依稀可见它们茂盛时的风采。木竹林刚走出两步，就听见一种奇怪的声音，他警觉起来，仔细观察着周围可疑的东西。忽然，他看到了一个怪物，小巧的脑袋上，有一双深邃机警的眼睛，粉红色的尖嘴巴，通体没有一根羽毛，这怪物躲在一个洼地的干草旁，正用警惕的眼睛看着他。木竹林急忙从身后抽出了匕首，试探着向那个怪物走去。

木竹林慢慢地靠近了那个怪物，只见那个怪物警惕地后退着，口中发出了喃喃地低鸣。木竹林停下了脚步，仔细地观察着怪物的一举一动，怪物见木竹林站立不动，也停止了后退，两双眼睛相互对视，见对方都没有敌意，双方紧绷着的神经就都松弛下来。忽然，木竹林露出了惊喜的神情，急忙收起了匕首，向着那个怪物走过去。

木竹林蹲在怪物面前，温和地说："别怕，我知道你是神鹰，尽管你现在的样子很难看，可是等你的羽毛都长齐了，就会重新飞上蓝天，重现你矫健的英姿。放心，我不会伤害你的，我叫木竹林，来这里是为了采寒水石，我们从挹娄逃出来后很多人得了瘟病，我要找到寒水石，患病的人才会脱离危险。还有我心爱的韵颜，我不能失去她，她是我的至爱，没有她，我就没有了快乐，我愿意拿我的生命去拯救她。"说完，俯下身来把那个怪物抱了起来。

原来，那是一只啄去了毛的蜕变中的秃毛神鹰，这只神鹰自己摔掉了长至胸口的嘴巴子，现在已经长出了新的小巧的嘴，陈旧的脚趾也啄退了，只待新毛长出来就可获得新生，又可以获得35年的生命。

挹娄玉蝉
Yilou Yuchan

挹娄人历来就把救助神鹰当作神圣的事，而且传说凡是救助神鹰的人都可得到阿布卡恩都里的特大神恩。神鹰蜕变时总是飞到人与动物都上不去的地方，为能获得安全，所以常人很难看到神鹰蜕变的样子。木竹林见到蜕变中的神鹰后非常兴奋，秃毛神鹰见木竹林收起了匕首，就不再恐惧，加之木竹林把它抱起后使它感觉到了温暖，就安静地躲在了木竹林的怀里。木竹林怀抱着秃毛神鹰放心地往前走，他想：这只没有抵御外来侵害能力的秃毛神鹰能活着，就证明这个山崖是安全的。

木竹林怀抱着秃毛神鹰，急切地寻找着寒水石。

寒水石是一种石头，像玉石一样半透明，它看上去水盈盈的，又有凉凉的感觉，所以，人们为它取名为"寒水石"。寒水石是在上亿年的山体重压下形成的，大多都在石头的夹缝间，所以，很难被人发现。

此时，太阳已升到了高空，初冬时节日光依然炽热，木竹林爬了半天的山，感到了饥饿和口渴，他心想着生命垂危的韵颜，伸出舌头舔了舔干燥的嘴唇，继续焦急地寻找寒水石。

山崖上很宽阔，有几个石柱般的石头立在山顶，正当木竹林选择方向的时候，秃毛神鹰在木竹林的怀中蛹动了一下，然后伸长了脖子四下张望。

木竹林警惕起来，巡视着周围察看动静。秃毛神鹰更加躁动不安，仰起头来口中发出"咕咕"的叫声。木竹林也仰起头来向天上看去，只见天空万里无云，在南面的半空中有一个黑点在向这边飞近，秃毛神鹰冲着这个黑点鸣叫着。那个黑点飞速地向这边移动着，渐渐地木竹林看出来是一只神鹰，一只蜕变后的强健的神鹰。这只神鹰的头上有一朵红色的绒毛，在阳光的映照下反射出耀眼的红光。

红头神鹰的口中衔着一块鲜嫩的肉，它看到了木竹林和木竹林怀中的秃毛神鹰后，急速落在一块石头上，把口中的肉放下后冲着木竹林怀中的秃毛神鹰发出了焦急的呼唤，同时，张开了翅膀做好了随时出击的准备。

秃毛神鹰口中发出了温柔亲昵的回应，红头神鹰的情绪平静下来。木竹林把秃毛神鹰放在了地上，秃毛神鹰欢快地向着红头神鹰奔去，红头神鹰用爪子按住那块肉，用嘴把肉一点点地撕下来放在秃毛神鹰的面前，秃毛神鹰幸福地享受着红头神鹰为它做的这一切。木竹林看着这一对恩爱的神鹰，露出了感动的笑容。

木竹林踏着干枯的杂草，走向一块块的石头，焦急地寻找着寒水石。此时，太阳又增加了热度，木竹林的饥渴感更加强烈。木竹林逐一察看敲打着裸露的石头，正当他焦急得大汗淋漓的时候，听到远处有一声柔美的鸣叫。木竹林抬起了头，看见红头神鹰站在一块高高的柱子一样的石头上，那块石头有几丈高，立陡得无法攀爬。石柱的顶部有一块半透明的固体在阳光下泛着浅蓝色的光。木竹林惊叫着："寒水石！"

红头神鹰扑棱一下翅膀飞了下来。木竹林急忙向石柱奔了过去，围着石柱转了三圈，也没找到可以攀爬的地方。木竹林抹了一把汗，双手下意识地放到了腰间，忽然，他眼睛一亮，因为他的手触摸到了腰间的绳套。木竹林迅速解下了绳套，退后几步，瞄准了石柱的顶部把绳套抛了出去。绳套在空中划了一个好看的弧形，稳稳地落在了石柱的柱身上。木竹林抓住绳子，使出了全身的力气，把石柱拉倒了。石柱倒地后，碎成大小不一的碎块，碎块上一层层的寒水石晶莹剔透，发着蓝宝石一样的光芒。木竹林激动地大声喊道："韵颜、族胞们！坚持住，我找到寒水石了！"

木竹林搬起了一大块寒水石，来到了爬上来的地方，冲着下面守望的人们喊道："快去熬药，救人！"随后，就把寒水石抛了下去。山谷里立即传来了回响："……熬药……救人……熬药……救人……救人……"

寒水石抛出去后，落在了半山腰上，又借着惯力继续滚落，一直滚落在人们的面前。人们迫不及待地奔过来，亮晶晶的放着蓝光的寒水石呈现在人们的面前，人们欢呼着、跳跃着，李穹激动地抱起寒水石，在人们的簇拥下，向议事大殿跑去。木竹林看着这一切，欣慰地笑了。

木竹林解下了腰间的绳子，把绳套套在了一块石头上。这时，秃毛神鹰冲着木竹林"咕咕"地叫着，木竹林走到了它的面前，蹲下来抚摸着它的头说："有心爱的伴侣照顾，是最幸福的事。不过，天气就要冷了，你在这里要遭受风寒的侵害，我把你抱下山喂养，如何？"

秃毛神鹰用嘴贴着木竹林的手掌，并用整个头部在木竹林的臂膀

挹娄玉蝉
Yilou Yuchan

中摩擦。木竹林亲昵地把它抱了起来，把脸贴在了秃毛神鹰的脸上。秃毛神鹰的口中发出委婉的低吟。红头神鹰迈着轻盈的碎步来到了木竹林的身边，仰起头来冲着木竹林也发出了柔和的低鸣。木竹林抱着秃毛神鹰蹲了下来，用臂膀搂着红头神鹰的脖颈说："我要把你心爱的伴侣抱回家，我来替你照顾，免得你到处觅食，那么辛苦。"

红头神鹰又"咕咕"地叫着，而后又向秃毛神鹰低语着，木竹林笑了，拍拍红头神鹰的头部，说："你可以陪它一起去，你也可以享受和它一样的款待。"

两只神鹰仿佛听懂了木竹林的语言，欢快地雀跃着。

木竹林解下衣裙把秃毛神鹰包裹起来背在后背上，把腰间的绳子解下来和绳套系在了一起，然后顺着绳子溜下去。

李穹和觉罗蝉儿还有太医等人围在石头火灶旁焦急地看着瓜尔雅丹熬制"寒水还魂汤"。瓜尔雅丹一边搅动着药汤，一边仔细地观察着药汤颜色的变化，豆大的汗珠从瓜尔雅丹的额头上淌了下来，瓜尔雅丹的脸色瞬间变得煞白。觉罗蝉儿注意到了瓜尔雅丹的变化，急切地问："怎么样？"

瓜尔雅丹压低了声音说："阿玛说，'寒水还魂汤'熬好后是白色的，可现在这汤怎么会是黑色的呢？"

觉罗蝉儿想了想，问："是不是还缺什么配料呢？"

瓜尔雅丹抹了一把汗，说："我不记得还有什么了。"说完，用陶碗盛了药汤，把陶碗放在了桌子上，两膝跪地、双手合拢举目向天，口中念念有词。片刻后，瓜尔雅丹站了起来，对李穹和觉罗蝉儿说："这种药我第一次独立制作，不知药汤是否毒性过大，这种药的特点是，量不能小了，小了不能消灭患者体内的疫毒，反倒激发了疫毒的对抗力，患者更难救治，若是药量大了，就伤害了患者的脏器，患者的疫毒被消灭的，但患者的内脏却因受损而留下严重的后遗症，所以，用量一定得准确。加上药汤成黑色，更让我对它的药性不确定。"说完，端起陶碗把药一饮而尽。觉罗蝉儿想要阻止已经来不及了。

瓜尔雅丹用手背抹去了嘴角上残留的药液，仰望着蓝天露出了神圣的表情，说："如果我半个时辰没有醒过来，这药就不要给大家用了。"话音刚落就捂住了胸口，涨红的脸上呈现出痛苦的样子，大滴的汗珠从额头上滚落下来。李穹急忙问道："是不是药物毒性发作了？快告诉我解药在哪里？"

瓜尔雅丹一字一顿地说："没有解药，我要用我的生命来验证它的疗效，因为它承载着众多人的生命。"说完，摇摇欲倒。李穹急忙扶住了她，把她抱起来平放在了大树下。

觉罗蝉儿心痛地抚摸着瓜尔雅丹的脸颊，只见瓜尔雅丹的脸色渐渐变成了紫色，嘴唇也慢慢地变黑。觉罗蝉儿的眼泪止不住地落下来，李穹走过来把觉罗蝉儿拥在了怀里。觉罗蝉儿伏在李穹的肩头，呜咽着说："瓜尔雅丹为了救我，在游船上都没有被大火烧死，今天为了救这些患疫病的人也不会死的，对吗？"

李穹也泪眼婆娑，却极力劝慰着觉罗蝉儿："瓜尔雅丹不会死的，阿布卡恩都里会让她醒过来的，她还要拯救这些可怜的病人呢。挹娄人的阿布卡恩都里——我的老天爷，救救瓜尔雅丹吧……"

人们跪了下来，举目向天祈祷。

时间一点点地过去，瓜尔雅丹的呼吸越来越弱，半个时辰后，瓜尔雅丹停止了呼吸。觉罗蝉儿大声呼唤着瓜尔雅丹的名字，可瓜尔雅丹却一点反应都没有。李穹喊道："太医！太医！快救救瓜尔雅丹！"

太医急忙采取了常规救治，但还是没有让瓜尔雅丹清醒过来。

木竹林顺着绳子往下走，当绳子到了尽头的时候，他的脚踏落在一块平坦的石头上。木竹林摇动着绳子，企图把绳子从石头上摇下来，可多次努力都无济于事。木竹林放弃了取下绳子的念头，扶着陡峭的石壁往东侧移动。东面有一块略为开阔的平地，地面上长有几棵五叶地锦，枝叶攀爬在立陡的石面上，覆盖了上方的石壁。木竹林踏上那块平地坐下来歇息，同时，把秃毛神鹰放下来让它卧在地上。红头神鹰在天上盘旋了一阵后，也落在了秃头神鹰的旁边。

木竹林仔细地观察着周围的地势，寻找着下山最安全的道路，正在他踌躇不定的时候，随着一声鸣叫，从五叶地锦的后面飞出一只火红的大鸟。那只鸟头顶上长着一簇火红的鸟冠，像王冠一样充满了高贵不可侵犯的尊严，一双细长而又美丽的眼睛放射着灼灼光芒。它挺起秀美的脖颈，一边发出欢快的鸣叫，一边盘旋着在木竹林的头顶。

木竹林仰起头来痴迷地看着那只神奇的大鸟，猛然间，他惊喜地

挹娄玉蝉
Yilou Yuchan

大叫一声:"火凤儿骨鸟!"

这只美丽的火凤儿骨鸟似乎听懂了木竹林的呼唤,用柔美的声音低吟了一声后,侧着头颅看了看木竹林,而后,向着天边那颗火红的太阳飞去。

山下,觉罗蝉儿守在瓜尔雅丹的身边,流着眼泪为瓜尔雅丹梳理着头发。洛滨和东莎娜在为瓜尔雅丹编制花环,李穹领着男人们在为瓜尔雅丹做木杆船,为瓜尔雅丹准备水葬。

木杆船做好了,李穹和洛滨把瓜尔雅丹抬上了木杆船,然后,几个男人把木杆船扛在了肩上。觉罗蝉儿抓住木杆船凄厉地冲着瓜尔雅丹喊了一声:"瓜尔雅丹,你不能走啊!说好了我们要一生一世在一起的!"

太医走到觉罗蝉儿的面前,请求说:"扶余王后,我想为瓜尔雅丹做最后一试,或许瓜尔雅丹还有生还的可能,如不能,王后不要怨我扰了瓜尔雅丹身后的清静。"

觉罗蝉儿立即止住了哭泣,对太医说:"太医快请动手,快救救瓜尔雅丹!无论怎样我都不会怨你。"

太医说:"好吧,那我就狠心一试,只是请王后不要害怕。"说完,让抬木排的人把木排放下,太医解开了瓜尔雅丹的衣襟,从布袋里取出了一个精致的小盒,拿出一根粗壮的骨针,向瓜尔雅丹裸露的胸口刺去。在场的人都大惊失色,觉罗蝉儿禁不住叫出了声音。

当太医把银针拔出来的时候,一股黑色的血涌出来,太医把手掌按到了瓜尔雅丹的胸口,用力下压,反复多次后,瓜尔雅丹的口中喷出了一口黑色的血块,随即,瓜尔雅丹的身体抽动了一下,发出了剧烈的咳嗽声,同时,慢慢地睁开了眼睛。

人们呆呆地看着太医这短短的救治过程,仿佛都失去了正常的反应能力,直到瓜尔雅丹捂着受伤的胸口坐了起来的时候,人们才惊呼起来。

瓜尔雅丹怔怔地看了看惊呆了的人们,冲着觉罗蝉儿焦急地问道:"额云,'寒水还魂汤'现在是什么样子了?"

瓜尔雅丹这一问,人们才想起了药汤的事,于是,几个人飞跑到药锅前,往锅里一看,立即同声惊叫起来:"变白了!药汤变白了!"

瓜尔雅丹惊喜地说:"变白了?噢!看我急的,竟然给忘记了,阿玛说'寒水还魂汤'冷却后剧毒就会消散,药性会变得温和,而且颜色也会变成白色。我……唉……快……快去把药汤喂给病人,大人一陶碗,哈哈珠半陶碗。"

人们"轰"的一下向药锅围拢过去,争抢着盛药汤,忙着去给病人喂药。

木竹林眼望着火凤儿骨鸟渐渐地飞远,那火红的美丽得让人痴迷的身影在空中梦幻般地舞动。此时,正是夕阳西下,太阳映红了半个天空,火凤儿骨鸟向着那绚丽的夕阳飞去,矫健的身影渐渐地与通红的夕阳融为一体。木竹林久久地凝视着、思索着。火凤儿骨鸟一出现就会有灾难,可这次灾难出现之前火凤儿骨鸟没有出现,现在出现了是为了什么呢?还有就是火凤儿骨鸟向人们预告灾难的时候,总是发出悠扬的哀鸣,可这次为什么是明快的叫声呢?

木竹林百思不得其解。

木竹林看看天色,又看看悬挂在山顶石头上的绳套,对红头神鹰说:"现在,我能不能顺利下山就靠你了。"一边说着,一边用手指着山顶的绳套比画着。"你要飞到山顶,把绳套衔下来,我才能下得了山。"

红头神鹰睁着溜圆的眼睛,歪着头静静地听着,木竹林不知它能不能听懂,一遍一遍地说着。当木竹林看到红头神鹰无动于衷以为红头神鹰听不懂时,沮丧地坐在了地上。这时,红头神鹰身子一缩,"忽"地飞了起来,径直向山顶飞去。红头神鹰飞到山顶,落在了有绳套的石头上,衔起了绳套用力扇动着翅膀向木竹林所在的地方飞来。木竹林惊喜地看着这一切,情不自禁地夸赞红头神鹰:"啊哈!你太棒了!你是真正的神鹰!"

红头神鹰衔着绳套飞到了五叶地锦处,把绳套放在了地上,木之林急忙过去捡绳套,正当他弯腰捡绳套的时候,看到火凤儿骨鸟飞出的地方是一个五叶地锦覆盖着的山洞。这一发现让木竹林一阵欣喜,他急切地走进去,要看一看火凤儿骨鸟居住的山洞是什么样子。

这是一个宽敞的山洞,洞壁上是一层层五颜六色的玉石层,半透明的玉石色泽光亮、光彩照人。石壁上有一股清泉细细地流淌,又随

挹娄玉蝉
Yilou Yuchan

着叮叮咚咚的响声钻进了地下的岩层。水泉旁的岩石缝隙处，生长着一簇簇娇小美丽的鲜花，放射出奇异的香气。整个山洞艳丽辉煌得像仙宫一般。木竹林环视着这个山洞，眼睛落在了山洞的地上，不由得大吃一惊。原来，一只金铸的王冠端放在地上。

木竹林走近一看，原来是爱达甘的王冠。木竹林蹲下身来捧起了王冠，走到洞口向着火红的夕阳跪了下来，把王冠举过了头顶，向天说道："挹娄子民世代敬仰的阿布卡恩都里啊，感谢你把这统领挹娄子民权力象征的王冠交给了我，我一定不负阿布卡恩都里的重托，把挹娄子民引领好，让挹娄后裔世代敬奉你。"

山下，人们欣喜地把"寒水还魂汤"递到病人的嘴边，帮助病人服用。瓜尔雅丹和觉罗蝉儿来到韵颜身边的时候，韵颜已经停止了呼吸。觉罗蝉儿抱起韵颜的头，拍着她的脸颊说："韵颜，快醒醒，'寒水还魂汤'熬好了，你一定要喝下去，快醒醒啊！"

东莎娜哭着说："额云，没用了，韵颜已经没有呼吸了。"

觉罗蝉儿急切地说："不！韵颜一定要醒过来，木竹林从七星砬子上下来看不到韵颜会疯的！"

瓜尔雅丹扒开韵颜的眼皮，仔细地看了看，有气无力地说："她已经不能喝药了。"

木竹林把王冠戴在了头上，把秃毛神鹰背在身上，拿起绳套准备往石头上套，忽然，天空传来了"哇哇"的叫声。木竹林抬头一看，只见一只乌鸦在天空盘旋，木竹林的脸色"刷"的一下变白了，自言自语地说："乌鸦总是给人们传递悲哀的消息，难道是……"

乌鸦又叫了两声飞走了，木竹林呆立了片刻后，由心底里发出了一声大喊："韵颜，你一定要活着……"

山谷里响起了经久不息的回荡。

觉罗蝉儿对东莎娜说："快去请太医，太医有骨针！"

瓜尔雅丹拿出她祖辈留下来的石针，对觉罗蝉儿说："来不及了！我先为她放出瘀血，打通血液通道！"一边说着，一边用石针分别向韵颜的耳垂刺去。黑色的瘀血被瓜尔雅丹从韵颜的耳垂上挤了出来，瓜尔雅丹又分别在韵颜的十个手指和脚趾刺出瘀血，然后用力按压人中穴、合谷穴、内关穴，片刻，韵颜的身体抖动一下，发出了一声低吟。瓜尔雅丹连忙扶起了韵颜，把"寒水还魂汤"喂进了韵颜的口中。韵颜喝了药汤，深深地吸了一口气，而后睁开了眼睛，在场的人都惊喜地叫出了声。

韵颜喝了药后，渐渐地有了力气，问道："我怎么在这里？我刚才不是在那个金碧辉煌的宫殿里吗？木竹林在哪里呢？"

觉罗蝉儿告诉她说："是木竹林冒着生命危险爬上七星砬子山顶采的寒水石，瓜尔雅丹才配制了'寒水还魂汤'，染上疫毒的人，都有救了！"

韵颜急忙问："木竹林在哪里？我要见他。"

望着韵颜焦急的双眼，觉罗蝉儿只好如实说："木竹林，他还在七星砬子上，还没有下来。"

韵颜听后急忙起身要去七星砬子，可头一晕又瘫倒在了炕上。等韵颜清醒过来，觉罗蝉儿劝说着："你现在不能动，要好好休息，木竹林不会有事的。"

韵颜急切地说："阿莎，抬我去七星砬子山边，我要亲眼看着他下山，你知道，七星砬子上去的人多，下来的人少，因为，峰体太陡了，下来比上去还要难。只有我在山下等候，我心爱的木竹林才会安全地从山上下来。"

觉罗蝉儿深情地冲韵颜点点头，吩咐东莎娜唤人来用木板抬着韵颜去七星砬子。

韵颜被抬出了地穴居，艳丽的晚霞照在了她俊美的脸庞上，她眯起了眼睛，努力适应着亮光。她用鼻翼使劲吸了一口气，让这口气在胸腔里停留了片刻，让这充满山野芳香的新鲜空气迅速进入身体的各个脏器，排挤出体内积存的瘴气，然后屏住呼吸，从口中把这瘴气慢慢地呼出，如此重复做了几次后，睁大了眼睛，振奋了精神，感叹道："能够自由地呼吸真好！"

七星砬子脚下已经站满了期盼木竹林下山的人们。他们仰着头，看着木竹林顺着绳子下滑，又看到红头神鹰反复地衔下绳套，人们禁不住为神鹰的举动振臂欢呼。

挹娄玉蝉
Yilou Yuchan

十七、挹娄新王

当韵颜和觉罗蝉儿等人来到七星砬子脚下的时候,正值晚霞满天。此时,夕阳像一个巨大的球体放射着绚丽的红色光芒,把天上的云、山上的树,还有人的脸都照得红灿灿的。木竹林一点点地往下滑,人们的心也多了一点点的欣喜。

围观的人越来越多,李文博对左翼相国说:"发生了这么多让人惊喜的事儿,是老天爷,我们共同的阿布卡恩都里在保佑着我们。"

左翼相国赞同着:"是啊,我们该虔诚地举行一次感恩祭。在木竹林没有下来之前,我们准备好。"说完,吩咐赵宝子去请族祭萨满。

一会儿的工夫,祭坛上就堆满了献祭的祭品。人们等待着木竹林安全地下来。忽然,不知谁喊了一声:"看!木竹林戴着王冠哪!"

人们不约而同地抬起头仔细看去,只见木竹林的头上戴着一个黄金打造的王冠,金灿灿的王冠在夕阳的照射下反射出金黄色的绚丽的光芒。

留根用手一指,大喊一声:"是火凤儿骨鸟从爱达甘头上衔走的那个王冠!"

"是啊,是火凤儿骨鸟衔走的王冠!"人群中立即响起了回应。

人们惊呼着、跳跃着,木竹林感觉到了人们的兴奋,加快了下滑的速度。

红头神鹰在木竹林的身边上下翻飞,美妙的鸣叫声引来了林中各色的鸟儿,叽叽喳喳地在木竹林的身边飞旋。木竹林身后背着的秃毛神鹰,兴奋地看着这群突如其来的鸟群,口中发出了悦耳动听的鸣叫。晚霞更加绚丽,照得山崖成了金红色,照得木竹林的身体红彤彤亮闪闪,仿佛镶了灵动的金边。夕阳,把这独特的景致辉映成了千古奇观。

木竹林终于下到了山坡上,他转过身来迎着夕阳向着人群走来。红光四射的夕阳辉映着他英气勃勃的脸庞,那充满了智慧和良善的眼

十七、挹娄新王

神让人感到无比的可敬、可亲、可信赖。秃毛神鹰在木竹林的后背上骄傲地伸长了脖子,彰显着百鸟之王的自信。人们一下子沸腾了,涌上前来与他涕泣相拥。

木竹林来到了祭坛前,欢呼的人们一下子静了下来,木竹林把秃毛神鹰交给了李穹,把王冠交给了左翼相国。左翼相国双手接过木竹林手中的王冠,转交给族祭萨满。

族祭萨满庄严地走到祭台前,把王冠举过头顶,仰起头来向天吟诵:"无上尊威的阿布卡恩都里,你从尘埃中举扬了挹娄子民;你引领挹娄子民走出了灾难、脱免了瘟疫,你把挹娄国至高无上的权力交给了木竹林,他是木尔哈勤罕王骨肉相传的唯一血脉,是挹娄国的至尊者,他有如东升的旭日生机勃发、光芒万丈,普照挹娄大地。"

人们虔敬地注视着族祭萨满高高举起的王冠,神鹰和鸟儿也都落下来停止了喧闹。

左翼相国高声说:"挹娄新国王加冕典礼——开始!"

木竹林虔敬地跪下,族祭萨满手托着王冠走到木竹林跟前说:"木竹林加冕称王,上承天意,下顺民心,祈祝新王思想睿智,身体安康,爱民如子,名扬八方!"说完,将王冠戴在了木竹林的头上。族祭萨满拿起柳条,在陶盆中沾了沾水,向木竹林的头顶甩去,晶莹的水珠在夕阳的照射下,如粒粒珍珠滑落在木竹林的头上。

木竹林向天行了三拜九叩大礼。

族祭萨满和左翼相国把木竹林搀扶起来,赵宝子和铁心抬来了兽皮木椅,让木竹林坐下,在场的人都跪下齐声高呼:"挹娄罕王吉祥!挹娄罕王万福无疆!"

木竹林说:"诸位请起。"然后,走到李穹的跟前拉着李穹的手回到祭台前,对大家说:"扶余、挹娄两国贪婪暴虐的前国王让我们失去了亲人和家园,两国兵士相互厮杀,百姓生灵涂炭,让老迈的额尼失去了依靠,让摇篮中的哈哈珠失去了阿玛,两国的百姓每天都在苦盼着和平!我们挹娄子民可以重建家园,可扶余的百姓还在受挹娄在扶余留守的官兵的奴役。族胞们!我们同扶余的兄弟们一起去扶余,推翻前挹娄官兵的统治,帮助扶余新王建立一个和平美好的国家!"

人们欢呼起来,两个部族的百姓兴奋地拥抱在一起,李穹和木竹林的手握得更紧了。

挹娄玉蝉
Yilou Yuchan

李文博看着欢乐的人群,对夫人说:"百姓的心里是没有国界的,如果人与人之间都没有界限,那么,人间就是天堂。"夫人赞许地点点头。

"咚咚咚、咚咚,咚咚咚、咚咚……"抓鼓敲响了,人们开始欢快地舞蹈。

木竹林的目光在人群中搜寻着,最后落在了韵颜的身上,他疾步向着韵颜走过去。韵颜在东莎娜的搀扶下站了起来,木竹林走到韵颜的身边拉起韵颜的手,两人深情地相互对视片刻,而后,紧紧地拥抱在一起。

赵宝子示意太医往木竹林和韵颜那里看,感叹地说:"看到没?这就叫'生死相依'。"

太医啧啧有声地说:"人生得一真爱,足矣!"

挹娄和扶余的百姓抓紧了狩猎、储粮、制衣等工作。这个从灾难中逃离出来的两个国家的百姓,在这种特定的环境中形成了特定的制度,那就是两国百姓各有各的国王,各从其主。而两国的国王、贵族及百姓都在这种重生的喜乐中打破了以往严格遵循的君臣礼制,拉近了人与人之间的距离,相互平等相处。愉快的劳动使人们的心更加贴近,整个在七星窝集居住的人们心中充满了对阿布卡恩都里的感激和对这个大团体的热爱,每个人都以劳动为美,以奉献爱心为荣。

李穹和木竹林商议,趁着现在人多,为木竹林建一座宫廷大殿,木竹林不肯,怕耽搁去扶余的日期,可李穹坚持己见,木竹林只好应允。

扶余的壮士在原挹娄国被奴役的时候,为挹娄国建的就是宫殿式的大建筑,在七星窝集建宫殿更是轻车熟路的轻松,加之没有挹娄官兵的压迫,每个人都心情愉快地工作,所以,不多时日就建成了小有规模的宫殿和附属建筑。王宫大殿建成了,患病的人也都痊愈了,全体扶余壮士等待着李穹下旨回国。

清晨,半山腰云雾缭绕,鸟儿高声鸣叫,一群喜鹊飞上了枝头"叽叽喳喳"地叫个不停。

李穹和觉罗蝉儿手拉着手,在林间小路漫步。微风吹拂着觉罗蝉

十七、挹娄新王

儿的长发，使她温柔似水的神情又多了几分妩媚。

李穹停下来，捋顺觉罗蝉儿脸前的头发，深情地看着觉罗蝉儿说："你真美，美得让人心动。"

觉罗蝉儿笑道："那是因为你爱我，别人看我只是寻常人。"

"不！谁看你也不会觉得你寻常，你的魅力不是外表的美丽能体现出来的，而是你心底里流露出的真诚、善良，还有你的聪明与机智。"

觉罗蝉儿含羞地对李穹笑了笑，李穹又说："看到你的笑，能让人忘掉烦恼。"

"哪有啊？"

"听到你的声音，能让人陶醉。"

"我哪有这样好？"

"你真的这样好。"

觉罗蝉儿一下子笑出了声音，说："不听你说了。"说完，向前跑去。

"别跑，我还没说完哪！"李穹追了上来。

"不听！不听！"

"不听我也说，憋着难受呢。"

李穹几个大步就追上了觉罗蝉儿，伸手把觉罗蝉儿拦腰抱住，觉罗蝉儿紧张地说："快放开我，让人看见会笑我们的。"

"我才不怕别人笑我呢，七星窝集上的人谁不知道李穹因觉罗蝉儿而痴狂，爱笑就笑吧，反正我爱蝉儿是光明正大的。"

觉罗蝉儿不再挣扎，仰起头温情地看着李穹，李穹无限爱怜地注视着觉罗蝉儿。这时，天空传来了一声神鹰的鸣叫，他俩同时抬起了头向天空看去，只见红头神鹰在天空飞旋。红头神鹰冲着他俩急切地鸣叫，李穹说："红头神鹰好像要告诉我们什么事。"

"是啊，它的叫声这样焦急。"

"走，我们随着它去看看。"李穹说完，拉着觉罗蝉儿的手向红头神鹰飞的方向快步走去。

红头神鹰边飞边鸣叫，飞到了祭坛前就在天空盘旋。李穹和觉罗蝉儿往前看去，只见瓜尔雅丹双手合拢跪在祭台前，双目向天空注视，一动不动，像一尊雕塑一般。李穹和觉罗蝉儿被她的神情所震撼。

李穹和觉罗蝉儿跪在瓜尔雅丹的两侧，默默地看着这一情景，像

挹娄玉蝉
Yilou Yuchan

是在欣赏一幅绝美的图画。时间仿佛凝固了，不知过了多久，瓜尔雅丹长长地呼出一口气，眼中闪着奇异的光，自言自语地说："无上尊威的阿布卡恩都里，慈祥不失尊威、目光如炬却充满了温情，和他在一起我宁愿放弃人间的一切。看来，中原人流传的天女下凡的故事都是虚拟的，没有谁会为了人间短暂易变的情感而放弃美好的天庭。"

觉罗蝉儿惊喜地问："你见到阿布卡恩都里了？"

瓜尔雅丹眼中闪着光芒，激动地流着眼泪说："我见到了我们祖先敬拜的阿布卡恩都里，他是一位充满了慈爱的天上神，他通体发光却不炽眼，他与天地年长却不显龙钟，他无限尊威却不傲慢专横，他是我们用语言无法形容的美善之神。他说：挹娄国的灾难和瘟疫已经过去，挹娄子民要像多产的鲟鳇鱼一样繁衍生息，挹娄的后裔要像海滩上的沙粒一样多，像天上的星星一样数也数不清。"

瓜尔雅丹看了一眼李穹，微笑着说："今天，你要有一件天大的喜事。"

李穹不解地说："我已身居高位，又拥有最爱的人，何事还能称作是天大的事呢？"

瓜尔雅丹看了看觉罗蝉儿，说："额云，快陪扶余国王回到窝集，他的亲人在等待着他。"

"亲人？"

"是的，至亲至爱的人。"

觉罗蝉儿与李穹对视了一眼，虽然疑惑却对瓜尔雅丹的话语坚信不疑。"好吧，我们回去，你也要早些回去，小心着凉。"觉罗蝉儿对瓜尔雅丹说。

李穹拉着觉罗蝉儿的手，边走边问道："我除了父母之外没有其他的亲人，瓜尔雅丹所说的亲人又能是谁呢？"

"别急嘛，回去看看就知道了。"

李穹望了望天空，问道："你说，阿布卡恩都里喜欢什么样的人呢？"

"当然是善良、正直、勤劳的人了。"觉罗蝉儿不假思索地回答。

"可这样的人很多，阿布卡恩都里为什么就选中瓜尔雅丹了呢？"

觉罗蝉儿骄傲地回答："因为瓜尔雅丹知恩报爱，敢于承担。我在北斗七星坛城上被大火烘烤着的时候，瓜尔雅丹奋不顾身地在爱达甘

十七、挹娄新王

的面前为我求情,又勇敢地扑向大火,要和我一同赴死。这种不畏死亡、不怕火焚的精神和勇气别说是女人,就是男人中也屈指可数。"

"是啊,瓜尔雅丹在喝下'寒水还魂汤'的那一刻,我就从心底里敬佩她。"

觉罗蝉儿又说:"在阿布卡恩都里的眼里,人,没有种族、性别和尊卑之分,有的只是善恶。"

"是啊,阿布卡恩都里是公平的。"

李穹和觉罗蝉儿边说着话边往回走,迎面遇到了赵宝子。赵宝子见到李穹有些慌乱,李穹问道:"要到哪里去啊?"

赵宝子支支吾吾地说:"我、我去那边看看。"

李穹好奇地问:"看什么啊?"

"看看、看那个、看有没有那个什么……"

"什么是'什么'呀?"李穹不解地问。

"就是、就是那个、那个什么呗。"

李穹故作生气地说:"好了,快别磨叽了,你是一个争抢着说话的人,从没有这样吞吞吐吐过。说实话吧,到底干什么去?"

赵宝子挠挠头,吐了一下舌头,嬉皮笑脸地说:"我就是想去看看瓜尔雅丹在哪儿呢?"

李穹乐了:"找瓜尔雅丹啊,你找瓜尔雅丹用得着这样躲躲闪闪的吗?哎,你找瓜尔雅丹干什么?"

赵宝子低下了头,又抬眼瞟了李穹一眼,说:"干什么?也不干什么……"

"到底干什么?!"李穹的一声大喊,把赵宝子吓了一跳。觉罗蝉儿拉了拉李穹的衣服,说:"别管那么多事了,人家就不能有点隐私吗?"

"不行,他是我的兄弟,和我不能有隐私,看他鬼鬼祟祟的样子,一定是有什么事瞒着我。"

觉罗蝉儿用大姐姐般的口吻对赵宝子说:"有什么事儿赶紧对大王说出来啊,不然他会着急的。"

赵宝子叹了口气说:"我喜欢瓜尔雅丹,想娶她为妻,可她不同意,我还想去找她说说……"

李穹愣怔了一下,随即笑了起来,赵宝子被笑得莫名其妙,但看

挹娄玉蝉
Yilou Yuchan

到李穹在笑，就也"嘿嘿"地笑了起来。李穹收住了笑，照着赵宝子的肩膀就是一拳，说："有心上人了！好事啊，不过，爱上了瓜尔雅丹可不是小事，哎，你不是喜欢春梅吗？"

"她哪能跟瓜尔雅丹比？"

李穹取笑道："哦，喜新厌旧了？"

"才不是呢！我压根就没喜欢过春梅。"

"好、好、好，就算你没喜欢过春梅，那瓜尔雅丹对你什么态度啊？"

"她、她说，她不与人婚嫁，要守节为挹娄子民祈福。"

李穹和觉罗蝉儿对视一下点了点头。李穹拍拍赵宝子的肩膀，说："别再打瓜尔雅丹的主意了，她说得再清楚不过了，她冰清玉洁、超凡脱俗，不会有结婚这个心思的，你要再去找她说这个事儿，就会打扰她了。走吧，跟我回去，等我们回到了扶余，打败了留守的官兵，我亲自为你选一个全扶余最好的女子做你的妻子，行不？"

赵宝子无奈地说："我说不行也不好使啊，那就行吧。"说完，看了看祭坛的方向，耷拉着头跟着李穹往回走。路上看见行医回来的太医，就相互打着招呼，一路同行。

十八、父子相认

完颜松甘低着头心情沉重地往前走,他来到了李文博的院门口,看见李文博正在院中和夫人说话,就悄悄地停了下来,在院门口徘徊着。李文博看见完颜松甘就走过来热情地询问他到这里来有什么事。完颜松甘用祈求的口吻对他说:"老朽有一件事想拜托兄弟,不知当讲不当讲?"

李文博立即答说:"老哥有事尽管说,我一定全力去办。"

"唉!说来话长啊。"

"不要紧,我们坐下来慢慢说。"说完,请完颜松甘坐到果树下的木墩上,李文博也在木桌旁的木墩上坐了下来。

完颜松甘哭诉着:"二十三年前,我的小儿完颜洪贝两岁的时候,从扶余国来了几个卖瓷器的人,他们走后我的贝儿就不见了。我到处寻找才知道,我的贝儿和十几个孩子都被扶余国的人偷走了,被偷的孩子全都是男孩。我们丢孩子的人家追到了扶余,找了好几个月也没有查出音讯。贝儿的额尼思儿心切一病不起,撒手……撒手而去了!我找了几年也没有找到,可我……可我不死心哪!兄弟,老哥求您了,回到扶余后,帮我再打听打听小儿的下落,小儿现在还活着的话,也该像你的穹儿那么大了。"

李文博听后惊呆了,愣愣地看着完颜松甘,一言不发。

完颜松甘自顾自地继续哭诉着:"贝儿的脚掌有颗红痣,刚出生的时候,那颗痣通红通红的,像颗红透的樱桃,哈哈,可好看了。他从小光着小脚丫,人们见到他的红痣就与他逗趣,说他脚生红痣是罕王之相,呵呵,他从不厌烦。"

这时,李穹和觉罗蝉儿、赵宝子回到了家门口,远处路过这里的完颜烈吉领着留根看到完颜松干在这里哭诉,好奇地走了过来。李穹看到李文博愣神的样子,就急切地问道:"父亲,您怎么了?"

挹娄玉蝉
Yilou Yuchan

　　李文博没有回答,紧绷着脸默默地走到夫人面前,对夫人说:"把穹儿两岁时的衣衫拿出来。"
　　夫人吃惊地问:"干什么?"
　　李文博说:"拿出来,让老哥看看。"
　　夫人疑惑地看着完颜松甘,用眼睛上下打量着他。
　　李文博催促夫人:"快去拿啊!"
　　夫人回过神来,急忙进屋打开了一个布包,找出了一件陈旧的麻布衣衫,回到院中在完颜松甘面前抖落开。完颜松甘一见这件衣衫,一把抢了过去,大哭道:"这就是我贝儿的衣衫,他被人拐走的时候就是穿着这件衣衫啊!阿布卡恩都里啊,终于有我贝儿的信儿了!兄弟,快告诉我,我的贝儿还活着吗?"
　　"活着,活着!他还活得……活得很好啊!"李文博禁不住流下了眼泪。
　　"他在哪里,快告诉我,他在哪里啊?!"完颜松甘急切地颤抖着说。
　　李文博没有回答完颜松甘的问话,而是走到李穹的面前拉起李穹的手,一字一句地说:"穹儿,有一件事一直没有对你说,现在,我要告诉你,你不是我和你母亲亲生的儿子。"
　　李穹惊愕了,扳着李文博的肩膀说:"父亲,您……您在说什么呢?您从来没跟我这样说笑过啊!"
　　"穹儿,为父的不能与儿拿身世说笑,你听我慢慢地跟你讲。"
　　觉罗蝉儿站到了李穹的身边挽住了李穹的臂膀,赵宝子凑到了李穹的身边,太医伸长了脖子集中了注意力,完颜烈吉牵着留根的手也来到了这里。人们都紧张地注视着李文博,全神贯注地听李文博讲话。李文博清了清嗓子说:"我和你母亲结婚后,你母亲因病不能生养,我和你母亲感情好,拒不纳妾,打算抱养个孩子。有一天,一个扶余国女人手里抱着你,找上门来说,她家太穷养不起孩子,要把你卖了,可你那时已经会说几句简单的话,而你说的话是挹娄国的方言,所以我认定你应该是挹娄国人,猜想你的身世一定不是那么简单,就逼问那个扶余女人卖孩子是怎么回事,可那个扶余女人说,她是被挹娄人抢去的,才做了挹娄人的媳妇,因为不堪受气,就偷着跑回了扶余国,但是带着孩子不好改嫁,只好把你卖掉。我当时有些心存疑虑,就把

十八、父子相认

你的衣衫保存下来，期望着有朝一日它能派上用场。这次我们逃亡直奔把娄而来，也是希望能在你的家乡了解一下你的身世，可是发生了这么多事儿，就把你身世的事放下了，想不到……想不到你的生身之父竟然早已出现在我们的面前，真是老天有眼……老天有眼啊！"

完颜松甘呆呆地听着李文博的诉说，惊得张大了嘴巴，李文博抓住他的双肩唤醒了他："老哥，快看看……快看看吧，好好地看看！这就是你的亲骨肉，你丢失了二十多年的贝儿啊！"

完颜松甘动了动嘴唇，没说出话来，慢慢地伸出颤抖的双手抓住了李穹，老泪纵横地说："贝儿……贝儿，你真是我的贝儿吗？你一定是我的贝儿，我第一眼看见你就感觉你是贝儿！我的贝儿啊，我没有一天不想你啊！自从你被人拐走了之后，你亲生的额尼就急得一病不起，不到半年就离世了！你额尼在剩下最后一口气的时候，还在喊着贝儿的名字啊……"

李穹此时已是泪流满面，他转向了李夫人，急切地问道："母亲，这一切是真的吗？我真的不是母亲亲生的儿子？我真的是把娄国的人吗？完颜老伯……他……他老人家真的是我的亲生父亲吗？"

夫人早已流下了眼泪，此时再也控制不住自己，呜咽着说："穹儿啊，母亲虽然把你当亲生儿一样疼爱，可你真的不是母亲的亲生儿啊，母亲自己都不愿承认这件事啊……"

完颜松甘抹了一把眼泪，仿佛想起了什么，急忙让李穹坐在木墩上，然后弯下腰来伸手脱下了李穹的靰鞡鞋，李穹的脚心上一块圆圆的红痣豁然显露出来，完颜松甘惊喜地喊着："是我的贝儿，是我的贝儿！看，这块红痣还是那样鲜亮，像颗熟透了的樱桃，不，现在是一颗熟透了的灯笼果了！哈哈！是颗红彤彤的灯笼果啊……"

李穹一脸的迷惑，呆坐在那里看着完颜松甘一会儿哭，一会儿笑的。李文博轻轻地拍着李穹的肩膀，对李穹说："穹儿，他真的是你的亲生父亲啊，你们父子今生能有缘相认，也了了我的一个心愿。穹儿，快……给你父亲叩头，你们……你们父子相认吧！"

李穹穿上了靰鞡鞋，跪在了地上，哭着喊道："阿玛，儿子给您老叩头了。"

完颜松甘急忙把李穹扶起来，激动地冲着高天喊道："贝儿他额尼，你看到了吧，我们的贝儿找到了！我们的贝儿……终于找到了！

挹娄玉蝉
Yilou Yuchan

贝儿他额尼,这回你可以安息了……"

完颜烈吉此时再也控制不住眼泪,哭着扶起了李穹说:"我就知道你是我的亲兄弟,一奶同胞的兄弟,一见面就觉得亲呢!"说完,把李穹紧紧地抱在了怀里,"呜呜"地哭出了声音。完颜松甘搂着李穹和完颜烈吉,三个人紧紧地抱在一起。

留根也止不住大哭起来,边哭边抱住了李穹的大腿,李穹透过泪眼看见留根,就伸手把留根抱起来,搂在怀里。

这时,赵宝子放声大哭起来,声音洪亮、悲悲戚戚,人们慢慢地停止了哭泣,可赵宝子还在大哭,继而号啕起来。李穹走过去,拍着赵宝子的肩膀安慰着:"好兄弟,别哭了,我知道你这是为我高兴,可你看我们都不哭了,好了,别哭了啊,亲人团聚,我们该高兴才是。"

赵宝子听了这话,更加大声地哭号,边哭边捶着自己的胸膛说:"可怜的阿玛啊,可怜的额尼啊,可怜的我啊……"

人们被他这一哭喊惊呆了,眼睁睁地看着他,李穹不解地问:"你这是怎么了?"

"我也是扶余的父母从一个女人手里买来的啊!是我父亲临终的时候告诉我的,我的亲生父母还不知道在哪里,还不知道是死是活呢?"

人们又一次惊呆了。

十九、征战扶余

七星窝集秋天的景色是迷人的，可初冬的景致更加令人陶醉。木竹林和韵颜来到了山坡的高处相偎而立，眺望着层层叠叠的山峦。原始丛林中，各种树木千姿百态，硕大的、细小的、扁平的、卷翘的叶子在由绿变黄由黄变红的演绎过程中，骄傲地展示着自己独特的魅力，把群山装扮得五彩缤纷、绚丽无比。

"我们的挹娄国多美啊！"木竹林感慨着。

韵颜深吸了一口气，小鸟依人般地偎依在木竹林的怀里，木竹林望着远山动情地说："这就是我们的家园，这就是我们深爱着的土地，我们的先祖在这里耕耘，我们的族人在这里繁衍生息，这儿地肥水美、流奶流蜜，是我们挹娄人栖息的宝地。"

韵颜幸福地说："我要像鲟鳇鱼一样生育，让我们的后代遍布各地，我要辛勤地哺养我们的哈哈珠，相信我的爱根是世上最好的阿玛，也是天下最好的国王。"韵颜含情脉脉的目光让木竹林的心中充满了温情。

韵颜收回了远眺的目光，定睛看着木竹林说："我的身心都属于你，你的血液里承载着我们两个人的生命，不！是三个。"

"噢？"木竹林用疑惑的目光看着韵颜。

"嗯，是三个人的生命。"韵颜的两颊荡起了红晕。

"你、我、你是……有了身孕？"

韵颜羞涩地点了点头。

"我要做阿玛了！这是真的吗?!"

韵颜柔情地说："是的，我怀了你的骨肉，这胎儿是有福的，他是挹娄罕王的儿子，是伟大的木尔哈勤罕王的血脉的延续，我要用生命来呵护他，让他长大后成为像他阿玛一样优秀的国王。"

"我的血脉将在你的体内孕育生长，这太奇妙了！韵颜，我们的心

挹娄玉蝉
Yilou Yuchan

融合在一起，我们的血脉也融合在了一起，我们已成为一体，成为不可分割的一体。"

"所以，你一定要保护好自己，我和哈哈珠都需要你平安回来。"韵颜接过话来说。

木竹林在韵颜的注视下，坚定地点了点头。此时，一对天鹅从北方飞来往南方而去，一路上悠闲地"咿咿呀呀"地鸣叫着，像一对恋人在呢喃低语。韵颜仰头看着天鹅对木竹林说："我真想像这对天鹅一样和你身心相随，不离不弃。"

木竹林紧紧地拥抱着韵颜，仰天说道："你不能和我同行，你要隐藏起你温柔良善的天性，变成一位坚强果断的首领，承担起照顾挹娄子民的重担。"

韵颜坚定地说："我会的，我会像野狼护犊一样保护好留下来的挹娄的妇孺，你回来的时候，我会一个不少地交还给你。"

木竹林点了点头，关切地说："我亲爱的宝贝，你更要照顾好自己，我凯旋之时，就是我们不再分离的美好日子的开始。"

"我会的，我要天天为你祈福，求阿布卡恩都里保佑你们平安回来！"

空中的天鹅继续飞翔，留下了一路美妙的鸣叫声。

当木竹林和韵颜回到窝集的时候，李穹和觉罗蝉儿在窝集路口迎住了他们。李穹急切地对木竹林说："我正到处找你，我们扶余国的人已准备完毕，明天就启程。"

木竹林说："哥哥，我们挹娄国的兵士也准备就绪。"

"这场征战一定会有人流血牺牲的，挹娄的国民还没有从灾难中恢复过来，妇孺也需要壮士保护，我真的不忍心让挹娄的兄弟们投入这场战争中去。"李穹愧疚地说。

韵颜像一只活泼的小鹿一样一下子窜到了李穹的面前，扬起头颅骄傲地说道："我们挹娄女人在敌人面前会像豹子一样的勇敢，绝不会让我们的老人和哈哈珠受到伤害！"

李穹看着韵颜认真的样子，竟然不知说什么好，便恳切地说道："可你们毕竟是女人啊！噢，我不是说女人不能保护孩子，不能打鱼狩猎，只是堂堂五尺男儿，我们怎么能忍心让你们女人面对这些呢？"

木竹林坚定地说："哥哥，什么都别说了，我们已经组织好了援助

十九、征战扶余

你们复国的队伍，明天和你们一起启程。"。

李穹激动地握住了木竹林的手，深情地说："既然兄弟已经决定，哥哥只有代表扶余的百姓谢谢兄弟了。我们走后，兄弟要好好治理国家，像伟大的木尔哈勤罕王一样，成为流芳百世的好国王。"

"好国王我一定要做，但要等到我回来的时候。"

"兄弟要去哪里？"李穹急切地问。

"去扶余国，和你们一起出征。"

"不行、不行！这可不行！你是挹娄罕王，你不能去冒险。"

"正因为有危险，我才会亲自带领挹娄官兵随哥哥一起作战，我们兄弟联手一定会战无不胜的！"

"可……"李穹急得满脸通红，刚要说话被木竹林用手势制止住。

"别说了哥哥，我意已决。"木竹林用坚定的眼神看着李穹说。李穹伸出双臂紧紧地拥抱了木竹林，眼里有泪花在闪动。

这时，东莎娜端着一个陶盆兴高采烈地向这边跑过来，大喊着："额云！快来看哪！发面饼，我们做出了发面饼！"

大家待东莎娜跑到了跟前，急忙围过去，往东莎娜端着的陶盆里看。只见陶盆里躺着几个圆鼓鼓的面饼，面饼的表面呈现出不规则的暗红色的花纹，看上去很能勾起人的食欲。面饼是刚出锅的，一股烘烤过的面香味扑鼻而来，所有的人都情不自禁地咽了一下口水。东莎娜对大家说："快都尝尝，发酵过的面做的饼，好吃极了！"

大家正看着饼发呆，听了东莎娜的话后争先恐后地拿起面饼吃起来。

觉罗蝉儿吃了一口后，细细地品味了一下，惊喜地说："这种饼怎么这样松软可口？这样的饼即使凉了之后也不会太硬吧？"

东莎娜兴奋地回答："是啊！我们研制出这种饼就是为了长途跋涉中吃着松软。"

"你们真能干！"觉罗蝉儿赞赏着。

远处走过来一个头上披着头巾的女人，看样子她是想从这条路上走过去，觉罗蝉儿下意识地看了她一眼，谁知那女人慌忙躲开觉罗蝉儿的目光，转过身去并用头巾遮住了脸。觉罗蝉儿立即警觉起来，仔细地打量着那个女人，那个女人突然改变了行走的方向，向路边的密林中走去。觉罗蝉儿悄悄地向东莎娜做了一个手势，东莎娜把手中的

挹娄玉蝉
Yilou Yuchan

陶盆交给了旁边的人疾步跟了上来。这时，那个女人已经走到了密林的边缘，躲在了一棵大树的后面，觉罗蝉儿悄声绕到了大树的跟前，突然站在了那个女人的面前，那女人急忙转身要走掉，却不料东莎娜迎面堵在了她的面前。那女人见前后的路都被堵住，就无奈地站在了那里，垂下了头。

觉罗蝉儿平静地说："想不到秀妃也在这里，为什么要躲避我们？我们的恩怨不是都了结了吗？"

秀妃把头巾摘了下来面向觉罗蝉儿羞愧地说："我毕竟伤害过你们，怎能与你们坦然面对呢？现在的挹娄国是你们的天下，我只是一个穷猎人的女人，怎能不躲着你们呢？"

"挹娄国是大家的，你也是一分子，为什么要说你们、我们的呢？难道你的心里还有仇恨吗？"

"不不！我怎敢再仇恨蝉妃，若不是蝉妃在罕王面前说情，我早就喂了北斗七星河里的鲟鳇鱼了。"说完，斜视了东莎娜一眼，东莎娜向她瞪了瞪眼睛。

"那你为什么要躲着我？"

"我、我无颜见你。"

"那是因为你没有忘却那件事。秀妃，我们该放弃前嫌，重新生活。"

秀妃叹了一口气，说："谢谢蝉妃的谅解，我一定记住蝉妃的话，重新做人。"

觉罗蝉儿欣慰地笑了。

第二天，挹娄国强健的男人都随扶余人出征了。出行的、送行的人们站满了大路和路旁。木竹林看了看整装待发的队伍对李穹说："哥哥就要离开挹娄国了，不知哥哥何时才能再来，临行给这个窝集取个名字吧。"

李穹望了望远处的山峦，又看了看旁边一群虎头虎脑的孩子，随手把留根抱起来，对大家说："挹娄的百姓是善良、勤劳、勇敢、智慧的，挹娄有自己独特的文化，希望你们把挹娄文化传扬下去，让挹娄的后代都知道挹娄国曾经的辉煌和磨难！为了传颂觉罗蝉儿冒死拯救挹娄百姓的美德，这个勿吉就叫作'留根勿吉'吧！挹娄国的根不断，挹娄国的魂不散，挹娄文化会永远传承下去！"李穹的扶余口音又把"窝集"说成了"勿吉"。

木竹林笑道："哥哥说是勿吉就是勿吉，留根勿吉！"

挹娄百姓兴奋地欢呼起来："留根勿吉！留根勿吉……"

这时，天上响起了悦耳的鸣叫声，大家抬头望去，只见一群雄鹰缠绵地在空中盘旋、鸣叫，仿佛在向赶往扶余国的人们告别。洛滨挥动着手臂冲神鹰喊道："啊哦，我们走了！啊哦，保护挹娄百姓啊！"

觉罗蝉儿向群鹰挥手致意，又对木竹林说："我在北斗七星坛城上大火燃烧起来的时候，是这群神鹰拼命地抓石扑火拖延了时间，我和瓜尔雅丹才幸免于难。恳请弟弟喻告挹娄百姓，挹娄后裔永世不得捕杀神鹰，以此替我答谢神鹰的救命之恩。"

木竹林忙说："阿莎放心，兄弟一定遵命，挹娄国将会世世代代与神鹰友善相处。"

这时，完颜松甘拉着额腾伊尔格的手来到了李穹的面前，说："我遍访了挹娄百姓，询问20年前丢孩子的人家，可是，老人都不在了，只查到了额腾伊尔格的兄弟是20年前丢失的，也不知道他的兄弟是不是赵宝子，双方都没有证物。"

李穹看了看就要启程的人群，说："挹娄和扶余因为丢失的儿童，已经有了割不断的血脉相牵，就让赵宝子与额腾伊尔格相认吧，不管是不是一奶同胞，也要把这满腔的寻亲之情释放出来。"说完，拉过赵宝子，让他与额腾伊尔格兄弟相认。

赵宝子和额腾伊尔格紧紧地拥抱在一起，喜极而泣。

这时，远处传来了一阵清脆悦耳的铃声混合着极富节奏感的马蹄声，声音由远而近。人们不约而同地寻声望去，只见从祭坛的方向飞驰而来一匹雪白的骏马，那匹马昂头挺胸，俨然像一位君王在自己的疆域奔驰巡视。白马的身上骑着一位气势威武、神情俊朗的人。那人头帽的边缘缀着一排五彩珍珠串成的流苏，流光溢彩的流苏随着白马的奔跑而不停地在那人的额前有节奏地晃动着，像无数个精灵在闪动。

"是瓜尔雅丹！瓜尔雅丹来了！"有人喊了一声。

瓜尔雅丹在人们的注视下，来到了觉罗蝉儿的面前翻身下马，赵宝子急忙接过了马缰绳，把马拉到了一边。瓜尔雅丹疾步上前握住了觉罗蝉儿的手说："额云，我要和你们一起去扶余。"

挹娄玉蝉
Yilou Yuchan

觉罗蝉儿吃惊地说:"那怎么行啊?打仗就会有危险,况且挹娄的壮士都去参战了,剩下的都是老弱妇孺,你要留在挹娄帮助韵颜主事啊!"

"额云请看,去往挹娄故国的道路都已被洪水淹没,挹娄是安全的。我们去往扶余的道路是挹娄与外界相通的唯一的主道,只要我们在扶余得胜,留在挹娄的妇孺就不会受到外来的侵袭。如果,此去扶余战败,我们挹娄国也就沦丧,所以,我们只能得胜才能确保挹娄国的安全。额云,我会一路向阿布卡恩都里祈求,保佑我们旗开得胜。"

觉罗蝉儿激动地拥抱了瓜尔雅丹,瓜尔雅丹从赵宝子手中接过马缰绳,脚蹬马鞍跃身上马。微风吹来,瓜尔雅丹帽子上的飘带随风飘起,像一面彩色的旗帜在舞动。

"出发!"木竹林一声呐喊,送行的人们立即闪向两侧,挹娄的骑兵在前,扶余的护卫队在中间,挹娄援兵、扶余妇女依次排列,大队人马浩浩荡荡向西而行。

"天上的云朵哟,慢慢地行,送我爱根哟,远行出征。"山头上传来了悠扬委婉动听的歌声,人们寻声望去,只见韵颜站在路边的山顶用双手在嘴上搭成了喇叭状在高声歌唱。木竹林打马出列,仰视着深情歌唱着的韵颜。

韵颜把双手放在了胸口,继续唱道:"征战的壮士哟,多多保重,打败强盗哟,凯旋回程。"歌声如出征的号角,鼓舞着兵士的士气。

木竹林咬紧了牙关,大喊一声"驾!"同时扬起马鞭狠狠地向马屁股抽去,马儿扬起头颅抬起前踢向天嘶鸣一声狂奔而去。

出征的队伍浩浩荡荡地前进在大路上,送行的人们含泪望着队伍远去。韵颜站在山顶望着队伍消失的方向一动不动,像一株美丽硕大的梧桐树守望着家园,期待凤凰归来……

十日后,出征的队伍来到了高岗地带,这里没有河流小溪,贫瘠的土地上铺着一层细小枯黄的干草,人们携带的水已用尽,干渴使人们躁动不安。

"再没有水我们就要走不动了。"壮士们开始抱怨了。

李穹问木竹林:"爱达甘的队伍走到这里的时候是在哪里取的水呢?"

十九、征战扶余

木竹林说:"他们几次行进到这里的时候都是深冬、春季和夏季。冬季有雪可食,春季时节后边那座山中的雪融化形成了小溪流淌下来,兵士取用可度过这片高岗,夏季有雨水,也可解燃眉之急,只有初冬时度过这片高岗最危险,而且我们人数众多,储备水的器皿少,所以才会有这样的情况。"

李穹看了一眼疲惫不堪的人们,叹了一口气说:"再走多久才会有水源呢?"

"五天后到达速末水乌拉,那条江一直延续到扶余疆域,我们沿江而行,就不用再为饮水而发愁了。"

"五天,人们怎能挺得住呢?!"木竹林忧心忡忡地说。

觉罗蝉儿和瓜尔雅丹听到了李穹和木竹林的对话,对视了一眼,瓜尔雅丹说:"额云,我要去安静的地方与阿布卡恩都里会晤。"

觉罗蝉儿点了点头,瓜尔雅丹向前走去。

此处平原乃挹娄国通往扶余国的必经之路,高岗上被乱石覆盖着,方圆数十里都不见大树和高壮的植物。瓜尔雅丹走到了一块大石板前把周围平整的石头搬到了大石板上,堆砌成一个平整的小祭坛,瓜尔雅丹跪下来双手合拢虔敬祈祷。

夜幕降临了,高岗很快被黑暗笼罩。远处传来了觉罗蝉儿的呼喊声:"瓜尔雅丹!你在哪里?瓜尔雅丹,快回答我!"

瓜尔雅丹应了一声,觉罗蝉儿和东莎娜还有洛滨一起疾步赶过来。

觉罗蝉儿气喘吁吁地说:"怎么还不回帐篷里去,这儿野兽出没无常,多危险啊。"

瓜尔雅丹说:"对不起额云,让额云担心了。"

觉罗蝉儿亲昵地拉起瓜尔雅丹的手回到了帐篷跟前。

此时,帐篷的周围已燃起了火堆,一来众人取暖,二来吓退野兽。望着一堆堆的篝火,瓜尔雅丹舔了舔干裂的嘴唇,仰头向北斗七星望去。

第二天天刚亮,一个男人嘶哑惊慌的叫喊声传遍了营地,各个帐篷中的人们纷纷探出头来。只见一个中年男子站在木竹林的帐篷前惊恐地大喊着:"东胜子死了,东胜子渴死了!东胜子……"

木竹林和李穹急忙打断了他,木竹林说:"冷静些,不许大声叫喊,你想扰乱人心吗?"

那人惊魂未定地说:"不!不!太可怕了!东胜子大张着嘴,太可

挹娄玉蝉
Yilou Yuchan

怕了……"

李穹扶住了那人的双肩，和气地说："别急，慢慢说，到底是怎么回事？"

那人的喉结大幅度地动了一下，空洞的眼神慢慢地有了光亮，他定睛看了看李穹，又转过脸来看了看木竹林，深吸了一口气，慢慢地带着哭腔说道："三更的时候，东胜子一遍遍地喊着渴，我见他满脸通红就摸了他的额头，东胜子的额头像火炭一样的烫，我就安慰他说，等天亮了我去给你打野鹿，让你喝鹿血，喝个够。他就不喊了，谁知刚才我醒来一看，东胜子大张着嘴巴一动不动……"

瓜尔雅丹听了那人的诉说，抹了一把眼泪，转过身来向昨天堆砌祭坛的地方奔去。瓜尔雅丹跑到了祭坛前，气喘吁吁地跪在地上，双手捶击着自己的前胸，向阿布卡恩都里诉说着百姓的疾苦和自己的无助。这时，一个声音在半空中响起：拿起地上的木棍，击打祭坛上的磐石。瓜尔雅丹站起身来拾起地上的木棍，猛地向祭坛上的磐石击去。

"轰"的一声巨响，仿佛山崩地裂一般，奇迹出现了！祭坛上的石板突然断裂，一股清泉喷涌而出！

帐篷前的人们听到了响声，立即向祭台处张望，只见瓜尔雅丹手拿棍棒，傲然屹立在祭坛前，祭台的石缝间有一股高高喷射的清泉，晶莹剔透的水柱在朝霞的映照下反射出七彩的光。人们惊呆了，怔怔地看着这神奇的景观，不知过了多久，不知谁喊了一声："是泉水！是泉水啊！"

人们这才如梦初醒，蜂拥而上跑向祭台，拥挤到了喷泉边，激动地用手捧接泉水大口大口地喝了起来，边喝着边喊着："好甜啊！好甜……"

喷薄而出的泉水四溅着，人们欢呼着、惊叫着、酣饮着、嬉戏着……因干渴带来的恐慌瞬间消失。人们奔走相告，帐篷里的人们拿着器皿向着祭台跑来，喜悦地分享着阿布卡恩都里赐予的生命的泉水。

经过一天的休整，人们恢复了体力，李穹和木竹林命人在泉水喷口处，搭建了一座石头篷子，防止天长日久灰尘与杂物覆盖喷口，以方便路人随时取用。第二天一大早，人们用水袋灌满了泉水整装待发，李穹、木竹林骑马前行，率领出征的队伍浩浩荡荡地向扶余的方向进发。

二十、千古奇观

木竹林走后，韵颜义不容辞地担起了管理挹娄百姓的任务。在木竹林面前温柔如水的韵颜，仿佛柔情都被木竹林带走了一般，一改往日活泼的天性，变得勇敢坚强起来。这次木竹林带队出征，挹娄国中强健的女人就成了照顾弱小的主要力量。挹娄女人和男人一样善狩猎、勤耕种，也是捕鱼的好手，李穹和木竹林一行带走了储备的食物，韵颜就带领女人们打鱼、狩猎，忙着储备冬季的食品。

一天，韵颜带领三十余名妇女去山里打猎，她们身背弓箭、睡袋、猎物袋，手里拿着铁叉向山里进发。这座山树木密集，是野兽经常出没的地方，韵颜担心人们分散会遭到兽群的袭击，就放慢了脚步等待后面的人跟上来。韵颜站在高坡上，回过头来看着陆续跟上来的人们，只见走在最后面的那位妇女披散着头发，敞开着外衣襟，手里拿着一只干枯的花朵，脸上荡着悠闲的神情，一双妩媚的大眼睛无目标地左顾右盼。韵颜一下子紧锁了眉头扬起下颌刚要发怒，忽然眼睛一亮，低下头来抿嘴一笑，把脚放在了一小块石头上，得意地注视着往坡上爬过来的人们，待人们都爬了上来只剩下那女人的时候，韵颜用脚轻轻地拨动了那块小石头，石头就顺坡滚了下去。

那女人正晃动着手中干瘪的花儿哼着小调爬行，不料一块石头滚了下来，她眼见一小块石头冲自己而来却不知所措地惊叫着捂住了脸，石头不偏不倚，一下子滚落在了她的脚上，她不由自主地扑倒在地大声地号叫起来。

韵颜走到了她的身边，大声说："停止你没有韵律的叫声，你打算给野狼报信吗？马上从地上爬起来！"

那妇女放低了叫声，摇晃着站了起来。韵颜厉声问道："知道我为什么要用石头绊倒你吗？"

妇女泼声说道："你凭什么用石头来害我？"

挹娄玉蝉
Yilou Yuchan

　　旁边的妇女看到她的窘迫像"扑哧"一声笑了，撒泼的妇女又说："你们合起伙来捉弄我，你、你们，我会让我崇拜的熊神来报复你们的！"

　　韵颜大声喝道："不知好歹的东西，比你崇拜的蠢熊还要蠢笨，像你这个样子进山还不成了野兽果腹的午餐了吗？你看看你的头发，散落在身前身后的，风一吹还不挡住了视线，怎能及时躲闪野兽的袭击？！再看看你，敞开着衣襟，拿着花朵，你以为你这是在宫廷里闲逛吗？快收起你那套吸引肤浅男人目光的放荡举止吧！这是深山，是与野兽厮杀的战场！你要像野狼一样竖起你的耳朵，时刻警惕周围的响动，像蛇一样行动敏捷躲闪自如！一小块石头你都躲不掉，你能躲掉箭一样飞来的豺狼吗？再说，那块小石头有多重啊，至于你那么号叫吗？！你现在立即把你的头发盘起来，把衣服扣紧，使自己能随时干净利落地与野兽厮杀。"

　　妇女用眼睛剜了韵颜一眼，不情愿地把自己的头发编了起来。

　　韵颜看出了她的反抗情绪，厉声问道："听懂了没有？"

　　妇女急忙答道："听懂了。"

　　韵颜缓和了口气，说："你叫什么名字？"

　　妇女小声答道："达纳。"

　　"姓什么？"

　　"索绰罗氏。"

　　"灾难前你在哪里居住，什么身份？"

　　达纳得意地说："左翼相国府，侧室。"

　　韵颜环视着大家说道："不管你们过去是王族亲贵还是贫民猎户，被宠的还是奴役的，从今以后都是平等的，都要为老弱妇孺负起责任！进山打猎、下河打鱼，还要织布缝衣、照顾弱小，在我们的爱根回来之前，我们——就是男人！男人能做的，我们都要去做！听懂了吗？"

　　"听懂了！"大家异口同声地回答。

　　"好！我们现在向山头分两队包抄过去。你们看，那一群乌鸦围在那里好半天没有落下，又不肯飞走，一定是有野兽在吃猎物，我们分两队围上去。艾西，你带领这些人从东面围过去，我身后的这些人跟我走。"说完，带头向山上爬去。

　　在艾西带领的几个人到达指定地点之前，韵颜已经等候在那里。

只见一只大熊正在专心地吃着一头梅花鹿，韵颜见艾西她们都到了对面就示意大家准备出击，自己则不慌不忙地站稳了脚跟，举起了弓箭大喝一声："射击！"随后，拉开了弓箭向大熊射去。弓箭飞出去后，只听大熊"嗷"的一声冲天号叫起来，眼睛处插上了韵颜射中的一根箭，那只熊干号了两声，拼命地甩动了几下头部后就瘫倒在地不动了。

大家急忙跑过去，查看自己的弓箭射中没有，可除了韵颜的箭外，所有的弓箭都射在了大熊的皮毛上，由于熊的皮毛常年在松树上来回地蹭痒，已经挂满了厚厚的一层松油，所以，箭头射在了熊皮上立即滑掉了，伤不到熊的皮肤。

韵颜从靰鞡靴里抽出尖刀向大熊的脖颈处刺去，又随手一拉，熊的前胸就被豁开。然后，拿起了尖刀用麻布擦了擦就又放回了靰鞡靴。韵颜在短短的时间内结束了大熊的性命，让在场的人都佩服得五体投地。韵颜轻松地对大家说："赶快把大熊肢解了，背回去。这只梅花鹿也肢解了，可爱的大熊先吃了梅花鹿的内脏，把肉都给了我们。"

艾西边从靰鞡靴中拔出尖刀边用崇拜的口吻问道："韵颜，你可真神奇，只射中了大熊的眼睛大熊就死了，抱娄先祖研制的毒药就是厉害。"

韵颜说："剧毒箭只能射向侵略我们疆土的强盗，猎物要用迷魂箭，我们要保证肉质无毒、美味新鲜啊！这迷魂药的功效很厉害，凡是有血肉的中箭即倒，不过，猎物迷倒后要立即杀死它，否则，等它醒过来就很难对付了。"

韵颜的话一下子把刚才紧张的空气驱散了，人们有说有笑地忙碌起来。不到半个时辰，人们就把大熊和梅花鹿肢解完毕，韵颜见大块的肉都装起来了，抬头看了看天空中飞旋的乌鸦后对大家说："零碎的肉和大骨留给乌鸦吧，它们可是我们的好向导啊。"

人们背好了皮袋，往山下走去。秀妃也在人群中，见韵颜在前面行走，就故意落在了后面，凑到了达纳的跟前小声说："喂，你叫达纳是吧？我是爱达甘的侧妃，我们都是贵族女人，我最看不上山村野妇的泼妇相，有机会我们要狠狠地整治她！"

达纳用疑惑的眼神看了秀妃一眼，秀妃不高兴地问："信不过我是不？"

达纳急忙说："不是，我、我以后听你的。"

挹娄玉蝉
Yilou Yuchan

秀妃狡黠地笑了一下:"这就对了嘛!"说完,把皮袋往上拉了一下,加快了脚步向前走去。

韵颜一行回到留根勿吉路口的时候,留根和草儿领着一群儿童正在路边用弹弓子打野鸡和野兔。草儿看见韵颜等人回来了,就兴高采烈地高声叫喊:"韵颜额云回来了,韵颜额云回来了!"

随着草儿的喊声,儿童们一下子围上来,纷纷使劲托起女人们身后的皮袋,使猎物的重量减轻,让女人们能够轻松些。留根勿吉的老人和在家纺织的、照顾弱小的女人也都跑出来,兴奋地接过韵颜等人的皮袋,一起说笑着进了留根勿吉。

李穹和木竹林带领大家一路西行,不出五日就到了松花乌拉。这时携带的水刚好用完,人们欢呼着向江边奔去。瓜尔雅丹见状急忙策马前行拦在了人们的前面,对大家说:"在我们享用江水之前,我们要举行祭祀。因为,为人类所享用的万物都是阿布卡恩都里赐予我们的,享用之前一定要感恩!"

人们面面相觑不知所云,木竹林策马向前,站在了瓜尔雅丹的身边大声说:"我们听瓜尔雅丹的,凡是瓜尔雅丹所立的规矩和章法,我们都要执行,因为瓜尔雅丹是阿布卡恩都里的使者!"

李穹也策马向前,面向大家说:"天上神是不分国界的,所以天上神的使者也不分国界,我们扶余人也要听瓜尔雅丹的吩咐!"

"我们听瓜尔雅丹的!我们听瓜尔雅丹的!"两国的人们一起振臂高呼。

瓜尔雅丹欣慰地看了看大家,说道:"我们要在这里搭建一个祭坛,举行祭祀。"

人们把车马停放好,在周围寻找一些方正的石块,在瓜尔雅丹的指挥下搭建了一个祭坛。祭坛的中间用石头垒起了一个祭台,祭台上摆放着食物作为祭品。瓜尔雅丹点燃了用达子香制作的年祈香,袅袅香烟慢慢升腾,江边立即充盈了庄严肃穆的神圣的气氛。

瓜尔雅丹请族祭萨满主持祭祀,隆重的祭江仪式把江边装点得庄严神圣。这时,天空中飞来了各种鸟儿,亮着洪亮的歌喉在人们的头上飞旋,人们情不自禁地抬起头来观看,只见各种飞鸟聚集在祭坛的上空,形成了一个圆球状,各种颜色的鸟儿组成了五彩缤纷的动感彩球，让人眼花缭乱。正当人们惊诧之际，鸟儿们忽然像接到了神旨似的朝着一个方向旋转，形成了一道圆盘状的景观。忽然，鸟儿们一下子向四面八方散去，在场的人一下子惊呆了，因为人们看到了空中的太阳像一个银盘一样明亮，太阳的中心发出万道银光，在银光渐淡与蓝天接壤处，有一个闪动着七彩光的光环。太阳和太阳的光芒加上那一圈光环让人感觉像是一只炯炯有神的大眼睛，在爱怜地注视着人间。人们禁不住高声惊叫起来："看哪！天眼开了！"

"阿布卡恩都里的眼睛！"

"太美了……阿布卡恩都里的眼睛太美了……"

众人惊呼着、感叹着。

李文博感慨地说："老夫研究天象几十年，今日才得见天之异相'开天眼'啊。"

木竹林痴迷地望着天空，说："天眼如炬，鉴察人间。"

李穹问道："这真的是天眼吗？是阿布卡恩都里的眼睛吗？"

李文博笑道："史书上记载称白虹贯日，只是这次的现象独特。史书上记载的这类现象是太阳周围没有光芒，光圈也不是七彩的，最奇怪的是史书上记载的白虹贯日现象都是在春夏时节，没有在冬季出现的。"

木竹林说："这可称为千古奇观了！"

李文博说："说是奇观亦奇观，天公开眼看人间，人心隐处明如镜，何须钩心暗藏奸。"

"说得好！"木竹林称赞道。然后，也仰天吟诵道："天地之间本无嫌，阴阳咫尺近亦远，天人本无分界线，只缘善恶做篱栏。"

瓜尔雅丹说道："阿布卡恩都里悦纳了我们的祭献，我们现在可以尽情地在江边饮水、撒网捕鱼，享受阿布卡恩都里的恩赐了。"

人们齐声欢呼，纷纷向江边奔去，尽情饮用甘甜的江水，而后下江撒网捕鱼，一时间，江边人欢马叫，欢乐的气氛洋溢在江边。

挹娄玉蝉
Yilou Yuchan

二十一、生死相牵

　　挹娄国的天空总是变幻莫测，刚才还朝霞满天，一会儿就阴雨密布了。韵颜起床后，来到大殿的院中，抬头望了望满天的乌云，举起手臂准备伸个懒腰。当她刚要用力伸展腰身的时候，忽然"哎哟"一声弯下腰来，急忙用双手护在了小腹上。少顷，她慢慢地直起身，温情地抚摸着稍见凸起的腹部说："我的宝贝哈哈珠哟，额尼总是忽视你的存在，一会儿额尼还要进山，像豹子一样勇敢地为挹娄的妇孺猎食，你在额尼的肚子里要向绵羊一样的乖巧，额尼才能安心狩猎。"说完，轻轻地拍了拍腹部，然后，在大院中吆喝着："围猎的，起来进山了！"

　　木竹林走后，韵颜为了百姓的安全，让大家住进了宫殿，一是便于管理，二是防止野兽的袭击。女人们听到了韵颜的喊声，伸着懒腰睡眼惺忪地从大殿里走出来，聚集在院内的大木屋里。这个木屋是用来生火做饭、聚餐的专用场所。

　　有人煮好了饭菜摆在了餐桌上，韵颜进来后洗漱完毕就坐下先吃了。而后，盘发、裹腿、束服，一切准备停当，狩猎的女人们也陆续到齐了。

　　这时，完颜松甘领着留根、草儿急匆匆地推开门走了进来，坚定地对韵颜说："韵颜啊，自从木竹林王走后，你就亲自带领女人们进山围猎，族人都为你怀有身孕而担心。今天，我来就是替换你，让你在家安心休养，我带领她们去狩猎。"

　　韵颜忙说："完颜老伯，韵颜不能顺从您的意见，老伯年岁已高，身体已不灵活，怎能与凶猛的野兽拼杀?! 韵颜从小在山上疯野，偶有身体不适不会妨碍我的行动。况且，挹娄的女人不会因为怀胎而停止劳作，我也不能例外。"

　　完颜松甘刚要辩解，就被韵颜抢先说："老人家可能不知道，狩猎

二十一、生死相牵

的姐妹中有几位在爱达甘执政的时候，都是锦衣玉食而不知衣从何来肉从何来的人，现在要她们进山狩猎犹如羔羊进入狼群一样的危险，我要时刻陪在她们的身边，培养她们生存的技能，训练她们如何躲避野兽的袭击，使她们能够自食其力。"

完颜松甘叹了一口气，说："你总是为大家着想，而忘记了自己的尊贵。"

韵颜坦然地说："死里逃生的挹娄人，在阿布卡恩都里的眼里同样尊贵。"

"可你是木竹林王的王后啊，你的安危牵动着挹娄族人的心啊。"

"正因为如此，我才要率先垂范，做百姓可以信赖的人。请老人家放心吧，阿布卡恩都里会保佑我平安的。"说完，冲完颜松甘自信地笑了笑。

"嗨！"完颜松甘叹了一口气。"愿阿布卡恩都里保佑韵颜平安吉祥，为木竹林王生个胖墩墩的哈哈珠。"

留根一下子窜到了韵颜的面前，拉住韵颜的手信心十足地说："我要把你的哈哈珠训练成像我一样的巴图鲁！"

"不嘛！"草儿歪着头看着留根倔强地说。"我不要巴图鲁，我要漂亮的萨尔甘追。"

留根坚持说："只有巴图鲁才能保护我们的挹娄国。"

草儿歪着头撅着嘴说："我不管，我就要萨尔甘追！"

韵颜抿嘴一笑，对他们说："你们不要吵，这好办，我们的挹娄妇女具有很强的生育能力，像鲟鳇鱼一样的多产，像柳树一样的茂盛，我先为留根生一个巴图鲁，再为草儿生一个萨尔甘追，然后再生一大群哈哈珠和萨尔甘追归你俩统率，好不好？"

留根和草儿跳着脚，拍着手齐声说："好！好！"

韵颜又说："不过，我有个条件要和你们交换。"

留根急忙问："什么条件？只要给我生哈哈珠，什么条件我都能答应。"

韵颜蹲下来用双臂把留根和草儿揽在了怀里，语重心长地说："我不在留根勿吉的时候，你们要听完颜老伯的话，帮助完颜老伯照顾老人和哈哈珠。"

留根和草儿神情坚定地答道："好！我们听韵颜额云的话，照顾老

挹娄玉蝉
Yilou Yuchan

人和哈哈珠。"

留根又说:"我每天都守在路口,如果有外族人来,我就使劲吹口哨,全勿吉的狗都会跑出来挡住他们。"

草儿也说:"如果有野兽闯进来,我就燃起篝火,野兽就给吓跑了。"

韵颜抚摸着留根和草儿的头,眼里闪着泪花感动地说:"好留根,好草儿,本来你们是该享受关爱的年龄,可是我们挹娄国现在处于危难中,你们就要早立事,要知道爱国、护国。特大洪水没有断绝我们挹娄族群,仁慈的阿布卡恩都里就会保佑我们挹娄国重新兴盛起来的。"

完颜松甘使劲地点了点头,举起手臂用袖口擦了擦眼泪,韵颜把两个孩子紧紧地揽在了怀里。

出了大木屋,完颜松甘在院中抬头望了望天,又俯下身来摸了摸墙根下的枯草,扭头对韵颜说:"虽然云满天,可今天不会下雨,只是天气要变冷了。韵颜回去多穿件衣服吧,今晚你们若是回不来的话,会挨冻的。"

韵颜看看身上的单衣,又看了看整装待发的女人们,连忙说:"老人家,没关系,我活力旺着呢。"

完颜松甘脱下了身上破旧的熊皮大衣要韵颜穿上,韵颜推脱着:"我不冷的,老伯您年岁大了,离不开毛皮衣的。"

完颜松甘深情地说:"这件衣服是我年轻的时候打的一只母熊做的,是贝儿的额尼亲手缝制的,它跟了我几十年了,蝉儿送给我新的貂皮大衣我都没穿,就喜欢穿这件,看见它就像又看见贝儿的额尼在为我缝衣服的样子。韵颜你穿上它,穿上它一定会逢凶化吉、平平安安的,挹娄国不能没有你啊。"

韵颜激动地接过熊皮大衣,卸下了猎袋,把熊皮大衣穿在了身上,完颜松甘这才欣慰地笑了。

出了大殿,韵颜带领女人们朝南面的山林走去。由于是初冬,好多动物都入了洞穴,所以,发现猎物越来越难了。韵颜带着大家走出了南山也没有发现猎物,就望着前面的大山对大家说:"我们接着向南走,南面的那座高山我们还没有去过,一定会有很多的猎物。"

秀妃和达纳对视了一眼,彼此牵动了一下嘴角。艾西却一下子兴奋起来,雀跃着说:"好啊,这座山的动物都让我们的壮士们打得差不

二十一、生死相牵

多了，我们去那座山一定会捕到很多的猎物。"

达纳厌恶地瞪了艾西一眼，艾西没有看到达纳的反应，继续说："趁着天气还好，我们多打一些猎物，多晒一些肉干储备着，我们的壮士们回来后就让他们好好地歇歇，别急着出来狩猎。"

达纳不耐烦的话语冲口而出："你又没有爱根，壮士出不出来狩猎跟你有什么关系？"

秀妃故意大声说："人家没有爱根，还没有野合的男人吗？要理解人家的心情嘛！"

艾西说："你们在说什么？没有男人就不能对征战的壮士关爱了吗？"

达纳说："打仗、狩猎那是男人天经地义的事，用你关什么爱啊！"

韵颜回过头来厉声呵斥道："住口！你们的思想怎么这样狭隘，就不能有博大的胸怀吗？壮士们出征生死未卜，能回来的都是九死一生，难道我们就不能为他们多备些食物，让他们回来好好休养一下吗？真不知你们到底在想些什么？"

达纳急忙低下了头，而秀妃却从牙缝里挤出了一句声音小得只有达纳才能听到的话："我想要你死！"

达纳惊愕地抬起了头，看到秀妃冰冷的脸上透着杀机，眼里露出了一道凶光，达纳不禁打了一个冷战。

韵颜一行走进了这座大山。这座山是把娄人还没有进入过的，所以，没有人的足迹可寻，行走不便。山中成群的鸟儿忽东忽西地飞旋，让路人因进入陌生环境而产生的恐惧感有了些许的缓解。韵颜站在高处，环视了周围的环境后说："我们第一次进这座山，不知这座山的情况，大家不要分开，在一起安全些。"

秀妃看了看山顶，清了清嗓子说："我们狩猎这么久了，都有了进山的经验了，我看，今天正是锻炼我们的好机会，不如我们来个爬山比赛如何？"

韵颜冷静地说："这不是无聊时寻找刺激的地方，而是与野兽厮杀拼生死的角逐场，大家还是不要分开，以免遭遇意外。"说完，猛地收缩一下腰身，用手捂在了腹部，片刻，直起身，幸福地微笑着拍了拍肚子。

秀妃没有辩解，而是用眼睛死死地盯着韵颜的腹部，直到韵颜转身向山上爬去。

挹娄玉蝉
Yilou Yuchan

这座山出奇的大，而且是长条状的，它像一条巨龙蜿蜒俯卧在那里，悠然自得地静观人间风光。韵颜她们就是从这座山的侧面爬上去的，山的走向是东西方向，头尾望不到边际。夕阳西下的时候，她们爬上了山顶，这段山顶是这座山最矮的一段，但顶面很宽很平，上面生长着古老的奇形怪状的大树，给人一种阴森恐怖之感。韵颜招呼大家把行李卸下来，稍作休息再寻找猎物，大家刚刚卸下行李就见一群鸟儿在附近惊飞而起，韵颜马上警觉起来，对大家说："看鸟群惊起的数量应该有大动物向这边奔过来，我们马上爬到树上隐蔽。"

女人们纷纷向树上爬去，随着瑟瑟的踏草声，一只头上长着横纹黑黄双色毛的肥大老虎走出了密林。

人们屏住了呼吸，观察着老虎的动向，老虎仿佛察觉到了有人在附近隐藏，边走边四处张望。当老虎走到了秀妃所在的大树旁的时候，秀妃本能地往上移动了一下位置，树上枯黄的叶子纷纷落了下来，老虎猛然抬起了头，看见了骑在树杈上的秀妃。秀妃惊恐地喊道："救命啊！"

这一喊惊起了老虎的野性，随着一声吼叫老虎腾空而起，前爪一下子搭在了树干上，虎爪离秀妃只差半米的高度。秀妃拼命地往上蹿起，希望能爬得更高一些，可她只顾着眼睛盯着老虎，没有看清上面是什么情况，伸手抓住了一只枯干的树枝，当她把身体的重量挂在了这个树枝上的时候，树枝一下子折断了，秀妃没来得及喊叫就摔在了地上。

老虎迅速调转身躯向下面的秀妃扑去，就在老虎张开血盆大口冲向秀妃的时候，一只精巧的箭射入了老虎的左眼中，老虎狂吼了一声跃身向上蹿了起来，大张着嘴猛烈地晃动着头部，但仅仅晃动了三下，就向醉汉一样摆动着庞大的身体倒在了地上。

韵颜冲着秀妃喊道："快上来，也许还会有老虎在附近。"

秀妃捂着胸口半卧在地上喘息着，仿佛没有听到韵颜的喊声。这时，远处传来了一声老虎急促而又凄厉的吼叫，韵颜急忙溜下了树，跑到秀妃的旁边拎起秀妃扶她上树。秀妃的手臂颤动着怎么也搂不住树干，急得韵颜头上流下了冷汗。老虎踏草的声音由远而近，韵颜急中生智，把秀妃推到了艾西的树下，艾西在树上向秀妃伸出了手，当秀妃把手递给艾西的时候，韵颜蹲下身体抱起了秀妃的双腿站起来把

二十一、生死相牵

秀妃举上去，艾西用力在上面拉，终于把秀妃弄到了一个大树杈上。

"老虎！"一个女人惊叫着。

"韵颜快上树！"另一个女人尖声喊着。

韵颜听见有声音向这边奔来，没有回头去看老虎的距离，而是一个箭步冲向前面的大树，身体一缩一窜搂住树干，手脚一起窜动迅速爬到了一个大树杈旁，坐在了上面。

这时，韵颜才往下看，只见那只老虎正好把前爪打在自己坐着的树干上，用力之猛使树干为之晃动，并震落了一地的树叶，老虎张着血盆大口冲着韵颜号叫着，似乎不吃掉韵颜决不罢休。韵颜用双腿夹紧树干，不慌不忙地从背上取下了弓箭，对着依然冲她吼叫的老虎搭弓射箭，"嗖"的一声，箭头射向老虎的嘴里。这只老虎和上一只老虎一样，挣扎几下就倒在了地上。

韵颜从树上下来，达纳哆嗦着喊道："还有没有老虎了，不会再有老虎出来了吗？"

韵颜自信地说："老虎占山为王，都是有地域的，一山容不了二虎，除非一公和一母。而且，这两只老虎的吼叫已把别的猛兽吓跑了，现在，这里安全了。"

女人们纷纷从树上下来，达纳四处张望后也下来了，只有秀妃还死死地抱住树干不肯松手。艾西站在树下督促着："下来吧，我接着你。快点啊，都下来了，就你胆小！"

秀妃面无表情地哆嗦着慢慢地滑下来。大家松了一口气，说说笑笑地开始肢解老虎。达纳凑到了秀妃的面前，小心翼翼地说："刚才多危险啊，多亏了韵颜，不然，你就没命了！"

秀妃仿佛没听见达纳在说什么，呆呆地看着被肢解的老虎，手里摸着自己身上的弓箭，眼睛盯着韵颜背上的弓箭，自言自语地说："我要是有那支弓箭就好了。"

达纳惊愕地看着秀妃，秀妃感觉到了达纳的不解，冷冷地说："不需要你听懂，只需要你听话。"

达纳更加惊愕。秀妃又说："这句话好懂吧？"

达纳愣怔一下，忙连连点头，胆怯地答道："懂了！懂了！"

韵颜等人肢解了老虎，把虎皮、净肉放入了皮囊，然后在空地上堆起了干柴烤制骨架。这时，正值夕阳西下，整个山顶映成了红色，

挹娄玉蝉
Yilou Yuchan

韵颜面向夕阳深深地吸了一口气，然后缓缓地呼出。艾西手拿着一根烤好的排骨，跑到韵颜的面前，兴高采烈地说："韵颜，快吃吧，老虎的排骨肉可真香啊。"

韵颜接过了烤排骨，一闻到烤肉的香气就勾起了妊娠反应，急忙把手里的烤排骨送回到艾西的手里，跑到一边"哇哇"呕吐起来。艾西急忙说："都怪我，都怪我，我忘记了你现在正是反应期。"

韵颜吐了一阵后，站起身来感激地说："不关你的事，你照顾我已经很好了。"说完，抚摸着小腹，望着远方说："我的哈哈珠，也不知道你阿玛他们现在走到哪里了？"

木竹林骑在马背上慢慢地放慢了脚步，深情地转回头望着远去的山峦，李穹骑马赶过来关切地问："怎么了弟弟？是不是想念弟媳了？"

"哥哥说笑了，其实，不是想念，是惦念。"木竹林回答说。

李穹的表情也变得凝重起来，"嗯"了一声。

木竹林说："我们离开挹娄国这么久了，不知道韵颜怎样，也不知道族胞们怎样？"

"老天爷会保佑他们平安的。"李穹安慰道。

木竹林叹了口气，说："我的韵颜一定也牵挂着我、思念着我。"

李穹感慨着："你们的爱是真诚的、刻骨铭心的，不会因年轻俊美而宠幸，不会因年老色衰而爱驰，你们一定会白头偕老，幸福一生的。"

木竹林点点头，望着远方说道："美丽的花儿开在原野终会枯萎，若开在心里将永葆娇颜。"

李穹自豪地说："我们都很幸运，遇到了能深深地走进我们心里的女人。"

"遗憾的是，我们现在还不能给予她们安乐的生活。"

李穹看着地上被风卷起的枯叶，说："冬捕是最辛苦的，没有男人进山狩猎会很艰难。"

木竹林忧郁地说："是啊，留在家中的妇孺和病残的同胞，还需要她的照顾，日子就更艰难了。"

李穹望着远方，神情凝重地说："正因为如此，我们才要制定一个最好的攻城计划，保证人员伤亡降到最低限度，否则，挹娄的妇孺更

二十一、生死相牵

加悲惨。"

"我们一定要活着回去，等我们回到挹娄国的时候，我的韵颜就会抱着我的哈哈珠迎接我了，我的哈哈珠一定像小老虎一样健壮。"

李穹兴奋地说："那我就是你的哈哈珠的义父了，蝉儿是他的义母，我们可是现在就预订了啊。"

木竹林也兴奋起来，说："好，好！你这个当义父的就给我们的哈哈珠取个名字吧，一定要响当当的名字。"

"这我可得好好想想，木尔哈勤罕王的血脉一定要有一个与众不同的名字。"

正在这时，赵宝子骑着马从前面探路急匆匆地赶回来，还没到李穹的跟前就大声喊道："李公子！啊不，大王！前面来了一大队人马，打着、打着挹娄的官旗，押运着好多车辆。"

李穹和木竹林对视一下，问赵宝子："还有多远？"

"十箭地的路程！"

李穹对木竹林说："挹娄官兵一定是押送财宝到挹娄国，他们一定不知道挹娄国发生洪水的这件事。"

木竹林点了点头。

李穹又说："这些强盗该是遭报应的时候了。"随即对赵宝子说："传令下去，女人和马匹立即退到山冈后面隐蔽起来，兵士分别隐藏在大路两侧，听我的号令。"

"遵命！"赵宝子应声下去安排。

木竹林跟着李穹隐藏在路边的树丛里，看看挹娄官兵还没有踪影，就小声说："哥哥，小弟有一事相求。"

"什么事？我一定答应。"

"这些官兵如果知道了挹娄国已经被洪水淹没，爱达甘已经遇难，一定会放下武器，停止抵抗的。所以，我们最好不要动用武力。"

李穹惊愕地抬起了头，对木竹林说："这些人杀了无数扶余国的百姓，抢掠了扶余的财宝，罪该万死！既然弟弟心怀仁慈，可见机行事，但是，面对嗜杀成性的挹娄官兵，我们一定要提高警惕。"

"放心吧哥哥，毕竟我们都是挹娄的族胞，能不动手就不动手。"

这时，远处传来了马蹄声、车轮声和一个男人粗野的叫骂声。李穹示意大家注意隐蔽，而木竹林却一跃而起，跑到了大路的中间，迎

挹娄玉蝉
Yilou Yuchan

着挹娄官兵来的方向站立着。李穹急切地喊了一声要木竹林回来，木竹林只是回敬了一个自信的微笑。

挹娄官兵走近了，其中一位官员模样的人坐在马车上指着木竹林对旁边骑马的押护队长说："问问这个人是怎么回事？"

押护队长冲木竹林喊道："什么人？竟敢拦截挹娄罕王的卫队，我看你是想找死！"

木竹林毫无惧色地说："我是专程在这里等候你们的。"

押护队长惊道："你、你想干什么？你是谁？"

木竹林不卑不亢地说："我是北斗七星坛城城主木竹林。"

坐在马车上的官员，急忙叫人扶他下了车，来到木竹林的跟前上下打量着木竹林后，说："果真是木尔哈勤罕王的儿子，有先王的英气。"

押护队长不屑一顾地说："是木竹林又怎样？还不是被爱达甘罕王追逐的逃犯。喂！你小子胆大包天，竟然敢拦截罕王的押护队，来人！把逃犯绑了，送交爱达甘罕王处决！"

"慢着！"木竹林正色地喊道。"各位挹娄的族胞，木竹林等候在此就是向大家宣布一个消息，挹娄国遭受了一场特大洪水，爱达甘已经被洪水冲走了！他的护卫队和多数百姓都随我们逃离了七城区，到了七星窝集避难。"

"啊！这是真的吗？！"官兵们一阵喧哗。

"是真的！千真万确。"木竹林神情严肃地说。

"那么"，押护队长眼珠一转，慢条斯理地说："挹娄国残存下来的人就无头无王了？"

木竹林微微一笑，答道："百姓已推我为王。"

官员模样的人立即跪在地上，大声说："木竹林王在上，请受微臣塔斯哈一拜。"说完，行了参拜大礼。

木竹林急忙扶起塔斯哈，塔斯哈转身兴奋地对官兵说："将士们，这就是木尔哈勤罕王的二王子，我们的新罕王。"

兵士中有人高喊："是木竹林城主，我认识他！"

兵士们纷纷聚到了前面，护卫队长骑在马上用长矛拦在了木竹林的面前恶狠狠地说："谁知道你是不是被推举为王，再说，新罕王该归到我们将领的手上，你手无寸铁，怎能统率我们南征北战的将士。"

二十一、生死相牵

说完，举起长矛向木竹林的前胸刺去。

塔斯哈疾步上前挡在木竹林的面前，呵斥护卫队长："大胆！不许刺杀先王的亲子！"

护卫队长大笑道："你一个老不死的文官，竟敢抵挡我的长矛，我看你是不想活了，那么，你就先去死吧！"说完，高抬长矛用力向塔斯哈的前胸刺去。

"嗖、嗖、嗖！"刹那间，丛林中飞出数十支箭射中护卫队长的身躯，护卫队长号叫一声瞪大了双眼，片刻后，僵直的身躯从马背上掉了下来。随即，大路两旁飞奔出几百名训练有素的挹娄、扶余护卫队员，把押护队团团包围，仿佛天兵从天而降。

木竹林高喊道："族胞们！缴械受降者，不杀！"

一些士兵把刀枪扔在了地上。余下的端着刀枪疑惑地看着拿着兵器对着他们的挹娄、扶余的护卫队员。

木竹林拉着李穹跃身上了塔斯哈的车，站在车上大声说道："族胞们！我们挹娄国发生了特大水灾，我们的部分百姓和被爱达甘掠来的扶余壮士从洪水中逃离出来，安居在七星窝集。木竹林被推举为挹娄军王，李穹被推举为扶余国王，我们此次出行，就是帮助扶余国王夺回扶余政权，恢复扶余自己的国家！挹娄的将士们，我们都出自挹娄渔猎人家，被爱达甘强征入伍，强抢弱小部落，侵略了扶余国，使扶余的百姓妻离子散，罪恶不在你们，是爱达甘为了满足自己称王称霸的野心才促使你们去杀人、去掠夺！将士们！扪心自问，我们哪一位族胞不想放下刀枪，安居乐业，娶妻生子，过太平安稳的日子?!"

兵士们感叹着："我们早就不想过这种日子了，是爱达甘逼我们这样做的！"说完，兵士们相继扔下了兵器。

木竹林说："族胞们，我们的挹娄国幸存下来的族人要想活下去，就要与扶余国王一起打败挹娄官兵在扶余的统治，扶余复国了、安定了，我们挹娄国才能安定，我们已经和扶余国结盟，永不开战，共同建设我们美好的家园。族胞们，我们的额尼、阿玛、妻儿老小就站在我们的身后，在七星窝集为我们祈福，期待我们早日打败残害百姓的称霸者，建立我们百姓和平共处的国家，你们愿意不愿意？"

"我们愿意，我们听从木竹林军王的安排！"士兵们纷纷答道。

木竹林转身对塔斯哈说："老人家，这支队伍还是归你掌管，让铁

挹娄玉蝉
Yilou Yuchan

心接任押护队长的职务,扶助您老人家的工作。"

"遵命!"塔斯哈和归顺的兵士们一同行礼应承。这时,一位挹娄壮士挤到了一位挹娄押护队员的面前,大声喊着:"伊卢布,你还活着,你还活着啊?!"

那位挹娄兵怔了一下,忽然扑到了挹娄壮士的身上,哭喊着:"阿译!我们都活着,我们终于见面了!"

刹那间,父子相见的、兄弟相见的、邻里相见的、朋友相见的抱成了一团,人们相互询问亲人的下落,相互倾诉离别之苦。

韵颜等人吃完了饭打开了睡袋,准备在山中过夜。睡袋是挹娄人狩猎必备的用品。猎人们在外过夜时必须用睡袋把自己固定在大树上,以防野兽夜间侵袭。睡袋是用麻布做的布袋,布袋的两端都有绳子,便于人入袋后固定在树杈上。人在布袋中好处有很多,防野兽、防寒、防蚊虫的叮咬,挹娄人出行是一定要带着睡袋的。

韵颜带领大家掰了一些干树枝,割了一些杂草,用杂草拧成草绳把干树枝固定在树杈上,像鸟儿做巢一样做成一个窝状,又割了一些乌拉草铺在里面,然后,固定了睡袋。

韵颜吩咐艾西照顾好大家,自己背着弓箭去周围转转,看看周围的环境是否安全。

韵颜往东面走去,边走边留心听着周围的响动,她隐约听见有潺潺的流水声,就驻足寻找声音的方位。韵颜继续往前走,走到了悬崖边,流水声逐渐清晰了。韵颜走到崖边俯身向下望去,只见山崖的下面有一潭流动的溪水发出"哗哗"的声响。韵颜专注地看着山崖下面的溪水,寻找着溪水的源头,只见悬崖的边,有一股从石缝间喷薄而出的泉水形成的瀑布,落在山下形成了一条蜿蜒的小溪。那瀑布泛着水雾哗哗作响,散发出阵阵清爽之气直沁人心脾,让人浑身舒爽。韵颜深深地吸了一口气,陶醉在这美丽的大自然的美景中。忽然,身后传来轻微的声响,韵颜灵敏地回转身的同时,搭弓张箭准备射击。当她看到来人的时候惊讶地喊出声来,原来是秀妃和达纳正端着铁叉蹑手蹑脚地向这边移动。韵颜放下手臂,收起了弓箭,大声问道:"像兔子一样蹑手蹑脚地干什么?差一点就把你们当作野兽一样射击了。"说完,准备把弓箭背到身上,秀妃死盯着弓箭疾步上前,放下手中的铁

二十一、生死相牵

叉，一把抓住了韵颜的箭弦，说："这把弓箭太神奇了，给我看看吧。"

这时，达纳惊恐地躲在了秀妃的身后，秀妃凶狠地瞪了达纳一眼，挺起了胸膛清了清嗓子说："我俩来保护你，怕你遭遇到野兽的袭击。"

韵颜诧异地看着她们，惊讶地说："保护我？真有野兽来了我还得保护你们，你们是来给我添乱的吧？"

韵颜看看惊慌失措的达纳，厉声问道："你有什么事瞒着我？"

达纳一下子跌倒在地上，哆哆嗦嗦地说："不关我的事，不关我的事啊！"

韵颜紧逼着问道："那么，关谁的事呢？告诉我，发生了什么事？"

达纳立即把眼睛转向了秀妃，张大了嘴巴不敢出声。秀妃用恶狠狠的眼神看着达纳，压低声音从牙缝里挤出了一句话："你敢胡说八道，我就把你的心抠出来生吃了！"

韵颜听到这句话，一下子勾起了妊娠反应，"喔哇"的一声捂着嘴转身冲着悬崖边弯下了腰，对着崖下"哇哇"地呕吐起来。秀妃见此情景，脸上露出了狰狞的面容，急忙放下弓箭，端起铁叉向韵颜的后腰部猛力刺去，韵颜惊叫一声连人带铁叉跌下了悬崖。

秀妃倒吸了一口凉气，半晌才定了定神，匍匐向前挪至崖边俯身往崖下观看，只见湍急的瀑布急匆匆地从石缝间喷涌而下，挡住了韵颜落下去的身影，秀妃捂住了胸口大口地喘息着，而后，又站起来镇定了片刻，猛地回转身双手伸向了山顶的方向，狂笑道："山神有灵！山神有灵啊！我终于拔掉了我眼中的刺，我终于可以称霸挹娄国了！自从爱达甘把我撵出了王宫，我就像一只受伤的孤狼一样藏在黑暗的角落里，独自舔着凝血的伤口，可我的血管里却血液奔流啊！万能的山神啊！让可恶的木竹林见鬼去吧！帮我成为挹娄国的女王，我会让挹娄国的人都跪拜你！阿布卡恩都里，你连敬拜你的韵颜都保护不了，怎么能成全我呢？！你和你的韵颜一起见鬼去吧！哈哈哈……"说完，转过身寻找达纳，只见达纳正慌张地跪趴在崖边，瞪着惊恐的眼睛向崖下寻觅着。秀妃冷笑着拎起了达纳的一条腿，达纳死死地抓住崖边的枯草，崩溃般地号叫起来。

秀妃恶狠狠地问道："你看到了什么？韵颜是怎样掉下去的？！"

达纳惊魂未定地答道："你……你……你把她刺下去的啊。"

秀妃又拎起了达纳的另一条腿，做出要把达纳扔下山崖的样子，

挹娄玉蝉
Yilou Yuchan

恶狠狠地说:"你的眼睛很好使啊。"

达纳尖叫着喊道:"啊,不、不好使!不好使啊!"

秀妃狞笑着:"那么,她是怎么掉下去的?"

达纳结结巴巴地答道:"她……她……自己,是她自己掉下去的……"

秀妃冷笑着:"你看清了?"

"看清了,看……看清了!"

"她怎么会掉下去呢?"

"她……她呕吐!她呕吐的时候,在崖边……晕了……掉下去了……"

秀妃放下了达纳的双腿,冲着山崖狂笑着:"哈哈……哈哈哈!韵颜带着木竹林的小犊子掉到万丈深渊里了!"

秀妃狰狞的表情让达纳冒了一身的冷汗,秀妃捡起了韵颜的弓箭得意地背在了自己身上。

艾西在帮助同伴稳固吊床,隐约听到了达纳的惊叫声和秀妃的咆哮声,急忙从树上下来,对周围的几个人说:"韵颜出去半天了,还没有回来,那边又有人叫喊,我们去看看发生了什么事。"说完,向崖边跑去,周围的几个人也都跟了过去。

艾西等人来到了崖边的时候,秀妃正和达纳往回走,看到艾西等人来了,秀妃急忙带着哭腔说:"可不好了,出大事了!"说完,举起双手冲着高天说唱道:"山神啊!你怎么就没有托住她呢?怎么就眼睁睁地看着她掉下去了呢?我的山神啊……"

艾西环视了一下周围,吃惊地问:"怎么了?快说!是不是……是不是韵颜……快说啊!"

秀妃指着达纳说:"她都看到了,让她说。"

艾西抓住达纳的衣服催促道:"快说!是不是韵颜出什么事了?"

达纳哆哆嗦嗦地说:"她……她呕吐!她呕吐的时候在崖边……晕了……掉下去了。"

"啊!"艾西惊叫一声,其余的几位也大吃一惊,艾西跑到了崖边,跪伏在那里冲着崖下撕心裂肺地呼喊着:"韵颜!韵颜……"

崖下,除了瀑布的声音外,没有其他的声音。艾西要组织人员绕

二十一、生死相牵

道下到崖下，遭到大家的反对，大家说，万丈深渊掉下去的人不会有活着的可能，何况这么深的崖底绕过去不知要走多少天，再者崖下一定野兽众多，韵颜的尸体一定会在近日被野兽吃掉，怎么会等到她们找到呢？艾西无奈地放声大哭，捶胸顿足地自责没有照顾好韵颜。

瓜尔雅丹正在闭目祈祷的时候，忽然睁开了眼睛，猛地打了个冷战，惊恐地抬起头来，冲着天空感叹着："阿布卡恩都里，救救她吧！"

木竹林此时正和李穹站在山坡上研究攻破扶余城的方案，突感一阵眩晕，急忙用手抓住了李穹，李穹惊问："怎么了弟弟？"

木竹林喘息片刻，遥望远方恍若与神灵对语："如若失去了她，我的生命就只有一具躯壳。"

李文博和塔斯哈说笑着向这边走过来，李文博见木竹林神色异常，就收敛了笑容，关切地问道："木竹林身体可好？"

木竹林勉强打起精神答道："身体无恙，只是忽然感到心慌意乱，只怕是韵颜有什么不测。"

李文博"噢"了一声，沉思片刻，说道："昨天我夜观天象，没发现挹娄国的星相异变，韵颜也是挹娄国的国母，如有亡命之灾天象必然显现。"

听了李文博的话，木竹林的脸上立即浮现出喜悦的神色，急切追问道："老人家所言当真？"

李文博自信地说："据老夫几十年观天象测国运的经验来看，可以肯定韵颜没有危及生命之恙，但是否准确，还需请教瓜尔雅丹才可放心。"

木竹林说："对，我们去询问瓜尔雅丹。"

李穹也说："好吧，我们同去，正好也要为攻城之事请教她呢。"

四人来到了瓜尔雅丹的面前，瓜尔雅丹正端坐在一块石头上闭着眼睛与神灵会晤，听到有人走近，就自言自语地说："人之命，天注定，安危俱在掌控中，吉人天佑人长寿，恶人暗算枉费工。"说完，睁开眼睛看了木竹林一眼，露出了微笑，木竹林长出了一口气，紧皱的眉头松开了。

瓜尔雅丹的眼神又落在了李穹的脸上，说道："天降大任于李穹王，一路顺风，收获兵马。李穹王只管按计划行事，阿布卡恩都里会

挹娄玉蝉
Yilou Yuchan

助你攻城，你将战无不胜。"

李穹等人听后，兴高采烈地向瓜尔雅丹道谢，向天拱手朝拜。

艾西和秀妃等人走到留根勿吉路口的时候，留根和草儿领着一群儿童跑出来欢呼着围过来，留根和草儿寻找不到韵颜，留根就大声地询问。

艾西听到了留根的喊声，禁不住哭出了声，这时，留在窝集的老弱妇孺听到狩猎的人们回来了，都兴高采烈地跑过来，接过了她们身上的猎物和行囊。当他们听到留根的喊声和艾西的哭声的时候，一下子慌张起来，急切地在人群中寻找着韵颜。

艾西看到大家焦急的样子，更加禁不住，放声痛哭起来。完颜松甘战战兢兢地抓住艾西的双肩，问道："怎么了？韵颜怎么了？怎么就她没回来呢？啊？快说啊！"

艾西一下子扑进了完颜松甘的怀里，哭着说："出大事啦！韵颜她……她掉到悬崖下了！"

"啊？！"人们惊呼起来。

"怎么会？怎么会呢？！怎么就韵颜掉到悬崖下了？！这是……这到底是怎么回事啊？！"完颜松甘哽咽着问。

秀妃环视了一下人群，大声说："这件事情的经过，达纳都看见了，让达纳说说她所看到的情形。"

大家一下子把视线集中到达纳的身上，达纳惊慌地用双手护在了胸前，仿佛不这样做，心脏就会从胸膛里飞出来似的。秀妃走到达纳的面前，眼睛露出了凶光，面对达纳说："你都看到了什么？说出来，让大家都知道。"

达纳战战兢兢地说："她……她不是怀孕了吗？她……她总是呕吐！她呕吐的时候在崖边……晕了……就掉下去了。"

"啊？！"人们惊呼着，随即响起了一片痛哭的声音。

秀妃看到人们因失去了韵颜而如此的难过，咬牙切齿地说："不要哭了，哭有什么用！这都是她不信山神的结果。她只知道信奉阿布卡恩都里，可进了山就得敬山神，韵颜进山无视山神的存在，才有了她灭顶的灾难。"

人们一下子被秀妃的言论激怒了，纷纷说："山神有灵的话，也在阿布卡恩都里的权下，难道山神能胜得过阿布卡恩都里吗?"

秀妃见人们不随从她的言论，就转变口气说："人都死了，就不说这些了，安抚亡灵要紧。我们回去洗漱更衣，晚饭后，大家在祭坛集合，为韵颜的亡灵祭祀超度吧。"

大家不情愿秀妃发号施令，但碍于她是为韵颜做事，就不再争论，哭泣着搬运行囊，进了留根勿吉。

晚饭后，秀妃把自己打扮成萨满的样子，匆匆忙忙来到祭坛，见族人还都没来，就走到祭台前拿出神鼓敲打起来。

族人听到了鼓声，纷纷走出了大殿，聚到了祭坛前。秀妃见族人都来了，就更加疯狂地击鼓并张扬地舞蹈起来，鼓声正浓，戛然而止，尖着嗓子诵唱道："天灵灵、地灵灵，水有灵来山有灵，乌鸦身上有魂魄，毒蛇肚里藏幽冥，老树洞内躲狐仙，鲜花苞中睡灵虫，天地万物皆有灵啊，天地万物皆有灵。"

人们听到了这里，一下子喧闹起来，艾西怒气冲冲地跑到秀妃面前，秀妃见状急忙仰天喊道："阿布卡恩都里啊，快把韵颜的灵魂接走吧。"

艾西和族人听到秀妃说出这句话，一下子勾起了对韵颜的思念，捂着胸口低垂着头悲泣起来。完颜松甘跪伏着爬向祭台，举手向天呼喊着："阿布卡恩都里，我不相信韵颜会遭灾遇难，因为我相信老天有眼，老天有眼啊!"

留根和草儿哭喊着跟在完颜松甘的身后，不停地用衣袖抹着眼泪。秀妃看见大家悲痛的样子，就挺直了身体抖动起来，半晌才打了一个冷战，吊着声音说："我是韵颜游离的魂，投胎入世找不到门，恳请人间有心人，为我振鼓把路引。"

话音刚落就猛击神鼓，达纳不知何时也拿出了一个神鼓，披头散发地晃动着头部和着秀妃的鼓声猛烈敲击。顿时，留根勿吉鼓声如雷，震天动地。

挹娄玉蝉
Yilou Yuchan

二十二、仙山天池

  当秀妃和达纳为韵颜击鼓追魂的时候，韵颜正坐在仙山天池旁对着湖面梳妆呢。

  那一日在崖边，秀妃拿着铁叉扎向韵颜，韵颜的身上正穿着完颜松甘的熊皮大衣。那件皮衣已有二十多年的光景，完颜松甘视皮衣如命，每年春季完颜松甘都要把这件大衣用野猪油涂抹均匀后吊在通风阴凉的房梁上收存，久而久之，这件大衣竟然丝滑如绸、柔韧无比。挹娄人的兽皮大衣大都没有衣扣，左右前襟对压，中间拦腰用厚厚的麻布缠上几道，算作是腰带。秀妃不会运用铁叉的刺法，又正巧刺在了厚厚的腰带上，所以，铁叉没有穿透熊皮大衣，只是起到了推动作用。

  韵颜忽然感到腰部受到撞击，身体不由自主地向崖边坠去。韵颜的身体飞速往下落着，透过瀑布拍击出很大的声响，惊动了在瀑布下的山洞边休息的火凤儿骨鸟，火凤儿骨鸟抬头看见了正在下坠的韵颜，振翅而起如离弦之箭般地向韵颜飞去。火凤儿骨鸟飞到韵颜的身下一个鲤鱼翻身的大转动顺着韵颜下坠的力量张开了双翅用背部俯冲着接住了韵颜，这种缓冲接法减弱了韵颜坠落的力量，使双方都不至于因撞击而受伤。

  韵颜稳稳地俯卧在宽大的火凤儿骨鸟的翅膀上，火凤儿骨鸟委婉地发出了一声温柔的鸣叫，似母亲安抚婴儿的声音，虽然听不懂语言的意思，但是这委婉的声音让人温暖心安。韵颜经过这心惊肉跳的一幕后，长长地出了一口气，伏在火凤儿骨鸟的后背上小心地俯视着身下的荒野。

  初冬的挹娄国真可谓是风景壮丽，山坡上干枯的树木叶子和风干了的奇花野草形成了五颜六色的独特风景，潺潺的小溪哗哗啦啦叮叮咚咚地唱着跳着一路奔跑，努力为这世界增添生命的活力。大大小小

二十二、仙山天池

的食草动物迎着夕阳惬意地酣饮在溪边，成群结队的鸟儿在叽叽喳喳地相互呼唤着回归古树上自己建造的巢居。

把娄国的鸟类很多，红红绿绿大大小小的鸟儿遍布山岭，一巢一窝鸟，一室一家人，每窝鸟都是一样的种类，只有火凤儿骨鸟例外，把娄人和祖先肃慎人目击者所描绘的火凤儿骨鸟大小颜色都是一样的。正因为如此，把娄人始终坚信火凤儿骨鸟就是肃慎的第一任族长凤儿骨的化身，是独一无二的神鸟。

火凤儿骨鸟抖动着刚劲有力的翅膀扬起头颅向高空飞去，韵颜惊奇地说："火凤儿骨鸟，我的救命鸟，你要带我去哪里呢？你落在地上我就得救了。"

火凤儿骨鸟一边振翅高飞一边温情地鸣叫，那叫声像是在与韵颜倾心交流，韵颜听了火凤儿骨鸟的叫声，心渐渐地稳定了，心想，一切都交给火凤儿骨鸟安排吧。韵颜安心地搂着火凤儿骨鸟的脖颈，惬意地享受飞翔的感觉，这时才感觉到后腰处一阵阵地疼痛，她下意识地伸手摸了摸后腰处，触到了一把铁叉，自言自语道："秀妃真是虎狼心肠，我救了她，她却要加害于我。"说完，把铁叉从腰带上拔下来要扔下去，俯身看见了下面的部落，唯恐伤害到人，就把铁叉压在了胸前。

火凤儿骨鸟驮着韵颜在空中向西方飞去，一路上火凤儿骨鸟不时地发出低鸣，引得空中各种鸟儿都聚集在火凤儿骨鸟的周围盘旋、鸣叫，美妙的火凤儿骨鸟在群鸟的歌声鼓舞下，驮着韵颜向西面快速飞翔，鸟儿越聚越多，鸟鸣声越来越响亮，使得沿途部落的人们惊奇地仰望这一奇观。此时，夕阳把醉红般的脸完全暴露给了这一片天空和大地，使万物都美妙地披上了一层金黄色的薄纱，火凤儿骨鸟驮着韵颜在这惊艳的景色中飞行着，仿佛是这美景为火凤儿骨鸟注入了神力，让火凤儿骨鸟和百鸟的鸣叫在空中形成了一个群鸟交响乐，让韵颜感觉如入鹊桥一般。

渐渐地百鸟落在了后面，而火凤儿骨鸟则不知疲倦地飞翔。火凤儿骨鸟见百鸟落后，就仰头高声鸣叫了一声，收拢了翅膀，加快了尾部的摆动，身体像离弦的箭一样带着风声在飞，群鸟很快就没有了踪影。不知不觉间，夕阳滑下了地平线，天空一下子暗淡下来，火凤儿骨鸟没有因为天色渐暗而减速，而是更快地飞翔。韵颜俯身向下面望

挹娄玉蝉
Yilou Yuchan

去,大地一片黑暗,已经看不清高山与河流了。火凤儿骨鸟扇动着硕大的双翅,向更高的空中飞去。韵颜抬头看到空中的星星变得明亮、硕大、灵动,听到耳边"嗖嗖"的风声作响,仿佛火凤儿骨鸟要钻入星辰之中。韵颜闭上了眼睛,服服帖帖地趴在了火凤儿骨鸟的身上,搂紧了火凤儿骨鸟的脖颈,把脸贴在了火凤儿骨鸟的颈背上。

不知过了多久,火凤儿骨鸟停落在一个山洞前,韵颜捂着腰部从火凤儿骨鸟的身上下到地上,把铁叉也拿下来放在了洞口边。这个山洞口很小,小得只能一人出入,火凤儿骨鸟显然是极度疲劳,伏在原地伸长了脖颈不停地喘息着。这时,一只鸟儿从洞内飞出,"叽叽喳喳"地鸣叫了几声,随后,洞内飞出了一群五颜六色大小不同的鸟儿,围在了火凤儿骨鸟和韵颜的身边。

韵颜站在火凤儿骨鸟的面前搂着火凤儿骨鸟的脖颈,把自己的脸贴在了火凤儿骨鸟低垂的脸颊上,心疼地说:"火凤儿骨鸟,我的神鸟,阿布卡恩都里派你来拯救了我,保全了我柔弱的血肉之躯,没有让我的身体粉身碎骨成为野兽的食物,感谢你对我的救助。"

火凤儿骨鸟扭转脖颈伏下头把脸贴在韵颜的脸上,嗓子里发出了轻轻的呢喃之声,韵颜抚摸着火凤儿骨鸟的头部,说:"火凤儿骨鸟,你一定累坏了,一定渴了、饿了,我去给你找点水喝、找点吃的。"说完,转身欲走。火凤儿骨鸟急忙用喙衔住了韵颜的衣服,韵颜不知火凤儿骨鸟是何用意,只好怔怔地站住。

这时,几只大鸟从远处飞回来,喙衔硕大的野果子,它们把野果放在了火凤儿骨鸟的跟前,火凤儿骨鸟衔起一颗又红又大的野果送到了韵颜的面前,韵颜急忙双手接过来,火凤儿骨鸟对着韵颜呢喃一声后就俯下头,自顾自地吃起了野果。

韵颜边吃着野果边环视着周围,地上除了山洞口外什么也看不清,天上的星星比往日的明亮硕大,证明他们所处的位置是很高的山峰。吃完了野果,火凤儿骨鸟站了起来,冲着韵颜呢喃一声后就朝洞里走去,边走边回头呼唤着韵颜,韵颜跟着火凤儿骨鸟小心地往洞里走着。韵颜原想洞里一定很黑,没想到竟然有光亮,而且越走越亮。走过了一段狭小的过道,视野一下子开阔起来,里面的空间足有一百余人的议事大殿那么大。洞内中间有一条小溪,溪水温柔地流动着,鸟儿们站在溪水旁悠闲地喝着溪水。四周的洞壁上,挂满了攀爬的植物,绿

二十二、仙山天池

的叶衬着各色鲜艳的花朵，把这洞内装扮得宛如仙境一般。最令韵颜惊讶的是，洞内石壁的凸凹处，摆放着一颗硕大的夜明珠，这颗夜明珠光亮圆润，把洞内映照得通亮。韵颜惊喜地旋转着身体观看这美丽的山洞，火凤儿骨鸟见韵颜欣喜的样子就抖动着羽毛，显出了得意和自豪。

火凤儿骨鸟嗳了一下韵颜的衣襟，向山洞深处走去，韵颜跟在了火凤儿骨鸟的后面走到了墙壁上凹进去的一个能容三个成年人栖息的小洞处，火凤儿骨鸟看了韵颜一眼口中发出了呢喃之声，同时用嘴点着小洞。韵颜仔细看去，只见小洞里铺满了厚厚的乌拉草，乌拉草的中间有一个压实的圆窝，看窝的大小便知是火凤儿骨鸟的居室。韵颜明白了火凤儿骨鸟的用意，连忙摆手说："不行，这是你的住处，我不能占用你的地方。"说完，用手指了指地上说："这儿很好，我就在这里睡下。"说完，就要脱下熊皮大衣铺在地上。火凤儿骨鸟急忙衔住了韵颜的衣襟，阻止了韵颜。火凤儿骨鸟转过脸来，冲着群鸟鸣叫几声，群鸟一下子都飞了出去，片刻，就又都飞回来，嘴里衔着松软干枯的乌拉草。火凤儿骨鸟振动一下翅膀飞起来，落在了山洞顶部的凸石上，群鸟也跟着飞了上去，把口中的乌拉草放在了上面后又飞出去衔草，火凤儿骨鸟用喙和脚把群鸟衔来的干草铺平，一会儿的工夫，一个松软舒适的鸟窝就搭成了。

韵颜呆呆地看着这一切，高兴地拍着手感叹着："太神奇了！鸟儿们，你们太神奇了！"

群鸟似乎听懂了韵颜的语言，冲着韵颜不停地点着头，得意地欢叫着。

韵颜爬上了已属于自己的窝居，把熊皮大衣脱了下来，当被子盖在了身上，就在这仙境般美丽的山洞安睡了。

第二天天刚亮，鸟儿们就叽叽喳喳地飞出了山洞，只有火凤儿骨鸟飞落在韵颜的洞窝旁，静静地守候着她。韵颜从梦中醒来，睁开了眼睛看见了火凤儿骨鸟，兴奋地搂住了火凤儿骨鸟的脖颈，亲昵地说："我的火凤儿骨鸟，我的救命鸟，看到你真让我高兴。"

火凤儿骨鸟呢喃低语，似乎在回应韵颜的语言。

走出山洞，韵颜大吃一惊，呈现在眼前的是一个仙山幻境般的景色。韵颜所站的山洞是一个崖洞，洞口处有一大块平实的石头，可供

挹娄玉蝉
Yilou Yuchan

人类和鸟儿们出入山洞落脚。斜坡的山体上有可供人类上下的石阶,但野兽却无法攀爬。韵颜一下子明白了为什么山洞里这样祥和,原来,这个山洞是安全的宝地。

韵颜抬眼望去,只见朝阳正冉冉升起,这个巨大的红色球体像一个可爱的胖嘟嘟的婴孩一样一拱一拱地向广阔无垠的天空升起。一会儿,它又像一个浪漫的少女,把深蓝色的天空涂抹上一块块的红色,既而又给大地披上一层粉红色的薄纱,使这世界看上去风情万种美得令人心醉。

美丽如画的天空下,是一个平滑如镜倒映着群山和美丽朝霞的湖面,湖的周围是和韵颜所站立的山崖连在一起的群山,群山的高度相差无几,山上长满了茂密的原始树木。群山和湖面似乎充满了灵性,远远看去像一群年轻力壮的勇士环抱着一个巨大的宝盆,充满着神秘的力量。

湖面上、树梢上到处都是妙语欢歌的鸟儿,那美妙动听的合奏仿佛把这个世界都震慑了,除了鸟鸣之外,万物都不敢出声。

韵颜呆呆地看着这美景,恍然大悟脱口而出:"阿布卡恩都里,这就是李文博老人家说的仙山天池吗?"

天池湖水深幽清澈,像一块特大的碧绿的宝玉镶嵌在群山环绕之中,湖中有浓浓的蒸气从湖面升起并弥漫开来,随着微风忽东忽西地飘动,使这块宝地宛若缥缈天宇。云,洁白低垂着,白面团似的在天池上空飘过,仿佛伸手可及。湖中的蒸气像一个顽皮的少女,挥动着修长的手臂偷偷地触及急着赶路的白云。

韵颜被这美景惊呆了,若不是眼珠偶尔转动,真如泥塑一般。

韵颜沿着山体爬到了山顶,观看周围的景色,只见与此山相连的是一座一望无垠崎岖绵长的山脉,这条山脉集奇峰、怪石、幽谷、秀水、古树、珍草为一体,沟壑险峻狭长,溪水淙淙清幽。再往下看,仙山下面的山体上斜挂一帘瀑布,直泻千里、气势磅礴,其博大雄浑的动感画面和洪荒原始的意境撼人心魄。

韵颜尽情地浏览着美丽的景色,兴奋地旋舞起来,痴痴地说:"我不是在梦中吧?"

韵颜情不自禁地旋舞拉动了腹中的胎儿,她捂住了腹部,醒悟般地说:"我不是在做梦,这一切是真的,我的宝贝哈哈珠,我们到了仙

二十二、仙山天池

山天池了!"

木竹林从梦中醒来,自言自语地说:"韵颜,我宁愿在梦中不醒,在梦中与你相见是多么幸福的事啊。"

李穹走进了木竹林的帐内,见木竹林已醒就对木竹林说:"弟弟,我想出了一个攻克扶余国的办法,我们一起研究一下是不是可行。"

木竹林一咕噜坐起来,爽快地说:"好啊,我们一起去找伯父商量。"

李穹和木竹林来到了李文博的帐前,李文博正和塔斯哈在帐前谈论着什么,李穹和木竹林同时向两位长者请安后说明来意。他们正在说话间,觉罗蝉儿和瓜尔雅丹向这边走过来,原来她们也是为了攻城献计。大家分别提出了自己的想法后都感惊讶,因为,他们的想法竟然是一致的。

于是,他们立即重新编排队伍,开始实施他们共同研究的攻城计划。

韵颜坐在天池旁,平静地看着池中大小、各色的鱼儿穿梭游动。成群结队的鸟儿在天池上空盘旋,时而俯冲下来啄起小鱼飞至岸边与众鸟同食。韵颜灵机一动,爬到洞口处拿了铁叉下到天池边,观察着池中动静。这时,一条硕大的鲤鱼游过来,韵颜端起铁叉猛然向鲤鱼扎去,而后顺着鲤鱼蹦起的力量把鲤鱼举上了水面,身体同时向左扭转用惯力把鲤鱼甩到了岸上。这鲤鱼不甘心就此结束生命似的狂怒地蹦跳着,但是无论它怎样跳动也是徒劳,渐渐地它放慢了跳跃的频率,最后躺在岸边一动不动了。

韵颜在一块平坦的石板上搭起了一个用石块堆砌的火灶,上面放上一块薄薄的石板,然后找了一些干树枝和杂草,塞在薄石板下面的灶膛里,最后,用两块石头猛烈撞击,撞击出的火星落在干枯的杂草上窜出丝丝火苗,慢慢地把杂草点燃,一会儿又把干树枝点燃了,既而汇成了一股强烈的火焰。

韵颜走到鲤鱼旁,从靰鞡靴中拔出了尖刀,在鲤鱼的腹部刺下去后顺势向下一拉豁开了肥厚的鱼腹。韵颜把鱼的内脏用手掏出,扔在了鸟儿们聚集的地方,群鸟一下子围上去,兴奋地啄食起来。韵颜刮

挹娄玉蝉
Yilou Yuchan

掉鱼鳞后肢解了鲤鱼，把鱼油扯下来放在了烘干的石板上，随着"嘶嘶啦啦"的爆响鱼油化开了把石板沁泡得油光铮亮。

韵颜割下一块鱼肉在湖水里涮了涮，把鱼肉放在了滚烫的石板上，一股烘烤的鱼香在天池旁弥漫开来，引得周围山里大小动物的叫声此起彼伏。

韵颜美美地吃了烤鱼后，火凤儿骨鸟飞到了韵颜的身边，韵颜连忙把石板上最大的一块烤鱼拿起来，送到了火凤儿骨鸟喙边，火凤儿骨鸟晃晃头部，向群鸟啄食鱼内脏的方向飞去。韵颜"扑哧"一声笑了，说："我还以为你我是同类呢，原来你是不喜欢吃熟食的。"

火凤儿骨鸟津津有味地吃饱了后又到湖里喝了水，就又飞到了韵颜的身边卧下，韵颜对火凤儿骨鸟说："这座山高耸入云，而且没有下山的道路，凭我自己的能力我是没有办法下山去的。我的神鸟，我还要凭借你的翅膀送我下山，我自己就可以寻找道路走回挹娄国。"

火凤儿骨鸟慌忙站起身，一边晃动着脖颈一边抖动着翅膀，显出了紧张的神情。韵颜不解地追问："为什么？为什么不能送我下山？"

火凤儿骨鸟扬起了脖颈头部朝天双翅合拢，形成祈福状。韵颜惊问："难道是阿布卡恩都里不让我回挹娄国？"

火凤儿骨鸟点点头，安静地回到韵颜的身边卧下来。韵颜仰天长叹一声，说："我担心秀妃会加害挹娄子民，不过，我更相信阿布卡恩都里会眷顾他们。韵颜只能顺听天命了。"

留根勿吉的坛城上，秀妃和达纳正击鼓狂舞着。坛城下，围着一些挹娄子民。秀妃在一阵狂舞之后忽然停下来，片刻后身体一阵痉挛，然后甩动着披散的长发吟唱道："七七四十九天啊就是转眼间，天上一日啊地上十年，我的灵魂啊升了天，天上人间两相隔，你们是人来我是仙儿。"

完颜松甘转身对艾西说："韵颜真的升天了吗？"

艾西仰头望了一眼天空，说："韵颜一定会升天的，她是阿布卡恩都里最喜爱的人。"

秀妃舞动吟唱了半天之后，忽然停下来，身体挺直、表情僵硬，半晌后才像烂泥一样地瘫倒在地。达纳把秀妃从地上扶起来，秀妃有气无力地对大家说："韵颜的灵魂已经超度升了天，她让我来领导大家

二十二、仙山天池

祭天、狩猎，从今天起，我——就是留根勿吉的萨满，也是留根勿吉的穆昆达。"

艾西一个箭步冲上了祭台，指着秀妃说："你这个女人总是想凌驾在大家之上，不要借故为韵颜招魂超脱就可以谋取穆昆达的位置，我们的穆昆达只有木竹林王才可以任命。"

秀妃恶毒地看了看艾西，恨恨地说："难道韵颜的喻令你也敢违抗吗？是不是你想做穆昆达呀？"

艾西气愤地说："什么？我想做穆昆达？我才不是想当穆昆达的人！我是怕穆昆达的位置被不安好心的人给霸占了，引导大家走入歧途。"

"啧啧，说得多好啊！真会为自己的脸上搽脂抹粉，就你思想超拔，我们都是低灵的东西？！你伟大的话怎么没有为韵颜招魂超度呢？大家都看到了，大家的眼睛是雪亮的，还不是我风里雨里的连续七七四十九天为韵颜击鼓献祭？难道说我不胜任穆昆达吗？"秀妃用鼓动的口气对大家说。

艾西刚要辩解，被完颜松甘拉了下来。完颜松甘走到台下后对艾西说："她想当穆昆达就让她当吧，现在我们这些老弱病残孕的人可经不起争斗啊。"

艾西叹了一口气，把头扭向一边不去看秀妃。秀妃见状，得意地说："其实我也不想当这个穆昆达，可是，人无头不走，鸟无头不飞，我们这么多人总得有个说了算的人领着大伙过日子吧？"

大家开始议论起来。秀妃见没有人再站出来反对她，就大声说："今天就散了吧，明天我们进山打围。"

人们仨一堆俩一伙地边议论边向大殿走去。

仙山天池的天气变化是不定时的，刚才还是云雾漫山，一会儿就晴空万里了。韵颜看看池中游动的鱼，又看了看岸边干枯的杂草，拿起了铁叉向草地上扎下去。然后用力一挑把枯草连同泥土一同撅了出来。一会儿的工夫，韵颜就用铁叉挖了一个深坑，又把从树干上摘下来的葫芦劈开去瓤，然后用葫芦瓢在池中取水倒在土坑里，使土坑里充满了水。韵颜又在池边久候，看到游过来的鱼后迅速用铁叉托起甩到了土坑里。一会儿的工夫，土坑里就装满了大大小小的鱼。火凤儿

挹娄玉蝉
Yilou Yuchan

骨鸟和其他鸟群在夜晚的时候，从东边飞了回来，韵颜欢喜地挥动着臂膀，鸟儿们叽叽喳喳地落在了韵颜的身边，韵颜得意地把土坑里的鱼儿用铁叉撅出来五条，鸟儿们立即分成了五群，围着肥嫩的大鱼美餐起来。

第二天，韵颜开始挖掘更大的土坑储存鱼，以备自己临产时鸟儿食用，当她挖到快要够深度的时候，发现铁叉触到了一个细腻柔软而有韧性的东西，韵颜小心地把它挖掘出来后大吃一惊，原来，这是一只肥大的太岁。

韵颜小的时候，她的阿玛就在那丹山下的黑土地里挖掘出一个太岁，他们家人把太岁切割吃了，韵颜阿玛的腿痛病和额尼胸闷的毛病竟然神奇地好了，所以，韵颜知道太岁的神奇之处。可在这样高的山上还能挖出太岁让韵颜感到惊奇和兴奋。

韵颜冲着上天拜了拜，感谢阿布卡恩都里的恩赐，然后，用石头板做了一个石刀，用石刀把太岁割下一小块肉，在石板上烘熟了吃了下去。余下的大块太岁养在了灌满了水的土坑里。韵颜吃了太岁的肉，顿觉浑身舒爽，腹中的胎儿竟然欢快地翻滚起来，仿佛是太岁为他注入了神力。

鸟群回来的时候，韵颜立即把太岁割下来一大块，用石刀把它切碎，散开抛洒在地，让鸟儿们品尝。火凤儿骨鸟吃了一块后，走到韵颜的身边，冲韵颜深深地点了点头。

第二天早起，韵颜感觉神清气爽、身轻如燕，飞一般地下了洞口来到了天池边。韵颜首先去看看太岁，怕太岁被夜间出现的小动物吃掉，可当韵颜看见太岁的时候，竟然惊讶得张大了嘴巴。原来，韵颜昨天砍掉太岁肉的地方又长出了粉嘟嘟的光亮得透明般的新肉来。

韵颜揉了揉眼睛，又仔细地看看太岁，又一次验证了太岁确实是重新长出了新肉。韵颜把太岁抱到了山洞里，养在了洞中间的溪水泡中，以备分娩时食用。

李穹和木竹林带领队伍浩浩荡荡地开到了扶余国的边境。高柱子回到扶余国后立即找到了觉罗健儿，并与觉罗健儿联合起隐居山间的猎人和逃难的壮年人组成了一支民众队伍，在李穹指定的地点迎接了李穹。

二十二、仙山天池

李穹和觉罗蝉儿见到觉罗健儿的时候，三个人搂抱在一起喜极而泣。觉罗蝉儿急切地询问父母亲的情况，觉罗健儿一一耐心告知。李穹命令队伍稍作几天休整与训练，准备开始攻城。

这一天，下了整整一天的大雪。傍晚时分，李穹穿着护卫队长的服装骑在马上，走在塔斯哈的马车旁，已被调整过的押护队押解着穿着破烂的被化妆成俘虏的捆绑着手臂的挹娄王室护卫队员。这支队伍顶着大雪来到了扶余国的城门下，守城的官兵看见押送财宝回挹娄的押护队回来了，就打开了城门。守城官走下了瞭望口，来到了李穹的面前站下，上下打量着李穹说："你是谁？押护队长呢？"

塔斯哈从马车里探出了头，指着一群被捆绑的身上落满了雪花的人，大声说："押护队长被这些谋反的扶余人给杀死了，我们好不容易才制服了他们，我们把他们带回来，请留守大将军处置。"

守城官不屑地一笑，打趣道："一群手无寸铁的反贼，就地杀了算了，我们哪一天还不杀几十个扶余人？你把他们带回来留守大将军还不骂你个狗血喷头。"

塔斯哈认真地说："留守大将军说一开春就修建防御坝，这些男丁留守大将军会有用的。"

守城官瞟了一眼被绑着的女人，笑着说："这些女人现在就有用，我养的那几个女奴都被我作践够了，挑几个年轻的给我留下，今晚我请你到我那一同取乐。"

塔斯哈"哈哈"大笑着说："一路劳顿，老夫也该好好放松一下，这样吧，我先带他们去交差，回头我给你选几个年轻漂亮的女人送回来，今晚我们一醉方休。"

守城官也哈哈大笑，说："好！我先备上好酒好菜等你。"

塔斯哈说："天冷，把酒给我温热喽。"

"好嘞！"守城官说完一挥手，塔斯哈的马车带着大队人马进入了城门。

他们来到了宫殿，侍卫向留守大将军通报说："启禀大将军，塔斯哈率领押护队回来了。"

"嗯？他们应该是还没有到达挹娄国呢，怎么就回来了？"留守大将军搂着一位半裸着的女人，斜靠在寝宫中靠背和扶手都是金子打铸的躺椅上懒懒地说。

挹娄玉蝉
Yilou Yuchan

"是这样的大将军,塔斯哈在半路上遭到了扶余反贼的袭击,押护队长战死了,塔斯哈率队抵抗打败了反贼。现在,塔斯哈已把反贼押解到大殿门口等候大将军处置。"

留守大将军一跃而起,暴跳如雷地说:"扶余国的男丁已让我杀害殆尽,怎么还会有反贼敢袭击我的押护大队?!把他们统统带进来,我要把他们开膛破肚,看看他们长着什么样的胆!"

侍卫应声而下。

片刻,塔斯哈带领少部分押护队和装扮成反贼的人进入了议事大殿,留守大将军穿戴整齐地走出寝宫,来到了议事大殿。留守大将军端坐着,轻蔑地说:"就这些毛贼,敢袭击我们押护队?!"

塔斯哈向前一步,说道:"他们不仅敢袭击押护队,还要留守大将军的脑袋祭奠他们被害的亲人呢。"

"什么?!你、你说什么?!敢要我的脑袋?!哈哈……"留守大将军站起来抽出了长剑,狂叫着:"我的脑袋是你们这些蠢猪可以砍掉的吗?在你们的梦还没有醒来之前,还是让我砍掉你们的脑袋吧!对于一位大将军来说,最大的快乐就是一连杀掉几百号人!哈哈!本将军好久没有痛痛快快地杀人了!"

塔斯哈不紧不慢地说:"留守大将军,我要向你介绍一下要你脑袋的是怎样的一个人。"

留守大将军一下子收敛了狂妄的神情,用疑惑的眼神看着塔斯哈,塔斯哈侧转身来,指着李穹说:"这位就是扶余国的新国王——李穹。"

"什么?新国王?你、你说的是什么意思?"

塔斯哈一字一句地说:"今天,扶余国获救了,有了自己的国王,挹娄侵略者在扶余的统治结束了!"

留守大将军狐疑地打量着李穹,片刻,哈哈大笑着说:"想不到塔斯哈竟然如此幽默,竟敢拿本将军开起了玩笑。"随即,脸色一变,凶狠地对塔斯哈说:"我看你是吃了豹子胆了,干柴似的老朽竟敢跟我开这样倒胃口的玩笑!我先试试剑法,看看我的杀人功夫有没有长进。"说完,举剑向塔斯哈刺去。

就在这千钧一发之际,一支箭射中了留守大将军举剑的手腕。留守大将军一声号叫长剑落在了地上。李穹捡起了留守大将军的长剑,把剑尖指向了他。留守大将军忍痛大叫一声:"来人,给我把刺客

二十二、仙山天池

拿下!"

随着塔斯哈一同走进议事大殿的押护队员们一下子转过身去,把长矛对准了留守大将军的侍从和侍女,"反贼们"魔术般地自动松了绑,从身上取出了兵器守住了各个门口。这突如其来的变故使得留守大将军目瞪口呆,语无伦次地说:"你们想干什么?你们……你们还想反了吗?你们是吃了豹子胆了……你们到底是谁?!"

李穹义正词严地说:"我们是这块土地的主人!"

留守大将军"啊"了一声,惊恐地四下张望着,只见自己的身边已经站满了手持兵器怒目相对的人。

木竹林走过来对李穹说:"这个强盗的手上沾满了扶余人的血,是他撕碎了扶余百姓的心,让摇篮中的婴儿成为孤儿,让年迈的老人孤苦无依!现在,就让扶余国王代表多灾多难的扶余人处决这个十恶不赦的恶人吧!"

李穹冲木竹林点了一下头,把持剑的手收回到腋下后猛然出击,留守大将军还没有从突如其来的惊恐中清醒过来,李穹就以迅雷不及掩耳的速度把长剑插进了留守大将军的胸口。留守大将军号叫一声,倒在了地上。同时,大殿两侧的扶余壮士也动了手,结束了留守大将军侍从的性命。

木竹林冲塔斯哈点了一下头,塔斯哈立即向大门外走去。出了大门口,塔斯哈对守在殿外的留守大将军的侍卫说:"大将军让你传令所有将领,立即到议事大厅商议紧急大事。"

侍卫应了一声,照办去了。

一会儿,留守的抠娄将领们陆续披着一身的雪花进入了议事大殿,守候在议事大殿门里的扶余壮士迅速刺死了毫无防备走进来的将领,李穹和木竹林没用吹灰之力就结束了抠娄留守将领的性命。

按照计划,塔斯哈又传令分批招叫各处留守士兵,让他们观看留守大将军及留守将领的尸体,并向他们宣布:投降扶余国王的,不杀,抵抗的,立即处死。留守的士兵见到留守大将军和将领们的尸体,都纷纷投了降。

二十三、亲人团聚

扶余的百姓得知李穹率队回来打败了留守大将军的部队，立即从四面八方的山林、幽谷中跑回来，哭泣着、欢呼着、拥抱着，扶余的百姓又充满了扶余的大街小巷。

扶余的大街热闹了，每天都有亲人团聚的感人场面。在这些激动人心的场景中，最精彩的要数觉罗蝉儿与亲人相聚的场面了。

那一天，李穹和觉罗蝉儿在城门口翘首期盼，远处一辆马车奔驰而来，觉罗蝉儿和李穹迫不及待地迎了上去。马车到了觉罗蝉儿和李穹的面前停了下来，觉罗蝉儿急忙扑到了车门前，一边喊着"额尼！阿玛！"一边急着去掀车门的帘子。同时，车门帘打开了，觉罗健儿像豹子一样地窜出来跳落到地上，而后立即回转身去搀扶正从车门里探出头来的老妇人。老妇人身穿挹娄国官宦人家的衣装，染色的麻布颜色依然艳丽，一看便知这是只有在特殊的日子才拿出来穿的贵重服饰。老妇人的身体还没有从车厢里出来就急切地用眼睛巡视着围过来的人们，当她的眼神落在觉罗蝉儿的脸上时，本是慈善的面孔一下子被兴奋和激动扭曲了，眼泪像泉水一样涌了出来，嘶哑着声音说："蝉儿，我的蝉儿，我的宝贝蝉儿！"

觉罗健儿急忙把老妇人搀扶下来。觉罗蝉儿泪流满面地跪在了老妇人的面前，双手抱住了老妇人的腰，头抵在了老妇人的腰间，行了一个挹娄国最隆重的抱腰大礼。老妇人用颤抖的双手放在了觉罗蝉儿的头顶，口中念念有词："恳求挹娄国世代供奉的阿布卡恩都里，降福我的蝉儿身体康泰，像鲟鳇鱼一样多子多孙！"而后缓了口气，深情地对觉罗蝉儿说："祝福我蝉儿一生幸福吉祥！"

抱腰大礼仪式结束，觉罗蝉儿站了起来，母女俩抱在一起哭出声来。蝉儿的母亲边哭边说："我们失散后，你的阿浑到处找你，都没有找到，我们以为再也见不到你了……"

二十三、亲人团聚

觉罗蝉儿止住了哭声，说："我就知道额尼不会丢下我，伤一好就回到了石屋一直等着你们，谁知你们已经找过了。"说完，回过头来寻找父亲，只见父亲正站在她的身后用慈祥的目光注视着她。觉罗蝉儿急忙跪地行抱腰大礼，接受了父亲的祝福。当觉罗蝉儿父亲的目光转向李穹的时候，李穹跪在觉罗蝉儿父亲的面前说："岳父大人在上，请受小婿李穹一拜！"说完，向觉罗蝉儿的父亲行了抱腰大礼。

觉罗蝉儿的父亲双手高高举起，仰望上天道："挹娄国世代敬拜的阿布卡恩都里啊，你的慈恩永达地极，你用大能的手臂拯救了挹娄国脱离了暴虐的统治和灾难，拯救了扶余百姓不再受虐贼的摧残，两国百姓永世敬拜你。"说着，把双手覆在李穹的头顶，继续说道："尊威的阿布卡恩都里，你高举了良善睿智的李穹做扶余国的国王，求你永不厌倦地扶持李穹王治理国家、安抚子民，使扶余国泰民安、风调雨顺。"说完这句话，觉罗蝉儿的父亲声音转为慈爱柔和地说："祝福我蝉儿深爱着的人，身体健壮如雄狮，感情专注如天鹅，祝福你们百年好合，后代子孙如繁星，数也数不清！"说完，哈哈大笑起来。围观的人也都开心地大笑起来。

李文博抱拳向觉罗蝉儿的父亲行礼道："亲家公，文博有礼了！"

觉罗蝉儿的父亲急忙抱拳还礼："耶鲁觉罗拜见亲家公！亲家公吉祥！"

李文博回复道："亲家公吉祥！"

两位不同王国的前任重臣哈哈大笑着拥抱在一起。这时，远处传来了狗叫声和孩子们的欢呼声，人们回头望去，只见几个孩子坐在爬犁上，两条大黄狗被他们像马一样地套着拉着爬犁在雪地上奔跑。大家看着这个冒着白烟的狗拉雪地车，又看着这群手舞足蹈的孩子们，都开心地笑了。

秀妃在挹娄国发号施令的领导地位慢慢地被人们接受了，人们渐渐地习惯了她的指挥，秀妃胆子也就大了起来，开始以萨满、穆昆达自居。

这一天，秀妃带领众人走进山林围猎，在山脚下，秀妃命令人们拿出了酒和食物放在一棵老柞树的树根下，然后，对人们说："从今天开始，我们进山要先敬山神，砍伐树木要敬树神，下河摸鱼要敬河神，

挹娄玉蝉

总之，我们留根勿吉的人要敬拜诸神。"

艾西立即阻止道："我们挹娄国是阿布卡恩都里的子民，我们只敬拜阿布卡恩都里，不拜别的神。"

秀妃大声说："这可容不得你一个黄毛丫头说了算，现在我是留根勿吉的萨满，我要引领挹娄国的百姓拜山神、树神、河神，还要拜狐仙、黄皮子仙、蛇仙、保家仙，我要让无数的神、无数的仙充满留根勿吉，使留根勿吉变成神儿啊、仙儿啊共聚的宝地。"

艾西愤怒地说："天地间只有一位神，那就是阿布卡恩都里，如果树有神儿，黄皮子有神儿，那都是魔附体，是那场天宫大战中被弥额尔天神打到地狱里的路济弗尔在作怪！"

秀妃露出了狰狞的面目，凶神恶煞般地对艾西说："我看你是听族祭萨满说部听多了！把传说当成了真事听了！现在，我就代表诸神惩罚你，因为你对诸神不敬。"说完，拔出了短剑向艾西刺去。艾西侧身一躲，躲开了秀妃的短剑，随后，艾西飞起右脚向秀妃的胸口踹出，秀妃一个趔趄后退着摔倒在大树下。

众人见秀妃与艾西打了起来，不知帮谁好，顿时慌乱起来。秀妃从地上爬起来，咬牙切齿地说："我要杀死你，我要把你碎尸万段！我要用你的血来祭拜诸神！我、我是奉各路神灵的旨意惩处你！"

艾西轻蔑地笑道："如果神真有很多位，也不会庇护心藏邪恶的你；如果神真有很多位，就都不是真神；如果神真有很多位，灵界就会大乱，哪还会有时间管你这些人间烂事！你听着，挹娄先祖告诫我们后代要世代信奉阿布卡恩都里，而且无论迁徙到哪里，都要先建祭坛后建城池，祭坛就是祭天的地方，祭天，就是敬拜阿布卡恩都里！只要我艾西还有一口气，就不会让你用别的什么神儿啊、仙儿啊的来替代阿布卡恩都里在挹娄人心中的地位！"

"说得好！"不知是谁喊了一句。

秀妃立即觅声望去，只见一位妇女正用敌对的眼神注视着她，其他的人也都情不自禁地向艾西的方向挪动着脚步。

秀妃眼珠一转，语气转变过来，脸上堆起了强装的笑容，站起来说："阿布卡恩都里是天上最大的神，我不否认，可毕竟阿布卡恩都里是天上的，我们凡夫俗子只能靠地上的小神儿、小仙儿保佑。"

艾西义正词严地说："放着主宰天地万物的阿布卡恩都里你不敬，

二十三、亲人团聚

偏要去敬低灵魔道的东西，我看你是诚心与阿布卡恩都里作对！"

秀妃向达纳使了个眼色，达纳立即跑到艾西面前，假惺惺地说："快别动气了，有话好好说，秀妃也是为了大家好嘛。"

"什么秀妃不秀妃的，爱达甘早就死了，哪里还有什么秀妃？连个名字都没有的人还敢对我们指手画脚。"艾西气愤地说。

秀妃抚摸了一下自己的胸口，收起了短剑，说："谁说我没有名字，我的名字叫……"

没等秀妃说完，艾西就打断她说："你叫什么名字我不管，你信什么神儿我也不管，你要混乱把娄子民的信仰我就一定要管！"

秀妃刚要反驳，看到其他的人都在用对抗的眼神看着她，就转过脸去阴森森地对达纳说："收起祭品！"随后，小声嘀咕着："我倒是要看看，是山神厉害，还是阿布卡恩都里厉害！"说完，朝山林走去。

艾西等人进入了山林后，就开始寻觅野兽的踪迹。严冬时节，一些动物冬眠，山里颇显冷清。秀妃指着白雪覆盖的大山说："这连一个动物的脚印都没有，不可能有猎物，我们回去吧。"

艾西说："这场雪已经下了五天了，还没有动物脚印是好事，说明动物守在洞穴里就要饿得出来觅食了，我们等等吧。"

秀妃说："怎么？什么事都要听你的吗？难道你真的想篡位取代我在留根勿吉的地位吗？"

艾西说："我没有兴趣当什么萨满或穆昆达，我只是想我们今天必须要打些猎物回去，否则族人就会挨饿。自从韵颜遇难后，我们只出来两次打猎，现在族人把韵颜储存的为迎接木竹林王归来的干肉都吃掉了，再不打些猎物老弱病残的族人就真的要挨饿了。"

秀妃听到这里，眼里露出了一道凶光，达纳看到了这光，身体颤抖了一下，眼睛睁得大大的，缩起了脖子拉了拉头上的围布，颤抖着把双手交叉着插到了马蹄衣袖里。

艾西带头往前走着，边走边四下里观看，忽然，发现了一行动物蹄印。大家聚拢过来观看，断定是狼的脚印。秀妃一听是狼蹄印，立即跪伏在地，向着狼蹄印作揖道："狼神啊，不要冲撞我们，不要冲撞我们……"

艾西紧张地说："看这印迹像是刚刚踩踏的，我们要时刻警觉。"

秀妃站起来说："我们还是离开这里，赶紧离开这里！"

挹娄玉蝉
Yilou Yuchan

说完，自己匆匆地往回走。刚走几步，就尖叫着愣在了那里，原来一匹狼警觉地向着她奔过来。在场的人有的张弓，有的端着铁叉，有的盲目逃窜，只有艾西大喊一声："快别慌，射箭！"

秀妃离那只狼最近，慌忙射了一箭，可是，那支箭从狼的头上飞过，狼被激怒了，疯狂地扑向秀妃。艾西在人群的后面，四处奔跑的人群挡住了艾西的视线，当人群散尽的时候，艾西看见强劲的大灰狼一口咬住了秀妃左腿的膝关节处，秀妃惨叫一声扑倒在地。艾西站稳脚跟，端稳了弓箭，"嗖"的一声把箭射在了狼的腹部，狼松开了秀妃，龇着挂着鲜血的利牙向艾西扑来，艾西迅速搭上一支箭，还没有射出狼就站立不住晃动着倒下去了。在倒下的一瞬间，狼挣扎着仰起头，向着空中发出了一声凄厉的鸣叫。艾西急忙召集大家说："快把秀妃放在爬犁上，包扎好伤口赶快下山，附近一定有狼群，这只狼已经发出了信号！"说完，从狼的身上拔了箭杆插在箭袋里，用尖刀割开了狼的喉管，把狼也抬到了爬犁上，大家拉着爬犁连跑带颠地把秀妃弄到了山下。

艾西回头向山上看去，只见雪地上留下了一路的血迹，气喘吁吁地高喊道："快进宫殿，狼群会被鲜血引到留根勿吉来的！"

大家谁也没有怀疑艾西的猜测，匆匆呼喊着宫殿门口的妇孺进殿。艾西跑到了宫殿的门楼上击鼓告急，听到钟声的人们都急忙赶回宫殿，当所有的人都进入宫殿的时候，艾西立即关闭了宫殿的大门，上了门插。艾西沿着台阶走上"马面式"门楼，伏在锯齿似的墙头上向山上瞭望，只见三十多只狼低头嗅着血迹向这边跑来。这群困在洞里几天的饿狼，瞪着饥饿和复仇的双眼来到了宫殿附近的树林里，围着宫墙机警地转了一圈后，分别向穴居住区冲去。

艾西趴伏在墙头上俯视着狼群的动向，只见狼群在空无一人的穴居肆意乱窜，大有撕毁一切血肉之躯之势。群狼没有找到猎物，又回到了宫殿的门前。艾西吩咐大家把射死的那只狼开膛破肚，取出内脏从门楼上扔下去，随后，冲着殿内的人群喊道："拿上你们的弓箭上门楼上来，马上就有丰厚的食物了。"

妇女们一扫刚才的恐惧，叽叽喳喳地上了门楼，纷纷搭弓射箭，对准了穷凶极恶争食的狼群。

艾西一声令下，几十只箭和孩子们的弹弓射向了狼群，只见狼群轰然大乱，四处逃窜。一会儿，狼一个个地倒在了地上，没了声息。艾西清点了狼的数目，确认没有逃走的，才带着一些强健的妇女端着铁叉在狼身上的致命处扎上一铁叉。孩子们潮水般地呼喊着涌出来，围着成堆的死狼欢呼跳跃。

完颜松甘来到了艾西的跟前，开心地说："这些狼肉再添补一些冻菜、干野菜，够我们吃上一个月了。"

艾西对完颜松甘说："完颜老伯，你看这样行不，明天我带人去湖里钏冰捞鱼，完颜老伯带人把这些狼肉切割成块，埋在雪里冻起来，等着木竹林王带着壮士们回来后食用。我们吃些头、骨、内脏，配搭着鱼和干野菜，就可以维持到木竹林王回来了。"

"对、对、对！还是艾西想得周到，这么多的族人在一起过日子，可真要精打细算啊。韵颜不在了，以后大家的安危就得依仗着你了……"完颜松甘感慨着。

留根拎着弹弓子，领着草儿和一群孩子，跑到艾西的面前，哀求着："艾西额云，教我们射箭吧，我们是巴图鲁，应该冲在前面保护族人！"

艾西笑着说："好吧，今天就开始教你们制作弓、箭杆、箭头，然后教你们制作迷魂药，你们要刻苦练习射击，等我们的木竹林王凯旋的时候，你们这些小巴图鲁就可以跟随他们狩猎了。"留根和孩子们跳起来，兴奋地欢呼着。

秀妃一直在大殿的角落里养伤，她在大家拥护爱戴艾西的氛围中低下了傲慢的头，腿伤好了之后，落下了瘸腿的残疾，走路一瘸一拐的形象很难看，加之人们都故意疏远她，她就更没有了可骄傲的自信，唯一可掌控的，是对达纳的控制。

二十四、龙腾圣地

挹娄国属于高寒地区，到了冬季寒冷无比，尤其是呼号的北风和滔天的大雪时节，在这个季节里，恶劣的气候时时威胁着挹娄人的生命。木竹林在扶余国牵挂着快要临产的韵颜，担心她在严寒的冬季分娩要受冷受冻，而韵颜此时此刻正坐在四季如春的仙山天池旁吃着延年益寿的太岁呢。

韵颜吃饱了之后，站起来小心地伸了个懒腰，生怕惊动腹中的婴儿。这时，奇迹出现了。只见天池的中心咕咕地往上冒泡，有一股水流从湖面往上喷涌着，顷刻间变成了直冲云霄的水柱。令韵颜诧异的是，水柱竟然慢慢地变成了红色，火红的水柱冲到了半空中又变成了燃烧的火焰，这闪着火花的火焰"噼里啪啦"地跳跃着向四外散落，形成了一个菊花状的壮观景色。

韵颜被眼前突如其来的场景惊呆了，痴痴地看着不断从水中喷涌而出的火焰，自言自语地说："我的阿布卡恩都里啊，这是怎么了……"

火柱不断升高，火焰不断扩大，冲天的火焰映红了天空的云彩，使天上的云彩都变成了血红色。血红的云彩迅速飘落下来，在天池的上空盘旋、涌动、纠结，最后形成了一个巨大的血红的"怪兽"扭动着身躯扑向这个仙境般的地方。韵颜心惊胆战地往洞口的方向跑去，鸟儿们也都飞向了洞口，只有火凤儿骨鸟跟在韵颜的身后，一边鸣叫着一边展开了翅膀，做保护韵颜状。

韵颜爬到了山洞口，回头望着天池，只见天池中冲出的火柱与天空扭动的血红"怪兽"连在了一起，刚才的火焰"噼里啪啦"地炸响，已变成了"隆隆"的轰鸣。仙山天池此时此刻完全被"怪兽"遮住，池中的水瞬间变成了红色，偌大的红色的天池和摇摇欲坠伸手可及的"红色怪兽"被一根火柱连接在一起，变成了令人惊恐战栗的

二十四、龙腾圣地

景色。

韵颜本能地把身子缩进了洞里,火凤儿骨鸟在洞口边蹲下来靠近了韵颜,似乎在为韵颜壮胆,韵颜顺势搂住了火凤儿骨鸟的脖颈,紧张地注视着眼前的变化。忽然,一道耀眼的闪电在天空闪烁,把那个庞大的"怪兽"瞬间劈成了两半,那火红的"怪兽"一下子变成了惨白的颜色,随着闪电的出现火柱断掉了,原本是血红的天地一下子变成了黑云翻滚恐怖至极的世界。

"咔嚓!"一声惊天动地的雷声响起,天上落下了瓢泼大雨,仿佛天上所有的闸门同时打开了,铺天盖地的大雨覆盖了一切。韵颜此时除了洞口前的暴雨外,什么也看不见了,她松开了紧搂火凤儿骨鸟的手臂退进了洞内。

洞内原本透明闪亮的夜明珠此时像月光下的石头一样惨白无光,使得洞内一片昏暗。群鸟缩着头挤在一起,"唧唧唧唧"地低语着。韵颜摸索着来到了自己的窝居,抚摸着凸起滚圆的腹部喘息着,火凤儿骨鸟安静地卧在了韵颜的身边。

大雨下了三天三夜,夜明珠在这三天三夜里逐渐光亮减弱,最后竟然完全失去了光泽。洞内,变得一片漆黑,伸手不见五指。

又过了一天的光景,雨停了,一丝光亮射进了洞内,鸟儿迫不及待地挤到了洞口,纷纷飞出了山洞,飞向了湿气蒙蒙的天空。火凤儿骨鸟走到洞口望了望天空,就又回到了洞内,飞到了放着夜明珠的洞壁上,冲着韵颜一边鸣叫着一边不停地用喙点着夜明珠。

韵颜与火凤儿骨鸟相处久了,渐渐地懂得了火凤儿骨鸟的肢体语言,韵颜明白了火凤儿骨鸟的意图。韵颜攀爬上了放着夜明珠的洞壁,捧起了夜明珠小心翼翼地下来,又把夜明珠抱出了洞外。

此时天空万里无云,阳光直射仙山天池,硕大的太阳像一位勇敢擅战的君王一样,目空一切地傲立山洞的上空。韵颜随着火凤儿骨鸟爬上了山洞顶部的最高点,双手捧着夜明珠举起手臂,把夜明珠举过了头顶。暗淡无光的夜明珠像一个贪婪的吸奶的婴儿一样吸吮着太阳的能量,太阳的一角慢慢地变黑了,像月亮一样出现了缺口,天色也因此黯淡下来。

扶余国的百姓惊慌了,大街小巷聚满了不知所措的人们,大家面

挹娄玉蝉
Yilou Yuchan

对这奇迹般的异象奔走相告议论纷纷。扶余王宫院内，李文博、耶鲁觉罗、瓜尔雅丹、李穹、木竹林、觉罗蝉儿、觉罗健儿等人也都聚在一起惊讶地观察着突变的天空。

太阳的缺口越来越大，天色越来越黑，耶鲁觉罗问李文博："该不是我们哪里做得不对，冲撞了阿布卡恩都里的尊威吧？"

李文博道："三日前仙山天池红光冲天，天上云彩如夏季般聚堆结块且变成血红色，随即数九寒天降暴雨，现在又太阳失光白日黑暗，其中必有奥妙。我们该跪求老天爷指点迷津。"

人们立即原地而跪，双臂向天呼祷。

韵颜感觉到一种力量不断地注入夜明珠的体内，随着天色变暗，这种力量在逐渐增长。天色完全黑暗的时候，韵颜感到珠体能量充盈饱满了。

太阳的光亮完全消失了，整个世界就像夜晚一样的黑暗。

韵颜双手高擎夜明珠，感觉到夜明珠在慢慢地放射出光亮，片刻，夜明珠变成了巨能发光体，万道银光直射苍天。夜明珠越来越亮，最后竟然变成了散发着五光十色光芒的球体。方圆百里的人们都看到了这耀眼的光芒，扶余的百姓大声惊呼。

李文博也被这奇异景色惊得张口结舌："仙山天池……仙山天池必有玄妙！"说完，朝着仙山天池三叩九拜。

太阳的边缘发出了一点光亮，随即状如月牙，李博文等人看到天色转亮，同声感恩。太阳的光亮越来越大，天色也越来越亮，最后，完全恢复了太阳形状的完整。

韵颜高举着神奇的夜明珠，目视这耀眼而不灼目的球体，忽然感到腹部的胎儿欢悦地蛹动着向下移动。韵颜放下夜明珠的同时，一股热流涌出了体内，随即胎儿破体而出……

李文博见仙山天池恢复了平静，站起身来说："天显异相古已有之，但这样奇异的景象老夫还是头一次遭遇。暴雨前的夜晚我曾夜观天象，发现帝星闪烁不停，有新王出世的预兆，加之仙山天池红柱突现，而后太阳失光、奇光冲天，一定蕴藏着巨大天机。穹儿，准备明

二十四、龙腾圣地

日上山，到仙山天池祭拜老天，回来后再举行复国大典。"

李穹答道："穹儿遵命！"

木竹林问道："这一去一回又要耽搁一些时日，我们会延误返回挹娄的行程，不过为了哥哥的千年基业，小弟一定陪哥哥一同上山，仙山天池也是挹娄祖先祭祀的圣地，我也该亲往祭拜！"

李穹激动地搂住了木竹林的双肩，说："韵颜在挹娄不知怎样，孩子也就要问世了，兄弟一定归心似箭，哥哥虽不忍延误兄弟回国的时间，但还是希望兄弟能陪伴哥哥复国登位后再回留根勿吉。"

木竹林笑道："木竹林是重义之人，怎能因贪恋天伦之乐而冷落了哥哥的厚意深情呢？就遵照老人家的意愿，明日同去仙山天池祭拜阿布卡恩都里和挹娄祖先。"

挹娄是注重繁衍生育的民族，妇女以多产多育为荣，挹娄的妇女在少女时代就接受分娩教育，所以，韵颜很麻利地弄断了婴儿的脐带，擦干了血污，用衣带裹住了婴儿的腹部，把婴儿的胳膊和腿露在了外面。

这是一个男婴，"哇哇"哭叫的声音证明这个男婴是健康的。韵颜站起来，双手托起高举过头，就像托举着夜明珠一样的虔敬。这时候，天空呈现五色祥云，在仙山天池的上空盘旋。火凤儿骨鸟张开了火红的翅膀飞上了蓝天，在五色祥云的下面快乐地盘旋。

远处，飞来一群海东青，高声鸣叫着飞旋在韵颜母子的身边。婴儿强健的哭叫伴随着海东青悠扬的长鸣，形成了一首天地交融的合奏曲。韵颜神情庄严，托举婴儿的双臂刚劲有力，她目视着飘动的祥云，高声说："挹娄先祖世代敬拜的阿布卡恩都里，我把挹娄国最伟大的木尔哈勤罕王的长孙奉献给你，求你降福这个哈哈珠，使他将来成为像木尔哈勤罕王一样勤劳、智慧、勇敢、和善的明主。"

彩云停止了游动，神鹰落在了山顶，天空出现了绚丽的七色彩虹。远远看去，韵颜托举着婴儿站在彩虹之下，犹如仙境中的美丽图画。

通往仙山天池的路崎岖难行，加上暴雨过后地面结冰，行程更加艰难。李穹、木竹林、觉罗蝉儿、瓜尔雅丹等人在王室护卫队的护佑下向仙山天池进发。经过数日的开山、跋涉，终于到达了仙山天池山

挹娄玉蝉
Yilou Yuchan

脚下。走到半山腰的时候，人们都脱掉了棉衣，到了山上人们感觉进入了春季，纷纷换上了夏装。当人们爬上了山，看见了美丽的天池的时候，惊喜地呼喊起来。

呼喊声惊动了火凤儿骨鸟，火凤儿骨鸟从洞中飞了出来。人们觅声望去，只见火凤儿骨鸟起飞的洞口走出一位长发飘飘、面色红润、健美飘逸的女人，人们误认为是阿布卡赫赫，连忙跪在地上叩头。

韵颜站在洞口看见陆续上来的大队人马，急忙躲回山洞。人们抬头再次观看"阿布卡赫赫"的时候，洞口已经没有了人影。木竹林自言自语地说："难道是幻觉吗？"

李穹抬头望着天空说："阿布卡赫赫来无影去无踪，不是幻觉，我们真的看见了阿布卡赫赫。"

木竹林痴痴地说："那位阿布卡赫赫是我的韵颜的化身，和我的韵颜一样美。"

觉罗蝉儿接过话来："那位阿布卡赫赫真的像韵颜一样美丽，若不是在仙山天池，我一定认为是见到韵颜了。"

瓜尔雅丹神秘地笑了一下，觉罗蝉儿问道："瓜尔雅丹想说什么？"

瓜尔雅丹看着洞口说："那不是阿布卡赫赫，是和我们一样的人。"

木竹林忙问："那人呢？"

瓜尔雅丹说："来了这么多人马，谁都会害怕的。"

李穹点了点头说："对啊，我们吓着她了。"

木竹林说："我们对她喊话吧，告诉她我们是好人，不会危害她的。她多么像我的韵颜啊，可我的韵颜在留根勿吉呢。"

李穹清了清嗓子，冲着洞口大声喊道："洞内的仙人，在下李穹向您请罪。扶余国新王李穹与挹娄罕王木竹林前来仙山天池叩谢老天爷、祭拜祖先，惊扰了仙人的安宁还请海涵。"

话音刚落，韵颜从洞内冲了出来，惊喜地大声呼喊道："木竹林！我的木竹林！你在哪里？我是韵颜，我是韵颜啊！"

所有的人都怔住了，眼光一下子集中到韵颜的身上。韵颜像燕子一样轻盈地从洞口处下到了地面，冲到了人群中寻找着木竹林，当韵颜和木之林四目相对的时候，两人竟然激动得说不出话来。

二十四、龙腾圣地

木竹林抓住了韵颜的双手，泪水涌出了眼眶。痴痴地说："真的是我的韵颜吗？真的是我的韵颜吗？"

韵颜呜咽着说："是我！木竹林，真的是我，我还活着，我们终于相聚了。"

木竹林又问道："你怎么会在这里？"说完看了看韵颜的腹部，急忙问："我们的哈哈珠呢？"

韵颜得意地一笑，回转身一溜烟儿地爬上了洞口，钻进了山洞。片刻，怀抱一个婴儿，小心翼翼地从崖上下来，木竹林连忙攀爬几步接住韵颜母子。

韵颜下来站稳后，把婴儿送到木竹林面前，深情地说："这就是我们的哈哈珠，伟大的木尔哈勤罕王的血脉，我亲爱的木竹林的骨肉。"

木竹林的眼里闪着泪光，陶醉地说："这就是我的哈哈珠？是我亲爱的韵颜十月怀胎生的哈哈珠吗？你们看这小家伙多么健壮，多么像犊毛未干的小老虎！"

大家如梦初醒般地聚拢过来，欢天喜地地围着木竹林观看这个幼小的生命。木竹林开心得像个孩子，大声地嚷嚷着："我有了哈哈珠了，我当阿玛了……"随后，又问："我的宝贝哈哈珠叫什么名字？"

韵颜恭维般地回答道："他在等着他的阿玛为他起名字呢。"

木竹林得意地笑了笑，忽然，灵机一动，对李穹说："哥哥，你不是说要好好地为你的义子取名字吗？这回就看你的了。"

李穹开心地说："这可是一件大事，我要认真地想一想。"说着，伸手抱起了婴儿，把他高高地举过头顶，婴儿的两只小脚丫呈现在人们的眼前。

"北斗七星！孩子的脚心有北斗七星痣，孩子是脚踏北斗七星而生！"瓜尔雅丹惊呼道。

大家一同顺着瓜尔雅丹的视线看去，只见孩子左脚掌心有七颗大小相同的红痣，分布如北斗七星状。

觉罗蝉儿惊叹道："这是阿布卡恩都里降福的婴儿，也是我们的先祖期盼的明主标志——七星痣。"

李穹恍然大悟，说："七星痣，七颗星，孩子就叫那丹乌斯哈！七颗星，北斗七星！"

"那丹乌斯哈！"人们惊喜地重复着。

挹娄玉蝉
Yilou Yuchan

觉罗蝉儿说:"这个名字太好了,符合我们祖先的心愿,因为,我们的祖先肃慎人从乌苏里江迁徙到北斗七星河畔的时候,因为不知道北斗七星河叫什么名字,也不知道该为那条河取什么名字,就向阿布卡恩都里祈求,阿布卡恩都里就使北斗七星降落在河面,祖先得到了明示,就把那条河命名为北斗七星河,北斗七星河就成了我们挹娄人的母亲河。如今,七星河淹没了,可是,阿布卡恩都里又赐给了我们那丹乌斯哈,那丹乌斯哈一定会成为光耀挹娄民族千秋万代的明君!"

"说得好!"李文博感叹道。说完,望着横跨扶余、挹娄疆域的卧龙般巨大悠长的仙山,道:"那丹乌斯哈的诞生,也是扶余王国和挹娄王国的友好见证,是两国百世和好的纽带。"

木竹林从李穹的手中接过那丹乌斯哈,说:"那丹乌斯哈是我和韵颜的哈哈珠,也是李穹和觉罗蝉儿的哈哈珠,更是挹娄、扶余两国的哈哈珠!为了我们的后代平安健康地成长,享受太平盛世,挹娄和扶余将永结同心!"

"挹娄、扶余永结同心!"李穹伸出了双手和木竹林一同托举着那丹乌斯哈,坚定地应和。

此时,火凤儿骨乌鸣叫着飞上了蓝天,悠扬美妙的鸣叫声引来了神鹰和五彩缤纷的百鸟,在仙山天池的上空飞旋……

人们沉浸在与韵颜母子意外相逢的喜悦中,争抢着去抱那丹乌斯哈,那丹乌斯哈挥动着小手与人们欢乐的神情互动。

韵颜来到觉罗蝉儿身边,拉着觉罗蝉儿的手,悄声说:"阿莎是否有了身孕?"

觉罗蝉儿羞红了脸说:"没有呢。"

韵颜调皮地说:"阿莎努力!加油!一定要为扶余国早生王子。"

觉罗蝉儿点了点头说:"我要为李穹生儿育女,让他的血脉延绵不断。"

韵颜眨了眨眼睛,问道:"如果你们有了哈哈珠,应该姓李呢还是姓完颜?"

觉罗蝉儿想了想,回答说:"这个问题是有点难以回答,就让李穹来解决这个问题吧。"

李穹和木竹林在韵颜和族祭萨满的带领下,在仙山天池举行了盛大的感恩大祭,天空祥云漂浮,碧水清波荡漾,一幅春暖花开的醉人场景。

　　祭祀结束后，韵颜为大家烤制太岁肉和鱼肉，大家惊呼美味。第二天，韵颜恋恋不舍地告别了火凤儿骨鸟和鸟儿们，抱着那丹乌斯哈与众人下了山，经过几天的步行，终于来到了扶余国王城。

二十五、再回挹娄

木竹林等人参加了李穹盛大的立国典礼后，带领挹娄人和李穹相赠的扶余工匠以及先进的农具回到了七星勿吉，开始了男耕女织的安定的农耕生活。秀妃听说韵颜活着回来了，就偷偷地带着达纳背着抓鼓匆忙地离开了留根勿吉。后来，有人看到了瘸腿的秀妃和蓬头垢面的达纳流窜在边远的部落，以跳神卜卦为生。艾西被木竹林重用，管理王宫内部事务。留根也被木竹林任命为小巴图鲁团长，带领儿童们学习射箭，强健身体。木竹林专心治理国家，韵颜相夫教子，夫妻俩恩恩爱爱的故事，成为千古佳话。

李穹和觉罗蝉儿一年后生了一子，按照李文博的主张取名完颜李奇。一来李穹原本姓完颜，又是挹娄血脉，所以完颜和李姓都加在了名字上。次年又生一女，取名完颜李香。李香不满周岁的时候，觉罗蝉儿又怀了身孕，觉罗蝉儿自觉不能全身服侍李穹，就劝李穹纳妃，被李穹非常坚定地拒绝。临产时，胎儿坐生，母子的生命都受到了威胁，接生婆跪请李穹决定保其一，李穹毫不犹豫地命令接生婆保住觉罗蝉儿的性命，在接生婆准备把胎儿推向死亡线的时候，觉罗蝉儿急得大喊一声，憋足了力气拼命地把孩子生了出来，母子都获平安。觉罗蝉儿为这个坐生的女婴取名为爱儿，为了纪念李穹对她坚定不移的爱。

孩子们慢慢地长大了，他们热爱大自然，经常在野外流连忘返。觉罗蝉儿看着孩子们欢天喜地地玩耍，想起了自己的故乡。一次，她站在山顶往挹娄方向眺望，爱儿跑过来问道："母后，你在想什么呢？"

觉罗蝉儿说："我在思念我的故乡。"

爱儿问："母后的故乡在哪里？"

"在很远很远的地方，那里有山有水，有古老的城池，有美丽的山村，有各种各样的小动物，还有可亲可爱的乡亲。"

奇儿和香儿也走过来，听觉罗蝉儿动情地讲着："那个美丽的地方，被一场大水淹没了，只剩下一片汪洋。现在，不知那里怎么样了。"

爱儿甜甜地说："母后，我要去母后小时候玩的地方去玩。"

觉罗蝉儿想了想说："这事可要跟你父王说，请你父王来决定。"

爱儿自信地说："父王一定会答应的，母后说什么，父王都是答应的。"

奇儿说："因为母后说什么都是对的。"

香儿反驳道："哥哥说得不对，是父王爱母后才什么都答应的。"

爱儿仰起小脸问道："母后，姐姐说得对吗？"

觉罗蝉儿幸福地说："姐姐说得对，父王爱母后，母后也爱父王，父王和母后要一生一世地这样相爱。"

爱儿说："母后，我也要和父王还有母后一生一世地相爱。"

觉罗蝉儿忍不住笑了。

奇儿说："小妹，等你长大了，找个男人才能和他相爱。"

爱儿固执地说："我不找男人，就和父王、母后相爱。"

觉罗蝉儿忍不住大笑起来。奇儿、香儿也大笑起来。爱儿见大家都在笑，她也捂着嘴巴"嗤嗤"地笑了。

回到了王宫，李穹慈爱地拥抱了孩子们。关切地询问："今天是不是很开心啊？"

奇儿和香儿一齐说："父王，我们玩得可开心了！"

李穹见爱儿没吱声，就问道："我的爱儿怎么没说话啊？是不是爱儿不开心啊？"

爱儿郁闷地说："父王，我想到母后小时候玩的地方去玩，看看母后小时候都玩什么？都跟谁玩？"

李穹哈哈大笑起来，说道："我的宝贝爱儿怎么又有了这样新奇的想法，是不是想穿越时空回到你母后小时候的时代啊？"

爱儿一脸认真地说："是的父王，母后说每一个孩子都是从小长大

挹娄玉蝉
Yilou Yuchan

的，那么，母后也一定有小的时候了。"

李穹也认真地说："爱儿说得对，每个人都有小的时候，爱儿的思维逻辑很清晰，可是爱儿，你想怎样去到母后小时候的时代呢？"

爱儿朗声答道："坐马车去，到母后小时候玩的地方，到了那儿母后就会把她小时候的故事讲出来。母后说，放在脑子里的故事是不会丢的，母后还说，母后的故乡有好多好听的故事呢。"

李穹乐呵呵地点点头："是啊，你的母后有太多美好的故事，是应该让你母后把故事讲给你们听了，爱儿你想让谁陪你去呢？"

爱儿认真地说："父王、母后、哥哥、姐姐、祖父、祖母、外祖父、外祖母，还有舅公、铁心叔叔、柱子叔叔，还有东莎娜姨和洛滨姨夫，还有、还有赵宝子叔叔。"

李穹又笑起来："爱儿啊，你说的这些人可都是这故事里的主要人物啊。"说完，转身对觉罗蝉儿说："你的阿玛和额尼还有健儿自从逃出挹娄国就没有回去过，我的亲生父亲也不肯到这里来，我们也该去看看他老人家和木竹林夫妇，还有留根勿吉的百姓。蝉儿，咱们就依了爱儿的请求，择日起程去留根勿吉。"

孩子们跳跃起来，后宫里立即响起了一阵快乐的欢呼声。

李穹派出骑兵，快马加鞭赶往留根勿吉，向木竹林报告他们要去留根勿吉探访的消息。木竹林和韵颜听到了这个消息后，兴奋得一夜没睡，兴奋地谈论着那些一生难忘的故事。

李穹一行到达留根勿吉的时候大为震惊。远远望去，石头垒砌的高大房屋、圆木垒建的木刻楞，以及一些矮小精致的茅草屋整齐地林立在山坡上。大路两旁早已等候的百姓打着抓鼓跳着挹娄风情舞，用最热烈的方式迎接李穹一行的到来。

马车还没有停稳，李穹就跳了下去，木竹林兴冲冲地呼喊着跑过来和李穹紧紧地拥抱在一起。韵颜开心地大笑着和觉罗蝉儿拥抱。李文博、完颜松甘、洛滨、东莎娜、瓜尔雅丹、赵宝子、完颜烈吉等人都兴奋地拥抱着、问候着。

爱儿看着大人们激动得一会儿哭、一会儿笑的样子，站在一边不知所措，也随着他们的表情变化而变化。这时，一个比她大五六岁、身穿鱼皮衣、头上插着五彩羽翎的男孩走到爱儿的身边，亲切地问道：

二十五、再回挹娄

"你是完颜李爱吧?"

爱儿惊奇地说:"是啊,可是你怎么会知道我的名字呢?"

男孩笑了笑说:"阿玛和额尼总是在我面前说起你呢,你是扶余国美丽的小公主,像阿布卡赫赫一样美丽。"

爱儿怀着敬仰的神情说道:"那么,你就是木竹林罕王的大王子那丹乌斯哈了。"

"是啊,你怎么知道我的名字呢?"

爱儿得意地说:"扶余国的人都知道出生在仙山天池的那丹乌斯哈,而且是头顶祥云、脚踏七星而生的。"

两人会心地一笑,那丹乌斯哈说:"你就叫我乌斯哈好了。"

爱儿说:"你就叫我爱儿。"

那丹乌斯哈向爱儿伸出了手,说:"走,我带你去玩!"

爱儿微笑着把手伸给他,两人手拉手一起向着王宫大殿欢快地跑去。一群留根勿吉的孩子们跟在他们的身后欢叫着、追随着……

留根勿吉的人们眼含热泪热情地迎接着觉罗蝉儿一行,家家张灯结彩,比过大年还要热闹。完颜松甘激动地拉着奇儿、香儿的手,乐得合不拢嘴。完颜烈吉高兴地为李穹一行跑前跑后地忙活。留根已经长成了标致的大小伙儿,草儿也变成了亭亭玉立的大姑娘。觉罗蝉儿爱不释手地一边一个拉着他们的手,亲切地问道:"你们都成亲了没有?"

留根和草儿同时回答说:"没有。"

觉罗蝉儿又问:"有心上人了没有?"

他们又同时回答:"没有。"

觉罗蝉儿说:"你们俩是青梅竹马、天生的一对啊,有没有人为你们做媒啊?"

两人都红了脸,低下头说:"没有。"

觉罗蝉儿兴奋地说:"太好了,这个媒婆的位置就给我留着呢!我现在就给你们做红媒,你们同意吗?"

两人同时抬起头,一边一个喜滋滋地搂住觉罗蝉儿的臂膀,留根兴奋地说:"谢谢婶娘!"

草儿羞涩地说:"谢谢蝉儿额云!"

觉罗蝉儿纠正说:"草儿,该叫我婶娘了。"

挹娄玉蝉
Yilou Yuchan

　　草儿甜甜地叫了一声"婶娘"，围观的人都开心地笑了起来。

　　李穹幽默地对木竹林说："怎么，咱留根勿吉没有媒婆吗？看把这两个年轻人都急成啥样了，就是没人撮合。"

　　木竹林抱拳道："弟弟失职，弟弟失职啊！不过，他们俩是青梅竹马、情投意合、众所周知的天作之合，留根勿吉的人都心照不宣，所以，没人敢给他们俩提亲，就等着他们两个表明心迹呢！阿莎一来这里，就捅破了这层窗户纸。"

　　觉罗蝉儿说："原来，这红媒就等着我来做啊，幸亏我们来得及时，不然他们的姻缘不知道还要等多久呢。"

　　李穹说："我们在这里多住些日子，把留根和草儿的婚事热热闹闹地办了再回去。"

　　大家齐声叫好，留根走到草儿的跟前抓住了草儿的手，草儿红着脸把头扭向一边，留根抓紧了草儿的手，把草儿领出了屋外。大家看着他们的背影开心地笑起来。

　　韵颜陪同觉罗蝉儿来到了王宫大殿，只见那丹乌斯哈和爱儿坐在大殿的台阶上，对面席地而坐着一群儿童。那丹乌斯哈正滔滔不绝地对着爱儿讲述着什么，爱儿的眼里透出崇敬的神情。

　　韵颜动情地说："看！两个哈哈珠真是天生的一对鸳鸯，请求阿莎把爱儿许给乌斯哈做王妃吧，现在我们就给他们定下娃娃亲，给他们牵上一根红线。"

　　觉罗蝉儿兴奋地说："好啊，这样我们就是真正的一家人了。"

　　韵颜激动地搂着觉罗蝉儿，说："谢谢阿莎！爱儿是阿莎的掌上明珠，也会是我手心里的宝贝。"

　　几天后，在留根勿吉举办了空前热闹的婚礼，留根和草儿幸福地拜了天地、入了洞房。

　　第二天，李穹和木竹林等人来到了高岗处，只见挹娄王城和北斗七星坛城方向依然是一片汪洋，大家望着一望无际的湖面，感慨万千。

　　觉罗蝉儿自言自语地说："这水什么时候能退呢？"

　　李文博回答说："也许几十年，也许几百年，也许几千年，一旦这水退下去，那么，这片山区就会变成平原。"

　　"哦？"

二十五、再回挹娄

李文博自信地说:"那次洪水来势凶猛,而且带来了大量的泥沙,所以,我料想这水退后,这儿将是一望无际的平原。"

木竹林说:"这样可是太好了,我们的后代子孙可以在平原上策马奔驰,狩猎耕种。"

李穹说:"那将是你后代子孙的崭新的挹娄国。"

木竹林喜悦地说:"大哥您说错了,不是我的后代子孙,是我们的后代子孙,因为阿莎已经把爱儿许配给我们乌斯哈做储王妃,所以,挹娄国的后代子孙也有大哥的血脉啊!"

"哈哈哈……"李文博开怀大笑。"挹娄扶余情相牵,喜订姻亲再结缘,千年之后水退去,子孙享乐在平原!"

远处,一只海东青箭一样地飞来,在他们的头上盘旋,既而冲上蓝天欢声鸣叫着。随着海东青的叫声,一群神鹰从远方飞来,欢快地在人们的头上飞旋……

一千八百年后,这片汪洋慢慢地消退了,潮湿的泥土上落入一些飞鸟衔来的种子,这些种子长大后又结出更多的种子,很快变成了绿草茵茵的土地,再后来就变成了一望无垠的荒原,直到1954年黑龙江省友谊县在这块神奇的土地上插上了第一面五星红旗……我们最敬爱的周恩来总理为这块土地命名为:国营友谊农场。

完颜李姬讲完了这个故事,国家考古研究所的魏教授紧紧地握着完颜李姬的手,感动地说:"谢谢您,完颜李姬女士,您为我们揭开了千古之谜。感谢完颜李氏家族把这个美好的故事流传下来,也把这枚精美的玉蝉保留下来,它可是挹娄历史的见证啊,它解开了我们研究了几十年而不得其解的谜团,让这段历史一下子清晰地呈现在了我们的面前。"

其他专家学者也都纷纷表示感谢,并为这一历史传说而震惊。

完颜李姬深情地看了看大家,坦诚地说:"爱是跨越家族的,爱是跨越民族的,爱是跨越时空的。挹娄古城遗址虽然在友谊县的境内,但它也是属于满族的,属于中华民族大家庭的,正像这枚完颜家族世代珍藏的玉蝉一样,也是属于中华民族的。今天,我就把这枚玉蝉献给国家,把这段美好的传说献给国家,让更多的满族后裔来这里寻根

挹娄玉蝉
Yilou Yuchan

敬祖。作为满族后裔，我们不但要来到'凤林古城'寻根敬祖，还要把挹娄文化、满族文化传承下去，丰富我们中华民族博大精深、多姿多彩的民族文化！"完颜李姬的话音刚落，就响起了一阵热烈的掌声，回荡在古城的上空经久不衰。

一群雄鹰从远处飞来，在古城的上空飞旋，像是一群忠诚的卫士亘古不变地坚守着守护挹娄人的神圣使命……